U0521823

山东省社会科学规划研究项目"当代西方小说百科全书化趋向研究"（18DWWJ10）成果

山东师范大学中国语言文学山东省高水平学科·优势特色学科建设经费资助

杨黎红 著

当代西方小说百科全书化趋向研究

中国社会科学出版社

图书在版编目(CIP)数据

当代西方小说百科全书化趋向研究/杨黎红著. —北京：中国社会科学出版社，2024.4
ISBN 978-7-5227-3187-2

Ⅰ.①当… Ⅱ.①杨… Ⅲ.①小说研究—西方国家—现代 Ⅳ.①I106.4

中国国家版本馆 CIP 数据核字(2024)第 048954 号

出 版 人	赵剑英
责任编辑	王小溪
责任校对	师敏革
责任印制	戴　宽

出　　版	中国社会科学出版社
社　　址	北京鼓楼西大街甲 158 号
邮　　编	100720
网　　址	http://www.csspw.cn
发 行 部	010-84083685
门 市 部	010-84029450
经　　销	新华书店及其他书店
印　　刷	北京君升印刷有限公司
装　　订	廊坊市广阳区广增装订厂
版　　次	2024 年 4 月第 1 版
印　　次	2024 年 4 月第 1 次印刷
开　　本	710×1000　1/16
印　　张	19.75
插　　页	2
字　　数	277 千字
定　　价	109.00 元

凡购买中国社会科学出版社图书，如有质量问题请与本社营销中心联系调换
电话：010-84083683
版权所有　侵权必究

序

杨守森

在20世纪的西方文坛上，出现了一种面貌全然一新，通常被视为体现了后现代主义特色的小说，如博尔赫斯的《环形废墟》、纳博科夫的《微暗的火》、卡尔维诺的《命运交叉的城堡》等。这类作品，缘其文体的奇特、意蕴的复杂、迷宫一般的艺术空间，令许多人着迷。这些作家，也因此产生了巨大的世界性影响，如博尔赫斯获得"作家中的作家"之誉，纳博科夫被视为"福克纳、乔伊斯以来最具独创性的作家"，卡尔维诺被称赞为"最有魅力的后现代主义大师"。但他们的作品，由于对传统小说样态及审美价值的极端化颠覆，亦令一般读者深感困惑，甚或望而却步。究竟该如何评价这类作品？如何才能走近这类作品？杨黎红的这部《当代西方小说百科全书化趋向研究》，或可给我们一些有益的导引与启示。

杨黎红以美国学者爱德华·门德尔松及卡尔维诺等人提出的"百科全书"之说作为切入点，认为博尔赫斯、卡尔维诺等人的作品，虽还不宜简单地界定为已是"百科全书"类型的小说，但无疑标志了当代西方小说呈现出的百科全书化趋向。杨黎红在其博士学位论文《论卡尔维诺小说诗学》及学界已有的其他相关研究成果的基础上，结合自己对更多小说文本的解读，概括出这一趋向之特征：第一，对知识的展示和讲述成为作家倾注心力的重要区域；第二，面对芜杂混乱的当代生活，作家力图在作品中包罗万象；第三，以非个人化的叙事方式，荟萃多元观念，追求多元主题，力图呈现宇宙意识的复杂性；第四，注重在作品中构筑现实与超现实两个世界，以求在亦真亦幻中展示或审视某种文化特性；第五，文体杂糅，重视戏拟、互文，叙述的循环往复，具有最自由、最多样的写作形式；第六，零散化、碎片化成为构建文本的普遍手法，彻底解构了长篇小说的主线霸权。

在这部著作的上编，作者分列"知识追求和认知功能""自我追寻和宇宙视野""虚构合法性与想象的世界""游戏精神与智性写作""作者与读者的突围"五个专题，对上述倾向进行了深入的阐释与论述。相信这些阐释与论述，能够使读者得到如下收获。一是可以从不同方面看清当代西方文坛上出现的"百科全书"创作倾向"既不同于托尔斯泰式全景性的现实主义小说，也迥异于卡夫卡式内驱化的现代主义小说"的独到之处。二是理解相关作家的严肃追求与良苦用心，即在他们对已有小说体式的极端化颠覆中，不仅体现了值得敬重的艺术创新精神，亦包含着更深层次的关于人与世界之复杂关联的智性思辨，其坚强的理性内核与丰富的阐释往往隐匿于独特的游戏化的充满想象的文本形态之内。三是有助于拓展文学观念，如同作者所分析的：卡尔维诺以有限容纳无限、以有序展示无序的晶体魔方结构，冲击了关于小说的已有定义及文学观念，可令人意识到小说创作存在无限的可能性；百科全书化趋向的作家们"对小说'认识价值'的强调，无形中冲破了当今文坛'审美价值'几乎一手遮天的格局，为小说的发展赢得了更广阔的天地"。

在这部著作的下编，作者以细腻的眼光，对纳博科夫、卡尔维诺、安贝托·艾柯（也作翁贝托·埃科，安伯托·艾可）、米洛拉德·帕维奇、理查德·鲍尔斯等代表性作家及其代表作进行了翔实的个案分析。如这样分析了纳博科夫的创作个性：喜欢蝴蝶的纳博科夫，由蝴蝶那儿得到启发，使一种"蝴蝶美学"融入小说的表现形式，使小说具有如蝶翼般变幻莫测、轻盈灵动、能够完美伪装的美学效果，形成了突出的戏仿风格。其《洛丽塔》可谓一本戏仿的百科全书，它既戏仿了回忆录和忏悔录，又戏仿了侦探小说和色情文学，还戏仿了童话和传奇戏剧。小说中，本是美国小太妹的洛丽塔被伪装成美丽高贵的公主或陷入美好爱情的纯洁少女，而恋童癖罪犯亨伯特本人则被伪装成不顾一切守护自己爱人的王子或骑士。浪漫的爱情故事装点了犯罪的事实，美丽的外衣遮掩了残酷的龌龊，等等，从而在作品中形成一个诡谲变幻的迷宫，读者只有认真阅读才能体悟其真意。又如这样分析了卡尔维诺《如果在冬夜，一个旅人》的晶体叙事模式：作者将十个表面看来毫不相干的故事（十部小说）串连起来。每一篇都来自不同的国家，有着不同的主题、不同的故事情节、不同的人物与不同背景。每一篇都是一个全新的故事，每一个小故事都是一个精确的小晶面，它邀请读者一起参与新鲜而富有挑战的文学迷宫之旅，体味解谜的快感和无解的焦虑。与习惯于二元对立、惩恶扬善、臧否分明，以导师自居的传统作家不同，卡尔维诺力图呈现的是一个立体的、网络状的、多元的、纷繁复杂的、交互渗透的、有着无限可能性的世界存在状态。再如，作者在分章细致阐释其结构、人物关系及文本意蕴的基础上，这样评价了美国作家理查德·鲍尔斯已获多项文学大奖的《树语》："这是一部关于树木的百科全书，也是一部人类与自然的史诗。""它以巧妙的叙述结构，呈现出我们往往熟视无睹的世界真相，迫使我们重新反思这些我们习以为常、置若罔闻的现象，不再闭目塞听、自欺欺人，从此开始去学习聆听树木的话语，一起为我们星球的未来努力！"作者这类切实深入的个案分析，不仅可导引读者走进作家笔下的迷宫世界，体悟到其中的奥妙，亦可使之透过具体文本，更为切实地认识到当代西方文坛上出现的百科全书创作趋向的特征与意义。

自20世纪以来，由于信息爆炸的冲击，以及小说、诗歌、戏剧之类传统创作模式本身在某些方面的固化，文学的社会影响力在不断下降，并为此引发了"作者死了""小说死了"之类的悲观论调。

文学创作应如何开辟新的道路？小说还有没有未来？这是杨黎红这部著作的开篇即已涉及的问题，实际上，也是作者明确意识到的这部著作更为重要的论旨。作者通过对当代西方百科全书小说创作倾向的探讨，得出的看法是：博尔赫斯、纳博科夫、卡尔维诺等人的作品，虽存在诸如游戏化的炫耀技巧、有所脱离社会现实、叙事迷宫设置造成了读者的阅读困难等方面的缺憾，但他们面对"小说死了"的时代挑战，以乐观主义的积极情怀，在小说文本方面进行的革命性创造、对小说艺术无限可能性的求索、对小说多元价值合力点的追求等，推进了小说艺术发展。某些享有盛誉的作品，已为走出当前的文学与美学困境提供了可贵经验，是值得我们认真对待、深入研究的。在文学面临某种危机的当今时代，作者的这样一部著作，所提出的有关见解，自是有重要理论意义与实践意义的，会拓展我们的文学视野，亦有助于作家们以更为开放的观念，大胆汲取诸如百科全书创作倾向之类小说的营养，在文学之路上悉心探索，为人类的文学事业开创新的辉煌。

2022 年 10 月 20 日

于山东师范大学文学院

目　录

绪　论 ………………………………………………………… （1）

上　编

引言　小说死了吗? ………………………………………… （7）

第一章　知识追求和认知功能 ……………………………… （22）
　　第一节　小说的认知功能 ……………………………… （23）
　　第二节　认知功能的内在要求与特征 ………………… （29）

第二章　自我追寻和宇宙视野 ……………………………… （40）
　　第一节　自我认知的历程和方向 ……………………… （41）
　　第二节　宇宙视野的概念与特点 ……………………… （46）

第三章　虚构合法性与想象的世界 ………………………… （67）
　　第一节　博尔赫斯的幻想与梦 ………………………… （68）
　　第二节　纳博科夫的骗术与魔术 ……………………… （83）
　　第三节　卡尔维诺的童话思维 ………………………… （90）

第四章　游戏精神与智性写作 ……………………………… （116）
　　第一节　对游戏精神与智性写作的追求 ……………… （116）

第二节　游戏精神与智性写作的特点 …………………… (120)

第五章　作者与读者的突围 ………………………………… (134)
　　第一节　作者观念 ………………………………………… (134)
　　第二节　读者观念 ………………………………………… (147)

下　编

引言　形式与结构 ……………………………………………… (169)

第一章　纳博科夫的"蝴蝶""象棋"和镜像模式 …………… (172)
　　第一节　精心伪装　变幻多端 …………………………… (175)
　　第二节　精致对称　多重镜像 …………………………… (185)
　　第三节　精确描写　碎片拼贴 …………………………… (191)

第二章　卡尔维诺的"晶体模式" …………………………… (196)
　　第一节　精致的晶面组合 ………………………………… (198)
　　第二节　奇妙的自我生成 ………………………………… (205)
　　第三节　绚丽的多重折射 ………………………………… (211)

第三章　艾柯的清单和迷宫 ………………………………… (218)
　　第一节　艾柯的清单 ……………………………………… (220)
　　第二节　艾柯的迷宫 ……………………………………… (231)

第四章　帕维奇的"辞典体小说" …………………………… (244)
　　第一节　辞典体的真实与虚构 …………………………… (247)
　　第二节　辞典体的稳定与混乱 …………………………… (250)
　　第三节　辞典体的多元与开放 …………………………… (258)

第五章　鲍尔斯《树语》的"树状结构" ……………………（269）
第一节　"树根" ……………………………………………（271）
第二节　"树干" ……………………………………………（274）
第三节　"树冠" ……………………………………………（277）
第四节　"种子" ……………………………………………（278）
第五节　引文 ………………………………………………（280）

结　语 …………………………………………………………（284）

参考文献 ………………………………………………………（294）

绪　　论

20世纪，西方小说出现一种百科全书化趋向，呈现出与传统文学截然不同的叙事特点和审美追求。它是在传统经典小说衰落之后，对小说艺术无限可能性进行实验的可贵成果，也是西方小说在当代知识体系中寻找自身价值的有效尝试。一方面，它以广博的知识领域、深邃的智性思辨和独特的艺术空间，带给读者新鲜丰富的阅读体验；另一方面，它对传统小说样态及审美价值的极端化颠覆，也令一般读者深感困惑，甚至望而却步。

如何理解这一在当代西方文坛已经蔚然成风的创作趋向，如何才能走近这类作品、评价它所带来的经验和教训，是本书力图回答的问题。其中，博尔赫斯、纳博科夫、卡尔维诺、艾柯的小说创作中百科全书化趋向尤为典型，影响深远，他们不仅小说写得精彩，而且理论方面也成果丰硕。因此，笔者以这四位作家的创作实践和理论批评为重点研究对象，再辅以其他一些作家作品，希望能够对当代西方小说的这一重要现象管窥一斑。

本书分上、下两编。上编主要从总体上做理论层面的探讨和研究。先是通过对具有百科全书特征的叙事文学的溯源分析，以及对当代相关学者理论与创作实践的考察，界定了当代西方小说百科全书化趋向的范畴，并探讨了其产生的原因。然后结合作家的文论观，总结分析当代西方小说百科全书化趋向的几大特征，并与传统百科全书式小说进行比较，凸显其新时期特点。一是开放性的认知功能，在将展示知识谱系作为倾注心力的重要区域的同时，拒绝单一、封闭和僵化，主张开放和包容，通过打破学科壁垒和超越个人化叙事，实现复调和多声部，荟萃多元思想。二是以超自我、超时代、超种族、超国度的文化眼光和宇宙视野进行创作，重新审视与建构人与人、人与世界之间的关系，努力探索人类的诗意栖居之路。三是重视小说虚构的合法性，同时也不放弃想象的现实基础，通过构筑现实与超现实两个世界，在亦真亦幻中展示或审视某种文化特性。四是追求小说艺术的游戏品格和自由精神，借助游戏的某些特征来凸显和把握艺术的独特品质和精神实质，走向游戏者背后的人性阐释和命运解读。五是冲破作者独裁，把小说创作从固化的单向输出和被动接收的过程，变为作者、读者、人物、文本几个层面动态的相互交流沟通。

下编则以对个案进行文本细读的方法，结合相关作家文本，剖析当代具有百科全书化趋向小说的形式和结构艺术。形式和内容从来是相辅相成的，对百科全书化趋向的追求需要合适的形式呈现，大师们精心构建了异彩纷呈的结构模式。纳博科夫的"蝴蝶""象棋"和镜像模式，通过伪装、戏仿、陷阱等，既实现了文学的诗意和自由娱乐精神，又产生了虚实相生的模糊性和不确定性，促使读者在游戏的快感和难辨真假的犹疑中进行痛并快乐着的思考；卡尔维诺的"晶体模式"是他为了实现"开放型百科全书"目标而创造的一种彻底解构长篇小说的主线霸权、由各自平等独立的许多小文本按一定规则组合为一体的结构模式；艾柯以其"清单"和"迷宫"形成令人炫目的知识狂欢；帕维奇的"辞典体小说"以看似权威的辞典形式荟萃了相互冲突的多元观念，表现出对复杂目标进行思辨分析的要求；鲍尔斯的"树状结构"不仅将私人话语的碎片汇集成多声部的历史记忆，而且体现出宇宙视野下的生态意识。他们追求文体杂糅，重视戏拟、互文和叙述的循环往复，喜欢复调，热衷元叙述，习惯用零散化、碎片化构建文本。这些既是对当代生活的芜

绪　论

杂混乱和难以把握的清醒认识，也是对叙事有意识地探索、更新和反省。

本书从多角度分析了当代西方具有百科全书化趋向的小说既不同于全景式现实主义小说，也迥异于内驱化现代主义小说的独到之处，阐述相关作家的严肃追求和创新精神，及其创作实践对文学观念的拓展，同时也对它娱乐化、炫耀技巧、脱离社会等负面特征提出警示，希望对我们了解当代西方小说的发展方向、促进文化交流、坚持"洋为中用"有一定的借鉴意义。

上 编

引言　小说死了吗？

  一部经典作品是这样一个名称，它用于形容任何一本表现整个宇宙的书，一本与古代护身符不相上下的书。这样一个定义，使我们进一步接近关于那本无所不包的书的想法，马拉美梦寐以求的那种书。①

——卡尔维诺《为什么读经典》

  "小说死了吗？"在20世纪成为一个全球性话题。一种悲观论调在世纪初的西方学界出现，认为小说同诗歌、戏剧一样，已是穷途末路。约翰·巴思发表于60年代的《枯竭的文学》提出，小说的所有可能性和可供开掘的资源已经被耗尽，完全"枯竭"了。一时之间，继"上帝死了""作者死了"之后，"小说死了"的呼声应者云集。但仍有不少学者相信，只要发扬小说所特有的智慧，它的未来就有无限可能性。同时，一些作家以自己的理论探索和创作实践为小说发展不断找寻新的形式、新的疆域。在这种情况下，小说出现一种百科全书化趋向（有时这些小说甚至直接被称为"百科全书式小说"）。它的面貌发生了深刻的变化，似乎不再进行宏大叙事，不再追求情感教育和道德启蒙。它已经脱离了传统经典小说的种种规则，既不同于托尔斯泰式全景性的现实主义小说，也迥异于卡夫卡

---

  ① ［意］伊塔洛·卡尔维诺：《为什么读经典》，黄灿然、李桂蜜译，译林出版社2006年版，第6页。

式内驱化的现代主义小说。它试图呈现和容纳的要比以往任何小说都复杂得多，既有对现实无限多样性的洞察入微，也有对梦想世界最绚丽大胆的魔力展示，更有对百科知识的巧妙呈现。其中，公共话语和私人话语、真实世界与太虚幻境之间纷繁复杂的对位与张力，形成无限多样化的叙事空间。小说精神远远超出经验呈现、伦理认同和情感体验，而更多依赖于丰富的知识、深邃的智性、怀疑的思辨，甚至是科学的把握，以及对世界关联性认识能力的掌控。被尊为"作家中的作家"的博尔赫斯（Jorge Luis Borges，1899—1986）、被视为"最具独创性的作家"的纳博科夫（Vladimir Vladimirovich Nabokov，1899—1977）、被誉为"最有魅力的后现代主义大师"的卡尔维诺（Italo Calvino，1923—1985）等巨匠的小说，艾柯（Umberto Eco，1932—2016）的《玫瑰之名》、品钦（Thomas Ruggles Pynchon，1937—）的《万有引力之虹》、帕维奇（Milorad Pavic，1929—2009）的《哈扎尔辞典》、帕慕克（Ferit Orhan Pamuk，1952—）的《我的名字叫红》等文学经典，以及丹·布朗（Dan Brow，1964—）的《达·芬奇密码》等畅销书，都是具有百科全书化趋向的杰作。

一 溯源与界定

如何来理解小说的这种百科全书化倾向呢？它是在20世纪才突然出现的吗？它表现出哪些艺术特质呢？如果不局限于小说，只谈具有百科全书特征的叙事文学的话，其实古已有之。在各民族文化勃兴的早期，"当它意识到自己是一个独立的主体时"[①]，或是在某民族文化进行重大思想革命的阶段，往往都有此类作品的出现。如"荷马史诗"、但丁的《神曲》、塞万提斯的《堂吉诃德》、歌德的《浮士德》、托尔斯泰的《战争与和平》、乔伊斯的《尤利西斯》等。

[①] Edward Mendelson, "Encyclopedic Narrative: From Dante to Pynchon", *Modern Language Notes*, Vol. 91, No. 6, Dec., 1976, p.1267.

他们在本民族文化中占据着重要而特殊的历史地位，往往能够全面地反映整体社会风貌、日常习俗、语言特点和文学风格等，是毋庸置疑的民族经典。这些作品或是奠定了民族语言，或是充分呈现民族话语方式，成为后世文本阐释的焦点和文本生产的源泉。

这些被视为"百科全书"式的作品，是后人有感于其无所不包而给予的尊称。其作者（或荷马式的集编者）只是在反映主题、讲述故事之余，无意间把自己丰厚的文化修养、卓越的思想见解以及广博的见闻和学识融入作品中，甚至不乏逞才弄笔、炫耀知识之嫌，但总体来说并没有系统的自觉意识。正如美国哥伦比亚大学研究英语文学和比较文学的爱德华·门德尔松（Edward Mendelson）教授所说："百科全书式叙事这一文学类型之所以很难确定，很大一部分原因是百科全书式的作者从来没有刻意去创作百科全书式叙事。"[①] 然而，及至当代，不仅许多文学评论工作者注意到了文学中这一类型，而且许多小说家对此也高度重视，且具有理论自觉，从而形成了小说创作中有意而为之的百科全书化趋向。

1976年，门德尔松教授在论文《百科全书式叙事：从但丁到品钦》（"Encyclopedic Narrative: From Dante to Pynchon"）和《万有引力的百科全书》（"Gravity's Encyclopedia"）中提出并阐述了"百科全书式叙事"（Encyclopedic Narrative）的概念和特征。他开门见山地指出："我想用百科全书式叙事这个术语来界定在西方文学中最重要的文学类型，但它还没有被完全认可。"[②] 他通过分析七部作品——但丁的《神曲》、拉伯雷的《巨人传》、塞万提斯的《堂吉诃德》、歌德的《浮士德》、梅尔维尔的《白鲸》、乔伊斯的《尤利西斯》和品钦的《万有引力之虹》——考察百科全书式叙事作品的产

---

① Edward Mendelson, "Encyclopedic Narrative: From Dante to Pynchon", *Modern Language Notes*, Vol. 91, No. 6, Dec., 1976, p. 1267.

② Edward Mendelson, "Encyclopedic Narrative: From Dante to Pynchon", *Modern Language Notes*, Vol. 91, No. 6, Dec., 1976, p. 1267.

生、发展过程和特征。他认为，百科全书式叙事的形成与国民文化密切相关，是能够充分反映时代的文化思想、知识的生产方式和语言的风格特征的伟大作品，是一种"试图提供某民族知识和文化信念的全部内容，同时辨识出这种文化用以塑造和阐释其知识的意识形态视角"①的文学体裁。此外，百科全书式叙事具有整体化认识和呈现知识的要求，但是由于当今时代的知识体系远远超过任何一个人所能够涵盖的范围，所以百科全书式叙事只能大量地使用提喻②，用个别的例子来代表人类知识的整个领域。他总结了百科全书式叙事的特征，主要有：在史诗的基础上发展而来，往往以史诗结构为组织框架，但关注并书写的是周围普通人的当今世界，而不是英雄般的远古时代，因此他们的模仿"退化"了，不仅形式或主题退化，而且英雄人物也退化，甚至出现反英雄形象，如戏仿骑士的堂吉诃德、以尤利西斯为原型的布鲁姆等；虽然写的不一定是当下的事件，但它十分关注当下，往往将行动时间设置在距离当下不远的时刻，从而使小说中所预测的将来与现实之间产生相互印证或背离的效果，实现了预言和讽刺（prophecy and satire）的双重功能；其包容性和开放性与其形式的独特性和不确定性密切相关，经常同时也是叙事的百科全书，包含但不限于英雄史诗、罗曼司、象征主义诗歌、成长小说、心理小说、布尔乔亚小说、抒情曲、戏剧、颂歌和目录等常规文体；涵括一项甚至多项技术或科学的完整说明，或提供小说写作艺术之外的艺术清单，如《神曲》中完整的中世纪天文观、《巨人传》中文艺复兴时期医学观，以及《堂吉诃德》中的木偶戏艺术、《浮士德》中的希腊悲剧艺术、《万有引力之虹》中的电影和歌剧艺术等；关注治国之道的复杂性，如《巨人传》中特来美修道院独树一帜的院规，《堂吉诃德》中大总督桑丘·潘沙的统治及其法律，等等；是一部文学风格的

---

① Edward Mendelson, "Encyclopedic Narrative: From Dante to Pynchon", *Modern Language Notes*, Vol. 91, No. 6, Dec., 1976, p. 1269.

② 提喻：用局部代表整体或用整体代表局部的修辞手段。

百科全书,从下里巴人的谚语、俚语,到阳春白雪的文言文、委婉语,应有尽有;既有分析性又有综合性,既可以将一种文化分为不同的元素,又可以将各种元素融合在一本书的共同结构中;从个人的爱情和家庭向外延伸到更为宏大的领域,延伸到国家历史和神话历史领域,有些也包括文学形式自身的历史领域。此外,门德尔松教授还声称,所有的百科全书式叙事作品都是难以理解的、近乎可怕的,你不能指望它引人入胜和令人愉悦。而且,到了当代,由于"地球村"的出现,百科全书式叙事也形成新的国际主义的特点,即一种以信息、数据为基础的新秩序取代了建立在货币和商品基础上的旧秩序。

门德尔松教授是评论家当中关注西方百科全书式叙事的代表人物。在作家当中,实现文学百科全书化的这种热望和冲动,早已有之。歌德(Johann Wolfgang von Goethe,1749—1832)1780年宣称正在构思一本"关于宇宙的书",虽然我们对他打算如何实现这个想法一无所知,但是,他的《浮士德》确实是能够包括整个宇宙的作品。同为德国诗人的诺瓦利斯(Novalis,1772—1801)打算写一本"绝对的书",一本可被称为"百科辞典式的"书,或被称为"圣经式的"书。法国象征主义诗人马拉美(Stephane Mallarme,1842—1898)晚年全身心地去写作一部作为宇宙终极目的的"绝对的书",可惜他最后销毁了这本书。此外,土耳其作家奥尔罕·帕慕克认为,"小说给予我一个宇宙,像任何一部百科全书或任何一座博物馆那样富于生活的细节"[1]。阿根廷作家博尔赫斯提出一部不朽的著作应该"是一面镜子……还是一幅世界地图"[2],"它的全部内容像宇宙一般深邃,不可避免,经过深思熟虑,并且可以作出无穷无尽的解释"[3],

---

[1] [土耳其]奥尔罕·帕慕克:《天真的和感伤的小说家》,彭发胜译,上海人民出版社2012年版,第25页。

[2] [阿根廷]豪尔赫·路易斯·博尔赫斯:《探讨别集》,王永年、黄锦炎等译,上海译文出版社2015年版,第126页。

[3] [阿根廷]豪尔赫·路易斯·博尔赫斯:《探讨别集》,王永年、黄锦炎等译,上海译文出版社2015年版,第271页。

认为"舞文弄墨会促使人产生一种雄心壮志：写一本独一无二的书，写一本柏拉图式的包罗万象的书中之书，这是岁月也不会使其功德减少的一件东西"①。像他们一样怀有热望并着手创作具有百科全书特征的小说的作家还有很多，这里就不一一赘述了。正式提出概念，并将之阐释得非常全面的作家是意大利的伊塔洛·卡尔维诺。他是当代杰出的小说家，一生著作等身，其小说精彩纷呈、引人入胜，而且不论上一部有多么成功，下一部新作往往都会与之迥然相异，却毫不逊色，甚至更胜一筹。这种在小说创作道路上的不断突破、不断进取，与他对小说理论的执着探索是分不开的。在进行小说创作的同时，卡尔维诺长年担任编辑之职，从事文学评论和理论探讨等工作，创作了《为什么读经典》(Perché leggere i classici，英译 Why Read the Classics?)、《文学的作用》(Una pietra sopra：Discorsi di letteratura e società，英译 The Uses of Literature)和《未来千年文学备忘录》(另译为《美国讲稿》, Sei proposte per il prossimo millennio，英译 Six Memos for the Next Millennium)等理论作品。卡尔维诺在《美国讲稿》中设想让小说成为一部百科全书，建立起一个"诸系统的系统"，"在这个大系统中每个小系统都影响着其他系统并受其他系统影响"，同时，将过去的与未来的，现实的与可能的，无穷无尽、各式各样的关系交织在一起，形成一张巨大的完备的"关系网"，并明确提出："现代小说应该像百科辞典，应该是认识的工具，更应该成为客观世界中各种人物、各种事件的关系网。"②他将小说提高到了一个能够表现整个宇宙、可与古代法典（如《圣经》）相提并论的无所不包的"全书"的境界，提出"二十世纪伟大小说表现的思想是开放型的百科全书"③。

---

① ［阿根廷］豪尔赫·路易斯·博尔赫斯：《讨论集》，徐鹤林、王永年译，上海译文出版社2015年版，第142页。

② ［意］伊塔洛·卡尔维诺：《美国讲稿》，萧天佑译，译林出版社2008年版，第101页。

③ ［意］伊塔洛·卡尔维诺：《美国讲稿》，萧天佑译，译林出版社2008年版，第111页。

具有百科全书特征的文学作品在文学史上由来已久，但只有在当代，它才引起了门德尔松教授等理论家的高度重视和探讨，才有了卡尔维诺等作家具有理论自觉性的实践探索，说明在当代，西方小说百科全书化趋向不仅已经形成，而且已经成为非常重要的一个文学现象。根据相关的理论探讨和对小说文本的分析，可以对其范畴进行如下界定。

第一，对知识谱系的有意展示。这种展示与叙事艺术融合在一起，形成微妙的艺术平衡。也就是说，知识和信息不再是一种陪衬性元素，不再可有可无，对知识的展示和讲述成为作家倾注心力的重要区域。庞大的信息流，密集的知识量，以及相关的旁征博引、交流辩驳，形成一种令人炫目的知识狂欢。同时，作家们有意识地升级叙事形式，以全新的方式处理这些新涌出的当代特色，其目的除了展示枝蔓丛生、百花齐放的知识图谱之外，还表现出一种对二元对立等简单思维方式的拒绝和对复杂目标（事物或经验）进行思辨分析的要求。

第二，对世界的整体性包纳。这种展示和包纳并不是封闭性的或向心力的（如《圣经》《神曲》设定并描绘一个宗教世界的图示，有着明确的等级审判），而是开放性的和离心力的，甚至倾向熵定律。它一方面表现了作家包罗万象的叙事雄心和叙事激情；另一方面也是作家对当代生活芜杂混乱和难以把握的清醒认识。

第三，非个人化叙事。即力图超越单声部的私人叙述，放弃抒情个体，欢迎复调和多声部。它往往追求多元主题，荟萃多元观念，具有繁复的细节，呈现宇宙意识的复杂性。但这种多声喧哗的基础实际上是一个个私人化书写的碎片，它们聚集在一起形成整体的去私人化和最大限度的公共化，所以保持着强烈的时代感，形成历史的记忆。

第四，虚实结合的双重叙事结构。作品中往往构筑现实与超现实两个世界，打破虚构和非虚构的区别，在亦真亦幻中展示或审视某种文化特性。这种虚实相生的模糊性和不确定性，既具有文学的诗意和张力，不必拘泥于现实的桎梏，又不致完全脱离实际，从而促使读者在难辨真假的犹疑中保持独立思考的习惯。

第五，追求最自由、多样的写作形式。重视结构，擅长文体杂糅，喜欢戏拟、互文，常用碎片、拼贴。文本中众多繁复、零乱的碎片，看似随意插入和镶嵌，实则精心编织。同时，热衷于循环叙述和元叙述，表现出对叙事有意识地探索、更新和反省。

第六，往往由学者型、通才型作者书写。

当然，由于具有百科全书化趋向的小说家分属不同的文学流派，具有不同的创作风格，甚至秉承相异的文学观，上述界定难免有错漏或偏颇之处。但无论如何，他们的创作追求及其小说文本中的某些共性还是清晰可辨的。

二 产生原因

一种文学类型的演变从来都不是毫无根基地自生自灭和自娱自乐，它必然与人类历史的发展、人们生活方式的变迁、社会意识形态的衍化、文学自身的成长等多方面的原因密切相关。小说作为一种自诞生之日起就与私人生活息息相关的体裁，我们要分析它的变化趋向自然也离不开对上述因素的考察与探讨。

（一）社会原因

第一，信息爆炸和文化多元。当代社会是一个知识和信息爆炸的社会，现代科学技术革命和发展的规模和速度十分惊人。短短的几十年间，知识和信息生产呈指数级增长，且不说各个行业"精尖人才"对本行业知识和信息的掌握达到一种前人从未企及的高度，就是普通人通过计算机和网络通信等技术也可以轻而易举地采集和整理各方面的知识和信息。另外，由于知识和信息过于浩瀚与庞大，即使最博学的人也无法全然知晓。更何况，当今世界到处充斥着多元文化的对撞与冲突，针对同一个问题，站在不同立场的人往往会提供完全不同的观点，甚至被认为只应有唯一真理的科学领域，也遍及相互对立的各种假说和猜测。

在这样一个讲究多元和思辨的文化氛围中，人文知识由过去对客观性、科学性的追求，进化为对概念的界定，对思辨的论证或对材料的考据、推理与分析，其中的虚构和想象逐渐前景黯淡。原本以讲故事和虚构为追求目标的小说再也难以以此支撑起过去那种高贵性和尊严感，只能另辟蹊径、谋求生路。当代小说出现百科全书化趋向，以"复调"容纳多元思想，以知识的"发现""排序""检索"提供小说内容的支持，就是小说家为小说发展探寻的一条出路。与传统的百科全书式小说家（如但丁、歌德或18世纪的一些启蒙作家）不同，当代小说家有时并不是以小说中呈现的大量知识来启迪或教育读者，他们可能探讨的是信息不断扩散对人们生活的负面影响，例如，表现对于无法完美地呈现知识或真正地认识世界的绝望；展现当代社会趋向碎片化的真实面貌，甚至是强调知识过剩造成的近乎无意义状态；有意制造迷宫，给予读者一种被混乱和空虚征服的感觉；等等。当然，很多小说家也在力图超越这种悲观，努力寻求混乱中的秩序……总而言之，小说家们不可能对这个知识爆炸时代的特色视而不见，他们在小说中从正面或反面对此做出了反应。

第二，即时性的蔓延。小说自诞生之日起，就与时间中的过去密切相关，讲述的基本都是已经发生的事情。"现在"只是小说中的虚拟时刻，或是尚不足以产生故事或叙事的时刻，是故事缺失的时刻。而今天，人们恰恰处于一个即时性压倒一切的世界里，处在一个聚焦"现在时"、关注它的更新和重复的世界里。当今时代是一个前所未有之瞬息万变、混乱复杂的时代，凭借过去的经验已经难以把握和理解。在这个"微时代"（以微博、微信等为传播媒介代表，以短小精练为文化传播特征的时代），人们需要的是与之相关的"新闻""信息"，而非"故事"，追求的是即时性效应。因而，碎片化、个别化、偶然性成为当代叙事赖以存在的文体，甚至是主导性的文体。

当代小说也无法脱离这一趋势,很多作品只有细节,而没有了情节,那些细节也不再是情节的组成部分,它们往往离开了情节和人物而具有了独立的意义。小说从简单的故事陈述衍化成了复杂的细节描写,而且是现在进行时的"浮世绘"式描写。这是本雅明在《讲故事的人》(1936)中所说的"叙事的衰落"的典型征兆,也是小说百科全书化趋向的一个鲜明特质。

第三,个人经验的贬值。综观文学史,在叙事文学产生的最早阶段,由于生产力低下,人类只能依靠集体生存,叙事也以共同体的体验为前提,早年的神话、史诗、民间故事等皆是如此。后来,以人为本的人文主义的盛行使文学成为人学,个人的经验越来越重要,小说的兴趣与个人主义密切相关,追求个性化、关切私人经验成为小说的重要特征。时过境迁,随着社会的发展,人类的生存版图越来越庞大,社会结构越来越复杂,知识结构也越来越专业化。在这种情况下,任何个体的私人经验都难以穿透这些结构,所以,个人理解力在相对意义上呈现退化或丧失,世界越来越成为不可逾越的迷宫。同时,随着世界工业化、技术化的飞速发展,整个社会趋于集体性、制度化,个人和个性某种程度上不再像在近现代的社会生活中那样深刻而重要了。何况,人们还要面对越来越多的"异化"作用带来的不可调和性。这些更使世界成为个人经验所无法探测到的"异己"存在。小说似乎也无法再以个人和个性作为其关注的中心,代之而起的是集体的经验和技术的勃兴。

虽然看似一个轮回,但当代西方小说这些重以人类共同体甚至宇宙共同体的心灵经验和知识传统为前提的百科全书化趋向,与早年的叙事文学既相似又大相径庭。它们如同早年的神话传说等一样,往往喜欢复述,呈现出一种程式化的重复,但其目的却并非古代那种教育的或真理传播的诉求,而是克服纯粹的私人话语的狭隘性和私人生活相对封闭的空间限制,在私人话语和个人经验之外,以

"转述"或"引语"的方式，以镶嵌的形式，重新启用或分享集体经验和集体智慧。

（二）文学原因

第一，语言的转向。语言的转向（Linguistic Turn）最初作为一个哲学术语，用来概括20世纪以来西方发生的语言取代经验和理性而成为中心的转变过程。索绪尔的结构语言学——反传统的工具论语言观，切断了语言与现实及主体的联系，将之视为一个有自身内在规律的封闭性结构，从而确定了文学自主性，使写作在很大程度上成为能指符号内部的自由游戏。一言以蔽之，语言由工具、载体转变为文本本身、艺术本身，即"语言即本体"。罗兰·巴特认为，文学中的语言除了自己以外不意味任何东西。也就是说，语言能够独立存在，它从来不是明晰的，不是仅仅传递"意思"，或"事实"，或"思想"，或"真理"的工具。巴特认为，文学比科学更科学，因为文学知道语言是天真的，知道在文本中，不能传递与书写之物无关的任何真理，除了书写之物别无他物。所以，文学语言具有开放性，具有多种意义，只有承认语言意义的漂浮不定，才能保持语言学的科学性。而在雅各布森的理论中，文学是语言的艺术，即文学是语言本身通过排列组合构成审美符号体系和价值体系的艺术。

在语言失去深度和意义后，当代西方作家在具有百科全书化趋向的小说创作中以一种游戏精神进行技法或形式上的操作，以一种主观加工，意图通过语言排列表现其与人类生命的同构效应，以互文性和语言的开放性与多义性反映世界的破碎与关联。同时关注语言用于交流时（或进行信息的传递，或成为某种事物的代码时）的词不达意，故意强调断裂和空白，以激发读者的想象，似乎无物言之，其实无不言。如卡尔维诺《看不见的城市》中马可·波罗学会了说话，反而不如之前的手势或动作更为忽必烈汗所理解。

同时，语言转向后，语言（即内容、文化、风格）传统的中心意义被瓦解，传统的风格或文体的一致性也就被瓦解了，小说的文体边界松动，出现了杂语化现象。巴赫金曾经说过，当代小说家所面临的世界是一个被多元的他人话语笼罩着的世界，是"杂语话的世界"。为了适应这个新世界，小说打破了原有的壁垒，成为各种体裁、各种风格，甚至是各种学科的杂糅体，这也是小说百科全书化趋向的一大特征。其意义是，在各种自以为是、唯我独真的所谓主义的宣扬中，在独断式的思维方式中，在各式各样的力图成为权威的观点中，以其多义性、对话性、包容性、反省性，对世界进行多元的（多声部的）甚或是反讽的展示。

第二，故事的没落。在信息爆炸和文化多元的当今时代，人们对传播信息和论争求实的要求似乎远远高于虚构叙事，所以小说中讲故事的冲动已经衰退。1936年，本雅明在《讲故事的人》一书中悲观地宣告了叙事衰竭、故事没落的现状。在过去的岁月里，尤其在口耳相传时代，故事一度是人们获取知识的主要形式之一。伴随着知识客观化和科学化的过程，这种古老的虚构叙事虽然在18—19世纪的小说中仍显示出无穷的活力，但从20世纪开始已经明显的黯然失色了。本雅明认为，传统讲故事的人主要有两种，一种是远行者，他的故事魅力来源于与空间的联系；另一种是年纪比较大的农夫或当地人，他的故事与知识来自对历史和传统的掌握。所以，讲故事的人是把神秘的未知空间和难以保存记忆的时间这两个维度与我们联系起来的媒介。由于现代科技、交通通信等的发展，当今社会异质的"远方"空间和时间消失了，它们的故事也就不再具有吸引力了。本雅明写道："我们看到，一种新的交流形式诞生了，这种新的交流性就是新闻报道，它完全控制在中产阶级手里。"与重视传统与记忆的故事不同，新闻是即时性的产物，也许24小时之后就会被置于脑后。本雅明认为，故事就像手工工艺一样是不惜心血的持久劳作，而紧张的现代生活和永恒观念的过时使得持久劳作已经日渐没落，故事亦然。

然而，小说就算不再以讲故事为己任，它仍然与新闻有着根本区别，因为它从不致力于解释却始终致力于传达"生活的意义"。虽然随着每日巨大信息的涌入，个人生存经验日益"贫乏"或"贬值"（本雅明语），小说家自己也难以回答生活的意义到底是什么，而过去这个答案总是在故事的结尾。所以，当代西方作家在具有百科全书化趋向的小说创作中往往以破碎和未完成的方式来表达困惑和对意义的执着探索。他们找到了新的叙述空间，来充分表现世界的多元化和复杂性，即致广大而尽细微，对复杂社会宽广博大的容纳与精微的细节描写相结合。

第三，主体和作者的隐退。人文主义时期对个体价值的推崇，使人物的个性、行动和见闻经历成为小说叙述的中心。到了20世纪，虽然这种个体价值和主体性并没有完全消失，但它不再体现于人物的外部行动领域，而是内化于感觉、意识和无意识领域中。小说的主人公失去了鲜明的个性，他的行动也不再具有中心意义。卢卡契认为，这是由于现代生产方式所产生的机械化、合理化和商品化，使人被"物化"和"异化"了，而个人的孤立化和工具化使人的自由意志、自主性和主体性变得可疑了，个人也就失去了行动的可能性和意义。此外，行动意义的阙如和行动的缺失进一步强化了情感的力量和想象的空间。小说叙事的中心自然不再是再现现实，而转为表现内心，或是建构某种现实的可能性。一些比较激进的具有百科全书化趋向的小说家，甚至让他们的人物"适应"这个物化世界，隐匿于其中，来表达对现实的妥协，或是抵抗和批判。主体的隐退，使世界的呈现得以凸显。

此外，在小说主体走向隐身的同时，作者也走下了神坛，转向幕后。我们知道，最早的文学文本（神话、史诗、圣典等），往往作者不明，因为他们只不过是权威（神或领袖）的代言人、传播者，或是集体创作的整理人、记录者。随着历史从口传时代走向书写时代，个人主义和私人空间出现，作者与作品的关系才逐渐被规范。在某种意义上，甚至可以说，作者是资产阶级雄心勃勃的个人主义形象，文本是他的所有物，他在其中是造物主一般的存在。同时，随着个体意识的发展，叙事艺术开始强调个人的独创性，更加注重一种个人化和内心化的经验和表述，是一种"个人言说"，因此作者的地位日益凸显，作者的声音某种程度上拥有了绝对权威。但是，在20世纪，经过精神分析学派、新批评派、结构主义、接受美学等的"祛魅"，作者逐渐走下了神坛，罗兰·巴特和福柯更是将作者的概念彻底解构。作者不再是文本的中心和主导性权威。而作者的隐退，使读者和文本有了更多自由。

第四，小说本质的要求。小说自诞生起，就与周围日益复杂的社会生活和文化诉求紧密相连，是多种叙述性文学形式混合的结果，是一种不稳定的综合性文体，其本质是流动不居的。正如华莱士·马丁在《当代叙事学》中所说，"除了作为一个混合体，长篇小说是不存在的"①。伊恩·瓦特也在《小说的兴起》一书中写道：小说"给予了独创性、新颖性以前所未有的重视，它也因此而定名"。② 小说总是通过不断地摒弃某些东西同时吸收一些新的东西来演变和发展，所以，它从来没有固定的程式，从来就不是一种定型的体裁。

根据文学史，我们可以知道西方长篇小说出现于文艺复兴时期，是传统叙事文学形式发展的必然结果。当书面叙事取代口头叙事、个人创作取代集体创作、自觉叙事取代不自觉叙事成为主流趋势时，小说应运而生。它致力于展现一个多姿多彩的世界，表达私人的体验与探索。一直到18世纪，小说始终在长足发展，表现出日益强劲的生命力，但尚未形成体裁的规定性，故而没有法度，自由不拘，拉伯雷、塞万提斯、斯泰恩、狄德罗等人的小说创作皆是如此。19世纪是小说的黄金时代，它有了自己的一套惯例和专属的艺术规定

---

① [美]华莱士·马丁：《当代叙事学》，伍晓明译，北京大学出版社1990年版，第31—32页。

② [美]伊恩·瓦特：《小说的兴起》，高原、董红钧译，生活·读书·新知三联书店1992年版，第6页。

性，然而，小说的自由本质决定其不拘一格、率性跳脱的创作始终存在。20世纪出现的现代小说以"反小说性"著称。有些小说除了仍然通过散文叙述以外，几乎背离了此前小说的一切特征，没有了情节和故事，蓄意放逐性格鲜明的人物，抹去了时间和规律……总之，现代小说与传统作品相比可谓面目全非。小说以其广阔的包容度和与生俱来的更新能力，不断厘革着边界，展示出新格局。当代小说家以富于挑战性的文学实验，不断挖掘着小说远未穷尽的艺术可能性，他们以许多过去难以思议的创作手法说明，小说的写作艺术还可以如此层出不穷。而具有百科全书化趋向的小说家的创作可以说是小说与生俱来的跨界性、包容性、生成性、多元化和非结构化特质的典型代表。

上述分析只是笔者感触比较深的几条，其实造成当代小说百科全书化倾向产生的原因还有很多，例如怀疑主义盛行、破碎的现实体验，以及作家的叙事野心、心理动力等，这里就不再一一赘述。总之，当代西方小说的百科全书化趋向是在传统经典小说衰落之后，对小说艺术无限可能性进行实验的可贵成果，也是西方小说在当代知识体系中寻找自身价值的有效尝试，它为认识当代小说创作和小说研究所面临的美学困境与文化契机等问题，提供了丰富的实践经验和宝贵的理论启示。其中，博尔赫斯、纳博科夫、卡尔维诺、艾柯的小说创作中这种百科全书化趋向尤为典型，而且这四位大师在世界文坛影响深远，他们不仅小说写得精彩绝伦，而且在文学批评理论方面也成果丰硕。因此，笔者以这四位作家的创作实践和理论批评为重点研究对象，再辅以其他一些作家作品，力图能够对当代西方小说的这一重要现象管窥一斑。

第一章　知识追求和认知功能

知识是小说的惟一道德。①
　　　　　　——米兰·昆德拉《小说的艺术》

小说与生俱来就有求知的要求。这种求知的企图，认识外界、认识自我的渴望，是小说根深蒂固的天职。时至当代，小说从未背叛这种认识功能，甚至表现手法更加多样化了。在人类文学史上，有一些小说认知功能表现得特别显著。在我国，鲁迅先生称其为"才学小说"，夏志清称其为"学者小说"；在西方，有时称其为"博学小说"（erudite novel）或"百科全书式小说"（encyclopedic novel），有时称其为"学院派小说"（academic novel）、"智性小说"（intellectual novel）；等等。这一类小说包罗万象、博闻多识，涉及的知识不仅面广（跨多种学科），而且精深（具有专业性），令人眼界大开。早期这些具有百科全书特征的作品往往承担着向民众传授和宣讲知识的启迪和教化使命，因此其内容虽然丰富，但核心是一元化的意识体现，其形式也是秩序化和封闭化的。而当代具有百科全书化趋向的小说更具开放性和多元性，因为它们不再以指导读者为己任，其内容反映的是当代人与知识之间错综复杂的关系，既有对知识爆炸时代信息过剩所造成的负面影响的绝望，也有处理庞大知识

---

① ［捷克］米兰·昆德拉：《小说的艺术》，董强译，上海译文出版社2004年版，第7页。

数据的信心和从混乱中寻求秩序的努力。因此，它们的知识狂欢呈现出"海纳百川，有容乃大"的包容感和拒绝单一性思维的复调思想与怀疑精神。

第一节 小说的认知功能

当代西方小说中，具有百科全书化趋向的小说家创作的立足点往往不在于一般作家更为崇尚的审美功能，而在于小说最能体现他们叙事雄心的"认知功能"。自20世纪以来，他们除了重视对文本之外的知识追求，还开始关注对文本自身的认知。

一 对外在世界的认知追求

当代西方小说的百科全书化趋向与人类追求和赞美知识力量一致。人类为了求生存，生来就有一种探知周围环境的欲望，就有知悉和掌控全局的要求。随着人类理性精神的觉醒，人类在有意无意间逐渐建构起知识神话和书籍神话。书籍成为理性的代名词，承担起认知的重任，尤其是百科全书，体现了心智的启蒙，代表了知识，象征着秩序和理性。然而，中世纪文学所产生的百科全书式作品（如但丁的《神曲》），常以稳定的秩序和严谨的形式来表现人类知识的总体，其系统模式虽然庞大，却仍然以一种先验的神学系统为核心，具有信仰的向心力、归属感和一元化，是具有必然性的单一封闭体系。在文艺复兴之后的百科全书式作品中，知识和理性日益上升为新的权威模式，构建起更为精细的宇宙图式，但又带来了新的意识单一化。

及至当代，情况才发生了根本性变化，小说逐渐摆脱了伦理道德、意识形态等的桎梏。以怀疑论为基础的反讽机制的引入，打破了系统的稳定性和封闭性，带来了丰富的可能性和阐释的多样性。许多小说家意识到，知识并不等于真理，人类的认知存在着许多谬误和虚妄，且十分有限，只能接近而无法真正地获得真理。他们认识到，一本书或者说一个文本，并非只有一种意义，而是由多维空间组成，是由来自文化的成千上万个源点组成的编织物，它们相互结合，同时相互争执，展现出的并不是某种永恒的唯一真理。陀思妥耶夫斯基的"复调"小说、福克纳多视角的"众声喧哗"、乔治·佩雷克的碎片与拼贴……皆是有思想的当代作家以不同的叙事策略来实现他们创作的认知目的。在这些以自己的智慧孜孜以求实现小说认知目标的具有百科全书化趋向的作家中，卡尔维诺尤其具有理论探讨力和理论深度。

卡尔维诺在《未来千年文学备忘录》（也译为《美国讲稿》）中将小说视为认知的工具，要求小说成为百科全书，成为认识自我与他人、认识人类与世界的关系网。他认为，小说在其变幻多端的形式外衣下始终隐藏着求知的企图，并深信，在整个欧洲文学（尤其是意大利文学）中，这一直是小说根深蒂固的天职。[①] 因此，他将文学看作一幅世界的地图、认知的地图，看作受渴望知识的驱使而进行的写作。与其他具有百科全书化趋向的作家一样，他表现出极大的文学野心，要求现代小说不仅要有对现实世界的简单认识，而且要有对具有无限阐释可能性的宇宙的认知追求，所以提出"现代小说应该像百科辞典，应该是认识的工具"[②]。

同时，基于积极的怀疑主义态度和对传统及现代文学的清醒认识，卡尔维诺提出了"开放型的百科全书"的概念。为了进一步阐释他的主张，他对那些追求小说认知功能的前辈文学家进行考察。他首

[①] Italo Calvino, "Two Interviews on Science and Literature", *The Uses of Literature*, trans. Patrick Creagh, New York: Harcourt Brace Jovanovich, 1986, p. 32.

[②] ［意］伊塔洛·卡尔维诺：《美国讲稿》，萧天佑译，译林出版社 2008 年版，第 101 页。

先选择了卡尔洛·埃米里奥·加达（Carlo Emilio Gadda，1893—1973）来论证自己的观点。他发现，加达从不忽视同时存在的众多相互区别的因素，认为这些因素共同决定了每一件事物，在其作品中他借人物说出："他的中心思想，他的一贯想法，是改变我们心目中从亚里士多德或康德这类哲学家那里得到的有关原因的含义与分类，用众多的原因替代惟一的原因。"① 因此，加达在写作中，把每一件物品，哪怕是最小的一件物品，都看作一张关系网的"纲"，结果对细节的追求使得小说涵盖面越来越广，趋向于包罗整个宇宙，而外部世界也被描绘成一个线球或一团乱麻。例如，在《梅鲁拉纳大街上一场可怕的混乱》中，有一段关于被盗的首饰被找回来的描写。加达细致地写到了珠宝与地质学的关系，与其他化学成分的关系，与其制作者及各种可能的拥有者的关系，与其可能引起的各种联想的关系，等等。加达具有认识事物的强烈愿望，并注重借助词语的力量，但这使他离开了外部世界的客观性而走向了自身的极度主观性，认为"认识是给现实增添某种东西，因此认识就是曲解现实"②。他描写事物的典型方式是曲解，而这种曲解又使他痛苦，导致他自暴自弃，无法完成自己的计划。同样受过科学技术与哲学教育，并且做过工程师的作家罗伯特·穆西尔（Robert Musil，1880—1942）是另外一个追求"百科全书式小说"的作家。穆西尔用数学般的精确性和人类事物的不确定性之间的张力来说明认识过程，将之看作对两个互相对立的极的认识：一个有时候可被称为精确，或是数学、纯精神，甚至是军事思想；另一个则被称为心灵、非理性、人性，或者是混乱。但是，穆西尔在小说中构建一个包容一切所知和欲知现象及内容的企图，同样无法完成。卡尔维诺认为，加达和穆西尔等

---

① ［意］伊塔洛·卡尔维诺：《美国讲稿》，萧天佑译，译林出版社2008年版，第99页。
② ［意］伊塔洛·卡尔维诺：《美国讲稿》，萧天佑译，译林出版社2008年版，第103页。

人虽然在创作"百科全书式小说"方面做过许多有益的探索,但是最终没有获得成功,主要原因是他们没有找到恰当的表现形式,没有合理界定自己所描写内容的范围。他引用马塞尔·普鲁斯特(Marcel Proust,1871—1922)小说中的一段话揭示了他们失败和痛苦的根源:"我们不可能全部接触到这些点。如果有人告诉我们这些点都在什么地方,我们也许能够找到它们。可是,我们是在摸索中前进,不可能全部摸到它们。由此产生了不信任、忌妒和痛苦。我们沿着这条荒谬的道路前进,浪费了宝贵的时间;我们与真理擦肩而过,却不能发现真理。"① 卡尔维诺认为,普鲁斯特虽然也未完成他的"百科全书式小说",但并不是因为他缺乏构思,而是因为他的作品是由事物依次在时空中占据的点构成的,这些点连接成网,每个点都会扯出其他的点,使作品的情节越来越细腻、规模越来越庞大,时空维度无限地繁复起来,最后大到人们无法理解它,而它仍然是未完成状态。但是,他也发现,普鲁斯特认识到了认识的不可知性:"认识就是经历无法理解这一痛苦。"② 同样经历了这种痛苦的,还有福楼拜笔下的布瓦尔和佩居谢。这两人本是抄写员,意外获得一笔财产,于是离职去过自己喜爱的知识生活,整日徜徉在书籍的海洋中,涉猎农学、园艺、化学、医学、地质、历史、考古、文学等许多学术领域。然而,正如卡尔维诺所评述的那样:"对这两位单纯的自学者来说,每一本书都是一个新的世界,而且各个世界又相互排斥,让他们得不到一点确切的知识。他们尽管用尽心思,也未能从书本上学到才干。"③

无论是布瓦尔和佩居谢,还是加达、穆西尔,他们那种要求精

---

① [意]伊塔洛·卡尔维诺:《美国讲稿》,萧天佑译,译林出版社 2008 年版,第 106 页。
② [意]伊塔洛·卡尔维诺:《美国讲稿》,萧天佑译,译林出版社 2008 年版,第 106 页。
③ [意]伊塔洛·卡尔维诺:《美国讲稿》,萧天佑译,译林出版社 2008 年版,第 109 页。

确地认识和掌握世界上全部知识的企图，显然是一个乌托邦。卡尔维诺并不是要摒弃这个乌托邦理想，恰恰相反，他宣称："在许多工作中，宏愿过多会受到谴责，在文学中却不会。文学生存的条件，就是提出宏伟的目标，甚至是超出一切可能的不能实现的目标。只有当诗人与作家提出别人想都不敢想的任务时，文学才能继续发挥它的作用。自从科学不再信任一般解释，不再信任非专业的、非专门的解以来，文学面临的最大挑战便是能否把各种知识与规则网罗到一起，反映外部世界那多样而复杂的面貌。"① 所以他问道："如何理解这部未完成的小说的结尾呢？布瓦尔和佩居谢放弃了理解外部世界的企图，甘当一名抄写人员，决心一辈子抄写宇宙图书馆中的图书。难道我们应该得出这样的结论：布瓦尔和佩居谢的经历表明百科全书与空虚是一回事吗？……这部描写两个自学者涉猎百科知识的传奇，事实上反映了一项真实而伟大的创举：福楼拜自己变成了一部百科全书，以不亚于他那两个人物的热情掌握了他们力求掌握却未能掌握的全部知识。有必要花这么大力量来证明这两个自学者的知识毫无价值吗？有必要花这么大功夫来揭露这两个知识短缺的人的虚荣心吗？"② 卡尔维诺当然不认为福楼拜在做无用功，相反，他认识到福楼拜的明智之处，是在保持着对千百年来所积累的知识无限感兴趣的同时，保持一种怀疑精神，讲求方法并富有人性。

接下来，卡尔维诺继续考察那些和福楼拜志同道合的作家，如歌德、诺瓦利斯、洪堡、马拉美等。他还将托马斯·曼（Thomas Mann，1875—1955）的《魔山》看作 20 世纪文化最全面的序言：20 世纪思想家讨论的全部主题都已经在其中预告或评论过了。从这些作家那里，他得到启示：在把小说当作能够包括整个宇宙的一种文学形式

---

① ［意］伊塔洛·卡尔维诺：《美国讲稿》，萧天佑译，译林出版社 2008 年版，第 107 页。
② ［意］伊塔洛·卡尔维诺：《美国讲稿》，萧天佑译，译林出版社 2008 年版，第 109 页。

的同时，必须放弃封闭性地完全理解外部世界的企图；在以极大的好奇心力图认识人类世世代代积累的知识的同时，必须保持着积极的怀疑态度。他明白"开放型的"这个形容词与"百科全书"这一名词相互矛盾。因为"百科全书"一词的词源显示，它想把世界上的知识全部收入一个小圈子内。可是，卡尔维诺更为深刻地认识到："今天已不可能想像有什么整体不具备潜在的可能性，不允许新的设想，不可能变得多式多样。"① 虽然他的小说理念依然以尝试包罗一切为理想，却不再力求创造一个完整的模式。相反，它有意识地保持着开放性和未完成性，追求对无限可能性的感知。

二 对文本自身的认知探究

当代西方具有百科全书化趋向的作家对"元小说"的钟爱，表现出他们深入认识文本的追求。"元小说"是美国小说家兼批评家威廉·加思（William Gass，1924—）于1970年在《小说与生活中的人物》中提出的概念，字面意思是"关于小说的小说"（fictions about fictions）。创作"元小说"的作家同时也是批评家、理论家，因为他们在创作小说的过程中直接研究小说建构的运作方式、基本结构、方法策略等相关问题，以清醒的自我意识追问小说的身份定位和合法性。"元小说"对自身的文本虚构性毫不隐瞒，质疑了传统的文学模仿功能，在某种程度上是一种彻底的自我观照和自我反省的艺术。

"元小说"兴起意味着人们对语言的认知进入了一个新的阶段。人类的精神生活和文化生活一时一刻也离不开语言，但20世纪60年代以后，越来越多的学者意识到，既然人们对世界所有的认知都需要语言来表述，而语言本身实际上存在着很多局限性，那么人们

---

① ［意］伊塔洛·卡尔维诺：《美国讲稿》，萧天佑译，译林出版社2008年版，第111页。

依靠语言构建起来的知识体系和现实认识必然带有一定的主观性和虚构性。由此，各个学科的学者们都开始对叙述话语本身进行反思和重新认识，自语言学家叶姆斯列夫（L. Hjelmslev，1899—1965）提出"元语言"的概念后，"元修辞""元叙事""元政治""元历史""元小说"等一系列术语如雨后春笋般出现，显示出人们对文化层面的高度自觉和反思。其实，"元小说"的创作实践由来已久，《堂吉诃德》《项狄传》等都存在暴露小说创作痕迹的语句，只不过20世纪这一术语的提出说明小说家自我意识的增强，对文本自身的认知越发深入。

自古以来，小说一直被视为反映现实的镜子。但当代一部分西方作家越来越意识到，世界是变动不居的，语言是主观有限的，因此小说无法完全客观地反映现实。他们热衷于向读者揭示小说的虚构和不确定，揭示小说世界不过是文字的建构，一方面激发读者的怀疑精神和主观能动性，促进读者更好地思考和认知；另一方面却也体现了作家们相信"诗比历史更真实"的自信心，体现了他们对文学功能的深刻认知。"元小说"把锋芒转向文本自身，重新审视有关小说的一切知识，在重新审视小说与现实之间关系的同时，也必然带来小说文本形式的革新和发展。

总之，无论是对外在世界的探索和开拓，还是对文本自身的认知和反思，当代西方具有百科全书化趋向的小说都保持着一种开放性，这也正是它与早期具有百科全书特征的叙事文学的一个重要区别。

第二节 认知功能的内在要求与特征

具有百科全书化趋向的小说这一开放性的认知功能要求小说打破学科壁垒和文类壁垒，实现文学和其他学科的交叉融合；拒绝唯一的、僵化的臆断和阐释，主张实现开放和容纳，获得自由和丰沛；冲破作者独裁，追求非个人化的叙事和多元自由的对话，从而超越个体叙述身份的局限，多元化、多角度地认识事物。

一 打破学科壁垒

小说自诞生之日起，就注定需要文学以外的知识来滋养自己，使自己获得发展和提升。而当代西方具有百科全书化趋向的小说的一个重大挑战就是把各类知识、各种密码罗织在一起，联结世界的人、事、物之间无穷的关系，造出一个多样化、多面向的世界景象。

博尔赫斯长期在图书馆世界生活，这使他倾心于哲学、神学等形而上的思考，他的每一篇小说几乎都有一个宇宙模式或宇宙某一特性的模式，几乎都有对某一形而上的问题的研究。他曾经提到，"时间是形而上学的首要问题。这个问题解决好了，一切都是迎刃而解"①。所以，他在《巴比伦彩票》《循环时间》《轮回学说》《环形废墟》《代表大会》中深入探究无限、永恒、瞬间、循环等。有人说，他开创了一种用文学作品探讨哲学可能性的写作手法。他还热衷于探讨神秘主义的宗教神学问题，如《三十教派》《蒙面染工梅尔夫的哈基姆》《神的文字》等。他也曾说："想象和数字并不对抗，而是像锁和钥匙那样互相依存。"② 他以文学家的眼睛观察世界，以哲学家的头脑思考问题，以数学家的缜密对待文本，所以，他的小说世界既洋溢着诗性之美，又弥漫着智性之思。纳博科夫认为，"一件艺术品中存在着两种东西的融合：诗的激情和纯科学的精神"③。作为蝶类学家、象棋爱好者和弗洛伊德心理分析的反对者，他的很多作

---

① [阿根廷] 豪尔赫·路易斯·博尔赫斯：《博尔赫斯，口述》，黄志良译，上海译文出版社2015年版，第77页。
② [阿根廷] 豪尔赫·路易斯·博尔赫斯：《私人藏书：序言集》，盛力、崔鸿如译，上海译文出版社2015年版，第33页。
③ [美] V. 纳博科夫：《固执己见：纳博科夫访谈录》，潘小松译，时代文艺出版社1998年版，第12页。

品都涉及生物学、棋类竞赛和心理学等内容，小说《天赋》还包含了物理学、进化论等相关内容。法国作家雷蒙·格诺（Raymond Queneau，1903—1976）是一个把数学当作业余爱好的作家，他的朋友中数学家多于文学家。在格诺的论文中，他强调数学思想的地位，认为人类科学呈现日益增长的"数学化"，数学具有了人文主义，因此也进入文学当中。格诺和他的数学家朋友们一起建立了"潜在文学工场"，简称"Ouliop"（乌力波），一个贯彻数学文学研究的十人团体。卡尔维诺也隶属于这个团体，他说："在这儿，我们处于一种完全不同的氛围中，不同于巴特和 *Tel Quel* 杂志小组其他作家的那种严谨、纯净的分析氛围。这里的主导性元素是游戏，是智力和想象的杂耍。"① 他留给下个世纪文学备忘录的一条重要标准："文学不仅要表现出对思维的范畴与精确性的爱好，而且要在理解诗的同时理解科学与哲学。"② 他宣称自己"向往整体文化"，并称："打破各专业间的隔阂，保持整体文化的生气，包括不同的认知及实践，而其中各个专业研究的多样论述还有生产加起来，是我们要学会掌握并依人性发展的人类历史。（文学正应该介入不同语言中负起居中沟通的工作。）"③ 艾柯的《开放的作品》中也提到了文学向其他学科的开放，作为有"当代达·芬奇"之誉的博学之士，他的小说往往融合历史学、神学、符号学、版本学、医药学、天文学、物理学、生物学等内容。

这些具有百科全书化趋向的作家在文学中对科学、哲学等的重视，显示了他们作为知识分子对于欧洲理性传统的继承和重申。他们对文学和文学之外学科之间缝隙的弥合，张扬了他们非凡的智性

---

① Italo Calvino, "Two Interviews on Science and Literature", *The Uses of Literature*, trans. Patrick Creagh, New York: Harcourt Brace Jovanovich, 1986, p. 30.
② ［意］伊塔洛·卡尔维诺：《美国讲稿》，萧天佑译，译林出版社 2008 年版，第 113 页。
③ ［意］伊塔洛·卡尔维诺：《巴黎隐士》，倪安宇译，台北：时报文化出版企业有限公司 1998 年版，第 201 页。

和诗意。

二 拒绝过度诠释

虽然当代西方具有百科全书化趋向的小说家把文学看作认知工具，但是，他们并不主张无限制地、过度地对事物进行阐释，因为这样必然破坏事物本身所具有的多样性。

"过度诠释"这一术语是艾柯在剑桥大学的"丹纳讲座"上与理查德·罗蒂（Richard Rorty, 1931—）[①]、乔纳森·卡勒（Jonathan Culler, 1945—）[②] 等辩论时提出来的，后来据此出了一本小书《诠释与过度诠释》（*Interpretation and Overinterpretation*, 1990）。艾柯发现，最近的文学研究中，诠释者的权利被强调得有点过了火，所以他提出"一定存在着某种对诠释进行限定的标准"[③]，明确反对过度诠释。在辩论中，他指出，怀疑精神是值得肯定的，读者的作用也毋庸置疑，但自由解读的首先依据必须是文本，离开文本的解读是无本之木。艾柯的"开放的作品"与读者之间的关系在某种程度上可以视为一种认识论的隐喻，它代表着一种看待世界的方式，一种认识世界的方式。世界就在那里，它不言不语，又千言万语，读者从它的不言不语中解读其千言万语，从它的千言万语中力图认识它的实质内核。

与艾柯不同，卡尔维诺更多通过小说创作而不是理论探讨来表达这一思想。其晚年作品《帕洛马尔》中的同名主人公一心想要成为自觉认识和探索世界的人，但一直保持着一种怀疑眼光，这种眼光使他从未经解释的世界中学到了一些东西。一次，帕洛马尔先生

---

① 理查德·罗蒂（Richard Rorty, 1931—），当代美国最有影响力的哲学家之一，任教于斯坦福大学。著有《哲学与自然之镜》《后哲学文化》等。
② 乔纳森·卡勒（Jonathan Culler, 1945—），美国解构主义批评理论的代表人物。著有《结构主义诗学》《论解构》等。
③ ［意］艾柯等著，［英］柯里尼编：《诠释与过度诠释》，王宇根译，生活·读书·新知三联书店1997年版，第42页。

与朋友参观墨西哥古都图拉的一处遗址时,遇到一位老师带领着一群学生。每到一处,对要参观的石刻、金字塔和雕像等,老师都会向学生介绍大量的事实和细节——日期、文明、建材,然后一成不变地补充一句"不知道它们有什么含义"。帕洛马尔的朋友是古物鉴赏家,热忱并善于言辞,忍不住去指明石刻和雕塑的含义及在哲学上的意义,老师却不为所动。帕洛马尔着迷于他朋友的渊博,因为他的解释和发挥展示了人脑至高无上的功能,却也被那位老师的立场吸引,因为意识到"任何一处解释都需要另一种解释,而另一种解释又需要另一种解释,环环相扣"。① 人类有一种不可抑止的解释的需要,想要去知道、去解释、去翻译,要把一种语言解释成另一种语言,要把具体的图像翻译成抽象的词语,要把抽象的符号变成实际经验……但是我们真能讲得清说得明世界或事物那丰富的含义吗?"拒绝理解这些石头没有告诉我们的东西,也许是尊重石头的隐私的最好表示:企图猜出他们的隐私就是狂妄自大,是对那个真实但现已失传的含义的背叛。"② 人不能没有理性,但认为理性可以认识一切却是一种僭妄。卡尔维诺说:"我承认这两种态度都具有力量。我们不进行释义,不自问某种事物的含义是什么,不从事一种解释是不行的,但我们同时也知道,对于任何一种解释来说,都散失了太多的东西,因为缺乏完整的语境。即便我们能够精确无误地确定某些意义。这些所谓意义在我们的语境里也是迥然不同的。"③ 他认为,知识一方面意味着我们对世界的诠释和认定,但同时也意味着我们与这个世界的真实擦肩而过,与无知携手并行。因此,面对世界万象,他建议我们不能操之过急,任何主观解释都会使它丧

---

① [意]伊塔洛·卡尔维诺:《帕洛马尔》,萧天佑译,译林出版社2006年版,第114页。
② [意]伊塔洛·卡尔维诺:《帕洛马尔》,萧天佑译,译林出版社2006年版,第114页。
③ 何帆、文祥编选:《现代小说题材与技巧——当代外国著名小说家访问记》,中国文联出版公司1989年版,第271页。

失意义，甚至窒息它的生命。我们从中能够吸取的寓意在它自身之中，而非我们强加给它的东西之中。所以，最好先让它的形象在记忆中扎下根，再慢慢思考它的每一个细节，反复玩味它，但不要脱离它本身。他主张我们培养一种对存在于我们诠释之外的东西的尊敬，培养一种对充盈而非空虚的沉默的尊敬。

这种对沉默话语的尊敬和关注还表现在《看不见的城市》中。马可·波罗给忽必烈汗描述他在帝国旅行时的所见所闻，一开始这个年轻的威尼斯人不懂东方语言，只能靠手势、跳跃、各种叫声和从行囊里掏出的物件来表达他的意思：

> 对于皇帝来说，有时环节之间的联系并不清楚；那些物件可以表示不同的意思：装满矢镞的箭囊有时表示一场战争的临近，有时又代表收获丰厚的狩猎，还可以是出售兵器的商店；沙漏可以代表已经或正在流逝的时间，又可能是制作沙漏的作坊。……令忽必烈最感兴趣的是它们周围的空间，一个未用言语充填过的空间。①

不管隐晦还是清晰，马可·波罗所展现的每件物件都具有一种徽章的力量，一旦见过了，就不会忘记或混淆。后来，马可·波罗学会了说可汗的语言，或者可汗学会了听意大利语，可是两个人之间的沟通反而似乎不如从前那么愉快了。于是他们重新用手势和物品来补充说明，结果采用语言对话的兴致逐渐减少，他们的沟通大部分时间是在沉默中进行的。在这里，卡尔维诺以隐喻的方式微妙、间接地给予了我们一个很重要的告诫，那就是要避免语言过度且虚幻的自以为是。

拒绝过度阐释实际上还表现了作家对语言的高度认识，以及对

---

① ［意］伊塔洛·卡尔维诺：《看不见的城市》，张宓译，译林出版社2006年版，第39页。

它的热爱和怀疑。纳博科夫的小说《微暗的火》是这方面的一部奇作和杰作。作品的主体是一首由美国著名诗人约翰·谢德（作家虚构的人物）创作的同名自传体诗歌，但在作品中占更多篇幅，也更为读者所关注的部分，是名为查尔斯·金波特（也是虚构人物，谢德的同事）的人为这首诗写的序言、注释和索引。只要将其与长诗对照阅读，就会发现，他所写的完全是一种漫谈式的充满主观臆想的诠释，充斥着明显的断章取义、借题发挥和牵强附会，其中还生搬硬造地生发出一个位于俄罗斯以北的神秘国度赞巴拉及其逃亡国王的故事，简直是"过度诠释"登峰造极的典型之作。在某种意义上，可以说作家借此反讽了那种认为文本能够具有阐释者想要它具有的任何意义的观点。

如果说纳博科夫的《微暗的火》还是来源于对文学作品的过度诠释，那么艾柯的《傅科摆》就更有意思了，它来源于对一份生活中常用清单的过度诠释。小说的主人公是"圣殿骑士阴谋论"爱好者，他和两名同伴把偶然间得到的一份材料视为秘密文件，认为解读出其中的密码就能解开圣殿骑士的秘密，于是开始旁征博引，将历史中众多神秘事件、组织、社团等都编入其中。主人公的女友对此表示怀疑，于是也对这份材料展开了研究，最后发现它不过是一张送货清单。对一份普通清单的"过度诠释"居然生发出如此一部鸿篇巨制，令人叹为观止。这算不算是艾柯对自己所提出的"过度诠释"的"过度注解"呢？

把语言驱赶到极限，展现它的失败，却又实验着设法说出尽可能多的东西，这种悖论式的努力出现在卡尔维诺的《命运交叉的城堡》中。故事发生在一个特殊的情境中，所有的人物都失去了言语能力，只能用选择或排列塔罗牌来讲述自己的经历。作家没有像占卜中常做的那样赋予牌的画面任何神秘的意义，而是让它们自身显示出意义。例如，交叉的大棒在牌面上看起来浓密的时候，就会令人想到树林，而当它跟在马车后面时，就标志着两条路的岔道口。

所以，同一张牌在不同的故事里就有不同的释义。"星辰"牌面画的是璀璨的星空下，一个裸体女子在水域旁手持细颈瓶倒水。在"犹豫不决者的故事"中，水域被理解为干渴的骑士向往的大海，而裸女则被视为女神正在以水浇灌植物拯救荒原。在"复仇的森林的故事"中，这张牌意味着斗转星移，岁月流逝，被抛弃的女子在小溪旁分娩。在"幸存的骑士的故事"中，它展现了一位女扮男装的少女骑士在战斗后的夜晚偷偷沐浴。在"荒唐与毁坏的三个故事"中，它一会儿表示无衣遮体的考狄利娅在荒野中游荡，只能以坑洼积水解渴；一会儿是梦游的麦克白夫人在徒劳地清洗沾满鲜血的双手；一会儿又成了因失足落水而溺亡的奥菲利娅的悲剧……可见，每一张牌的画面都有无数的叙述信息和阐释空间，在不同的序列中有不同的意义，甚至即使有了固定位置和前后牌的限定，它仍然模棱两可。所以，在小说中，叙事者常常使用一些纯属揣测的字句表达，如"我们同行的游客大概是想告诉我们""这一列牌……一定是要宣称""我们只能大胆做些猜测"等。这些饱含寓意的塔罗牌几乎可以讲出世界上所有的故事，语言好似也无法企及其丰富性和立体感。因为与图像相比，语言总会沮丧于被说出的字词压扁和遗漏的东西。作家的目的不仅在于让我们认识语言的局限，而且希望我们借此重新反省字词本来的样子。字词，本来也是生活的图画，有多重含义、多种用法，当它们被放在句子中时，也可以随意排列获得不同结果。卡尔维诺希望我们今后在使用字词时，也要从中看到图像，以求在说出的字词后面能够瞥见被简化或遗漏的东西，或它们所提供的其他可能。

拒绝过度阐释，拒绝的其实并不是阐释，而是唯一的、僵化的、终极的阐释，它要求的是开放和容纳，是自由和丰沛。拒绝过度阐释，才可能真正地认识世界和文本。

三 冲破作者独裁

要更接近真实的世界，就必须超越个体叙述身份的局限，多元化、多角度地认识事物。具有百科全书化趋向的小说叙述与其他小说的一个不同之处在于,它最初就表现为一种非个人化的叙事。

最早的百科全书式作品——神话、史诗、圣典等,往往都是一些匿名的作品,被视为神启或神谕,故事的创造者并不是故事的讲述者。例如,《圣经》被视为神或启示者(即上帝、基督、先知等)的声音,它的作者不过是中介、传播者、代言人,或记录者、抄写者,而并非某一个性化的人,其声音或形象没有什么特别的重要性。后来,但丁的《神曲》、弥尔顿的《失乐园》、班扬的《天路历程》等逐渐增加了世俗化的内涵,在现代百科全书式小说和古老的神话式、宗教式的百科全书之间起着一种过渡和转化作用。现代小说中流行的那种类似于全知全能神的作者的概念来源于近代的文学写作,如浪漫主义和现实主义小说的兴起,产生于卢卡奇、本雅明等人所说的"私人的场所"的出现。随着社会人文主义的发展和个体经济的发展,个人逐渐体会到"孤独的个体性",开始关注私人生活和个人内心世界。这样的个体成了近代小说的叙述人。正如罗兰·巴特在《作者的死亡》一文里所说:"作者是一位近现代人物,是由我们的社会所产生的,当时的情况是,我们的社会在与英格兰的经验主义、法国的理性主义和个人对改革的信仰一起脱离中世纪时,发现了个人的魅力,或者像有人更郑重地说的那样,发现了'人性的人'。因此,在文学方面,作为资本主义意识形态的概括与结果的实证主义赋予作者'本人'以最大的关注,是合乎逻辑的。作者至今在文学史教材中、在作家的传记中、在各种文学杂志的采访录中,以及在有意以写私人日记而把其个人与其作品连在一起的文学家们的意识之中,到处可见……在多数情况下,文学批评在于说明,波德莱尔的作品是波德莱尔这个人的失败记录,凡高的作品是他的疯狂的记录,柴可夫斯基的作品是其堕落的记录……"① 人们透过虚构

---

① [法]罗兰·巴特:《罗兰·巴特随笔选》,怀宇译,百花文艺出版社1995年版,第301页。

故事或文本总能找到作者的声音,并把它还原为作者的"秘闻"或逸事。这种对私人生活的表现和个人化的叙事在小说发展中逐渐占据主流位置,在现当代文学中辉煌依然。

当代具有百科全书化趋向的作家一向对这种特权不以为然,他们往往认为,将作者视为小说固定的价值中心就会使其失掉小说自身本应包含的无限差异,造成局限和僵化。所以,他们更赞赏的是一种新的非个人化的叙述方式,力图求助于更为宽广、繁复的百科全书式的叙述模式,超越抒情个体和个人叙述身份的局限。博尔赫斯声称:"作者的意图往往是凡人浅见,并可能有错误的,而书里总应包含更多意义。"[1] 并承认:"我在写作的时候,我会试着把自己忘掉。"[2] 艾柯也说,他从乔伊斯和艾略特那里学到了"艺术之真谛,在于远离个人情感"[3]。他们意识到世界是由偶然性、随机性和破碎化支配的,价值也是多元化的。与之相适应,在叙事方式上,也应以百科全书式的多元化复合叙事取代唯我独尊的个体化叙事。正如有论者所说:"百科全书式的叙事意图意味着,对现代社会里在古老的'文化共同体'解体之后的意识的单体化和文学写作的个人化的界限意识,也同时是一种优越。是对个人意识的'单人掩体'的放弃。它重新借助于神话和宗教模式来表现世俗生活和私人生活。……百科全书式的现代小说都是一种复合的文本,取代了个人化的'我思''我爱''我痛'的表述的是一种多元的主题、细节的繁复和世界意识的复杂性。是巴赫金所描述的'双重逻辑'和'狂欢节式'。"[4] 具有百科全书化趋向的小说并不是全然否认独立的个人意识,也不

---

[1] [阿根廷]豪尔赫·路易斯·博尔赫斯:《博尔赫斯,口述》,黄志良译,上海译文出版社2015年版,第7页。
[2] [阿根廷]豪尔赫·路易斯·博尔赫斯:《诗艺》,陈重仁译,上海译文出版社2015年版,第152页。
[3] [意]翁贝托·埃科:《玫瑰的名字注》,王东亮译,上海译文出版社2010年版,第36页。
[4] 耿占春:《叙事美学》,郑州大学出版社2002年版,第69页。

是意图创造一种新的普遍的神话或一种意识共同体,而只是承认多元化,要求个体意识的开放以及巴赫金所谓的意识、观念和叙事方式的"多声部"对话。卡尔维诺发现,"那些最受我们欢迎的现代书籍,却是由各式各样的相反相成的理解、思维与表述通过相互撞击与融合而产生的。即使全书的结构已经过仔细研究而确定下来,重要的却不是这个结构呈现出来的那个封闭而和谐的图案,而是这个结构产生的离心力,是为了全面描述客观真实而必然带来的语言的多样性"①。所以,他所追求的百科全书式小说往往只是为各种声音、各种思想的交互提供场所,作者只不过是一个组织者,或其中的一个参与者,而绝不是一言以决之的独裁者。最能体现这方面思想的,是其后期杰作《如果在冬夜,一个旅人》。其中,他让读者、人物、文本都与作者进行对话,形成一种真正的众声喧哗的氛围。

综上所述,当代西方这些具有百科全书化趋向的小说所表现出来的知识追求,绝不是简单的知识罗列或对世界及文本的单纯认知,而是对有着无限可能性的宇宙的终极追求。这种创作雄心如果要真正实现,必须要有一种超越性的宇宙视野观照。

---

① [意]伊塔洛·卡尔维诺:《美国讲稿》,萧天佑译,译林出版社2008年版,第111页。

第二章　自我追寻和宇宙视野

> 如果我们忽略了自己，便无法认识身外的各种事物。宇宙是面镜子，我们在其中只能注视我们已经从自己那里学到的东西。①
> ——卡尔维诺《帕洛马尔》

当代具有百科全书化趋向的西方作家关注小说的认知功能，渴望实现书写整个宇宙的叙事雄心，首先体现于他们对自我的认识、探索和诘问。文学自诞生之日一直到今天从未曾抛弃研究自我之谜这一永恒主题，但传统文学中表现的是人类在自我意识尚未完全觉醒时，如同懵懂无知的幼童面对广阔无垠的世界之际所具有的惶恐与兴奋，以及刚意识到自我的存在和自我被压制后的踌躇、反抗与确立。而当代小说家更多呈现的是有清醒意识的自我被割裂、肢解之后的重寻和再建，是自我扭曲和异化之后从绝望和迷失之中的回归。这些作家往往在自我追寻的过程中，超越了自我，走向了摆脱个人中心主义和人类本位主义的宇宙视野。这种宇宙视野与传统文学中敬畏天地的先民"天人合一"的追求也有所不同，它更多表现出人类在知道得越多越意识到自我的无知后的谦卑，以及面对生态危机所产生的策略和立场。

---

① ［意］伊塔洛·卡尔维诺：《帕洛马尔》，萧天佑译，译林出版社 2006 年版，第 142—143 页。

第一节　自我认知的历程和方向

当今时代，是人类历史上发展最为迅速的世纪，也是最为风云变幻、错综复杂的年代。两次世界大战的爆发，不仅摧毁生命，也摧毁了人们对人性和美好价值的信仰，使人类不得不直面荒谬与虚无的生存困境。恐惧、焦虑、分裂、迷惘、绝望，成为时代的普遍情绪。战后，人类物质文明飞速发展，而精神生活改善甚微，物欲的追求凌越于精神追求之上。同时，机器的规模化生产所造成的"整体化"日益侵入社会，冲击着个体自由的观念，使个体面临对自我命运掌握的丧失和自我生存意义的泯灭。敏感的作家在作品中展示人类在荒谬混乱的世界中主体破碎、自我扭曲、肢解或丧失的生存困境，刻画其中生命自我的心灵冲突，以及自我迷失之后坚持不懈地追寻自我回归、确证自我价值的艰难历程。他们关注的自我不再是一个个具有鲜明个性的形象，而往往是代表着全人类或某类人的个体。

早在古希腊时期，苏格拉底的名言"认识你自己"就被写在了特尔菲神庙的门楣上，成为人类不懈探究的终极哲学命题，也成为文学永恒的主题之一。正如米兰·昆德拉所声称的那样："任何时代的所有小说都关注自我之谜……自我是什么？通过什么可以把握自我？这是小说建立其上的基本问题之一。"[①] 一代代文学家面对这一古老的斯芬克斯之谜，在漫长的文学旅程中进行着"上穷碧落下黄泉"式地执着追索，然而他们不断遭遇：神性光环对自我存在的遮蔽，泛滥欲望将扭曲的自我放大，理性独裁对完整自我的割裂，以及若干社会合力对自我的压制……故而，但丁奋力挣扎，莎士比亚彷徨

[①] ［捷克］米兰·昆德拉：《小说的艺术》，董强译，上海译文出版社2004年版，第29页。

延宕，蒙田陷入怀疑，陀思妥耶夫斯基被痛苦撕扯，卡夫卡被恐惧侵袭……当代作家终于卸下了神权的枷锁、拨开了欲望的迷雾、突破了唯理主义的霸权，却发现仍然无法抵制和对抗自我的异化，自我越来越萎缩，越来越空洞；当尼采宣布"上帝死了"时，自我也走向了消解。像罗伯特·穆西尔（Robert Musil，1880—1942）①的《没有个性的人》、索尔·贝娄（Saul Bellow，1915—2005）②的《挂起来的人》、拉尔夫·埃里森（Ralph Ellison，1914—1994）③的《看不见的人》一样，人已经找寻不到自我的身份和地位，丧失了个性，即使还存在于世界之上，也不过是一个漂浮的影子。所以，阿兰·罗伯-格里耶（Alain Robbe-Grillet，1922—2008）④和托马斯·品钦（Thomas Pynchon，1937—）⑤小说中的人物失去名字，约翰·巴思（John Barth，1930—）⑥笔下的人物意识到自己仅仅是虚构的存在。人对自我的追求竟然走向了自我消解，这是无法避免的悖论，还是刻意造就的反讽？难道人们只能就此慨叹"无可奈何花落去"吗？还有一些作家虽也以其小说探讨自我的迷失、割裂和阙如，但他们并不认为自我

---

① 罗伯特·穆西尔（Robert Musil，1880—1942），奥地利著名作家。其代表作《没有个性的人》的主人公乌尔里希在"物质时代"中感觉不到灵魂、丧失了锋芒，成为一个"没有个性的人"。

② 索尔·贝娄（Saul Bellow，1915—2005），美国犹太作家，1976年诺贝尔文学奖得主。代表作有《赫索格》《洪堡的礼物》等。其早期作品《挂起来的人》是主人公约瑟夫在等待入伍的过程中记录的日记，从中可以看出他找不到生活的意义，无法充分表达自己，无法确认自我的存在，是一个没有重心、晃来晃去的"挂起来的人"。

③ 拉尔夫·埃里森（Ralph Ellison，1914—1994），美国著名黑人作家。其代表作长篇小说《看不见的人》，写了一个无名无姓的普通黑人如何在敌对的、异己的环境压迫下完全失去自我存在的意义，终于成了一个"看不见的人"的过程，以寓言的方式说明人的自我异化已达到虚无的程度。

④ 阿兰·罗伯-格里耶（Alain Robbe-Grillet，1922—2008），法国"新小说"流派创始人，电影大师。代表作有小说《橡皮》《嫉妒》等。其小说人物常常没有名字，或仅用字母来代替。

⑤ 托马斯·品钦（Thomas Pynchon，1937—），美国当代著名小说家。代表作有《V.》《万有引力之虹》等。其中《V.》中的"V"似乎代表着许多人物，最终向缺乏人性、无生命的方向发展而去。

⑥ 约翰·巴思（John Barth，1930—），美国著名后现代主义小说家。代表作有《迷失在游乐场》《客迈拉》等。

死亡是最终结局，只是把它看作小说家为了警醒世人对自我进行的一次过于严厉的审判。虽然这些作家的自我追寻仍然是未完成时，但他们走出了消极悲观的死胡同，以其执着给予了困境中的当代人继续前进的动力；虽然没对人类面临的问题提出具体的解决办法，但他们对广博超越的宇宙视野的追求，以积极的尝试为基础，开拓了一条希望之路。大多数当代西方具有百科全书化趋向的作家属于后者。

　　作为一个博览群书、富有哲思的人，博尔赫斯始终非常关注"自我"问题。他曾说："我想到了一个观念——这个想法就是，虽然人的生命是由几千个时刻与日子组成的，这许多的时刻与日子也许都是可以缩减为一天的时光；这就是在我们了解自我的时候，在我们面对自我的时候。"[①] 作为一位用艺术映照生活的作家，在他的小说创作生涯中，"自我"问题始终是最重要的主题之一。在诗歌和回忆录中，他多次谈到自己经常自问：我是谁？我是什么？我在做什么？由此，推及对整个人类的询问：我们是谁？在他看来，自我是一个谜，一个艺术家必须去面对、去解答的谜。在诗集《诗人》中，他说："艺术本就应该如同那面镜子，向我们展示出我们自己的面容。"[②] 他对自我的展示可谓不遗余力，甚至不惜像生物学家一样切片研究。在《博尔赫斯和我》中，他把自己割裂为两个博尔赫斯，一个是平凡人，一个是名人，由此展开了一场独特的心灵独白。《另一个人》中也有两个博尔赫斯，一个身处1969年的剑桥，已经七十高龄，一个身处1918年的日内瓦，年方十九。《1983年8月25日》延续了这一主题，是六十一岁的博尔赫斯和八十四岁的博尔赫斯之间的对话。他将自我视为"他者"去审视、去剖析，从而更全面、立体地展现自我。他在晚年声称："实际上我不能创造人物。我写的

[①] ［阿根廷］豪尔赫·路易斯·博尔赫斯：《诗艺》，陈重仁译，上海译文出版社2015年版，第130页。

[②] ［阿根廷］豪尔赫·路易斯·博尔赫斯：《诗人》，林之木译，上海译文出版社2015年版，第138页。

总是身处各种不可能的状态下的我自己。就我所知，我还不曾创造过一个人物。在我的小说中，我以为惟一的人物就是我自己。我将自己扮作加乌乔，扮作街头恶棍，等等。但是的确，那始终是我自己。我把自己设想在某段时间里或某种境况之中，我不曾创造过人物。"① 这一方面反映了他对自我的不懈探究，另一方面也与他对文学创作的认识有关。他认为文学作品的基础只有很少一部分来自生活经验，主要源于作家的思想，所以外在的人物并不那么重要，重要的是自己的思想世界。在这个意义上，他发现："有一个人立意要描绘世界。……临终之前不久，他发现自己耐心勾勒出来的纵横线条竟然汇合成了自己的模样。"② 可以说，他始终在通过认识自我、描绘自我，去认识世界、描绘世界。

　　由于长期生活在观念世界中，博尔赫斯在对自我问题的认识上是非常形而上的。受叔本华唯意志论、印度佛教及其他一些唯心主义的影响，他认为，自我存在并不是固定不变的，而是可以任意转换的，甚至声称自我是不可知的，是某种稍纵即逝的精神状态。这种对自我的疑惑与否认，在他的作品中随处可见。如《我就是我》一诗中，他一开始就写道："我忘了自己的名字。我不是博尔赫斯。"接着，他用"我不是……我不是……"的罗列句式强调自己与祖先的不同，然后声称自己只不过是文字、语句："我只是一个回声，希望无牵无挂地死去。我也许是梦中的你。这就是我。正如莎士比亚所说。"③ 他多次有"我是瞬间，瞬间是尘埃""我只是回声、遗忘、空虚"之类的表述。这种类似"无我"的观念，或者说个人身份任意性的观点，使他能够接受"泛神论"的思想，将自我与世界上的

---

　　① ［美］巴恩斯通编：《博尔赫斯八十忆旧》，西川译，作家出版社2004年版，第200页。
　　② ［阿根廷］豪尔赫·路易斯·博尔赫斯：《诗人》，林之木译，上海译文出版社2015年版，第153页。
　　③ ［阿根廷］豪尔赫·路易斯·博尔赫斯：《夜晚的故事》，王永年译，上海译文出版社2015年版，第138页。

其他人联系起来,从而在文学的圈子里形成一种"共同作者"的概念,即"所有作家,包括莎士比亚,都既是众人又什么人也不是。都是一个独一无二的活着的文学迷宫"①。这种个人身份同一性观念和他的时间轮回理论,使他具有宇宙视野。

与偶像博尔赫斯的心灵历程有些类似,卡尔维诺在生命的最后几年回顾自己的创作历程时,声称:"如今六十岁的我,已看清楚作家的任务就是做他能力所及之事:对文学创作者而言就是描述、呈现、虚构。……我花了一些时间才了解意图并不重要,那得以实现的才重要。于是这份文学工作变成研究自己、理解我是谁的工作。"②对自我的追寻,可以说一直贯穿于其整个创作历程,体现了对个体生存的独特思考。《宇宙奇趣》和《时间零》在长达亿万年的宇宙大演变过程中,通过象征人类整体(更准确地说应该是所有地球物质)的 Qfwfq 的抉择和故事,展现个体在历史进程中探寻自我的位置,从而认识自我,确保自我生存、繁衍和实现价值的种种努力。《我们的祖先》三部曲是"描写人们怎样实现自我的三部曲"③。其中,《分成两半的子爵》的主人公梅达尔多在与土耳其人的战斗中,被大炮轰成了两半,分别作为一善一恶两片人体活着,处于自我遭到肢解分裂后自我冲突的激烈对抗中。当这两片人体承认了残缺并且认真去审视残缺时,他们就获得了新的感悟,逐渐走上了重新自我认识、自我定位以及追求自身的完整性的道路。《树上的男爵》的主人公柯希莫为了反抗贵族家庭对他的压抑和束缚,只身上树,从此生活在虽艰苦但自在的树上王国里,再也没有回到地面上。他的形象是自我抉择和自我实现的代表,是追求自由和个性的代表。而《不存在

---

① [美]哈罗德·布鲁姆:《西方正典:伟大作家和不朽作品》,江宁康译,译林出版社 2005 年版,第 368 页。
② [意]伊塔洛·卡尔维诺:《巴黎隐士》,倪安宇译,台北:时报文化出版企业有限公司 1998 年版,第 281 页。
③ [意]伊塔洛·卡尔维诺:《我们的祖先》,吴正仪译,工人出版社 1989 年版,前言第 6 页。

的骑士》的主人公阿季卢尔福是一具中空的盔甲，只有精神没有血肉，但他自视为一名光荣的骑士，始终在为确认自我的存在和荣誉而奋斗。晚年以哲思著称的《帕洛马尔》更深刻地表达了自我的追寻和诘问。同名主人公一开始从探寻自我与他者关系入手进行自我定位，但遗憾的是，他在人际交往方面不具天赋，因为不善于同别人打交道，所以在人群中难以轻松自如，总是陷入困境，被误解、踌躇、妥协和失误弄得焦头烂额。他以为，只要能和宇宙建立起和谐的关系，也就能顺理成章地改善与他人的关系，但是，当他自信已经在宇宙中找到了自己的确切位置而急急忙忙回到人类社会中去时，仍然落得灰头土脸、头昏脑涨。问题出在什么地方呢？原来，当观察宇宙时，他习惯于把自己看成宇宙中既无名称又无形状的一个小点，几乎遗忘了自己的存在，而在社会中活动时，却弄不清自己的位置。这是因为他缺乏对自我的了解，不能与自己和睦相处。帕洛马尔最终得出结论，要将自我与宇宙世界联系在一起，既通过世界把握自我，又通过自我观察世界。至此，我们看到卡尔维诺对自我的探寻之路，由认识到内心的挣扎迷惘、自我的割裂混乱，走向了超越自我意识，去宇宙中寻找和谐，从而追求并力图具有一种宇宙视野。

上述作家认为，自我追寻是永无止境的，并使之抵达了一个新的高度——在宇宙视野下继续进行，从而打破了相对主义和经验主义，摆脱了个人中心主义和人类本位主义，为解决人类认识自我危机找到了一条途径。

第二节　宇宙视野的概念与特点

所谓宇宙视野，是指一种超越个人中心主义和人类本位主义，具有宇宙精神的大视野。它能够体悟到宇宙中存在的一种超然力量与超然规则，以宇宙为中心，站在超然的立场上俯视万物。从古至今，文学作为人学，离不开对生命永恒和自由的追问，离不开对人类和宇宙的终极关怀。在人类文学发展史上，有许多优秀的作品，都是在宇宙视野下深思与探索的成果。科技充分发达时代的当代西方作家，也有不少在其小说创作中充盈着对宇宙视野的继承和超越。

人类在历史的进程中，凭借自己的智慧和力量与大自然对抗，逐渐取得了胜利，超越了自然，形成自己独特的文化，成为所谓"宇宙的精华，万物的灵长"。同时，在人类文化内部，一种认为"人是衡量万物的尺度"的"人类中心主义"随之滋生，它使等级差别、贵贱之分的观念横行于世，导致人类不仅肆无忌惮地砍伐树木、捕捞动物以满足自己的需求，严重地破坏了生态平衡，甚至在人类社会内部也是巧取豪夺、纷争不断。自古以来，就有不少有识之士以宇宙视野体察天地万物，对"万物并育而不相害，道并行而不相悖"的思想推崇备至。随着时间的流逝，人类对自然资源毫无节制地过度消耗，已开始引起大自然的反扑和报复，尤其19世纪以后，环境问题和生态问题已经迫在眉睫。因此，呼吁一种众生平等、自由和谐的宇宙视野，对于建立更具现代意义的生态伦理意识意义深远。

在文学创作中，自20世纪中叶以来一种"生态文学批评"日益兴盛，逐渐成为热点。它以关爱普世万物的"生态伦理主义"为理论支点，强调自觉用生态的眼光看文学，关注对人与自然关系的重新审视，重视自然对文学的本源性意义，探讨其中的生态意识和生态责任感。换句话说，这种新兴的"生态伦理主义"，实际上就是打破人类中心主义，主张众生平等、"天人合一"的宇宙视野的现代表现。很多当代具有百科全书化趋向的西方作家都具有生态意识和宇宙视野。他们认为，世界万物不应在权力和价值上有大小贵贱之分，而应是相互平等的存在。他们清楚地认识到，人类世界既非永恒，也非唯一，甚至人的产生也是非常偶然的组合过程，希望自己能够具备一种超越性的视野，冲破人类自我中心主义的妄想。例如，博尔赫斯声称,"世上的文章没有一页、没有一字不是以宇宙为鉴的,宇宙最显著的属性便是纷纭复杂"①。他几乎所有的作品(哪怕是小短篇)都呈现出复杂多元的宇宙意识,及对终极的深邃思考。卡尔维诺的文学目标之一是:"但愿有部作品能在作者之外产生,让作者能够超出自我的局限,不是为了进入其他人的自我,而是为了让不会讲话的东西讲话,例如栖在屋檐下的鸟儿,春天的树木或秋天的树木,石头,水泥,塑料……"②而艾柯认为,写小说是宇宙等级的事件,他说:"我发现,归根结底,一部小说与字词毫无关系,写小说,关系到宇宙学,就像《创世纪》里讲的故事那样。"③他们在小说创作中总是努力寻求一种超越自我、超越主观的认识工具,一种与宇宙灵魂等同的立场;寻求一种使人与人、人与物之间能够和谐相处的智慧和策略,一种生生不息的宇宙精神。

一 倡导平等交流,追求和谐共存

当代西方具有宇宙视野的百科全书化趋向作家在描写人与自然的关系时,赞赏"天人合一"式的、二者息息相通的共处方式。在他们笔下,人类在与大自然交流的过程中,通过对自然的遥望和聆听,既赋予了自然鲜活的人性和灵性,也获得了自身超乎凡尘、通达天地的宇宙情怀。

美国作家安妮·普鲁(Annie Proulx,1935—)④八十高龄完成

---

① [阿根廷]豪尔赫·路易斯·博尔赫斯:《布罗迪报告》,王永年译,上海译文出版社2015年版,第ⅰ页。
② [意]伊塔洛·卡尔维诺:《美国讲稿》,萧天佑译,译林出版社2008年版,第119页。
③ [意]翁贝托·埃科:《玫瑰的名字注》,王东亮译,上海译文出版社2010年版,第21页。
④ 安妮·普鲁(Annie Proulx,1935—),美国作家、编剧,女,美国国家图书奖终身成就奖得主。其多部小说获奖,如长篇小说《船讯》(1993)获得美国国家图书奖、普利策小说奖,短篇小说《断背山》(1997)获得欧·亨利短篇小说奖、全美杂志奖,等等。

的巨著《树民》是这方面的一部杰作。小说可谓一部有关北美殖民时期原始森林的百科全书,写了320年间七代人的生活,描述了两个与森林密切相关的家族——塞尔家族和杜克家族——的兴衰历史,探讨了人类与森林相处模式的各种可能性。其中,普鲁笔下的米克马克人(加拿大东部沿海各省最大的印第安人部落)是与森林和谐共处的代表,小说中塞尔家族第一代勒内的妻子玛希对于如何对待森林的意见,与丈夫那种要压制、驯服森林的想法截然相反:

> 他们对森林的本质持有相反的意见。对于玛希来说,它是一个活着的实体,像河道一样重要,充满了药物、食物、庇护所、工具材料等种种恩惠,这些东西每个人都认识而且记在心中。一个人应带着感恩之心与它和谐地共同生活。她觉得为了"清伐土地"的愚蠢目标而无休止地砍伐所有的树是不好的。①

这种关于森林和自然的知识在米克马克人那里通过亲属教育代代相传,塞尔家族第三代昆陶在同样有一半白人血统一半印第安人血统的妻子碧娅特丽克丝教他读书时,反过来教给她另一种"阅读":

> "女人,"他说,"现在我来教你阅读。"于是他把她领入森林,就如同他本该对托尼②做的那样,耐心地阐述如何去理解并识别动物的痕迹,植物和树木的季节性的信号,熊和即将来临的雨水气味,以及蒙上一层霜的树叶,河水变幻无穷的表面,透露出所有的一切是如何共存。"这些是每一个米克马克人都懂得的事。"他说,"而现在你是否明白,森林和海岸由

---

① [美]安妮·普鲁:《树民》,陈恒译,人民文学出版社2020年版,第47页。
② 昆陶的儿子。

不计其数的细线联系在一起,如同蛛网一样精细?你开始领悟到印第安人的方式和学问了吗?我可不希望有一位无知的妻子。"①

小说还通过一个年轻的法国传教士的视角展现了米克马克人与自然的关系:

他看到这些人的生活是如此紧密地与自然界交织在一起,以至于他们的语言只能反映出这种浑然一体,二者无法彼此分离。他们似乎相信自己是从这片地方长出来的,就像树苗从土壤中萌生,就像新的石头在春天露出地面。他觉得有一个词是这一信条的最恰当表达——"我们萌发于此"②;对这个词本身的诠释便值得写上一整本字典。③

他们不像我们这样过着有序的生活。他们的时间根据兽类、果实和鱼的丰富程度——也就是说,根据打猎和浆果成熟的季节来安排。他们最为奇特的一点就是他们对待树木、植物的方式,还有各种鱼类、驼鹿和熊,以及其他物种——在他们看来这些与他们都是平等的。他们有很多传说故事,讲的都是女人嫁给了水獭或鸟类,或者男人变成了熊,直至他们乐意才重新变成人。在森林里,他们像老朋友般同癞蛤蟆和甲壳虫讲话。有时候我感觉是他们在教育我,而不是我在教育他们。

对于他们而言,树木是人。④

---

① [美]安妮·普鲁:《树民》,陈恒译,人民文学出版社2020年版,第267—268页。
② 原文为米克马克语。
③ [美]安妮·普鲁:《树民》,陈恒译,人民文学出版社2020年版,第143页。
④ [美]安妮·普鲁:《树民》,陈恒译,人民文学出版社2020年版,第145—146页。

普鲁运用大量的笔墨，看似随意实则深情地描述了很多米克马克人的生活方式，给读者展现了一个人类与自然共同生活、共同发展的美好世界。

美国当代作家理查德·鲍尔斯（Richard Powers，1957—）[①]的《树语》是另一部关于树的百科全书式小说，讲了九个不同性别、不同出身、不同职业的人与树的故事。他们的祖上或童年时代大都有与树木和谐相处的温情故事，成年后出于不同原因以不同的方式走上了为树木维权的道路。

整部《树语》充满了树木的话语，小说一开头，就是树在说话：

起初那里什么都没有。然后那里有了一切。

然后，在西部一座城市高处的公园里，黄昏过后，天空中信息如雨点般倾泻。一个女人坐在地上，背倚一棵松树。树皮重重地抵着她的背，像生活一般坚硬。空气中充满松针的香气，木头的中心有股力量发出连续低沉的声音。她调谐耳朵，收听最低的频率。这棵树正在说着什么事情，一字一字地。

它说：太阳和水是值得一遍又一遍回答的问题。

它说：好的答案必须从头开始，彻底改造许多次。

它说：每一片土地都需要用新方法才能掌控；开枝散叶的方法比任何裸木铅笔所能找到的都更多；一样事物能游历每一个地方，只需静止不动就能做到。

女人正是那样做的。信号如种子一般纷纷洒落在她身旁。

今晚的诉说离题了。桤木的弯枝说起很久以前的灾难。北美矮栗树苍白的花剑摇落花粉，很快它们就将变成多刺的果实。白杨重复着风的闲话。柿子树和核桃树摆出它们的诱饵，花楸

[①] 理查德·鲍尔斯（Richard Powers，1957—），美国当代小说家，物理学学士，文学硕士。他兴趣广泛，其作品涉猎考古学、海洋学、生物学、历史学、政治学、美学、音乐等多个领域。

树铺开一簇簇血红的果实。古老的橡树起伏着,传达未来天气的预言。好几百种山楂树因为被迫共享一个名字而发笑。月桂树坚持说,就连死亡也无法叫他失眠。

空气里的香味中有某种东西对女人发出命令:闭上眼睛,想想柳树。你看见的下垂枝条是不正常的。想象一根金合欢树的刺。你思想中的任何东西都不够尖利。盘旋在你头顶上方的是什么?此刻飘浮在你头顶上方的是什么——此刻?

就连更远处的树也加入进来:你对我们的一切想象——迷人的红树林站在高跷上,肉豆蔻的核仁是一把颠倒的园艺铲,多瘤的巴哈树像象鼻,婆罗双树像直立的导弹——总是截肢断腿的;你的同胞从来看不到我们整体的模样;你看漏了一半还不止;地下部分总是和地上部分一样多。

那正是人的麻烦,是他们的根本问题。生命与他们一同奔跑,他们却看不见。就在这里,就在那里。创造土壤,循环水源,交换营养,制造天气,建造大气,喂养、治疗和收容的生物种类远超人类所能计数。

活木森林组成的合唱队对这个女人唱道:但凡你的思维比现在稍微绿一点点,我们的意义就将把你淹没。

她倚靠的松树说:听吧,有些事情你需要聆听。①

树木在用各种方式向人类述说,它们述说的信息一直在帮助人类,教导人类。它们呼唤人类聆听,无私地给予馈赠。只要人类愿意聆听,人与树和谐共处,生命会越来越美好。可惜愿意聆听的人越来越少。在某种意义上可以说,《树语》写的就是树和聆听者的故事。小说中两处提到能够聆听树木语言的主人公之一——植物学博士帕蒂——写作的《秘密森林》开篇的一段话:

---

① [美]理查德·鲍尔斯:《树语》,陈磊译,江苏凤凰文艺出版社2021年版,第3页。

你与你家后院里的那棵树拥有同一个祖先。你们两个在十五亿年以前分道扬镳。但直到现在，往各自不同的方向走了这么久，树和你依然共享着四分之一的基因……①

帕蒂博士在她最后的演讲中也表述了类似的意思：

人类与树林的亲缘关系近到超乎想象。我们拥有共同的祖先，而且分化的历史短到难以置信。我们是同一颗种子孵出的两种生命，正朝着相反的方向发展，而且在一个共享的地方彼此利用。那个地方需要所有的组成部分都保持完整……②

这段话至关重要，因为它体现了树木与人和谐共处的漫长历史，以及"万物平等"的思想，为人类应该怎样对待树木指出了一个明确的方向。

通过帕蒂博士的著作和演讲，读者可以发现，树木为人类提供了那么多物资，人类应该满怀感激之情，平等相待，友好相处，而非以傲慢的人本主义思想无情地进行掠夺。

卡尔维诺在这方面也有很多的思考和文字表达。《树上的男爵》的主人公柯希莫可以说是小说中最靠近大自然的人物了。对于柯希莫来说，自然是那么和谐安逸而又生机勃勃："夜里他倾听着树木如何用它的细胞在树干里记下代表岁月的年轮，树霉如何在北风中扩大斑点，在窝里熟睡的小鸟瑟缩着将脑袋钻进最软和的翅膀下的羽毛里，毛毛虫蠕动，伯劳鸟腹中的蛋孕育成功。有的时候，原野静悄悄，耳朵里只有细微的响动，一声粗号，一声尖叫，一阵野草迅

---

① ［美］理查德·鲍尔斯：《树语》，陈磊译，江苏凤凰文艺出版社2021年版，第103页。
② ［美］理查德·鲍尔斯：《树语》，陈磊译，江苏凤凰文艺出版社2021年版，第353页。

疾瑟瑟声，一阵流水淙淙响，一阵蹚在泥土和石子上的蹄声，而蝉鸣声高出一切之上。"① 当柯希莫因为失恋而痛哭时，自然又是对其精神创伤最好的抚慰："小鸟们，现在靠近他，飞落在他周围的树梢上或者干脆就在他头顶上飞来飞去。麻雀叽叽喳喳，红额金翅鸟声声高啼，欧斑鸠咕咕叫，鸫鸟唰啾，燕雀和柳莺鸣啭；从高处的树洞里跑出松鼠、睡鼠、田鼠，用它们的吱吱尖叫参加合唱，于是我哥哥就徜徉在这一片哀鸣之中。"② 这样的描写在小说中比比皆是，看似寻常，却让人读来回味无穷、心驰神往，因为它捕捉到了大自然最大的魅力：率真纯净、至诚至性、生生不息、无为不争、化育万物。而唯有不染世尘、超凡脱俗的心灵才能以自在灵动之笔，描画出这一令人流连忘返的美好世界。《宇宙奇趣》更奇特，卡尔维诺在其中"用拟人化的手法描绘宇宙，把宇宙写成一个不存在人的地方，写成一个根本不可能存在人的地方"③。亿万年的宇宙大变迁于是在原子的相互游戏嬉闹中、在抗拒进化和欢迎进化的撕扯中、在逐渐产生了视觉和意识等的萌动中、在最初感受到太阳的恐惧和温暖中迅速滑过。原本科学中冷漠空寂的宇宙在作家的笔下充溢着无限时间空间积累的沉重、物竞天择造成的伤痛、欲上青天揽明月的意兴勃发和宇宙交响乐的绵长辉煌。这是一个俯仰宇宙的心灵遨游，真正做到了"观古今于须臾，抚四海于一瞬"。这样高妙的境界、这样宽广的视野，给予读者的感受自然也非同一般。《帕洛马尔》的同名主人公是卡尔维诺笔下最热衷于与自然进行交流的人物，他常常有意识地让自己站在非人类的位置上思考，如用鸟儿的眼睛看城市、用鳄鱼的思想去揣度外界等。这使他不仅戳破了人类自我中心的幻影，而

---

① ［意］伊塔洛·卡尔维诺：《我们的祖先》，吴正仪译，译林出版社2008年版，第173—174页。
② ［意］伊塔洛·卡尔维诺：《我们的祖先》，吴正仪译，译林出版社2008年版，第306页。
③ ［意］伊塔洛·卡尔维诺：《美国讲稿》，萧天佑译，译林出版社2008年版，第88页。

且能以超然的情怀、崭新的角度去观察世界、感受世界。

总之，只有具有了宇宙视野，以灵魂的慧根与大自然畅通对话，人类才有可能真正在地球上"诗意的栖居"。

二 展现自然现状，反思危机根源

具有宇宙视野的百科全书化趋向作家在追求与自然和谐共存和平等交流的同时，也在重新审视人与自然的关系，认清人对自然的掠夺和自然对人的报复的现状，以达到刺激人类重建人与自然的和谐关系，实现人类自我拯救的目的。

在普鲁的《树民》中，随着殖民的深入、白人势力的扩大，森林被大量砍伐，米克马克人的生存空间急剧缩小，他们的传承也出现了断裂。昆陶悲哀地发现了这一点，"他想要他们（指他的子女）了解的那个世界早已消失了，就像烟雾自由地涌向天空，留下那个制造它的火堆，变成奄奄一息的灰烬"[①]。

小说所讲述的两大家族中另外一个家族——高歌猛进的杜克家族对待森林的态度与米克马克人迥然相异，他们完全把森林看作为其带来财富的对象，一味地去索取、压榨和掠夺，他们代表了白人势力对财富的欲望永不餍足的一面。小说中有一段意味深长的对话，是在远渡重洋来到中国的杜克家族第一代迪凯与当地一位武官之间进行的：

"我本身厌恶阴郁而难以驾驭的森林，"迪凯说，"即使我承认它是财富和愉悦的一个源头。可我永远也不会造一座花园来影射它。"

"你当然不会。你不明白'天人合一'的说法。它指的是一种人与自然之间的和谐状态。你无法感觉到它。没有一个欧洲人能够做到。我没有办法同你解释它。它是一种个人化的哲学，

---

① [美]安妮·普鲁：《树民》，陈恒译，人民文学出版社2020年版，第268页。

同时它又是一切。"①

这段话表现了欧洲人与中国人对待自然的不同认识，但又何尝不是反映了在北美殖民地白人和米克马克人的斗争呢？迪凯仅把森林或自然作为获取财富的资源，所以，他无法理解中国自然园林美学和"天人合一"的哲学观，武官一针见血地指出了这一点，它同样是北美的殖民者和原住民的分歧所在。殖民者既然占了上风，也就愈加坚持自己的理念，甚至教化失败者，命令他们放弃"愚蠢"的见识。然而，胜利者就真的正确吗？他们真的是"胜利者"吗？三百年过去了，人类开始尝到恶果，终于有人开始反思。经历了木业帝国兴衰的杜克家族第六代查理在临终前写下一段话：

在自然世界里，无论森林、河流、昆虫还是叶子，没有什么天生就是为了对人类有所用途。一切并无价值，完全可有可无，除非我们在它身上发现对我们自己有某些好处的地方——即使是最热忱的森林爱好者也会这样思考。人类如同君主般行事。他们决定万物的兴衰枯荣。我认为人类正逐渐演变为一个可怕的新物种，而我很抱歉自己也是其中一员。②

查理的话代表了一部分有远见卓识的人的努力，他们开始试着从非人类的角度来审视人的行为，其结果是令人负疚的。小说的最后，塞尔家族的第七代萨帕蒂西娅面对着满目疮痍的自然界既绝望又残留几许希望："除了继续努力，我还能做什么呢？可如果一切只是枉费工夫呢？倘若从第一位原始人直立身体，以新的视角审视世界时起，一切就已经太晚了呢？不！"③ 人类开始尝到肆意破坏自然

---

① ［美］安妮·普鲁：《树民》，陈恒译，人民文学出版社2020年版，第92页。
② ［美］安妮·普鲁：《树民》，陈恒译，人民文学出版社2020年版，第632页。
③ ［美］安妮·普鲁：《树民》，陈恒译，人民文学出版社2020年版，第687页。

的恶果,生态衰退已经成为事实,无从回避,唯一的解救之道是地球的自我修复和悔之不及的人类的干涉共同努力。

普鲁用五十五万字写出了仅三百余年间人类对上亿万年形成的森林生态的彻底破坏,以及不同的对待自然的方式之间的惨烈斗争,巨量内容令人警醒,其中的宇宙视野更是令人叹服不已。

如果说普鲁的《树民》表现的是砍伐树木者与其反对者斗争的历史,着眼更多的是砍伐者的话,那么鲍尔斯的《树语》所表现的则是二者斗争的现在,更多的笔墨着重于反对者一边。《树语》中的帕蒂博士面对着大量森林被砍伐的现状痛心疾首:

> 树木与人类展开了土地、水源和环境的争夺战。她听得见,有一方表面上是赢了,实际却是输家,那声音比摇颤的树叶声还要响亮。①

所以,她写书、演讲,历数树木作为生命主体的艰难生长和无私馈赠,强调树木在生态环境和生命网络中的重要作用,同时讽刺短视的利益至上的人类中心主义:

> 我们科学家被教导,永远都不要在其他物种中寻找自身。这样我们就能确保,没有任何生命与我们相像!就在不久前,我们甚至不承认黑猩猩拥有意识,更不用说狗和海豚了。只有人类,你们瞧,我们认为只有人类才拥有感知能力,所以才会有所追求。②
>
> 记得吗?人类并不是他们自以为的顶级物种。其他生物——更大,更小,更慢,更快,更老,更年轻,更有力量——才

---

① [美]理查德·鲍尔斯:《树语》,陈磊译,江苏凤凰文艺出版社2021年版,第104页。
② [美]理查德·鲍尔斯:《树语》,陈磊译,江苏凤凰文艺出版社2021年版,第353页。

是操纵者,它们制造空气,吸收阳光。没有它们,地球将一无所有。①

她在演说中充满讽刺地说:

在世界第一次毁灭的时候,诺亚收留了所有种类的动物,让它们一双一双地登上上帝准备的逃生船。但是好笑的是,他没有拯救植物,任由它们被洪水淹死。他没有拯救让大地恢复生机所需要的植物,而是集中精力拯救了一群吃白食的动物!②

整个生态系统正在崩溃。生物学家却毫无知觉,这实在是令人恐惧。想摆脱地球的规律而活,实属自杀之举。生命如此慷慨,我们却如此……不知满足。但是不管我说什么,都无法叫醒那些梦游者,都无法让人们看清这种自杀式的现状……③

正是这种无能为力和绝望的感觉让她最终选择了以死亡来唤醒大众,在演讲结束时饮毒自尽。

当身为产权律师的雷·布林克曼阅读了帕蒂博士关于《树木应该有身份地位吗》的辩论文章后,深受触动,他突然意识到,"他整个的职业生涯——保护那些有权增长的财产——都开始变得像是一场漫长的战争犯罪,一旦革命发生,他似乎会因此而入狱"④。他意识到:"我们必须为人类从世界上偷来的每一个想法、每一件事付出

---

① [美]理查德·鲍尔斯:《树语》,陈磊译,江苏凤凰文艺出版社2021年版,第222页。
② [美]理查德·鲍尔斯:《树语》,陈磊译,江苏凤凰文艺出版社2021年版,第350页。
③ [美]理查德·鲍尔斯:《树语》,陈磊译,江苏凤凰文艺出版社2021年版,第351页。
④ [美]理查德·鲍尔斯:《树语》,陈磊译,江苏凤凰文艺出版社2021年版,第195页。

代价。"① 意识到这一点的还有亚当和尼克。当亚当看到伐木公司的人在警察的支持下驱赶保护树木的"抱树者"（他们为了阻止砍伐，把自己绑在树上，以自己的肉体来保护树木），并咆哮着预言他们将会铲除时，他想，"或许吧，然后地球会将铲除者也一并铲除"②。尼克将倒地的粗重枯木排成字母，字母组成从太空也可以清晰辨认的单词：静止（STILL）。通过这项大型艺术作品，他想要呼吁为了追求短期经济利益而破坏自然的人类停下来，不要再只是要求支配大自然了，而应该适应它，否则全球灾难随时可能爆发。因为他意识到，"需要帮助的不是它们，而是我们"③。可以说，《树语》的主人公们大都在与树的亲密关系发展中经由不同途径、以不同的方式走出了以人类为中心的狭隘的个体主义思想，呼吁一种新的、非人类的宇宙诉求。作者理查德·鲍尔斯本人在《华盛顿邮报》记者的电话采访中表示，很高兴评委会因为小说"认真对待非人类"而颁奖给他，因为这意义重大，代表着对这种思想的一种肯定。

卡尔维诺同样在小说中表现了自然被掠夺的结果。在《树上的男爵》中，他满怀深情地描写了尚未经破坏的美好的大自然，主人公柯希莫代表着对人与自然和谐相处的理想向往：他学会了修剪树枝的技术，从不会把百年大树从根砍倒，而只是除去它的侧枝和顶梢。他对树木的保护和爱惜，也获得了森林的回报，本就相当良好的自然环境，变得越来越对他有利，让他可以在树上畅通无阻。但是，"后来，轻率鲁莽的一代代人诞生了，毫无远见的贪婪产生了，人们不爱惜东西，也不爱护自己，这一切就消失了"④。人们对森林

---

① ［美］理查德·鲍尔斯：《树语》，陈磊译，江苏凤凰文艺出版社2021年版，第242页。
② ［美］理查德·鲍尔斯：《树语》，陈磊译，江苏凤凰文艺出版社2021年版，第264页。
③ ［美］理查德·鲍尔斯：《树语》，陈磊译，江苏凤凰文艺出版社2021年版，第383页。
④ ［意］伊塔洛·卡尔维诺：《我们的祖先》，吴正仪译，译林出版社2001年版，第214页。

乱砍滥伐，"仿佛这是些草地，年年割年年长似的"，再加上战乱的破坏，这些地方已经面目全非了，只留下一片令人触目惊心的光秃秃的高地。

卡尔维诺的小说一方面重拾人类久已失落的散见于大自然中"本真"的美好人性，重塑那些与自然界息息相关的最明亮、最完美的梦；另一方面则预瞻了失去这自然伊甸园的可怕。《看不见的城市》属于后者。无论是什么样的城市，不管其科学技术如何发达、社会制度如何完善、物质财富如何丰富，居住在里面的人类都再也难寻天人合一时代的那种恬静闲适和迷人美感了。而当美好的大自然被破坏，城市与城市连接到一起时，就像"连绵的城市"中所描写的那样，没有了差异带来的惊喜、没有了青草带来的芬芳，人类如入迷宫，无止无休，再也找不到可供休憩的家园。

具有宇宙视野的百科全书化趋向作家的这种生态良知和自然使命感，这种高瞻远瞩的开阔视野，在愈演愈烈的生态灾难危及整个自然包括整个人类之存在的时期，实在可敬可佩，而即使这个星球的生态危机已经消除，即使人类不再面临着生态灾难的危险，在如此精神和视野下写出的这些小说，也不会失去魅力。

三 追求包容超越，坚持使命担当

大千世界，月转星移，花开叶落，四时更替，无不循律而行，"五行万物之融结流止，飞潜动植各自成其条理而不妄"（王夫之《张子正蒙注·太和篇》）。相比而言，人类社会混乱不堪，充满着无序和嘈杂。因此具有宇宙视野的百科全书化趋向作家常常把他们对社会和谐的追求寄托于向宇宙和谐的靠拢中。卡尔维诺曾经这样表述自己的思想：

> 追求和谐的欲望来自对内心挣扎的认识。不过偶然事件的和谐幻象是自欺欺人，所以要到其他层面寻找。就这样我走向

了宇宙。但这个宇宙是不存在的,纵使就科学角度而言。那只是无关个人意识,超越所有人类本位主义排他性,期望达到非拟人观点的一个境域。在这升空过程中我既无惊慌失措的快感,也未曾冥思。反倒兴起一股对宇宙万物的使命感。我们是以亚原子或前银河系为比例的星系中的一环;我深信不疑的是,承先启后是我们行动和思想的责任。我希望由那些片段的组合,亦即我的作品,感受到的是这个。①

《帕洛马尔》主人公的思索历程反映了卡尔维诺本人的思考,目的是在一个充满着破碎和刺耳噪声的世界中寻求一种和谐。帕洛马尔对长颈鹿如此感兴趣,是因为"他周围的世界是这样不协调,他常常希望在这不协调的世界上找到某些和谐的图案,找到某种不变的常数;也许是因为他觉得自己的头脑就像这样杂乱无章,仿佛脑海里各种思绪互不相干,越来越难以找到一种能使自己的思想处于和谐状态的模式"②。当去参观沙庭时,他用心灵之慧眼看到了沙庭就像世界,人类就像庭中的沙;看到了地球不以任何人的意志为转移地、一如既往无动于衷地转动;看到人类在艰难跋涉、不屈不挠地进行吸收与同化;看到如沙粒的人类逐渐从宇宙运行中学会把规则性与灵活性结合起来,聚集排列成直线的或曲线的图案。他发现这里包含了两种不同性质的和谐:非人类的和谐与人类的和谐。意识到非人类的和谐是各种力的平衡,似乎没有任何意图,是自然形成的,而人类的和谐却是自觉追求,追求几何形状或音韵格律的合理性,但永远也不能达到尽善尽美的程度。③ 卡尔维诺从未忽视人类

---

① [意] 伊塔洛·卡尔维诺:《巴黎隐士》,倪安宇译,台北:时报文化出版企业有限公司1998年版,第234页。
② [意] 伊塔洛·卡尔维诺:《帕洛马尔》,萧天佑译,译林出版社2006年版,第93页。
③ [意] 伊塔洛·卡尔维诺:《帕洛马尔》,萧天佑译,译林出版社2006年版,第109—110页。

社会和宇宙自然的联系，甚至把人类的前进归功于自然："大自然是外在于人性的东西，不过它跟人类心灵的最深处也是不能区分的，其中存在着人类的梦想字符及幻想密码，若是没有它们的话，我们不会有理性，也不会有思想。"① 因此，他在小说中赞美宇宙的无限性、永恒性，和广博、开放、多元、秩序，呈现对这种宇宙和谐的向往。这种向往也许永远只是乌托邦，但人类不能没有乌托邦，没有乌托邦就没有进步的动力，文学更要追求乌托邦，乌托邦是诗意的聚居区。卡尔维诺获得了宇宙视野，也就远离了偏狭和故步自封，具有了气度和深邃。正如休谟说："只有当卡尔维诺发现了宇宙视野他才变成了完全的卡尔维诺，变成了拥有世界读者的作家。"②

卡尔维诺的宇宙视野与博尔赫斯对他的影响是分不开的，他曾说"我对博尔赫斯的偏爱……主要是：他的每一篇文章都有一个宇宙模式或宇宙的某一个特性的模式"③。博尔赫斯认为，"世上的文章没有一页、没有一字不是以宇宙为鉴的，宇宙最显著的属性便是纷纭复杂"④。宇宙在他看来是神秘的、虚无的、无限的，其起源是一个谜，超越时间、空间和一切的神的意旨。他写过一首名为《宇宙起源》的诗，诗中写道：

> 不是混沌，不是黑暗。/黑暗需要眼睛才能看见，/声音和寂静需要耳朵分辨，/镜子要形象充斥才能反映。/不是空间，不是时间。/甚至不是预先考虑一切的神，/是他设置了第一个/无限夜晚之前的万籁俱寂。/不可捉摸的赫拉克利特的长河，/

---

① ［意］伊塔洛·卡尔维诺：《为什么读经典》，黄灿然、李桂蜜译，译林出版社 2006 年版，第 52 页。
② Kathryn Hume, *Calvino's Fictions: Cogito and Cosmos*, Oxford: Oxford University Press, 1992, p.104.
③ ［意］伊塔洛·卡尔维诺：《美国讲稿》，萧天佑译，译林出版社 2008 年版，第 114 页。
④ ［阿根廷］豪尔赫·路易斯·博尔赫斯：《布罗迪报告》，王永年译，上海译文出版社 2015 年版，序言第 i 页。

它神秘的过程没有让/过去流向未来,/遗忘流向遗忘。/有的苦恼。有的恳求。/现在。宇宙的历史之后。①

他认为,宇宙之所以美丽就在于它的不可解。他在小说创作中渗透了这些宇宙观,哪怕在极短小的篇幅中也呈现出复杂而宏大的理念,谈论无限、时间、永恒、循环等。他在研究但丁时,认为这位诗人的神奇作品《神曲》包罗万象,是一幅可被称作微观宇宙的画。这正是他倍加推崇并努力达到的方向,即以恰如其分的创意进行构思,将多样化的宇宙精确地呈现在作品中。也就是说,尽管宇宙如此神秘复杂,但作家经过认真充分的构思,把握住了混乱中的秩序并加以表现。所以,"一部经典作品就是一本有条有理的书,就像船上的一切都是必须井井有条一样"②,书里有整个宇宙,是经过精心设计的,是通过写作建构的宇宙新秩序。他提到一些哲学家和科学家论证过,"宇宙在任何一个瞬间的状态是其前一状态的结果,只要有无限的智能就足以通过全面了解一个瞬间而了解宇宙的过去和将来的历史。……任何状态的重复均包孕着所有其他状态的重复,并使宇宙的历史成为一个周而复始的系列"③。所以,他的小说往往具有一种循环的模式,如《环形废墟》《双梦记》等。

因为对宇宙的这种认识,他认同"一沙一世界,一花一片天"的观念,故而在《神的文字》中,被囚于狭窄的石牢中的巫师齐那坎在冥想中见到了宇宙或神:

我见到的是一个极高的轮子,不在我的前后左右,而是同

---

① [阿根廷] 豪尔赫·路易斯·博尔赫斯:《深沉的玫瑰》,王永年译,上海译文出版社2016年版,第7—8页。
② [阿根廷] 豪尔赫·路易斯·博尔赫斯:《七夜》,陈泉译,上海译文出版社2015年版,第131页。
③ [阿根廷] 豪尔赫·路易斯·博尔赫斯:《探讨别集》,王永年、黄锦炎等译,上海译文出版社2015年版,第35页。

时在所有的地方。那个轮子是水,但也是火,虽然有边缘,却是无穷尽的。它由一切将来、现在、过去的事物交织组成……①

类似的文字还出现在《阿莱夫》中:

阿莱夫的直径大约为两三厘米,但宇宙空间都包罗其中,体积没有按比例缩小。每一件事物都是无穷的事物,因为我从宇宙的任何角度都清楚地看到。……我看到阿莱夫,从各个角度在阿莱夫之中看到世界,在世界中再一次看到阿莱夫,在阿莱夫中看到世界,我看到我的脸和脏腑,看到你的脸,我觉得眩晕,我哭了,因为我亲眼看到了那个名字屡屡被人们盗用但无人正视的秘密的、假设的东西:难以理解的宇宙。②

宇宙包罗万象,万物皆是宇宙。他喜欢把无限的可能寄寓在具体甚至微小的事物中。在他的作品中,无穷无尽的《沙之书》、自开天辟地就存在的《通天塔图书馆》、神奇的钱币扎伊尔等都是微观宇宙,是宇宙的镜子。

他不局限于现实的单一维度,而是超越家国情怀,超越政治伦理。他的小说有西方故事,也有东方传说;有当代情形,也有古代背景;有现实世界,也有书中乾坤;有真实事件,也有梦幻传奇……他以一种天人合一的感悟力和与万物等齐观的透视力,探索着可以不断拓展和延伸的宇宙世界,凝视着拥有无限可能性的生命的处境。

《神学家》中的两个主人公奥雷利亚诺和胡安·德·帕诺尼亚同是神学家,但见解相异,一生都在彼此纠缠争斗。小说的结局意

---

① [阿根廷] 豪尔赫·路易斯·博尔赫斯:《阿莱夫》,王永年译,上海译文出版社 2015 年版,第 138 页。
② [阿根廷] 豪尔赫·路易斯·博尔赫斯:《阿莱夫》,王永年译,上海译文出版社 2015 年版,第 194—195 页。

味深长：

> 故事的结局只在隐喻里才能找到，因为背景已经转换到没有时间概念的天国。也许只要说奥雷利亚诺同上帝谈话，上帝对宗教分歧丝毫不感兴趣，以致把他当成了胡安·德·帕诺尼亚。那件事也许暗示神的思想有点混乱。更正确地说，在天国里，奥雷利亚诺知道对于深不可测的神来说，他和胡安·德·帕诺尼亚（正统和异端，憎恨者和被憎恨者，告发者和受害者）构成了同一个人。

在天国里，现实中的是非善恶都消弭于无形，彼此互为对立面的两个人构成了同一个人。这种洞察事物的一体两面，超越非此即彼、非善即恶、非黑即白的二元对立思想，只有拥有宇宙视野，直视本源，包容万物，才能做到。

卡西尔在《人论》中开篇明义地讲道："认识自我乃是哲学探究的最高目标。"[①] 与哲学相伴而生的文学作为一种"人学"，也始终把对自我的认识看作永恒的主题。一代代小说家生动地刻画出了不同历史时期文化语境中自我迷失的茫然无措、自我怀疑的彷徨无奈、自我分裂的痛彻心扉、自我失落的空虚恐惧以及对自我完善的执着追求。尤其在20世纪，西方小说家在两次世界大战中经历了集体的精神崩溃之后，在感受到自我被异化为生产流程中的机器元件和经济规则下的交易商品之时，往往丧失了对自我完善的信心，陷入绝望的自我虚无之中，认识自我和重建自我问题迫在眉睫。上述当代西方作家的小说对自我的追寻之路折射出了西方人充满荆棘的精神旅程，但是，他们没有一味地陷入自尤自怨和自我哀怜，而是通过对宇宙视野的追求，为走出自我的迷误找到了希望的灯塔，为人类

---

① ［德］恩斯特·卡西尔：《人论》，甘阳译，上海译文出版社1985年版，第3页。

诗意地栖居提供了可能。宇宙视野是一种超自我、超时代、超种族、超国度的文化眼光，以宇宙视野关注自我，才能真正实现自我觉醒，走向自我完善；以宇宙视野重新审视人与世界、人与他人的关系，才能再次找回和谐安乐的伊甸园。

第三章　虚构合法性与想象的世界

我们并不把小说中的表述当做谎言。首先，我们阅读一部小说时其实是和作者达成一份默契，作者假装自己所写的是真实的，同时要求我们假装接受这份真实。通过这份默契，每一位小说家都是在设计一个可能世界，而我们对真假的判断都和这个可能世界紧紧相连。①

——安贝托·艾柯《一位年轻小说家的自白：艾柯现代文学演讲集》

艺术与真实之间的关系一直是西方文论关注的重点问题。亚里士多德以来，文学批评几乎都把"真"视为一部作品的基础。18世纪末，这一传统才开始受到严峻挑战。人们逐渐意识到，在某种程度上美与真可以看作先天预设的对立体。艺术具有它自身的个性和特殊性，"真"并不能作为衡定艺术作品价值的先决标准。尽管如此，小说（尤其是 fiction）虽然自诞生之日起就有虚构的含义，但仍企图标榜其故事的真实性，而且这种倾向愈演愈烈。及至19世纪，现实主义小说成为文学主流，这固然产生了许多伟大的作家和作品，但也存在很大的弊端，对真实的过分追求往往会束缚作家的创造力，而自然主义"像录像机一样直录日常生活"的理论追求更可谓禁锢艺术的牢笼。19世纪末的英国唯美主义作家奥斯卡·王尔德（Oscar

---

① ［意］安贝托·艾柯：《一位年轻小说家的自白：艾柯现代文学演讲集》，李灵译，广西师范大学出版社2014年版，第100页。

Wilde，1854—1900）发现："事实不仅正在历史中找到立足点，而且正在篡夺想象力的领地，侵入到浪漫文学的王国中来。它们那种令人寒颤的触角无孔不入。它们正在使人类庸俗化。"① 他不禁大声疾呼："如果不想办法制止或至少改变我们这种对事实的荒唐的崇拜，艺术就会变得毫无生气，美将从大地上消失。"② 20 世纪现代主义和后现代主义作家进一步反叛现实主义，当代西方具有百科全书化趋向的小说家同样没有传统小说家那种总是力图让读者相信自己写实性的愿望。对于他们来说，小说的本质是演绎无限可能性的虚构的艺术，以自己的逻辑来构筑、表意和理解，自成一个世界。这个世界是诗意的世界，是充满瑰丽想象、饱含生命趣味、贯穿自由理性的艺术空间。因此，他们的小说往往体现个体的"神话思维"或"童话思维"，即高度重视想象和幻想，重视形象的鲜明性，重视诗意地、感性地把握世界的方式。同时，他们当中很多人还喜欢用寓意和象征写作，这使其小说具有极大的不确定性和无限阐释性。总之，他们重视小说虚构的合法性，甚至喜欢在作品中以"元小说"揭露小说的虚构机制。

第一节 博尔赫斯的幻想与梦

博尔赫斯在当代小说家中风格独树一帜，被誉为"幻想文学大师"。他的作品大多具有一种真假不分、虚实难辨的特质，同时还浸透着哲思，有形而上的意味，带给读者高深莫测、多智思辨的特殊美学感受。

博尔赫斯一生大多数时间生活在书斋中，小时候尤其喜爱具有神

---

① ［英］奥斯卡·王尔德：《王尔德全集》（4），荣如德、巴金等译，中国文学出版社 2000 年版，第 340 页。
② ［英］奥斯卡·王尔德：《王尔德全集》（4），荣如德、巴金等译，中国文学出版社 2000 年版，第 326 页。

话色彩的书籍。爱好哲学的父亲常对他进行形而上的教导，这一切使他不知不觉深受唯心主义哲学的影响，常常陷入想象的世界之中。他认为，"书籍是记忆和想象的延伸"①，因此，"要写出一本好书，或许你只需要秉持一个简单的中心原则就好了：故事的构架中应该要有一些有趣的想象空间才对"②。年轻时，阿根廷官方鼓励现实主义创作路线，但他却不愿屈从主流，《虚构集》《杜撰集》这两部文集的名字就彰显出他的态度。他以莎士比亚为榜样，认为"莎士比亚与我们天真的现实主义作家不同，他懂得艺术总是意味着虚构"③。博尔赫斯声称："艺术是一种创造，而不是反映；此外，创造出来的现实比之作为根据的现实更为长久和强烈。"④ 他反对现实主义文学的"内在欺骗性"，即总是努力让读者相信自己所虚构的故事是真实的，也反对在小说中反映社会政治，"作家永远也不应该去涉足当代的题材，也不要去营造与现实丝丝入扣的环境氛围"⑤。他认为，小说应该创造比现实更真实的东西，曾说："身为一个作家对我究竟有什么意义呢？这个身份对我而言很简单，就是要忠于我的想象。我在写东西的时候，我不愿只是忠于外表的真相（这样的事实不过是一连串境遇事件的组合而已），而应该忠于一些更为深层的东西。我会写一些故事，而我会写下这些东西的原因是我相信这些事情——这不是相不相信历史事件真伪的层次而已，而是像有人相信一个梦想或是理念那样的层次。"⑥

---

① ［阿根廷］豪尔赫·路易斯·博尔赫斯：《博尔赫斯，口述》，黄志良译，上海译文出版社2015年版，第1页。
② ［阿根廷］豪尔赫·路易斯·博尔赫斯：《诗艺》，陈重仁译，上海译文出版社2015年版，第133页。
③ ［阿根廷］豪尔赫·路易斯·博尔赫斯：《序言集以及序言之序言》，林一安、纪棠等译，上海译文出版社2015年版，第256页。
④ ［阿根廷］奥尔兰多·巴罗内整理：《博尔赫斯与萨瓦托对话》，赵德明译，云南人民出版社1999年版，第92页。
⑤ ［阿根廷］博尔赫斯、索伦蒂诺：《博尔赫斯七席谈》，林一安译，光明日报出版社2000年版，第5页。
⑥ ［阿根廷］豪尔赫·路易斯·博尔赫斯：《诗艺》，陈重仁译，上海译文出版社2015年版，第146页。

正是因为具有这样的文学理念，博尔赫斯创作了大量的幻想小说，如他自己所说，"我为推动我国的幻想文学走向高潮尽了力"①。

一 博尔赫斯幻想小说的界定

幻想小说，往往发生在想象世界中，以超自然元素来构筑情节和背景。最早对这一类型文学进行深入研究的是法国著名文学理论家、结构主义批评家茨维坦·托多洛夫（Tzvetan Todorov，1939—），他的《幻想文学：对一种文学类型的结构主义分析》（1975）是这一领域的经典著作。他认为，幻想是"当只能理解自然法则的人面对超自然法则时产生的犹疑"②，所以非常关注幻想小说中这种读者在阅读时对其中描述的世界究竟是现实的世界还是超自然的世界所产生的疑惑感。也就是说，幻想小说最重要的特点在于，现实与非现实、自然与超自然之间原本看似泾渭分明的界限被打破了，传统思想中二者间二元对立的观念被打破了，所以读者会对这个新世界、新现象产生困惑。而这种二者之间的模糊性和不确定性恰恰是幻想小说产生特殊美学效果的基础。

博尔赫斯的幻想小说主要集中于《杜撰集》《阿莱夫》《沙之书》等小说集中，其现实和非现实的模糊不清带给读者强烈的冲击感。他的幻想小说中会出现超出日常生活经验之外的背景或人物，但相关描写其实非常克制。在谈到《代表大会》时，他提到："可能故事的情节跟原先有所差异，当然是幻想的情节，不过不是超自然的幻想，而是一种不可能实现的幻想。"③ 可见，他所认可或欣赏的幻想不是那种完全通过超自然展开的惊人的幻想，而是在现实的基础上

---

① ［阿根廷］博尔赫斯、索伦蒂诺：《博尔赫斯七席谈》，林一安译，光明日报出版社 2000 年版，第 171 页。
② Tzvetan Todorov, *The Fantastic*: *A Structural Approach to a Literary Gene*, trans. Richard Howard, Cleveland: Case Western Reserve University Press, 1973, p.47.
③ ［阿根廷］博尔赫斯、索伦蒂诺：《博尔赫斯七席谈》，林一安译，光明日报出版社 2000 年版，第 54 页。

发挥的合理想象，往往能够产生云雾缭绕、亦真亦幻、虚实难辨的效果。例如，《特隆、乌克巴尔、奥比斯·特蒂乌斯》《巴比伦彩票》《通天塔图书馆》《环形废墟》《博闻强记的富内斯》等，一个名叫特隆的星球，一套不断升级改造的全民彩票系统，一座自开天辟地之日就存在的图书馆，一位记忆力精确到秒的奇人……这些都是超出日常经验之外的环境、事物和人，但他们都有现实的基础，加上作家有意运用一些现实主义的创作方式和细节描写，从而使读者产生迷惑和怀疑，怀疑自己是否少见多怪，是否应该对它们做超自然的解读。显然，博尔赫斯写这些幻想小说，除了拓展想象的空间之外，还意图传达某些深层的思想或理念。正是这一切结合在一起，使得他的幻想小说风格独特、成就卓绝，在世界文学之林稳居一隅。

二　博尔赫斯幻想小说的特征

博尔赫斯于 1949 年 9 月 2 日以幻想文学为题进行了一次精彩的演讲，概括了幻想文学的四种创作方法：艺术品中的艺术品（the work of art inside the work of art）、梦对现实的混淆（the contamination of reality by dream）、时间旅行（travel through time）、双重性（the double）。① 第一种指书中书，着重于书籍世界在幻想文学中的作用；第二种强调梦的作用；第三种则关注时间旅行在幻想文学中的运用；第四种与第三种相关，类似多维时间线中的同一个人。这四种创作手法的娴熟运用，使得博尔赫斯的幻想小说具有以下特征。

（一）幻想与真实的杂糅

在博尔赫斯的小说中，幻想与真实常常水乳交融地混杂在一起，产生一种真伪难辨的效果，这显然是作家刻意造成的结果。博尔赫

---

① Emir Rodriguez Monegal, *Jorge Luis Borges: A Literary Biography*, New York: E. P. Dutton, 1978, p. 406.

斯宣称:"所有的虚构都是瞎编,重要的是要能感受到那些虚构来自真实的幻想。"① 他意识到了虚构与真实的辩证关系。他一直很喜欢塞万提斯,经常提到这位大师,赞赏《堂吉诃德》在真实世界和想象世界之间建立的奇妙的关系,既相互对照,又相互联系。因此,提倡师法塞万提斯对主观和客观、读者的世界和书的天地的混淆,宣称"幻想世界和真实世界(我们阅读时把它当作真实世界)的短暂汇合,是现代的,或者在我们看来是现代的"②。为了营造这种亦真亦幻的世界氛围,他运用了多种叙述策略。

首先,运用严谨的考证,以学者和书籍的权威性为幻想世界的真实性背书。例如,在《特隆、乌克巴尔、奥比斯·特蒂乌斯》中,叙述者和他的朋友为了考证谈话中出现的一句据说为乌克巴尔创始人之一的名言的出处,查阅了许多百科全书、地图册等资料,后来在一本《英美百科全书》第 26 卷中找到了有关乌克巴尔的条目。但诡异的是,这部百科全书比通常的版本多了 4 页,多出的恰好是有关乌克巴尔的条目。为了寻找更多的佐证,他们又前往国家图书馆查阅了许多地图册、目录、地理年刊、回忆录等,但皆无所获。直至两年后,叙述者偶然看到了《特隆第一百科全书》(第 11 卷),震惊地发现之前遍寻不到的乌克巴尔是叫特隆的陌生星球中的一个地区或国家,而这部百科全书全面介绍了特隆的语言文学、古典文化、哲学、数学等。由此可知,特隆是个与地球文明不同的外星球,它的存在明显应该属于幻想,但是,叙述者和他的朋友的活动是现实的,而且他们以严谨的学者态度进行追寻式考证,赋予了这些活动和他们考证内容的真实性。此外,百科全书作为工具书的权威特质也赋予了乌克巴尔和特隆星球某种真实性。不过,叙述者们

---

① [阿根廷]豪尔赫·路易斯·博尔赫斯:《私人藏书:序言集》,盛力、崔鸿如译,上海译文出版社 2015 年版,第 46 页。
② [阿根廷]豪尔赫·路易斯·博尔赫斯:《探讨别集》,王永年、黄锦炎等译,上海译文出版社 2015 年版,第 49 页。

查阅的《英美百科全书》比通常的版本多4页,暗示了它是盗版书,又使读者对它的真实性产生怀疑。可若我们认为盗版的百科全书和其中的词条全都是杜撰的,特隆星球根本是子虚乌有之说,特隆世界中的事物又确实在现实世界当中存在着。总之,小说一直在真实和虚幻之间游移,如同走钢索一样保持着微妙的平衡。《凤凰教派》《布罗迪报告》《永生》等也都采用了某种看似真实的权威材料作为小说幻想内容的可靠性的支撑。

其次,以精确的时间、现实中的地点、确切的人物等设置类现实主义的背景。例如,《秘密的奇迹》的开头是这样的:"一九三九年三月十四日,亚罗米尔·赫拉迪克在布拉格市泽特纳街的一栋公寓里梦到一局下了很长时间的棋,此人是未完成的悲剧《仇敌》的作者,还写过《永恒辨》和一篇有关雅各布·贝姆的间接根源的考证。"① 小说一开始就提供了具体的时间、地点、人物背景,很容易使读者进入即将阅读一本现实主义小说的氛围之中。类似的例子还有很多。如《南方》的开头:"一八一七年在布宜诺斯艾利斯登岸的那个人名叫约翰尼斯·达尔曼,是福间派教会的牧师;一九三九年,他的一个孙子,胡安·达尔曼,是坐落在科尔多瓦街的市立图书馆的秘书,自以为是根深蒂固的阿根廷人。"②《永生》的开头:"一九二九年六月上旬,土耳其伊兹密尔港的古董商约瑟夫·卡塔菲勒斯在伦敦给卢辛其公主看蒲柏翻译的《伊利亚特》小四开六卷本(1715—1720)。"③《另一个人》的开头:"事情发生在一九六九年二月,地点是波士顿背面的剑桥。"④ 这样开始讲述故事,使读者几乎

---

① [阿根廷]豪尔赫·路易斯·博尔赫斯:《探讨别集》,王永年、黄锦炎等译,上海译文出版社2015年版,第82页。
② [阿根廷]豪尔赫·路易斯·博尔赫斯:《杜撰集》,王永年译,上海译文出版社2015年版,第83页。
③ [阿根廷]豪尔赫·路易斯·博尔赫斯:《阿莱夫》,王永年译,上海译文出版社2015年版,第1页。
④ [阿根廷]豪尔赫·路易斯·博尔赫斯:《沙之书》,王永年译,上海译文出版社2015年版,第1页。

不假思索地就会以为它发生在现实世界中。更何况，博尔赫斯还热衷于让真实的人物进入小说中。例如，在《特隆、乌克巴尔、奥比斯·特蒂乌斯》中，叙述者讲述了"我"和朋友考证发现特隆世界的经历，而这位朋友名叫比奥伊·卡萨雷斯，在现实世界中也是一位阿根廷作家，是博尔赫斯的密友，显然"我"就是作家博尔赫斯本人。他们的出现，更增加了小说的真实感。在这种情况下，当读者发现书中那些超越现实的部分时，就不会立刻意识到它是幻想，而会产生一种疑惑，难辨真假，从而不得不进一步投入智力去阅读、去判断。

再次，用翔实的细节、司空见惯的口吻营造一种"逼真"的效果。博尔赫斯承认自己受过卡夫卡影响，尽管他说自己很快放弃了对卡夫卡的模仿，但在用最平淡无奇的口吻和真实的细节来讲述最神奇的事物方面（正如马尔克斯从卡夫卡那里学到的），卡夫卡的影响从未离开。无论是多么令人不可置信、超出现实经验的事情，他都采用一种沉着冷静的语调，甚至是一种近乎学者枯燥的记录文式的语调，煞有介事地娓娓道来，令人不得不信服。而且，即使是幻想中的事物，他也描写得极其细致精密。例如，在《特隆、乌克巴尔、奥比斯·特蒂乌斯》中，写到一件流传到地球上的特隆物品时，他是这样描述的："器皿中有一个神秘的罗盘，像一只睡着的小鸟那样微微颤动。……蓝色的指针竭力指向磁力的北极；金属外壳有个凹面；表盘上的字母是一种特隆文字。"① 下面还有对另一件更加神秘的物品的描述："他发酒疯时宽腰带里掉出几枚钱币和一个骰子般大小的发亮的金属圆锥体。一个小孩想去捡，可是拿不动。一个大人好不容易才捡起来。我把它放在掌心，重得支持不了几分钟，放下后，掌心还有一圈深深的印子。"② 这种现实主义风格的细节描写，

---

① ［阿根廷］豪尔赫·路易斯·博尔赫斯：《小径分岔的花园》，王永年译，上海译文出版社2015年版，第21页。
② ［阿根廷］豪尔赫·路易斯·博尔赫斯：《小径分岔的花园》，王永年译，上海译文出版社2015年版，第22页。

会给读者带来一种错觉,即所描写的东西是真的。

博尔赫斯就是这样以高超的文学技巧和创作策略,模糊了小说虚幻与真实的界限,实现了幻想与现实的虚实相生,呈现出独特的美学形态。

(二)幻想与哲学的结合

博尔赫斯小说的另一个显著特征是把丰富具体的想象与最抽象的哲学思考结合在一起,在幻想世界中探讨时间、空间、永恒、死亡、自我等形而上的问题。这一特点的形成与作家本人的哲学气质密切相关。他从少年时代就经常陷入形而上的思索之中,晚年他曾回忆自己小时候就会思考一些终极问题:"有时我睁眼躺着问自己,我是谁?或者甚至问,我是什么?在做什么?"① 他多次在访谈或文学散论中提到自己的唯心主义思想。他认为,唯一真实存在的是内心世界和观念,而物质世界是虚幻的,声称:"推测一个副部长比一场梦更真实是荒唐的"②。正是由于这样的哲学倾向,他认为一切能够感知的事物都是真实的,包括梦境、幻觉和想象等。他说:"我不明白事物怎么能是不真实的。举例说,我看不出有什么理由说哈姆雷特比劳埃德·乔治③不真实。"④ 哈姆雷特是莎士比亚戏剧中的角色,劳埃德·乔治是现实中的英国首相,因为他们同样可以被认识、被感知,所以,博尔赫斯认为,他们是一样真实的。

博尔赫斯之所以会形成这样的理解,与他自小生活在书籍世界中有关。他承认,"我对事物的理解,总是书本先于实际"⑤。他的一

---

① [美]威利斯·巴恩斯通编:《博尔赫斯八十忆旧》,西川译,作家出版社2004年版,第194页。
② [阿根廷]奥尔兰多·巴罗内整理:《博尔赫斯与萨瓦托对话》,赵德明译,云南人民出版社1999年版,第123页。
③ 劳埃德·乔治(David Lloyd George, 1863—1945),英国自由党领袖,一战期间当选为英国首相。
④ [阿根廷]豪尔赫·路易斯·博尔赫斯:《博尔赫斯谈话录》,王永年译,上海译文出版社2008年版,第99页。
⑤ [阿根廷]豪尔赫·路易斯·博尔赫斯:《博尔赫斯自传》,转引自陈众议《博尔赫斯》,华夏出版社2001年版,第33页。

生没有离开过书籍和图书馆，文学和书对于他的影响远远超过普通人。他往往先从文学世界中获取知识和经验，然后才到现实世界中去体验和得到验证。因此，对他来说，文学就是现实。他说："我一向对那些把现实和文学分开来谈的人感到恼火，仿佛文学不是现实的一部分。"① 所以，当其他作家模仿现实进行创作时，他更多模仿的却是文学，而且是那些他所喜爱的充满想象力的文学，因此他的小说有很多是幻想小说。

在这些幻想小说中，博尔赫斯孜孜以求地探讨一直困扰着他的那些形而上的基本问题。例如，在《神学家》《另一个人》《博尔赫斯和我》《南方》等作品中，对自我问题的思考，这方面我们在第二章中具体分析过，这里就不再赘述了。再如，在《环形废墟》《另一次死亡》《秘密的奇迹》《阿莱夫》《永生》等作品中，对时间和与时间相关的永恒、循环等问题的思考。时间问题一直是博尔赫斯关注的重点问题，他曾说："时间是形而上学的首要问题。这个问题解决好了，一切都是迎刃而解。"② 他有很多关于时间的思考分布在《永恒史》《循环时间》《轮回学说》《阿喀琉斯和乌龟的永恒的赛跑》等文章中，这些讨论虽然不成体系，也没有明确的结论，只是对时间的多样性和各种可能性（直线的，循环的，平行的，相交的，停滞的，倒退的，分岔的……）的探索，但往往在他的小说中有直观的体现。

《环形废墟》是博尔赫斯对时间循环的思索。小说的主人公是从外乡来到被焚毁的环形庙宇的魔法师，他对自己的名字和过去茫然不知，只执着于自己来到此处的使命：要梦见一个人，使之成为现实。经过一段时间的努力，他终于在梦中模拟了一个完整的人，

---

① ［阿根廷］豪尔赫·路易斯·博尔赫斯：《博尔赫斯谈话录》，王永年译，上海译文出版社2008年版，第13页。
② ［阿根廷］豪尔赫·路易斯·博尔赫斯：《博尔赫斯，口述》，黄志良译，上海译文出版社2015年版，第77页。

一个少年。然后,当他梦见了焚毁的环形庙宇中被供奉和膜拜的神祇——"火"(它在尘世的名字)——之后,少年醒了过来,有了生命。除了"火"和魔术师之外,所有人都以为少年是有血有肉的人。魔术师把少年看作自己的儿子,教导他,却也担心他,害怕他发现自己其实只是一个幻影,只是另一个人梦的投影,而不是真正的人。小说的最后,环形的火神庙宇的废墟再次遭到火焚,魔法师投入火焰中,却发现自己并没有被火吞噬,突然意识到原来自己也是一个幻影,一个别人梦中的投影。小说题目中的"环形"意味深长,它暗示着轮回,魔法师的经历可以是环形时间上的任何一个点,既是终点也是起点。

《另一次死亡》是对分岔的或倒退的时间的描写。小说主人公堂佩德罗·达米安的一生有两条时间线:在一条时间线上,他是勇敢无畏的战士,于1904年不满20岁时在马索列尔战役中壮烈牺牲;在另一条时间线上,他是胆小鬼,战场上被枪弹吓破了胆,被战友们看不起,复员后默默无闻地过了40年,于1946年因为肺充血死在恩特雷里奥斯。有两种设想能够解释这种情况的出现:一是由于达米安在战场上不同选择而产生的时间分岔;二是因为怯懦行为而悔恨一生的达米安在临终前实现了时间倒流,回到了战场改变了过去。

《秘密的奇迹》探讨了时间的相对性。1939年3月19日,主人公亚罗米尔·赫拉迪克被盖世太保逮捕,以"煽动人心"的罪名判处死刑,执行日期定在3月29日上午9时。在行刑的前一天他梦见了上帝,上帝答应给他时间完成其未完成的悲剧《仇敌》,在行刑当天子弹射向他的那一刻,时间停滞了,一切都停滞了,除了他的思维,于是他用了一年时间在头脑中完成了剧本。随着最后一个词被找到,时间重新开始流动,子弹射中了他,他死于3月29日上午9时2分。如果去掉上帝这个超自然因素,在这个故事中,现实时间只流逝了两分钟,而对于主人公来说却好像有一年这么长,其实展现了在面对死亡极度紧张和强烈渴望完成作品的情况下,人的心理时间与客观时间的相对性。

博尔赫斯曾在《永恒史》中说过:"时间对于我们来说是个问题,一个可怕而又马虎不得的问题,也许还是抽象论的一个至关重要的问题;永恒,一场游戏或一个令人生厌的希望。"① 所以,在小说中,他除了全方位地展示和观察各式各样的时间之外,还在思考时间与永恒、时间与生命的关系,《永生》是其中的代表作品。《永生》的主人公马可·弗拉米尼奥·鲁福是罗马帝国时代的一个军团执政官,偶然遇到一个从东方来的骑手。骑手疲惫不堪、浑身血迹,不久后死去,在临终前提到,往西走到世界的尽头有一条能使人永生的河流和一座永生的城市,于是鲁福决定去寻找那座城市和河流。经过种种艰难困苦之后,鲁福如愿以偿获得了永生,但很快后悔,从此花费了千年左右的时间走遍世界去寻找一条消除永生的河,直至1921年10月4日才在无意间成功,获得解脱,恢复成了可以死亡的芸芸众生中的一员。小说中,鲁福在获得永生并与永生者一起生活之后,对于永生有了几层理解。其一,永生是无足轻重的,会让生命变得毫无意义。"除了人类之外,一切生物都能永生,因为它们不知道死亡是什么"②,而"死亡(或它的隐喻)使人们变得聪明而忧伤"③。也就是说,未知死焉知生,没有了死亡,生命也就失去了价值。其二,永生会带来重复和循环,从而产生虚无主义。有死的凡人的生活值得珍惜,因为"一切都有无法挽回、覆水难收的意味。与此相反,在永生者之间,每一个举动(以及每一个思想)都是在遥远的过去已经发生过的举动和思想的回声,或者是将在未来屡屡重复的举动和思想的准确的预兆。……任何事情不可能只发生一次,

---

① [阿根廷]豪尔赫·路易斯·博尔赫斯:《永恒史》,刘京胜、屠孟超译,上海译文出版社2015年版,第1页。
② [阿根廷]豪尔赫·路易斯·博尔赫斯:《阿莱夫》,王永年译,上海译文出版社2015年版,第15页。
③ [阿根廷]豪尔赫·路易斯·博尔赫斯:《阿莱夫》,王永年译,上海译文出版社2015年版,第17页。

不可能令人惋惜地转瞬即逝。对于永生者来说，没有挽歌式的、庄严隆重的东西"①，所以，一切都可以重来，错过一次还有下次，没有什么值得珍惜，也没有了价值标准，一切都是虚无。其三，永生会使人失去个性和自我。永生造成价值虚无，永生者失去怜悯心和善恶标准，也就失去了行动的动力，继而失去了个性，"谁都不成其为谁"；没有了个性，也就没有了区分，所以"一个永生的人能成为所有的人"。难怪主人公慨叹："我是神，是英雄，是哲学家，是魔鬼，是世界，换一种简单明了的说法，我什么也不是。"② 正是由于这些对永生的认识，使他走遍全世界去寻找死亡的幸福。

博尔赫斯在小说中对时间各种可能性的实验性探索，突破了传统线性叙事，使得小说结构有了更多层次，更加虚实难辨、高深莫测，也带给了读者更多惊喜。

尽管博尔赫斯的小说富有哲思，充满灵动的观念和形而上的思索，但他不是思想家或哲学家，正如他自己所说："我是个文人，我尽可能利用哲学里的潜在文学价值。我本身不是哲学家，只不过我对世界和我自己的生命感到莫大的困惑。"③ 所以，他更多是沉浸在文学的世界、书籍的世界中，把书籍的艺术价值和审美性放在首位，也是在这个意义上，他多次强调自己的创作忠实于想象。

（三）幻想与梦的交融

唯心主义使博尔赫斯有一种"人生如梦"的思想，他说："生活就是做梦，文学是形形色色的生活之梦。更恰切的说，我用神话和梦的方式来思考。"④ 可见，他把文学视为对梦的记录。正因如此，他

---

① ［阿根廷］豪尔赫·路易斯·博尔赫斯：《阿莱夫》，王永年译，上海译文出版社 2015 年版，第 18 页。
② ［阿根廷］豪尔赫·路易斯·博尔赫斯：《阿莱夫》，王永年译，上海译文出版社 2015 年版，第 16 页。
③ ［阿根廷］豪尔赫·路易斯·博尔赫斯：《博尔赫斯谈话录》，王永年译，上海译文出版社 2008 年版，第 10 页。
④ ［美］詹姆斯·伍德尔：《博尔赫斯·书镜中人》，王纯译，中央编译出版社 1999 年版，第 130 页。

非常喜欢"庄周梦蝶"的故事,不仅在与朋友合编的《幻想文学选集》(The Book of Fantasy,1940)中收入这个故事,而且在《探讨别集》《序言集以及序言之序言》等作品中都提到过这个故事。这个故事原文如下:"昔者庄周梦为胡蝶,栩栩然胡蝶也,自喻适志与,不知周也。俄然觉,则蘧蘧然周也。不知周之梦为胡蝶与,胡蝶之梦为周与?周与胡蝶,则必有分矣。此之谓物化。"(见《庄子·齐物论》)博尔赫斯这样讲述它:"庄子梦见自己是一只蝴蝶,醒来后他不知道自己是一个曾经做梦变成一只蝴蝶的人,还是一只此刻梦想变成一个人的蝴蝶。"[1] 他去掉了最后一句总结寓意的评论,并不是不赞成"齐物"思想,而是更乐于把它完全作为一个纯粹的故事来表达,让读者自行解读其中的深刻思想。实际上,博尔赫斯的解读与庄子的思想不完全一致,姑且不说"齐物"思想,他也基本没有庄子在这个故事里所寄寓的有关人生虚妄无常的迷惘无奈与悲观出世的观念,而更多关注其中蕴含的本体论的疑问,即"不知周之梦为胡蝶与,胡蝶之梦为周与?"庄周与蝴蝶,孰真孰幻?他非常喜欢这种不确定性,认为这种感觉很美妙,这正是他在小说中所追求的美学体认。我们知道,他一向赞赏"存在就是被感知"的思想,认为对世界的一切认知都来自感知;反过来说,哪怕是对梦中世界的感知,也可以说是真实的。所以,"庄周梦蝶"中,真实世界和虚幻世界交融在一起,呈现出强烈的模糊性,使读者疑惑不定、无所适从,这恰恰是幻想文学应有的美学效果。《环形废墟》中,魔术师做梦造人,又发现自己也是别人的梦中人,这种镜花水月式的心灵魔术,是博尔赫斯对艺术和文学本质的探索。

梦是介乎苏醒和沉睡之间的一种情境,最能在真实与虚幻之间维系一种平衡。博尔赫斯甚至认为,创作的状态和梦没什么不同:"(梦)不一定非得在睡觉的时候,在你构思出一首诗时,睡与醒没有多大的区别,不对吗?因此它们的意思是一样的。如果你在思考,

---

[1] [阿根廷]豪尔赫·路易斯·博尔赫斯:《探讨别集》,王永年、黄锦炎译,上海译文出版社2015年版,第262—263页。

如果你在创造，或者如果你在做梦，那么梦大概就与幻想或睡眠相一致了，没什么不同。"① 博尔赫斯曾经多次发表类似"文学是梦"②的论述，在《布罗迪报告》的序言中，他声称，"说到底，文学无非是有引导的梦罢了"③；与之相应，"一个作家就是一个不断做梦的人"④。这听起来很像弗洛伊德的"文学是白日梦"的理论，但是，博尔赫斯多次在公开场合表示他不喜欢弗洛伊德，因为后者总是将一切都用"性"来解析。而对博尔赫斯来说，梦就是一种最古老的文学创作和美学活动，一种最自由的创造过程，拥有永不枯竭的创意和可能性，是艺术家进行心灵创作的乐园。他提到霍桑曾打算写梦，一个像真梦的梦，不连贯、离奇、没有目的，并认为，"我们所有的'现代'文学都企图实现那个打算"。毋庸置疑，他当然也是有此企图的一位，他分析道："对于理念和逻辑思维，意义的多样化可能违反常情；对于梦，情况就不一样了，因为梦有它独特的、秘密的代数学，在它暧昧的领域里，一样东西也可能是多样的。"⑤ 可见，他充分意识到了梦的运用可以赋予小说广阔的空间和强大的表现力，因为梦可以超越世俗的日常规范，超越因果关系和逻辑规律，具有无限维度。

梦可以使人逃离现实困境，这也是文学的功能之一。博尔赫斯说："我们生活在一个伤害和侮辱人的时代，要想逃避，只有一条出路，那就是做梦。"⑥《南方》中主人公胡安·达尔曼不小心碰到

---

① ［美］威利斯·巴恩斯通编：《博尔赫斯八十忆旧》，西川译，作家出版社2004年版，第39页。

② ［阿根廷］豪尔赫·路易斯·博尔赫斯：《探讨别集》，王永年、黄锦炎等译，上海译文出版社2015年版，第74页。

③ ［阿根廷］豪尔赫·路易斯·博尔赫斯：《布罗迪报告》，王永年译，上海译文出版社2015年版，第iv页。

④ ［美］威利斯·巴恩斯通编：《博尔赫斯八十忆旧》，西川译，作家出版社2004年版，第203页。

⑤ ［阿根廷］豪尔赫·路易斯·博尔赫斯：《探讨别集》，王永年、黄锦炎等译，上海译文出版社2015年版，第98页。

⑥ 崔道怡等编：《"冰山"理论：对话与潜对话》（下册），工人出版社1987年版，第740页。

窗子刮破了头，得了败血症，做了手术，住进疗养院，几乎不能动弹，身体任人摆布，感到生不如死。然而，好像忽然间，他就痊愈出院了，坐上一趟开往南方的列车，想要回到他的庄园去休养。列车在一个他不认识的车站停下了，他下了车，走进一家杂货铺，准备吃晚餐，结果莫名其妙被一个素不相识的人挑衅，最后发展到两个人要进行决斗。整个过程被描述得恍恍惚惚，一直到最后，小说写道："如果说达尔曼没有希望，他至少也没有恐惧。他跨过门槛时心想，在疗养院的第一晚，当他们把注射针头扎进他胳臂时，如果他能在旷野上持刀拼杀，死于械斗，对他倒是解脱，是幸福，是欢乐。他还想，如果当时他能选择或向往他死的方式，这样的死亡正是他要选择或向往的。"① 敏锐的读者这时才意识到，这趟南方之行不过是达尔曼在病榻上的一场大梦。南方是他的心灵栖息之所，是他的梦想与希望所在地，是他想要回归的家园，所以被困在病床上的他才会在梦中坐上前往南方的列车，而拿起匕首，像一个硬汉一样在决斗中死去，则是被禁锢在病弱的身体中的人最浪漫的梦想。博尔赫斯本人曾经在1938年冬天遭遇过像达尔曼一样的事故，缠绵病床一月有余。几年后，他拿笔写下了《南方》，以自由的精神漫游对抗病患无奈的现实困境，在梦的世界中呈现出文学的隐喻。

此外，梦境对现实的改变，也是博尔赫斯幻想小说常用的手法之一。他在自己的文章中多次提及"柯勒律治之花"，即柯勒律治曾经写过的一个小短文："如果一个人在睡梦中穿越天堂，别人给了他一朵花作为他到过那里的证明，而他醒来时发现那花在他手中……那么，会怎么样呢？"② 他认为，这个想象"十分完美"，常常把它用

---

① ［阿根廷］豪尔赫·路易斯·博尔赫斯：《杜撰集》，王永年译，上海译文出版社2015年版，第92页。
② ［阿根廷］豪尔赫·路易斯·博尔赫斯：《探讨别集》，王永年、黄锦炎等译，上海译文出版社2015年版，第14页。

到自己的小说中。例如，《一个厌倦的人的乌托邦》虽然全篇没有提到"梦"字，但通过其中日常逻辑无法解释和描述的不可思议的事件，可以看出这是一个梦。主人公是1897年出生于布宜诺斯艾利斯的英美文学教授、幻想故事作家、70岁的欧多罗·阿塞韦多，他遇到了一个生活在几千年后的无名之人，与之谈论了一些未来的情况，并收下了一幅后者的画作，而这幅画至今仍保存在他坐落在墨西哥街的办公室里。这种梦到的事物对现实继续发生影响的情节模式在《双梦记》《等待》等作品中都出现过。当梦侵入现实时，现实世界变得暧昧混沌，荒诞感和神秘感油然而生，引发读者不得不产生形而上的思索。

总而言之，在博尔赫斯的小说中，梦是进入幻想世界的入口，是联结现实与想象、理智与情感的桥梁，是在文学与哲学、瞬间与永恒之间自由穿梭的通道，是他以玄思妙想构筑起来的一个现实和想象之外的新的艺术空间。

第二节　纳博科夫的骗术与魔术

纳博科夫被誉为"文学魔术师"。他潇洒自如地挥舞着魔术棒，上演了一出出精彩戏法，从虚无中变化出一个个五光十色、琳琅满目的文学世界。读者为这个世界的真切精致而啧啧赞叹，他却毫不顾忌地拆穿这些艺术魔法的骗术，亲自去点醒那些被蛊惑的读者。

一　小说是虚构

纳博科夫一向叛逆，热衷于推陈出新，自然不能认可"文学反映现实"的传统理念。在他看来，小说的本质就是虚构，如同神话或童话一样，是想象的产物，与真实无关。因此，他在《文学讲稿》

中开宗明义提出,"好小说都是好神话"①,"文学是创造。小说是虚构。说某一篇小说是真人真事,这简直侮辱了艺术,也侮辱了真实"②。他多次强调这一观点。例如,在讲简·奥斯汀时,他宣称:"所有的小说从某种意义上说都是神话。……高水平的读者知道,就书而言,从中寻求真实的生活、真实的人物,以及诸如此类的真实是毫无意义的。"③ 在《〈堂吉诃德〉讲稿》的开篇,他又一次声称:"我们将尽最大的努力避免在小说里寻找所谓的'现实生活'这样的后果严重的错误。我们也不要试图去调和事实的虚构与虚构的事实。《堂吉诃德》是一个童话故事(a fairy tale),《荒凉山庄》也是一个童话故事,《死魂灵》也是一个童话故事。《包法利夫人》和《安娜·卡列尼娜》都是最优秀的童话故事。"④ 他以一个生动的例子来说明观点:

> 一个孩子从尼安德特峡谷里跑出来大叫"狼来了",而背后果然紧跟一只大灰狼——这不成其为文学,孩子大叫"狼来了"而背后并没有狼——这才是文学。那个可怜的小家伙因为扯谎次数太多,最后真的被狼吃掉了纯属偶然,而重要的是下面这一点:在丛生的野草中的狼和夸张的故事中的狼之间有一个五光十色的过滤片,一副棱镜,这就是文学的艺术手段。……艺术的魔力在于孩子有意捏造出来的那只狼身上,也就是他对狼的幻觉;于是他的恶作剧就构成了一篇成功的故事。⑤

---

① [美]弗拉基米尔·纳博科夫:《文学讲稿》,申慧辉等译,上海三联书店2005年版,第1页。
② [美]弗拉基米尔·纳博科夫:《文学讲稿》,申慧辉等译,上海三联书店2005年版,第4页。
③ [美]弗拉基米尔·纳博科夫:《文学讲稿》,申慧辉等译,上海三联书店2005年版,第7页。
④ [美]弗拉基米尔·纳博科夫:《〈堂吉诃德〉讲稿》,金绍禹译,上海三联书店2007年版,第3页。
⑤ [美]弗拉基米尔·纳博科夫:《文学讲稿》,申慧辉等译,上海三联书店2005年版,第4—5页。

纳博科夫希望小说远离所谓的现实。他认为，现实是平庸的、偶然的，甚至是陈腐的，是一种常识中的现实。而常识是文学的敌人，充斥着平均化、合理化的低维度现实，是单调的、空洞的、冰冷的，遮蔽了大千世界的丰富性和具体性。他非常讨厌常识，因为"常识毁灭了众多温文尔雅的、为过早出现的一些真理之一线月光而欣喜异常的天才；常识对罕见的美妙画面吹毛求疵，因为在意味深长的马蹄上长出一棵蓝色大树简直是疯了；常识还愚蠢地蛊惑强国去征服与之平等而柔弱的邻居，历史的断沟提供了这样的机会，如果不去奴役便是可笑的。常识根本是不道德的……常识是被公共化了的意念，任何事情被它触及便舒舒服服地贬值"①。也就是说，基于常识的现实是缺乏审美能力、想象力、好奇心和同情心的，甚至有很多错误的、不道德的地方，只是由于为大部分人所接受，就被视为合理的。纳博科夫不能认同这种大多数人的现实，更拒绝有用的、功利性的观念，他所追求的文学是个性的、生动的、有想象力的、非功利性的。他写道：

> 小孩子听你读故事的时候往往会问，这故事是真的吗？如果不是真的，他会缠着要你讲一个真故事。我们读书的时候最好不要采取孩童般执拗的态度。当然，如果有人告诉你，史密斯先生看见一个绿脸人驾着蓝色飞碟嗖地从空中掠过，你一定会问：那是真的吗？因为这件事如果是真的，必会以某种方式对你的生活发生影响，必会产生一系列具体的后果。但是，对一首诗或是一部小说，请不要追究它是否真实。我们不要自欺欺人。请记住，文学没有任何实用价值。②

---

① ［美］弗拉基米尔·纳博科夫：《文学讲稿》，申慧辉等译，上海三联书店2005年版，第328—329页。
② ［美］弗拉基米尔·纳博科夫：《文学讲稿》，申慧辉等译，上海三联书店2005年版，第113页。

他继承了康德的审美非功利主义，认为文学不涉及现实利益，没有直接功用。他反对所谓常识的陈腐观念和庸俗的道德说教，宣称"一部书的艺术不一定会受到书的道德伦理标准的影响"①，"我的写作没什么社会宗旨，没什么道德说教，也没什么可利用的一般思想；我只是喜欢制作带有典雅谜底的谜语"②。他追求的是文学的艺术性，是美的感受力。在《洛丽塔》后记中，他写道："对于我来说，只有虚构作品能给我带来我直接称之为美学幸福的东西时，它才是存在的：那是一种多少总能连接上与艺术（好奇、敦厚、善良、陶醉）为伴的其他生存状态的感觉。"③ 可见，在他看来，小说不是不能反映思想，只是思想不是中心，它熔铸于故事的骨骼中，以艺术的形式表现出来，艺术才是作品的精华。

纳博科夫声称真正的艺术就是"给感官带来快感的想象"④。他说："在我看来，任何一部杰出的艺术作品都是幻想，因为它反映的是一个独特个体眼中的独特世界。"⑤ 这种对想象的高度推崇和对个体差异性的强调，也是他反对所谓现实主义的一个原因。他认为，不同的个体眼中的现实也是不同的，所谓的所有个体一致认同的客观现实是不存在的。"所有的现实都只是相对的现实，因为某一特定的现实，例如你看见的窗户，嗅到的气味，听到的声音，不仅仅取决于感官接收到的原始讯号，还要取决于不同层次的信息。一百年前的读者熟悉的是描写受到所崇拜的那些伤感的绅士淑女的作品。在当时的读

---

① [美] 弗拉基米尔·纳博科夫：《〈堂吉诃德〉讲稿》，金绍禹译，上海三联书店 2007 年版，第 128 页。
② [美] V. 纳博科夫：《固执己见：纳博科夫访谈录》，潘小松译，时代文艺出版社 1998 年版，第 18 页。
③ [美] 弗拉基米尔·纳博科夫：《洛丽塔》，主万译，上海译文出版社 2006 年版，第 500 页。
④ [美] 弗拉基米尔·纳博科夫：《〈堂吉诃德〉讲稿》，金绍禹译，上海三联书店 2007 年版，第 18 页。
⑤ [美] 弗拉基米尔·纳博科夫：《文学讲稿》，申慧辉等译，上海三联书店 2005 年版，第 218 页。

者看来，福楼拜的作品也许是现实主义或自然主义的。但现实主义，自然主义，都只是相对概念。某一代人认为一位作家的作品属于自然主义，前一代人也许会认为那位作家过于夸张了冗赘的细节，而更年轻一代人或许会认为那细节描写还应当更细一些。主义过时了，主义者们去世了，艺术永远存留。"① 他心目中孜孜以求的艺术具有鲜明的个性，必然是主观的、具体的、独创的，唯有虚构才能满足其要求。

二 骗术与艺术真实

纳博科夫反对小说书写所谓的现实真实，但是，鼓励它追求艺术真实。他认为，真实是一种非常主观的东西，每一个人对现实的认识都是不断累积信息的个体过程，所以都是特殊化和主观化的。因而，看似客观的现实真实其实都是多重主观性的交会和杂合。在这个意义上，作家创作的目的不是模仿现实的真实，因为"对于一个天才的作家来说，所谓的真实生活是不存在的：他必须创造一个真实以及它的必然后果"②。这种通过艺术创作出来的真实，就是艺术真实。

那么如何实现艺术真实呢？纳博科夫提出，需要通过骗术达到目的。他声称："其实，大作家无不具有高超的骗术，不过骗术最高的应首推大自然。大自然总是蒙骗人们。从简单的因物借力进行撒种繁殖的伎俩，到蝴蝶、鸟儿的各种巧妙复杂的保护色，都可以窥见大自然无穷的神机妙算。小说家只是效法大自然罢了。"③ 所以，"所有的小说都是虚构的。所有的艺术都是骗术"④。那么，什么样的

---

① ［美］弗拉基米尔·纳博科夫：《文学讲稿》，申慧辉等译，上海三联书店2005年版，第128页。
② ［美］弗拉基米尔·纳博科夫：《文学讲稿》，申慧辉等译，上海三联书店2005年版，第7页。
③ ［美］弗拉基米尔·纳博科夫：《文学讲稿》，申慧辉等译，上海三联书店2005年版，第4页。
④ ［美］弗拉基米尔·纳博科夫：《文学讲稿》，申慧辉等译，上海三联书店2005年版，第128页。

骗术才算高超呢？要像大自然的创造那样。他对自然界巧夺天工的拟态现象非常着迷，尤其喜爱变化多端的蝶类，并将其运用到了自己的小说创作当中。① 也就是说，真正高级的骗术要像蝴蝶的拟态一样，要虚构得貌似真实可信。"衡量天才的真正标准在于他所创造的世界究竟在多大程度上是属于他的——这个世界在他之前是不存在的（至少在文学中是如此），而更重要的是，他在多大程度上做到使这个世界貌似真实。"② 伟大的作家通过骗术创造世界，这个世界栩栩如生，令人沉迷。有时，纳博科夫也将这种骗术称为魔术，作家就是魔术师。观众明知眼前表演的是魔术，但只要魔术师不露破绽，他们依然会看得津津有味。这些妙不可言的骗术和魔术实际上就是作家的各种创作技巧，它们充满魅力，体现了作家独特的智慧和想象力。

通过骗术和魔术，纳博科夫创造出一个独一无二、自成一体的世界，告诉我们，"我们应当时刻记住，没有一件艺术品不是独创一个新天地的，所以我们读书的时候第一件事就是要研究这个新天地，研究得越周密越好。我们要把它当作一件同我们所了解的世界没有任何明显联系的崭新的东西来对待。我们只有仔细了解了这个新天地之后，才能来研究它跟其他世界以及其他知识领域之间的联系"③。这个世界是由作家主宰的，是作家想象力的产物，正如他介绍福楼拜时所说："（大作家创造的世界）是想象中的世界。这世界有自己的逻辑、自己的规律和自己的例外。"④ 在这里，他不仅强调了小说世界本身的和谐和浑然一体，而且强调了它的独创性。

纳博科夫的逻辑是，小说虚构就是作家发挥自己的想象力，像

---

① 详见本书下编第一节。
② ［美］弗拉基米尔·纳博科夫：《俄罗斯文学讲稿》，丁骏、王建开译，上海三联书店 2015 年版，第 107 页。
③ ［美］弗拉基米尔·纳博科夫：《文学讲稿》，申慧辉等译，上海三联书店 2005 年版，第 1 页。
④ ［美］弗拉基米尔·纳博科夫：《文学讲稿》，申慧辉等译，上海三联书店 2005 年版，第 128 页。

造物主一样创造一个世界。这个世界是作家创造力的体现，所以小说都是童话。另外，在强调所有的小说都是童话的同时，他说："倘若没有这些童话故事，世界就会变得不真实。一部虚构的杰出的作品就是一个独创的世界，而既然是独创的，这个世界就不可能与读者的世界相一致。"① 也就是说，小说的虚构性和独创性使小说世界只是艺术真实，而不是现实真实，哪怕它再"逼真"亦是如此。所以，我们不能将狄更斯的《荒凉山庄》当作真正的伦敦的史实记录，或是将奥斯汀笔下《曼斯菲尔德庄园》视为英国庄园的真实写照。当然更不能将《洛丽塔》中的亨伯特和《微暗的火》中的金波特等人的性癖、偏执等与作家挂钩。

既然纳博科夫推崇具有独创性、追求艺术真实的文学，他眼中的天才作家必然是具有艺术才华、技巧娴熟的创作者。他说："我们可以从三个方面来看待一个作家：他是讲故事的人、教育家和魔法师。一个大作家集三者于一身，但魔法师是其中最重要的因素，他之所以成为大作家，得力于此。"② 他认为，判断一位作家是不是真正的天才，要看其创作的世界真实性和独创性的程度，即看其编制情节的技巧是否高超、骗术是否无懈可击。他并不排斥文学涉及道德问题，但要求这些问题经过艺术手法自然直观地呈现出来，反对直接抽象的道德说教。所以，他为狄更斯的感伤情调辩护，因为"他的说教常常富有艺术性"③，能够很好地平衡艺术与道德之间的关系。他不喜欢列夫·托尔斯泰和陀思妥耶夫斯基，是因为觉得他们为了说教牺牲了自己的艺术才华，在表达思想方面缺乏节制。在他看来，唯有经过艺术处理，说教才不会流于空洞无趣的道德寓言；

---

① ［美］弗拉基米尔·纳博科夫：《〈堂吉诃德〉讲稿》，金绍禹译，上海三联书店2007年版，第3页。
② ［美］弗拉基米尔·纳博科夫：《文学讲稿》，申慧辉等译，上海三联书店2005年版，第5页。
③ ［美］弗拉基米尔·纳博科夫：《文学讲稿》，申慧辉等译，上海三联书店2005年版，第111页。

唯有魔法师,才能完美协调讲故事的人和教育家,使小说世界成为天衣无缝的完美整体。因此,三重身份中,魔法师(即艺术家)才是作家最本质的身份。

显然,纳博科夫认为,小说的意义在于使读者超越平庸的生活和一地鸡毛的真实,用审美的眼光去看待世界。因此,他自得于作家的魔法师角色,毫不掩饰自己的骗术,常常以"元小说"手法充分暴露小说的欺骗成分,在《洛丽塔》《微暗的火》等作品中将虚构的游戏进行到底,形成了颠覆传统、独树一帜的艺术风格。

第三节 卡尔维诺的童话思维

卡尔维诺是同时代大师中将极为先锋的创作与古老的民间文学(尤其是童话)联系得最为密切的作家。他在小说中提倡童话思维,不仅与其"轻"的诗学要求相适应,而且为作品带来一种特殊的美。

卡尔维诺是从写战争和人民的生活起步的,从他在"新现实主义小说"阵营中进行创作时,其作品就卓尔不群,原因就在于他的作品具有活泼泼的童话气质。《通往蜘蛛巢的小径》是他的处女作,小说背景是二战时期的意大利。主人公不是大多数反法西斯题材小说中那样的"高大全"式的英雄战士,而是一个贫民窟长大的小男孩皮恩(Pin)[①]。皮恩的姐姐是妓女,与德国法西斯士兵来往,皮恩乘机偷了德国人的手枪,把它藏在了蜘蛛筑巢的地方。在经历了一系列入狱、越狱的冒险之后,皮恩参加了游击队,成了一名反法西斯战士。然而,这部作品的重点并不是战争的血腥和暴力,也不是人性的残酷和革命的崇高,而是一个孩子充满童趣的传奇冒险。皮

---

① 皮恩(Pin)的名字是著名的童话《木偶奇遇记》的主角皮诺曹(Pinocchio)的简写。

恩对法西斯没有深切的痛恨，也不懂抵抗运动的政治内涵，他眼中大人们都是善恶难辨的。他偷德国人的枪只不过是为了获得大人们的认同和关注，后来参加了游击队，也只是希望有人关心他，愿意陪他一起走上那条通往蜘蛛巢（皮恩心目中的乐园）的小路。皮恩就像童话中的小精灵一样在世界上徜徉、历险，用好奇的目光注视着这个他不理解的大人的世界。

卡尔维诺早期写的中短篇小说，在平实的底色上总是存在着抹不去的童话色彩。他笔下的世界是与战争和贫苦对立的世界，是自然的世界，是孩子们的乐园，就像五彩缤纷的童话世界。《贝维拉河谷的粮荒》中，人们被法西斯士兵围困，唯一一条通往外面的小路被密集的炮弹封锁着。在即将断粮之际，八十多岁骨瘦如柴的聋人比斯马老翁，骑着一头瘦弱不堪的骡子，踏上了炮火喧天的小路。炮弹不断从他身边呼啸而过，弥漫的硝烟一次次吞没他，但他一次次奇迹般地生还，在死亡之路上来回穿梭，为大家购买粮食，带来生存的希望。老人最终死掉了，但是仍然像一个幽灵，让开枪的士兵浑身发抖。战争的残酷似乎只是淡淡的背景，只有堂吉诃德式的形象充满画面。老人好似童话中存在的形象，却又是随处可见的乡间老头。《牲畜林》的故事在童话世界一般的树林中展开，在那里躲避德国人大扫荡的人们和他们的家畜有着亲人般的亲密关系。一个德国兵进入了树林，抢了一头叫"花大姐"的牛，后来他为了抓猪丢了牛，为了抓羊放了猪，为了抓火鸡跑了羊，为了抓兔子飞了火鸡，为了抓鸡跑了兔子……"花大姐"的主人瘸脚猎手朱阿一直跟着德国兵，但每当他抬起枪时，总有家畜或家禽的主人要求他别误伤了动物，所以每每错失良机。他终于开了枪，结果打中了德国兵手中的鸡，吓跑了德国兵。最后德国兵在抓野猫时，失足摔下了石崖。卡尔维诺突破了传统的战争题材套路，以童话般的节奏和背景，使故事可亲可乐。意大利老牌作家帕维塞称赞他"像松鼠一样的敏捷……他善于把战争生活写成像在大森林里发生的童话故事一般,是那样的五彩缤纷,那样的引人入胜,那样的'非同寻常'"①。

平常的生活在卡尔维诺笔下也往往会因为充满童话因子而变得不那么寻常了。《亚当,午后》中小园丁想要讨好小厨娘,一次次把心爱的癞蛤蟆、金龟子、蜥蜴、小蛇和刺猬等送给她。《糕点店的盗窃案》中,点心的魔力使前来偷窃钱财的小偷陷入了品尝的狂热。《阿根廷蚂蚁》中,一对小夫妻迁入新居却不得不与蚂蚁斗争。其中,最典型的是《马科瓦尔多》。小说的同名主人公一家从农村来到大都市,还没有适应大都市生活,对周围的一切都很好奇和敏感,时常昏头昏脑地迷了路,会把人行道上有蘑菇当成天大的秘密来珍藏,会为了取暖把高速路上的广告牌当树木砍,为了看星空拿弹弓打高楼上的霓虹灯广告,为了盆栽的成长带着它去追云逐雨。他们还曾因为养了一只从实验室逃出来的小兔子,结果被迫住院隔离;因为想找一个宽敞安静的地方休息而到公园里睡觉,结果被吵得一夜未眠;因为想要在弃船的河沙中偷偷做沙浴,结果不得不随船四处漂流……在夸张、俏皮的笔触下,他们在都市中的生活就像是在童话森林中的历险。

29岁的卡尔维诺写出了自己所谓的"游戏之作"——《分成两半的子爵》(1952),随后又创作了《树上的男爵》(1957)、《不存在的骑士》(1959),合称《我们的祖先》,其中的童话气质更为浓厚。《分成两半的子爵》的主人公梅达尔多子爵在战斗中被炮弹劈成了两半,每个半片人都只有一只手、一条腿、一只眼、半张嘴、半个鼻子,却奇迹般地分别被救活了。一个半片人很善良,另一个半片人很邪恶,都爱上了同一个姑娘,因而决斗,两败俱伤,又被缝合在一起,合二为一后成为不好也不坏的正常人。《树上的男爵》的主人公柯希莫男爵在少年时代因为拒绝吃蜗牛而负气上了树,从此再也没有下来,在树

---

① 沈萼梅、刘锡荣:《意大利当代文学史》,外语教学与研究出版社1996年版,第349页。

上生活、阅读、交友、恋爱、参与时政，度过了精彩的一生，最后随热气球消逝在天空中。《不存在的骑士》中主人公是名为阿季卢尔福的完美骑士，却只有精神没有肉体，最终消失在空气中。

此后，卡尔维诺笔耕不辍，作品风格多变，却都闪烁着童话般的奇妙之光。《宇宙奇趣》(1965) 和《时间零》(1967) 中名为 Qfw-fq 的主人公仿佛在时空中亘古存在，它变幻万端，或是没有形态的物质组成元素，或是宇宙间的一分子，或是一星球，或是软体动物，或是两栖动物，或是最后的恐龙，或是原始人，或是未来人，更多的时候像是神，但不是神话中无所不能的神，而是旁观世界按科学逻辑发展的游戏之神。它以讲述自己的亲身经历来重构我们脑中那些早已由理性和启蒙的科学语言形塑而成的物理和知识世界（诸如月球和地球的距离、恐龙如何灭绝等）。这部小说就是一部 20 世纪关于世界与科学的现代童话，难怪美国著名作家约翰·厄普代克称其为"十全十美的梦"。《命运交叉的城堡》中的人都中了魔法无法说话，聚集在童话般的城堡（或客栈）里，他们的经历也全部是童话中的历险故事。《看不见的城市》中马可·波罗与忽必烈之间的对话似真似幻，55 个城市像是童话中的幻景。《如果在冬夜，一个旅人》就其主题模式来看，也应当属于民间文学或童话中典型的"追寻"模式①，可以说是关于小说自身的童话。

一 童话思维的概念和特点

所谓童话思维指蕴含在童话中的对于世界的一种认识和把握方式，是一种超越常规的思维方式，从另一个意义上讲，它是一种艺术创作思想，蕴涵着艺术化的思维逻辑和深刻的艺术理念。从发生学

---

① 俄国学者普洛普在 20 世纪 20 年代研究了大量西方民间故事，发现其基本主题模式是"追寻"，并为民间故事建立了三十种功能。后来结构主义者格雷马斯受此启发，总结出民间故事基本的情节模式：发送者发送客体给接收者，主体追寻客体，在追寻中得到帮手的帮助和对手的阻挠，最后得到客体。

意义上考察，童话思维与原始思维或神话思维密切相关。有学者提出："童话是与人说话的本能相应的，人从能言语的时候起就有了童话，也就是说，在文字产生之前，童话就有了。"① 可见，人类原初的童话是原始思维或神话思维的结果。但是童话思维不同于后两者懵懂无知下的诗性思维，而是已习惯逻辑思维和理性思维的成人在文明状态下对童年的向往和回归。故而，在科学思维和逻辑思维已高度发达的今天，童话思维仍不失为一种影响深远、内涵丰富的思维活动。

众所周知，儿童是天真纯洁的象征，是未被社会、历史和文化浸染的人类原生态的承载体，是生命力和未来的象征。童话是以审美形式意义上的儿童视角写作，必然会有不同于一般的思维方式，即童话思维。儿童的心灵像一张白纸，尚未染上任何色彩，有无限自由空间。以童话思维来写作，可以拉开与社会实体的距离，突破成人世界的逻辑，轻视或无视外部规范的种种束缚及清规戒律，打破习俗、偏见、虚伪和麻木不仁所构成的牢笼，摆脱成人世界的利益驱动和复杂性，以纯粹的热情，毫无顾虑地面对一些成人羞于启齿、不敢想象甚至惧怕考虑的问题，或是有意无意地避开明确的道德判断，为读者留下思索的空白，或是公正坦率地对世界做出更人性化的价值判断。再者，童话思维以非经验主义的感知和认知特点为前提，也就拥有了一种另类的认识世界和呈现世界的方式，增加了审美过程的难度和时间长度，造成审美对象的"陌生化"效果。采用童话思维，本身就蕴含着一种非经验主义视角（多表现为儿童视角）和天真叙述。这种视角对美的捕捉，洋溢着童真的愉悦，使在成人经验主义视角中已经定了型的事物重新焕发出新鲜灵动的气息。童话思维保持着对生命最原始、执着的感性追问，能够打破事物的惯常形态，推陈出新、标新立异，达到审美的愉悦。

卡尔维诺提倡童话思维，就是强调它独具的特点和权利，在自

---

① ［日］卢谷重常：《世界童话研究》，黄源译，上海华通书局1930年版，第3页。

己的周围形成特殊的世界、特殊的时空体，做这个常规世界的旁观者和局外人。这种外在化的艺术建构手段，注定了他用另类的眼光观照世界的形式。日常的理性逻辑被消解掉了，时间也脱离了线性的物理纬度，进而唤起空间的移位，导致物质世界人格化。

（一）想象与现实的高度融通

第一，重视幻想和虚构。

卡尔维诺在文学创作中钟情于童话思维，首先表现为高度重视文学的幻想品性。他宣称："我认为，作家描写的一切都是童话，甚至最现实主义的作家所写的一切也是童话。"[1] 在20世纪40年代中期，意大利文学中"新现实主义"运动蓬勃兴起。这个运动虽然在一段时期内有积极的作用，但它后期过于注重思想性和社会性，无形中将文学"工具化"了。卡尔维诺虽然早期也被视为这个运动的跟从者，却"从来没有对卢卡契的反映论感到兴趣"。[2] 他宣称："这种将再现当作客观事实的看法从来没有在意大利文学上占据过主导地位。"[3] 他本身是一位非常有社会责任感和政治敏感度的作家，但对当时意大利文学只关心政治文化，而不理会其他需要的倾向不满。作为艺术家，他反对文学成为政治的附庸和奴隶，反对意识形态对文学主体性的干预和掠夺，更反对强行以真假为维度来判断和衡量艺术作品。艺术所需要的真实绝不等同于生活真实或现实真实，后者只能是前者的客体。艺术所需要的是艺术家在艺术地处理现实真实的基础上创造的主观感觉真实、想象真实和情感真实，因此它主要存在于人的情感世界和精神领域，是对现实真实的超越。卡尔维诺反对艺术行为是镜子式观照的说法，声称："我不喜欢镜子的映

---

[1] ［意］卡尔维诺：《文学——向迷宫宣战》，引自崔道怡等编《"冰山"理论：对话与潜对话》（下册），工人出版社1987年版，第844页。

[2] 何帆、文祥编选：《现代小说题材与技巧——当代外国著名小说家访问记》，中国文联出版公司1989年版，第268页。

[3] 何帆、文祥编选：《现代小说题材与技巧——当代外国著名小说家访问记》，中国文联出版公司1989年版，第267页。

象。这太被动。除此之外,我也不再认为文学是一面镜子了。"① 他高度重视和提倡艺术家在创作中的主动性。作品是作家独特个性和个体逻辑的实现,任何小说世界折射的都并非绝对的现实生活,而是作家的想象力和文学智慧。即使最现实主义的作品,也不是时代与社会的忠实记录,而是天才作家的艺术才能和想象力的展示。它们对作家之外的其他人来说,就是童话。在这个意义上,卡尔维诺认为纯属幻想的《格列佛游记》绝不比巴尔扎克的写实小说更不真实,所以他说:"我爱巴尔扎克,因为他是空想者。我爱卡夫卡,因为他是现实主义者。"②

在《美国讲稿》的"形象鲜明"一节中,他以大量篇幅谈及文学中的幻想问题。他追求的幻想是想象力中最高超的部分,而非混乱的梦呓。他在《边界的定义:幻想》一文中考查了法国、意大利、英国各国语言中幻想的定义。在当代法国文学语言中(也包括对一些19世纪的读者而言)的幻想(fantastique)往往被用于恐怖故事中,要求读者相信他正在读的,要做好受控于一种生理上的激情(比如恐惧、负罪感、痛苦等)的准备,还要像在现实生活中一样,寻求合理的解释。但是,在意大利语中,幻想(fantasia,fantastico)一词并没有这种使读者陷于文本的要求,相反,它暗示着一种断裂、一种超然、一种基于文本的另类逻辑的接受,是在常识逻辑和主流的文学成规之外展开的。英语中的幻想(fantastic)一词与意大利语中的意思相类似,读者不必去苛责作品的可信度与真实性,就像卡夫卡的《变形记》的读者一样,幻想的乐趣就在于从玩味这个另类的逻辑中获得快感和惊奇感。③ 卡尔维诺推崇的幻想是一种指向未来

---

① 何帆、文祥编选:《现代小说题材与技巧——当代外国著名小说家访问记》,中国文联出版公司1989年版,第268页。
② [意]伊塔洛·卡尔维诺:《为什么读经典》,黄灿然、李桂蜜译,译林出版社2006年版,第2页。
③ Italo Calvino, "Definitions of Territories: Fantasy", *The Uses of Literature*, translated by Patrick Creagh, New York: Harcourt Brace Jovanovich, 1986, pp. 71-72.

的创造性思维,能够打破日常习惯加在人们身上的羁绊和束缚、局限,引导人们从思维定式中超越出来,自由地在理想境界中遨游。这种不寻求解释的、超常的思维方式就是一种童话思维,换而言之,童话思维最重要的特征就是要有超常的想象力。

波德莱尔把想象称为一切功能中的皇后,蒙田相信强劲的想象产生强劲的事实,卡尔维诺皆深以为然。他所赞赏的文学并不是像巴尔扎克或司汤达那样告诉我们——世界是这样的、人是这样的,而是用艺术的魔杖插上想象的翅膀给我们展示——世界与人可以是、可能是这样的。他"把幻想看成各种可能性的集合,它汇集了过去没有、现在不存在、将来也不存在,然而却有可能存在的种种假想。……幻想是一部电子计算机,它储存了各种可能的组合,能够选出最恰当的组合,或者选出最令人高兴、最令人快乐的组合"[①]。在他看来,想象指向的不仅是已有的存在、未显的潜在,也有幻影式的不在。想象既不像传统小说一样要求建筑在现实生活的基础上,追求真实性和可信度,也不是完全无视现实的空穴来风式的异想天开,而是源于形而上学思考的想象与可能性的"虚拟"式实现。它看似天马行空,不受真实束缚,却往往更能反映本质,从而创造出无论在思想上还是在形式上都更为高超的作品。因此,他的小说看似"未在""不在"(与外部现实相隔绝)的文学,实际却是朝着"显在"的方向发展,是虚拟现实、重建现实、创造现实、实现现实的无限可能性的文学。在这个意义上,卡尔维诺认为,童话是真实的。因为童话中人物的故事,无不是人类共同命运的缩影。在他看来,童话思维既能插上想象的翅膀,自由翱翔在可能与不可能之间,又可以使现实生活的艺术再现;童话思维既富有寓意又充满诗意,美和哲理在这里获得奇妙的融合。

第二,关注现实。

[①] [意]伊塔洛·卡尔维诺:《美国讲稿》,萧天佑译,译林出版社2008年版,第89页。

卡尔维诺虽然反对文学以再现为目标和以社会功用为己任，但他的幻想和想象从来若离不开对现实的关注。他在一次访谈中说过，"唯有从确定的散文体（平凡的）的坚实感中才能诞生创造力：幻想如同果酱，你必须把它涂在坚实的面包片上。如果不这样做，它就没有自己的形状，像果酱那样，你不能从中造出任何东西"①。所以，卡尔维诺始终在一手抓幻想的同时，一手不忘抓客观现实。对他来说，当代世界也许是平庸和愚蠢的，但它永远是一个脉络，我们必须置身其中，才能够顾后或瞻前。他在《为什么读经典》中提到：

  阅读经典作品，你就得确定自己是从哪一个"位置"阅读的，否则无论是读者或文本都会很容易漂进无始无终的迷雾里。因此，我们可以说，从阅读经典中获取最大益处的人，往往是那种善于交替阅读经典和大量标准化的当代材料的人。……一部经典作品是这样一部作品，它把现在的噪音调校成一种背景轻音，而这种背景轻音是经典作品的存在不可或缺的。……哪怕与它格格不入的现在占统治地位，它也坚持至少成为一种背景噪音。②

在卡尔维诺的作品中，《我们的祖先》是最像童话的作品，其中想象力奇特，塑造出了只有童话中才有的半身人、无形人等，似乎远离现实，但其寓意却深切地触及人类当时的处境。关于它的创作原因，卡尔维诺在这三部曲总序中曾云：

  《分成两半的子爵》写于1951年，《树上的男爵》写于1957

---

① Gore Vidal, "Calvino's Death", *The New York Review of Books*, Nov., 1985, p. 21.
② [意] 伊塔洛·卡尔维诺：《为什么读经典》，黄灿然、李桂蜜译，译林出版社2006年版，第8—9页。

年,《不存在的骑士》写于1959年。在这些故事中,也可以嗅见我写作当下的文化界氛围:《分成两半的子爵》表露对于冷战分裂的嫌恶:其他国家的割碎,也牵连国土并未分化的我们;《树上的男爵》探讨了知识分子在理想幻灭的时候,该如何在政治洪流中知所进退;《不存在的骑士》则对"机构人"提出批判。老实说,虽然在3个故事中,《不存在的骑士》的时空乍看之下和现世的距离最为遥远,可是我却认为这个故事也最深切触及我们当前的处境。我一直以为,此三部曲可以为当代人类描画出一幅家谱。所以,我把这3本书合并重印于一册,称为《我们的祖先》;如此,可以让我的读者浏览一场肖像画展,从画像中或许可以辨识出自己的特征,奇癖,以及执迷。①

卡尔维诺通过梅达尔多子爵被炮弹轰成两半的经历,将人类内心"善"与"恶"的永恒斗争外化成了两个具体的形象,使读者能直观地看到冲突与痛苦,也增加了阅读的趣味性。子爵的经历是完整—分裂—冲突—完整的历程,鲜活灵动地表现了当代人生命异化时惨烈的痛楚。邪恶固然有害,空洞、绝对的善同样也是偏执而于人无益的,卡尔维诺曾解释说:"分裂、残缺、不完整、与己为敌,这就是现代人;马克思称之为'异化',弗洛伊德说是'受压抑';古老的和谐的状况已经丧失;期待一个新完整的出现,我有意赋予这个故事的思想道德核心就在于此。"② 而柯希莫的树上王国,其实是卡尔维诺心目中既不屈从于世俗又不脱离现实的乌托邦幻境。二战之后的意大利,现实使许多真诚的知识分子失望,很多人走入象牙塔或自己的内心世界,更有人无所适从,走上绝路。卡尔维诺既

---

① 引自卡尔维诺中文网站,http://www.ruanyifeng.com/calvino/2006/08/our_ancestors_preface.html。
② 转引自 [俄] 鲁·赫洛多夫斯基《关于意大洛·卡尔维诺、他的祖先和历史以及关于我们现代人》,《世界文学》1987年第4期。

不愿意无原则地在一种庸俗化的政治指导下写作，也不能放下对社会和历史的责任感。柯希莫离开了地面，但仍关注地面、参与地面，他的选择正是作家心境的流露。阿季卢尔福严格地遵循骑士规则，是一个完美的骑士，但也正因完美所以无形。他只有精神而没有血肉，只有理性而没有感性，是被制度化了的"机构人"，是异化了的人，故而最终化为真正的虚无，表现了失落自我的当代人对生存的争取，对自我的追寻。这些看似荒诞不经的人物成为完美的隐喻，为我们描绘了一幅当代人的家谱。

一些看似奇思异想式的游戏之作也体现了卡尔维诺的社会和人文关怀。《宇宙奇趣》中 Qfwfq 亘古存在，变幻莫测，宇宙的巨变往往就在他闲谈、恋爱或游戏间发生。他历经宇宙沧桑，顺应历史进步，但无力扭转乾坤，也无法平复巨变带来的感情创伤和痛苦。与人比起来，他近似神，但与无所不能的神比起来，他却只是一个慨叹"无可奈何花落去"的怀旧之人。Qfwfq 的出现一方面为我们观察认识宇宙提供了一个独特而新颖的视角，另一方面又何尝不是对巨变发生后人的心态的剖析呢！《看不见的城市》中交谈的两个人（马可和大汗）亦真亦幻，展现的 55 个城市似乎只有在幻想中才存在，但其中所反映的主题、提出的问题却极具现实意义。其中有对城市起源的揣度，如白色城市佐贝伊德就是人们为了追捕梦中的女子（某种欲望的化身）而建造的（《城市与欲望之五》）；有对城市未来的忧患，如垃圾扩张正在一点一点地侵占整个世界的城市莱奥尼亚（《连绵的城市之一》），已失去个性、走向趋同化的城市特鲁德（《连绵的城市之二》），人数激增到几无立足之地的城市普罗科比亚（《连绵的城市之三》），占地扩大、连成一片、吞并了所有耕地和牧场的城市切奇利雅（《连绵的城市之四》），灭绝了一切动物的城市特奥朵拉（《隐蔽的城市之四》），等等，这些都令人警然而戒；有对城市异化问题的关注，如讲述了唤起人们的欲望、使人成为其奴隶的城市达阿纳斯塔西亚（《城市与欲望之二》），标志林立、使人无以得识真面目的城市塔马拉（《城市与符号之一》），无丝毫标志和差异、让人无所适从的城市佐艾（《城市与符号之三》），只有肉的交换、没有灵的交流的城市克洛艾（《城市与贸易之二》），被人际关系网消解掉的城市艾尔西里亚（《城市与贸易之四》）；有关于城市悖论的探讨，如为了让人容易记忆被迫静止不变、最终渐至消失也被遗忘的城市左拉（《城市与记忆之四》），由昔日的优雅变为今天的繁荣却在变化后才意识到失去了什么的城市莫利里亚（《城市与记忆之五》），总是想重新开始却不断地重复过去的城市埃乌特洛比亚（《城市与贸易之三》），永远有正反两面（近乎"朱门酒肉臭，路有饿死骨"）的城市莫里亚纳（《城市与眼睛之五》）；有关于城市的理想，如分裂的城市索伏洛尼亚告诫人们劳逸结合的城市生活才完整（《轻盈的城市之四》），网上的城市奥塔维亚似乎暗示人们有危机意识的生活更长远（《轻盈的城市之五》），遵循天道而又自信与谨慎的城市安德利亚则代表了完美城市理想的模型（《城市与天空之五》）……总之，卡尔维诺笔下之城市形象虽然光怪陆离，令人眼花缭乱、如坠梦境，却无不寓意深邃；城市是人类文明的浓缩，以寓意呈现城市文明，也就呈现了作家对整个人类境遇的关怀与思考。《命运交叉的城堡》表面看来似乎只是玩塔罗牌的魔术，说的故事不外乎骑士历险、炼金术士出卖灵魂、负心人被惩罚等神话传奇，但卡尔维诺把众多个人乃至整个人类的命运以塔罗牌构架出的原型的形式展现了出来，讲述了若干人类永恒的主题故事：如丧失与追寻的主题——包括失语、丧失自我（《受惩罚的负心人的故事》）、丧失灵魂（《出卖灵魂的炼金术士的故事》）、丧失财富（《盗墓贼的故事》）、丧失意义（《阿斯托尔福在月亮上的故事》）以及失贞导致丧失生命（《被罚入地狱的新娘的故事》）、失恋导致丧失理智（《因爱而发疯的奥尔兰多的故事》）等主题；通过选择（《犹豫不决者的故事》）或改造自身（《两个寻觅又丢失的故事》）等方式来追寻自我和意义的主题；男女之间的爱情和战争的主题

(《幸存的骑士的故事》);人与自然的主题(《复仇的森林的故事》);写作的主题(《我也试讲我自己的故事》);等等。这些在今天来说,也不可谓全无现实意义。

可见,卡尔维诺尽管在艺术创作上勇于创新、特立独行,但他从来不是关在象牙塔中,只为自己的欢愉或读者的喝彩而写作的作家。他并非社会人生的袖手旁观者,人性的莫测、社会的变革,始终是他创作的出发点。他只是反对"政治任务式的文学""指令文学",也就是反对那种急功近利的文学观而已,从来不否认文学具有社会功用的说法。他认为,文学有自己的规律,以自己的方式关注社会现实,对社会产生作用。

第三,间离效果。

卡尔维诺关注现实,却不愿沉沦于"一地鸡毛"的庸俗与繁杂之中,他把写作看作一种视野,认为拉得越高,也就越能看见真实。在《我们的祖先》前言中,他说:"我想要说明的是,透过上述这些文学形式的滤镜,我可能比较有能力来表现我的意念;如果我直接从自己的经验动手,反而不见得能够呈现够好的成果。躲藏在屏幕后面,我的书写可以更自在。至于要写什么呢?我当然书写自己必须说出来的唯一一回事:该如何面对我的时代、我的生命里的难题。"[1] 所以,他向往隐士的生活,他自传式的作品就命名为《巴黎隐士》,自称"扮演的主要角色是隐士。远观,又不至于太远"[2]。在《树上的男爵》中借叙述人之口说过:"谁想看清尘世就应当同它保持必要的距离。"主人公柯希莫对大地的热爱就是以疏离的方式来表现的,疏离往往是热爱的更深刻逻辑。

避开沉沦的方法只能是疏离和超越,卡尔维诺选择童话式的幻

---

[1] 引自卡尔维诺中文网站,http://www.ruanyifeng.com/calvino/2006/08/our_ancestors_preface.html。

[2] [意]伊塔洛·卡尔维诺:《巴黎隐士》,倪安宇译,台北:时报文化出版企业有限公司1998年版,第235页。

想，为读者创造出一个虚构的奇异意义空间，通过淡化叙述的真实感，增强虚构色彩，拉开与现实的距离，打消读者对真实性进行追问的念头，转而赏析引人入胜的故事，体味其内涵。这令人想到布莱希特（Brecht）的著名理论——"间离效果"：使用一种特殊的技巧，拉开受众与剧情的距离，使他们对于原先熟悉的审美对象产生一种陌生感，这种陌生感迫使他们以一种新的眼光去看待人物与情节，从而避免因完全沉浸其中而丧失自身自由的批判和思考能力。卡尔维诺承认在年轻时代，他就在布莱希特和卢卡契之间选择了布莱希特，并且学会了"创造距离感"，这对他一向很重要。[①] 他运用童话思维，使故事好像发生在另一个世界里，读者可以卸除一切负担，不必去担心真实性问题，也不用急于对号入座，而只是专心欣赏体味故事。另外，看似奇幻的故事里的人物经历，其实就是人类命运的缩影，所以，读者也不过是另眼看世界——换了一种角度、换了一种心情去阅读、去思考，这种阅读和思考因为甩掉了许多重负，而变得更冷静、更客观，也更深入。所以，有论者认为，"假如童话不描绘现实，那么它们就叙述真理"[②]。也就是说，运用童话思维，可以同时交织虚幻性、真实性和可能性，让读者在踏入虚幻空间的同时，既游离于现实世界之外，又接收到真实的感受，还可以穿梭于可能之林。这种多维可能性是童话思维的本质所在。

　　运用童话思维，与现实之间有了距离之后，就有了超越的理由，就不必陷入琐碎的考据之中，而有了海阔天空任我飞的磅礴气势。卡尔维诺将现实比作面包片，面包是固定的、呆板的，而与之既密切又疏离的果酱是流动的、多彩的。只要善用果酱，面点就能变得五彩缤纷、引人驻足。所以，距离使幻想成为可能，而幻想把人们从现

---

　　① 何帆、文祥编选：《现代小说题材与技巧——当代外国著名小说家访问记》，中国文联出版公司1989年版，第268页。
　　② ［瑞士］麦克斯·吕蒂：《童话的魅力》，张田英译，社会科学文献出版社1995年版，第103页。

实的机能中解放出来，赋予人们自由，使现实充满诗意。卡尔维诺将童话看作塑造一个美丽的梦，而不是逃避现实，认为："童话既勇于表现自我，也接受命运的安排，而且颂赞奇幻中的写实力量。诗意、道德并行不悖，这就是童话给我们上的最好的一课。"①

（二）原始诗性智慧和现代智性的紧密结合

童话是诗意的，因为它体现了原始的诗性智慧。关于诗性智慧，维柯是这样解释的："（诗性智慧是）异教世界的最初的智慧，一开始就要用的玄学就不是现在学者们所用的那种理性的抽象的玄学（形而上学），而是一种感觉到的想象出的玄学，像这些原始人所用的。这些原始人如同天真的儿童一样没有推理的能力，却浑身是强旺的感觉力和生动的想象力。这种玄学就是他们的诗，诗就是他们生而就有的一种功能；他们生来就对各种原因无知。无知是惊奇之母，使一切事物对于一无所知的人们都是新奇的。"② 诗性智慧，是一种以诗意的、审美的方式把握世界、实现自我确证的智慧，是一种独特而永恒的人类特性，同时它还孕育着对感知功能、想象功能和移情功能等审美心理要素的充分调动，因此，内蕴着积极的审美思维之内涵。

卡尔维诺的童话思维展现出一种诗性智慧，他以丰沛的感性和强劲的想象去表现世界，但是，与原始人的无知不同，他知识渊博。虽然为了达到"陌生化"的效果，避开了逻辑性和常识去写作，但是，他总是不由自主地流露出哲学家的深邃和科学家的严谨。因此，他的童话思维有更多的现代理性内核，可以说是原始诗性智慧与现代哲理及科学知识的完美结合。他曾在一次关于文学幻想的学术研讨会上谈道："十九世纪的幻想是浪漫精神的优雅产物，很快它就成为通俗文学的一部分；而二十世纪，智力性（不再是情感的）幻想成为至高无上的，它包括：游戏、反讽、眨眼示意，以及对现代人隐蔽的欲

---

① 引自卡尔维诺中文网站，http://www.ruanyifeng.com/calvino/2006/09/folktale_preface.html。

② ［意］维柯：《新科学》，朱光潜译，人民文学出版社1997年版，第161页。

望和噩梦的沉思。"① 这里的智力性，是相对于"感性"和"理性"而言的，是一种富于智慧的创造性。超越了经验性的创作，甚至是超越了从经验中提炼的理性自觉。他使我们对人的一切可能性和无限的发展性充满信心和敬畏，使我们对一切如置身梦幻，又如身临其境、确然无疑。厚实的思辨与灵动的抒情在这里冶于一炉，氤氲着特殊的艺术魅力。所以，卡尔维诺具有童话思维的小说一面是丰富的感性经验，一面是形而上的遐想。往往既富有诗意，又蕴含着深刻的寓意。

《我们的祖先》中的三个故事都充满了儿童梦幻般的华丽想象力和形象性的明显寓意，但若仅止于此，它就只是写给孩子们看的普通童话了。卡尔维诺的魅力在于他的思考更加多元而复杂，他的小说不仅是写给孩子的，也是写给大人的。比如《分成两半的子爵》饱含着卡尔维诺对人性分裂的深刻思考。故事的处理，也不同于一般童话，善的一半并非总给人们带来好处，最终也没有打败恶的一半，而是两半重新合二为一，又变得不好不坏了。这体现了卡尔维诺的辩证思维。他看到完整的人格或者真正的人性是善恶兼具的，因此，并没有盲目地做出善必胜恶的不切实际的空谈，而是告诫人们努力保持完整的人格，克服一时发作的兽性。

《宇宙奇趣》和《时间零》中的系列小说皆由科学论断生发，看似科学幻想小说，却与一般的科幻小说不同。它没有把科学作为小说的逻辑支撑点，也不拘泥于实现的可能性，因此少了许多冷冰冰的机械质感。它最大限度地活用了拟人手法，即使死寂的黑洞和无生命的宇宙尘埃也被赋予了思考和交流的能力，从而激活了人们头脑中被理性和科学僵化了的物理世界，找回了人类生命伊始的诗性智慧。从开天辟地的史前到前途叵测的未来，从宏观的宇宙到微观的粒子，卡尔维诺信手拈来，就是一篇活泼泼的小故事。他说："我的目的是要表明，幻想可以在任何土壤中诞生，甚至可以从与视觉

---

① Italo Calvino, "Definitions of Territories: Fantasy", *The Uses of Literature*, translated by Patrick Creagh, New York: Harcourt Brace Jovanovich, 1986, pp.72-73.

幻想距离甚远的现代科学术语中诞生。"① 这一系列小说与一般的童话和民间故事也大不相同，因为其中的幻想充满着理性内核，是卡尔维诺对科学和宇宙的哲学默思，是他对生物学、数学和逻辑学的合理推演，更是他对人性和人的生存状况的深刻反思。例如，在《月亮的距离》中，一方面形象化地表现了月亮与地球的距离在宇宙亿万年演变中由近而远，阐释了潮汐变化、万有引力等科学观念；另一方面描写人从海上的小船架起梯子爬上月亮，取月亮分泌的"月乳"食用，这就完全是杜撰了。《一切于一点》中，隐藏在宇宙大爆炸的科学原理之后的是对爱的高度推崇，爱是第一推动力，爱心产生了宇宙。正是Ph（i）NK夫人慷慨博大的爱使大家集中在太空一点时能彼此容忍包含，也使大家大爆炸后分散到宇宙间各个角落仍然有着相同的情怀。《无色的世界》和《水族舅姥爷》都以爱情为主线，相爱的双方中的一方顺应自然和历史进步，另一方却害怕变化，甚至向往过去的生活，从而造成悲剧。《打赌》在科学的连锁反应、"蝴蝶效应"之后，隐藏着作家对世界变得越来越失序、混乱、不可预测的深刻忧虑。《恐龙》是对失去自我真正认识的忧虑……

此外，《看不见的城市》中的想象丰富多彩，有像镜子一样对称的城市、有吊在半空中的城市、有高脚的城市、水管组成的城市、网上的城市，等等。这些城市光怪陆离，令人观来兴味盎然，如坠梦中。然而如若读者细细品味，就会发现文中已把有关城市的几乎所有问题一网打尽，既有对城市起源、城市发展的探讨，也有对城市未来的忧思，对环境污染、人口膨胀等现实问题更是毫不回避、直刺要害。间杂其中的两个亦真亦幻的人物之间的交谈，更是充满了智慧的箴言，非有大智慧者不可发之。《命运交叉的城堡》看似随兴所至的游戏，说的无外乎一些鬼怪妖精、骑士美女之类的传奇野话，讲的也无外乎战争、爱情、死亡、仇恨等老生常谈的人类永恒

---

① ［意］伊塔洛·卡尔维诺：《美国讲稿》，萧天佑译，译林出版社2008年版，第87页。

主题。然而，通过刻意经营的纸牌的排列，将不同人物的命运纠缠、编织在了一起；纸牌上图画的幽奥含蓄，又赋予了它迷离莫测的多重解读。卡尔维诺化腐朽为神奇的生花妙笔之下，虽然是新瓶装旧酒，但却令人观之神秘曼妙，其中喻示了世界和人的无限性与不确定性，就似这无休变幻的塔罗牌一般。

总之，卡尔维诺运用童话思维，使小说不只发挥想象，还要领悟智慧。想象使小说呈现一种象征性、隐喻性、艺术性的思想表述，同时又以科学精神赋予了古老的童话想象新的思路和表现形式等，天马行空的想象使小说内容充满了变异、荒诞和非理性，但其主观意图却是充满智性内核的。智慧和理性是童话思维中的点睛之笔，在暗中规范着幻想，使其有节制、有内涵、有意义。因此，卡尔维诺的童话思维，是一种同时用心也用脑的思维方式，使他真正达到"以心灵秩序对抗世界的复杂性"① 的创作目的。

（三）主客体（物性和人性）的混融与形象性思维

第一，主客体混融。

童话思维的基础是原始思维，因为在先民们那里，成人世界和儿童世界差别不大，都是以质朴纯真的状态自在地生活着。列维·布留尔在《原始思维》一书中提出的"互渗律"原则也可以适用于童话思维。先民互渗的、一体的、素朴的思维方式，总是将宇宙中看得见的、看不见的事物视为一个有机统一的整体，这种统一性扎根于一种"生命一体化"的观念中，即宇宙万物的"交感"意识。在先民那里，世界是和谐的，这与我们今天用理性、概念的思维方式去肢解认识世界形成鲜明的对照。在童话思维中，也是如此，认识对象并不是现代意识中的一种单纯客体，而是种种包含着主体认识和判断宇宙、自然和人生的思维载体，主客体混融在一起，世界呈现出一派"万物皆有灵"的繁荣景象。树木花草、飞禽走兽，甚至风雨雷电等，都成为有

---

① ［意］伊塔洛·卡尔维诺：《为什么读经典》，黄灿然、李桂蜜译，译林出版社2006年版，第3页。

生命、有感觉、有意志、有人格的东西。童话思维的表达方式就是把所有的事物人格化,把所有的关系拟人化。

卡尔维诺是科学的朋友,本该很轻易地摆脱神人同形同性说,但是作为一个以童话思维写作的作家,他又深深地相信,文学幻想必然具有拟人化的特点。所以他表示:"我完全接受和支持拟人说作为文学创作的一个根本方法,甚至可以说,文学就是神话式的,它与原始人类对世界最早的解释之一——万物有灵论(泛灵论)——连在一起。"并且决定在写作中走与科学相反的道路,"断然支持神人同形同性的说法,认为除非按照人类的体型外貌,或者更确切地说,借助于人类的鬼脸和呓语,否则我们根本无法思考世界。当然这也是一种方式,把人类最懒散的、最明显的、最自负的形象加以测试:通过全方位地复制他的眼睛鼻子直到他不知道自己是谁为止"。①

卡尔维诺的童话思维既然赞同主客体的混融,也就决定了它不是冷静的、理性的思维,而是一种伴随着强烈的感情色彩的思维活动,因为其中思维主体的重要地位不可替代。童话思维虽然并非没有逻辑和理性,但它们的逻辑和理性更多依赖于切身体验和丰沛情感,而非冷静的推理和思考。他认为,童话向我们展示的是一个由我们自己的感情所点燃的现实。童话思维的统一性不是逻辑法则,而是作为原始思维最强烈的推动力之一的情感统一性。这种具有强烈感情的由己推人,使他的童话思维在对待事物的态度上是一种真正的包容和平等。他用来评价他非常喜爱和推崇的昔拉诺的话,同样可以用来评价他自己,"他以幽默的笔触祝贺一切事物(包括所有生物与非生物)的统一"②,他认为,一切事物都由基本物质组合

---

① Italo Calvino, "Two Interviews on Science and Literature", *The Uses of Literature*, translated by Patrick Creagh, New York: Harcourt Brace Jovanovich, 1986, p. 33.

② [意]伊塔洛·卡尔维诺:《美国讲稿》,萧天佑译,译林出版社 2008 年版,第 22 页。

而成，因此不存在高低贵贱之分。为了形象地证明这种论点，卡尔维诺列举了昔拉诺幻想的一棵白菜即将被砍时的哭诉："人，亲爱的兄弟，我怎么得罪你了，该当砍头？……我长在地上，开花结籽，向你伸出双臂，把我的子孙——菜籽奉献给你。为了报答我对你的恩惠，你却来砍我的头！"这个主张在宇宙间实现真正博爱的结论恰与童话思维殊途同归、不谋而合。

卡尔维诺重视的不是事物的外在形貌和色彩，而是他异常敏感的、人们称为事物的精神和灵魂的东西。他能够理解自然的每个精灵，把动物和植物称为心爱的兄弟姐妹。在他的笔下，自然往往具有一种天真无邪的稚气和慷慨博大的爱，具有一种生机勃勃的古朴和原始精神。这种人与非人之间的亲密接触与精神交流，是卡尔维诺的童话思维中最耀眼的一道风景线。卡尔维诺的文学目标之一是："但愿有部作品能在作者之外产生，让作者能够超出自我的局限，不是为了进入其他人的自我，而是为了让不会讲话的东西讲话，例如栖在屋檐下的鸟儿，春天的树木或秋天的树木，石头，水泥，塑料……"①他所想要实现的不仅仅是人与动植物的和解，更重要的是人类重返自然的永恒憧憬。在卡尔维诺的小说中，故事常常发生在美丽的森林中。森林不只是充当神奇故事的叙述背景，还是大自然的象征，当我们随着故事叙述走进森林，也就是在重新亲近大自然，重返存在之根、领悟生命的原初真谛。但是，卡尔维诺与众不同之处在于，他所界定的大自然不光指森林、湖泊等生物繁多的空间，还包含着普天下所有生命现象和非生命现象。在他具有童话思维的小说中，自然万物与人的生命感都是相通的，他所要告诉我们的是：尊重自然，敬畏生命。大地是世界间万物之本源，自然是人类生命之故乡，理性的世界一切都在被计算、被利用、被格式化，只有大地与自然以其无偏无私、不亢不卑为人类保持着最后一块诗意的领地，返回

---

① ［意］伊塔洛·卡尔维诺：《美国讲稿》，萧天佑译，译林出版社 2008 年版，第 119 页。

大地与自然，就是返回人类永恒的精神家园。在这样的自然中，人们从严格的规范体制下解放出来，从等级制度缠身的工作日常生活中解脱出来，脱离体制，脱离常规，可以自由嬉戏、自由交流。它为更替演变而欢呼，为一切变得相对而愉快，并以此反对那种片面的严厉的循规蹈矩的官腔。他在《意大利童话》前言中写道："'国王'在这里只是个称号，没有任何等级制度的含义。这个称号给人的印象只是富足，讲故事的人说'那位国王'，就像他们说'那位绅士'一样，毫无王室、宫廷和贵族等级概念，甚至也没有真正的国土概念。因此在这些故事中，国王们可以隔墙为邻、对窗而望或者相互串门，就像两个安份守己的市民。"①

总之，在卡尔维诺的童话思维中，世界是普天下各种生命和非生命现象的家园，主体能够看到、听到、感到的每一事物，都存在着一种美好而又仁爱的友情和同情，这种友情和同情心无穷无尽，没有居高临下的精神状态，而是一种平视的理解和体现，是一种天人合一式的感同身受。在这里，没有不可逾越的等级、差异等的屏障，不存在贫富、职业、种族、美丑等不同所造成的歧视，一切生命都可以不拘形迹地自由接触。这是一种伟大的世界感受，这种世界感受下一切全卷入自由而亲昵的交往和嬉戏，使世界接近了人，人也接近了世界。

第二，重视形象性思维。

卡尔维诺童话思维的一个重要特征是形象性思维，即追求鲜明的形象性。在童话思维中，抽象的概念和严密的逻辑是不存在的。对于自然和人生的种种现象，不以科学逻辑性去解释，而是以一种与主体密切相关的感受去体验，并幻化出种种具体形象，然后通过形象的具体活动表达自己的解释，是童话思维最基本的特征。

卡尔维诺一贯强调想象必须是一种清晰的视觉想象，思想也要

---

① 裴亚莉：《卡尔维诺的创作与民间故事和神话传说（初稿）》，《吕梁高等专科学校学报》1999年第2期。

可视化，文学创作离不开丰富的幻景与图像。这一点使他在同时代的先锋文学创作中显得有些不合时宜。20世纪的文学大师已经失却了19世纪现实主义大师"塑造典型环境中的典型人物"的热切愿望，而更善于深入人物迷离难测的内心世界，呈现一些带有形而上意味的抽象性人物，或"无理、无本、无我、无根、无绘、无喻"的"六无"形象。可是卡尔维诺从未丢弃对形象的重视，他将幻想分为两类：一类是从语词出发到视觉形象，即语言的视觉化，把运用语言文字看作对一个与视觉形象相等的表达式的寻求；一类是从视觉形象出发到语言表达方式，可以说是思想的视觉化的语言表达。无论哪一类，形象的可视性都是他所追求的幻想中非常重要的因素。这与他的童年记忆关系密切。他的童年时代是在彩色连环画读物的陪伴下度过的。当时，他还不识字，只是通过图片上的形象编出新故事，这训练了他讲故事、仿效与幻想的能力。长大一点后，电影又成为他新的兴趣点。这些早年的"影像训练"对于他而言是非常宝贵的一笔财富，使他在日后的创作中从不忽视形象的重要性。

　　卡尔维诺说，在他构思小说时，头脑里出现的第一个东西是形象，然后以此为依据展开。例如，在写"我们的祖先"三部曲时，他的头脑中就出现了三个形象：第一个是分为两半的人的形象，两个半身不仅不死，而且独立地生存着（《分成两半的子爵》）；第二个形象是一个青年爬到树上，在上面攀来攀去，不再下到地面上来（《树上的男爵》）；第三个形象是一件内中无人的铠甲，四处行走，独自讲话，仿佛有什么人穿着它似的（《不存在的骑士》）。在后来的《命运交叉的城堡》中，他以各种方式解释塔罗牌上绘制的神秘图案，编出各式各样的互不相同的故事，同样源于他童年时期的读图游戏。

　　卡尔维诺以自己的经验为例，证明借助形象要比借助语言或逻辑等方式让人更易记忆，更发人深省，也更令人快乐。他如是说："我之所以要把形象的鲜明性列入我认为需要拯救的标准之中，那是因为需要提醒大家，我们极有可能会丧失这样一个人类基本功能：人能闭着眼睛看东西，能够从白纸上印的一行行黑字中间看到各种颜色和图形，能够依靠形象进行思维。我在想，是否可能进行一种以幻想为基础的教育，使人们渐渐习惯自己头脑里的视觉幻想，不是为了抑制它，更不是让这些稍纵即逝的形象模糊不清，而是让它们渐渐具备清晰的、便于记忆的、能够独立存在的、'栩栩如生'的形式。"①

二　童话思维的意义

童话思维是一种独特的思维方式，它以其持之以恒地对生命、人性的诗意追问，酝酿出一片美丽的诗意氛围。它使文学艺术所特有的美学气质——想象性、形象性、情感性得到充足的表现。在这个特定的艺术世界中，文学最基本的功能——美感功能得到极大的体现。在科学高度发展的工业社会里，在强大的理性主义和技术主义的统治下，马尔库塞所说的把人变成"单向度的人"的危险步步逼近，人的幻想能力正在衰退。而童话思维作为一种张扬幻想的思维方式在当今社会中尤显重要。对幻想的张扬实际上是对创造力的张扬。而创造力的强弱，决定着一部作品的未来。一部想象力苍白贫弱、思维空间狭窄平面、思维模式单一封闭的作品，是缺乏竞争力的。

很多人都认为，童话应该在成人世界止步。对于这样认为的文学家而言，除非他要创作儿童文学作品，否则，他都会与童话保持距离，甚至干脆拒绝童话。然而，对现实世界的"诗性逃避"是艺术的特权。童话思维表现出成人世界对回归不谙世故的纯真心态的渴求，对轻松、快乐和无忧境界的向往，宣泄出对世俗社会的某种

---

①　［意］伊塔洛·卡尔维诺：《美国讲稿》，萧天佑译，译林出版社2008年版，第90页。

不满或抗争,是艺术家构筑自己的精神家园的一种方式;凭借着童话思维,还原人类的童真,生成一个未经污染的世界。卡尔维诺以边缘性的童话思维指导写作,得到了成人世界的认同。其小说以童话思维,沟通了成人世界与儿童世界,融会现代思维与原始思维。童话策略的成功登陆,表明了占主导地位的成人文学的宽容和兼纳吞吐的多种可能性,也证明了卡尔维诺"轻度叙事"的成功。卡尔维诺以其独具慧眼、独辟蹊径的艺术才华,实现了对成人世界的一次又一次漫不经心的挑衅或超越。在从容细致地对世界进行了观察之后,他就轻捷地扑着童话的翅膀,驯服了具有深刻内涵、具有极大张力的原始素材故事这匹野马。他举重若轻、从容不迫地讲故事并且将它讲得如此娓娓动听、发人深省,充分显示出了他的卓尔不群、超前敏锐和无限智慧。他就像一个智者,将小说建构在童话框架中,以深入浅出、饶有情趣的童话叙述形式,捡拾起千百年来积淀于人们心中的悠久历史和文化,昭示出千百年来渗透进人们心中共有的心理倾向,放飞萦绕人们心际的久远梦想,生发出令人深思的意蕴。

童话思维不仅为小说开辟了一片新天地,赋予了小说独特的魅力,而且在人类精神建设中也有着不可忽视的重要意义。人类历史总是以不可阻挡的脚步向前迈进,在行进中,人类将诗意的神话时代弃于身后,沾沾自喜地把自己套进理性的绳索、陷入思想的包围,自以为是地以"智者"的身份建立起了所谓的文明世界。文明世界中,人类如海绵一般疯狂地吸收着前所未有的知识,并借此获得了极大的物质享受。但与此同时,原始时代中人类与自然一体的世界也一去不返,战争、强权、暴力割裂着这个世界,冷漠、堕落、焦虑充斥着人类的思想。而在今天,当现代人茫然面对荒芜的精神沙漠,无处获取生命的意义时;当沉溺于对金钱、权力的追求无以解脱,日益为欲望所困扰时;当迷惑于当代信息的芜杂,纵情于无深度、无意义、无中心的游戏和快乐时;当徒然面对世界的解构，无力于重建家园时，童话思维就显得比任何一个历史时期都要重要。

童话思维蕴含着一种情怀，即对生活的爱、对生命的尊重和感动、对未来的憧憬和对美好的向往，以及对生活悲观绝望态度和虚无主义的抗拒。它体现出一种胸怀，那是自由、平等和包容，是追求真正的和谐，是现代人再也难以企及的一种博大的胸怀。童话思维创造出一种独特的生命存在，是一种与宇宙共振的生生不息、自由自在的生命存在，直指人类生存本质的内核。故而，李贽曰："天下之致，未有不出于童心焉者也。"童话思维的美学意义与其说是"为儿童"，不如说是"为人类"，"诗意的栖居"一直是人类追求的理想生活状态，儿童天生具有这种能力，而成人却在庸庸碌碌的生活中不自觉间丢弃了它，他们用所谓理性、科学、客观的思维教条将世界肢解得支离破碎，用欲望和冷漠将心灵搅扰得污浊不堪。所幸的是，那个真诚、纯洁、健康、正义、充满了爱的梦想世界仍然存在着，它存在于任何一个时代的具有童话思维能力的心灵世界中。对人类来说幸运的是，这样的心灵挽留了水晶般的美好世界。

童话思维充满灵性感悟和独特解读，它以承认并体悟童真为基础，以解放和净化人类心灵、呼唤和实现童心意识为旨归。童话思维承袭了人类最初的诗性人格，往往以反成人逻辑的思维方式去思考问题，按照事物的情感指向来分类判断，既指向肉眼看得到的地方，也指向心灵闪烁之所，既是在空间上对现实中早已经面目全非一去不返的自然天堂的惆怅，也是在时间之维中对记忆里日渐淡漠的童年岁月的重温。这种趣味与理性精神共同构成了人类完整的智力结构。

童话思维为我们带来心灵的慰藉和神性的启示，抗拒着冷漠人世的吞噬，帮助我们守护住精神家园，重新激活生命的动力。这就是童话思维在现代世界中最重要的意义。在童话思维创造的世界中，我们能够清除蒙在心灵上的灰尘，守护心灵的纯洁；我们能够体会到爱的力量和友谊的崇高；我们能够感悟到主体的觉醒和生存的艰辛；我们能够感受自由的魅力并获取成长的经验；我们明白了生命的价值与意义，勘探到了生存的本质。这是任何一个时代的人类必须明白的哲学主题。所以，我们应该为成人文学创作和研究中童话思维的缺席现象感到羞愧。

第四章　游戏精神与智性写作

文学只不过是游戏，尽管是高级的游戏。①

——博尔赫斯《文学只不过是游戏》

在当代具有百科全书化趋向的西方小说中，写作成为一种超越自我、超越极限的游戏，是作家智力杂耍的舞台，它不仅追求深层的艺术自由精神和喜剧性格，还热衷于表层文本的语言游戏。但在游戏式的机智背后，是作家人生智慧的深刻呈现，最终目标是试图借助游戏的某些特征来凸显和把握艺术的独特品质和精神实质，走向游戏者背后的人性阐释和命运解读。

第一节　对游戏精神与智性写作的追求

所谓游戏精神，是从"内视角"对艺术作品进行审视，从而对其所具有的游戏品质的把握。"游戏"作为一个哲学和美学范畴最早由康德提出，其意义通过众多哲人的阐释日益丰富，但万变不离其宗。康德认为游戏的核心在于"自由"，而艺术的精髓也在自由，因

---

① ［阿根廷］豪尔赫·路易斯·博尔赫斯：《文学只不过是游戏》，引自崔道怡等编《"冰山"理论：对话与潜对话》（下册），工人出版社1987年版，第740页。

此自由把二者联系在一起。他说："艺术和手工艺区别着，前者唤做自由的，后者也能唤做雇佣的艺术。前者人看作好像只是游戏，这就是一种工作，它是对自身愉快的，能够合目的地成功。"①康德把诗看作想象力和知性的自由游戏，而其他艺术则是感觉的美的游戏。后来，席勒把康德的这种观点发扬光大。席勒认为，人有三种冲动：感性冲动、理性冲动和游戏冲动。前两个冲动是矛盾的，只有后一个冲动才能把它们调和统一起来。对此，席勒有句名言："只有当人在充分意义上是人的时候他才游戏，只有当人游戏的时候他才是完整的人。"对于康德和席勒来说，所谓的游戏是想象力的自由活动，而非一般意义的游戏概念。除了"康德—席勒游戏说"之外，历史上还有"斯宾塞—谷鲁斯—朗格游戏说"。斯宾塞、谷鲁斯和康拉德·朗格都认为，艺术在本质上和游戏没有什么两样，所以他们的观点都被称为"游戏说"。其中斯宾塞和席勒最接近，都认为艺术和游戏一样，是人们过剩精力的宣泄。不同之处，不过是艺术为人类的高级机能提供消遣，游戏为人类的低级机能寻找出路。谷鲁斯部分地同意他们的观点，认同艺术和游戏一样，都能给人带来无利害的快乐，但他不认为游戏是什么"过剩精力的宣泄"，而认为是一种必要的学习。康拉德·朗格则认为，艺术和游戏最明显的共同之处，就是它们都有"假想"或"虚拟"的成分。艺术和游戏都是"无利害而生愉快"，也都只以自身为目的。朗格在《游戏与艺术中的幻觉》一文中提出"艺术是一种适合成年人需要的提高的和美化的幻觉游戏"。综上所述，游戏精神首先遵循快乐原则，其原初品质是愉悦，它是非功利性的，与道德说教、社会责任等无关。其次，它是虚拟性的，尽管有时是严肃的虚拟、认真的装假，这种虚拟性使它自具规则和秩序。

游戏精神在20世纪当代西方小说家中非常流行，具有百科全书

---

① [德]康德：《判断力批判》，邓晓芒译，人民出版社2002年版，第147页。

化趋向的作家基本都具有游戏精神。例如,博尔赫斯多次提到小说即游戏的观点,声称"小说应该是警觉、反响和近似性的一个精巧的游戏"①。他一直非常喜欢英国作家奥斯卡·王尔德,认为"千年文学产生了远比王尔德复杂或更有想象力的作者,但没有一人比他更有魅力",因为"王尔德更具'游戏性'"。② 在谈及创作体验时,他把自己的写作比喻成玩游戏:"这是一个腼腆的年轻人,不负责任的游戏,他不敢写小说,于是窜改歪曲了别人故事以自娱,没有任何美学理由。"③ 写《特隆、乌克巴尔、奥尔比斯·特蒂乌斯》时,我只是把它当作一种游戏,我记得我是边写边乐的,我开心极了。"④ 当然,对他来说,小说即使是游戏,也是一种智力游戏,他声称,"写诗是一种智力活动,而不是缪斯的赠予"⑤,并且断言,"诗是智力的产物"⑥。所以,小说在他看来是需要投入智慧、精心设计的游戏。

纳博科夫观点类似。他说:"艺术是一场神圣的游戏。这两个元素——神圣和游戏——是同等重要的。说神圣是因为通过成为一位真正的创造者,人得以在最大程度上接近上帝。说游戏是因为只有当我们可以记住一切毕竟都是在做戏时艺术才成为艺术……"⑦ 在《诗歌和残局》中,他把艺术创作和国际象棋的一些残局棋谱进行比较,声称:"象棋残局棋谱的设计者需要和任何一种艺术的创作者一

---

① [阿根廷]豪尔赫·路易斯·博尔赫斯:《讨论集》,徐鹤林、王永年译,上海译文出版社2015年版,第107页。
② [阿根廷]豪尔赫·路易斯·博尔赫斯:《私人藏书:序言集》,盛力、崔鸿如译,上海译文出版社2015年版,第53页。
③ [美]詹姆斯·伍德尔:《博尔赫斯·书镜中人》,王纯译,中央编译出版社1999年版,第105—106页。
④ [哥伦比亚]哈·阿尔瓦拉多:《我和博尔赫斯的一次谈话》,《国外文学》1999年第5期。
⑤ [阿根廷]豪尔赫·路易斯·博尔赫斯:《私人藏书:序言集》,盛力、崔鸿如译,上海译文出版社2015年版,第143页。
⑥ [阿根廷]豪尔赫·路易斯·博尔赫斯:《博尔赫斯,口述》,黄志良译,上海译文出版社2015年版,第59页。
⑦ [美]符拉基米尔·纳博科夫:《俄罗斯文学讲稿》,丁骏、王建开译,上海三联书店2015年版,第108页。

样具有相同的优点：独创能力、创意丰富、简明扼要、心境平和、构思精巧以及绝妙的故弄玄虚。"① 他的小说无一不是精心布局、苦心策划而成的，阅读它们需要一定的智力和游戏的热情。

卡尔维诺从一开始进入文坛，就不缺乏这种游戏精神，而且后来越玩越上瘾。若干年后，他在总结成功经验时说：

> 要是一个人不能稍微乐在其中，就写不出什么好东西。让我引以为乐的是尝试新奇事物。写作本身是一个单调、孤独的工作，一旦重复，更教人万分沮丧。自然，要说明的是即便那看来一挥而就的片段，也费了我九牛二虎之力。通常在作品完成以后才有成就感及欣慰。不过重要的是看我的书的人能乐在其中，不是我。
>
> 我想可以说尽管我一直在翻新，至少有一部分的受众始终跟着我，我教我的读者习惯于期待看到新东西，他们知道我的实验配方满足不了我，要是翻不出新花样我就觉得不好玩。②

对他来说，写作是一种超越自我、超越极限的游戏，不但要别人看来有趣，自己写来更是好玩，这样写出来的作品才更有价值，更具生命力。所以，他"不写应该写的书"，而"写自己乐于享受的书"，作为一个自由写作人，自己快乐着，并尽力也让读者快乐着。他参加实验小组，将文学看作"一种挖掘文学自身的素材所固有的可能性的组合游戏"，玩得不亦乐乎！

艾柯也多次把小说比喻成作者和读者共同参与的游戏，他说，"小说的目的在于提供叙事的乐趣"③，而模范读者就是热衷于玩这个

---

① Vladimir Nabokov, *Poems and Problems*, New York: McGraw-Hill Book Company, 1970, p. 15.
② [意]伊塔洛·卡尔维诺:《巴黎隐士》，倪安宇译，台北：时报文化出版企业有限公司1998年版，第213页。
③ [意]翁贝托·埃科:《埃科谈文学》，翁德明译，上海译文出版社2016年版，第330页。

游戏的作者的同谋。他提出,"文学的存在并不仅仅是为了愉悦和抚慰读者,它还应该致力于挑战读者"①。

对上述作家来说,比起"写什么","如何写"更为重要。正如纳博科夫所言,"强大艺术价值不在于说什么,而在于怎么说(所有杰作都如此)"②。从一开始进入文坛,他们就执着于小说形式的探索,后期更把目光转向了"写自身"。所以,他们喜欢运用"元小说"策略,喜欢把小说家视为"魔法师"。

第二节　游戏精神与智性写作的特点

具有百科全书化趋向的当代西方作家追求游戏精神和智性写作,常常表现为对个性自由的弘扬、对娱悦价值的关注和对文学技巧的探索。

一　弘扬个性自由

康德有云,游戏精神首先是一种自由的精神。追求自由是生命的实质,是人世间最神圣的东西。就像法国浪漫派诗人夏多布里昂所说:"如果没有自由,世间便一无所有。"人类天生渴求自由,渴求因自由创造而带来的生命快乐,这种渴求往往只有在超功利性的态度中才能体验到,这就是游戏精神。游戏精神的审美旨趣是追求快乐,追求一种过程与结果并行不悖的非功利化精神享受,朗格将游戏的实质一言以蔽之"无目的之娱乐性"③,故而它是一种自由想

---

① [意]安贝托·艾柯:《一位年轻小说家的自白:艾柯现代文学演讲集》,李灵译,广西师范大学出版社2014年版,第39页。
② [美]符拉基米尔·纳博科夫:《尼古拉·果戈理》,刘佳林译,广西师范大学出版社2010年版,第160页。
③ 蒋孔阳:《19世纪西方美学名著选(德国卷)》,复旦大学出版社1990年版,第21页。

象与平等创造的精神,它将现实悬置,开辟出一个纯净的空间,供真诚的参与者进行游戏。在游戏中,明晰的游戏规则主宰着这个纯净的空间和真诚的游戏者。游戏的参与者人人平等,尽管偶然也会有矛盾和争执,但解决方法不是按世俗的高低贵贱、强权与弱势来奖惩,而是将破坏规则的人予以惩罚。因此,人们在游戏中不仅能够获得人格平等的体验,还由于坚守规则而实现对现实苦难和不公的对抗。与游戏中明晰的规则和井然的秩序相比,现实世界显得混乱不堪,前者追求的是无目的性的快乐,专注于过程本身,后者却为目的所困扰,无路可逃;前者表现为狂欢和解脱,后者则是沉闷与溺毙。

因此,具有游戏精神的百科全书化趋向的小说家张扬个体力量,弘扬自由个性,追求精神愉悦,其精神实质是对无功利性的要求。博尔赫斯说:"我写的故事……旨在给人以消遣和感动,不在醒世劝化。"[①] 他认为,好的小说能够给予读者审美激动,其中由睿智驾驭的想象力格外重要,而说教、责任感等却可能会妨碍或中断美学活动。因此,他赞同穆尔的话"思想是现代文学的死对头"[②],而且认为"寓言是一个美学错误"[③],并断言"把小说归于其寓意,把寓意归于其企图,把'形式'归于其'背景',这都是荒谬的"[④]。对他来说,创造艺术本身就是目的,是一场有趣的智力游戏,所以他一直非常喜欢宣扬"为艺术而艺术"的唯美主义大师奥斯卡·王尔德。

纳博科夫更加激进,甚至将王尔德也视为道德说教者。他说:"虽然我不太在意'为艺术而艺术'的口号——因为这个口号的推

[①] [阿根廷] 豪尔赫·路易斯·博尔赫斯:《布罗迪报告》,王永年译,上海译文出版社2015年版,第 ii 页。
[②] [阿根廷] 豪尔赫·路易斯·博尔赫斯:《序言集以及序言之序言》,林一安、纪棠等译,上海译文出版社2015年版,第262页。
[③] [阿根廷] 豪尔赫·路易斯·博尔赫斯:《探讨别集》,王永年、黄锦炎等译,上海译文出版社2015年版,第212页。
[④] [阿根廷] 豪尔赫·路易斯·博尔赫斯:《讨论集》,徐鹤林、王永年译,上海译文出版社2015年版,第195页。

动者如奥斯卡·王尔德和各类华而不实的诗人事实上都是道德说教者——但毫无疑问,使小说不朽的不是其社会重要意义,而是其艺术,只有其艺术。"[1] 他反复强调文学艺术的独立性、超然性和非功利性,认为它不应受道德伦理标准的影响,断然声称"文学没有任何实用价值"。[2] "文学所关注的问题中唯一真正至关重要的一个问题——艺术激发的神秘的兴奋感,美学快感的影响。"[3] 他警告作家,"一个作家开始对'艺术是什么'、'艺术家的责任是什么'之类的问题感觉兴趣时,他就失败了"[4]。他尤其讨厌作家在小说中说教,提出:"我从来不曾认为作家的职业是改良他的国家的道德……作家的说教很危险……"[5] 在访谈中,他多次驳斥那种认为小说"只有涉及伟大的思想才能变得伟大"[6] 的说法,声称"没有比政治小说或有社会意图的文学更令我感到乏味的了"[7]。谈及自己的创作时,他说:"我的写作没什么社会宗旨,没什么道德说教,也没什么可利用的一般思想;我只是喜欢制作带有典雅谜底的谜语。"[8]

取轻舍重乃游戏之为游戏的根本特征,卡尔维诺以"小说之轻"理论强调这种游戏精神和自由精神。他在《美国讲稿》中第一节选择了讲"轻",开门见山地说:"我写了四十年小说,探索过各种道

---

[1] [美] V. 纳博科夫:《固执己见:纳博科夫访谈录》,潘小松译,时代文艺出版社1998年版,第37页。

[2] [美] 弗拉基米尔·纳博科夫:《文学讲稿》,申慧辉等译,上海三联书店2005年版,第141—142页。

[3] [美] 弗拉基米尔·纳博科夫:《〈堂吉诃德〉讲稿》,金绍禹译,上海三联书店2007年版,第90页。

[4] [美] 符拉基米尔·纳博科夫:《尼古拉·果戈理》,刘佳林译,广西师范大学出版社2010年版,第133页。

[5] [美] 弗拉基米尔·纳博科夫:《文学讲稿》,申慧辉等译,上海三联书店2005年版,第332页。

[6] [美] V. 纳博科夫:《固执己见:纳博科夫访谈录》,潘小松译,时代文艺出版社1998年版,第44页。

[7] [美] V. 纳博科夫:《固执己见:纳博科夫访谈录》,潘小松译,时代文艺出版社1998年版,第4页。

[8] [美] V. 纳博科夫:《固执己见:纳博科夫访谈录》,潘小松译,时代文艺出版社1998年版,第18页。

路,进行过各种实验,现在该对我的工作下个定义了。我建议这样来定义:我的工作常常是为了减轻分量,有时尽力减轻人物的分量,有时尽力减轻天体的分量,有时尽力减轻城市的分量,首先是尽力减轻小说结构与语言的分量。"① 从某种意义上说,他对"轻"的追求,是一种纯文学本体的诉求。在他刚开始写作时,表现时代和外部世界是每一位青年作家必须履行的责任。他力图协调激荡悲怆的外部世界和敏捷锋利的文笔表现,却越来越发现难以两全,因为外部世界沉重异常,且具有惰性和不透明性。他发现,只有追求"轻"才能有效舒缓时代情势赋予文学的沉重压力,才能为文学健全生长提供空间,从而弥补因过重的思想承负而引起的文学性萎缩。所以,他得出结论,轻是一种价值而并非缺陷。轻也有许多种,这里所说的轻是"举重若轻"的"轻",属于自由的飞翔与梦想,如法国象征派诗人保罗·瓦莱里说的:"应该轻得像鸟,而不是像羽毛。"以游戏之轻托起生命之重,是卡尔维诺的艺术追求。他赋予了文学游戏精神,使之暂且从现实世界"退出",卸下了原本让人无法旁骛的政治、经济、伦理等生命重负。移走了有分量的多重桎梏,留下的就是任之飞翔的天空海阔。文学在"轻"中找回了自己,找到了自由。

二 注重娱悦价值

游戏精神的一大特点就是娱乐性,人们只有感到有趣,或为了放松心情,才会去玩游戏。不少当代西方具有百科全书化趋向的作家重视小说的娱乐价值。博尔赫斯指出,"文学是一种给人愉快的方式"②。纳博科夫说:"我们期望于讲故事的人的是娱乐性,是那种最简单不过的精神上的兴奋,是感情上介入的兴致以及不受时空限制

---

① [意] 伊塔洛·卡尔维诺:《美国讲稿》,萧天佑译,译林出版社 2008 年版,第 2 页。
② [阿根廷] 豪尔赫·路易斯·博尔赫斯:《博尔赫斯,口述》,黄志良译,上海译文出版社 2015 年版,第 11 页。

的神游。"① 卡尔维诺希望他的小说要写得"有趣",他认识到"很难找到有谁真的喜欢严肃的文学,也没有人会认为严肃的文学是高高在上,左右着整个世界的"②。所以,从开始踏入文坛直到最后,他从未让严肃的面具遮蔽自己。艾柯则在《论文学的几项功能》中把文学文本界定为"存在意义自我满足、为人类的愉悦而创作出来的文本",并指出,"大家阅读这些文本的目的在于享受,在于启迪灵性,在于扩充知识,但也或许只求消磨时间"。③

这种重视娱悦价值的游戏精神使喜剧在其原生态上获得了一种美学价值,很多推崇游戏精神的作家创作中都含有喜剧因素。卡尔维诺曾经直言不讳地承认喜剧对他而言一直十分重要。④ 从审美价值的角度而言,喜剧性情感的释放和展示似乎更能满足现代人的生活方式和情感需求,更具有审美诱惑和阅读快感。原本令人不堪承受的悲剧之痛被喜剧式的玩世不恭取代,原本因悲剧而被泪水浸透的心灵,或被正剧的严肃唬倒的理智,全都被笑声替代。它们不是肤浅无聊的笑料杂烩,而是充满文化内蕴的智慧之餐。阅读因此变成了一种解脱,一种能够用幽默与调侃、理智与从容的态度顺利完成的轻松之旅。正是在这个意义上,纳博科夫和卡尔维诺都不喜欢讽刺。卡尔维诺说:"讽刺有两个组成部分,一是道德教育,二是嘲笑。我希望这两个成分都与我不相干,因为在某些方面我不赞同它们。扮演道德家的人总认为自己比别人优秀,而喜欢嘲笑别人的人总认为自己比较聪明。或者认为发生在自己身上的事情总比发生在别人身上的事情显得容易。无论如何,讽刺的态度,就是拒绝接纳

---

① [美] 弗拉基米尔·纳博科夫:《文学讲稿》,申慧辉等译,上海三联书店 2005 年版,第 5 页。

② Italo Calvino, "Right and Wrong Political Uses of Literature", *The Uses of Literature*, trans. Patrick Creagh, New York: Harcourt Brace Jovanovich, 1986, p. 95.

③ [意] 翁贝托·埃科:《埃科谈文学》,翁德明译,上海译文出版社 2016 年版,第 1 页。

④ Italo Calvino, "Definitions of Territories: Comedy", *The Uses of Literature*, trans. Patrick Creagh, New York: Harcourt Brace Jovanovich, 1986, p. 62.

质疑和探索的态度。另一方面，它包含着大量的矛盾心态，这种心态是吸引力和排斥力的混合物，刺激着每一个真正的讽刺作家对其讽刺目标的感情。如果这种矛盾心态给予了讽刺更丰富的心理深度，它并没有因此使讽刺成为诗学的更灵活的工具。讽刺作家被排斥力阻止，从而拒绝了世界给予他本来也想得到的知识的机会，因此他也被迫失却了了解这个同样具有吸引力的世界的机会。"① 可见，他们不喜欢的是那种等级性和排外性的讽刺，而赞赏在喜剧、反讽、怪异和荒诞中得到的对局限性和片面性的反抗和逃脱。他们发现事物总是可以通过不止一种方式进行表达，阿里奥斯多的反讽、莎士比亚的喜剧、塞万提斯的流浪汉小说、斯特恩的幽默或雷蒙·格诺的幻想等，除了能够说得精确之外，同时还能指出世界的复杂性、多样性和矛盾性。卡尔维诺还意识到，"不仅如此，而且这种幽默感用一种传统世界所不了解的基本规则又是怎样深化了文学的反讽啊。而且我在指出对这个世界的一种忧郁的美好感觉的潜在倾向时，甚至还没有提到任何一个真正的幽默作家的基本品质：在他的反讽中反思自己"②。夸张、变形或隐喻虽然使事物似乎失去了它的生活实感与表象层面的真实性，但并没有削弱或淡化其内在的本质真实，相反更加强化了它们。游戏精神的文学也不过是艺术地对应了社会人生的负面品格而还原了它的固有形态。以此原则来解读作品，便不难体味到作品的荒诞可笑，其实乃是对象本身的可笑之使然。因此，可以说它同样具有积极的社会意义和活泼健康的审美功能。

法国著名传记作家安德烈·莫洛亚在《艺术与生活——莫洛亚箴言和对话集》中，设置了一场书店主人同顾客间的对话：一位顾客来到书店，表示自己"想找到这样一本书，它同时既是消遣书，

---

① Italo Calvino, "Definitions of Territories: Comedy", *The Uses of Literature*, trans. Patrick Creagh, New York: Harcourt Brace Jovanovich, 1986, pp. 62-63.

② Italo Calvino, "Definitions of Territories: Comedy", *The Uses of Literature*, trans. Patrick Creagh, New York: Harcourt Brace Jovanovich, 1986, p. 63.

又是教科书；它帮助我飞快地度过阴雨的星期天，同时阅读它又不是荒废时间"。店主直接回答，"您要的是一部小说"①。卡尔维诺的主张与之相类，他认为："笑所表达的意思，已经远远地超过了其字面的意思，作为对那种过于严肃的语言的反对，它有可能获得与庄重、严肃同等的效力。"② 他的文艺观点和艺术创作实践都与这种认识密切相关。所以，他反对严肃的面孔、单一的解释，提倡喜剧精神和开放的态度，肯定具有无限可能性的游戏精神。

那些自觉背负起生活和政治重担的文学，往往自愿承担起"言志"和"载道"的重任，总是板着面孔，摆出一种严肃的训导姿态，对受众正襟危坐地宣讲，这是一种自高而低、自上而下地宣讲，二者之间存在着毋庸置疑的主动与被动之别。当代具有百科全书化趋向的作家以轻松化、游戏化的姿态写作，他们与读者之间是一种平等关系，双方都是写作游戏的参与者，都受游戏规则的制约，对游戏都没有优先决定权。游戏在作家创造性的写作活动和读者自主性的阅读活动中显现出自身。这种追求娱悦的游戏性成为文学保护本体功能的一种有力手段。

从根本上讲，他们充满游戏精神的小说无论形式上多么荒诞、理智上多么超然、技法上多么多变，都潜藏着严肃的审美原则和价值取向，无法掩饰其对社会生活和现实人生的热诚关注。博尔赫斯将文学视为"严肃的游戏"③，卡尔维诺也承认，"无论是儿童游戏或成年游戏，都总有严肃的基础。首先，游戏是用来训练生活所需的能力和态度的技术"④。这一艺术思维形式与其他任何一种严肃认真

---

① ［法］安德烈·莫洛亚：《艺术与生活——莫洛亚箴言和对话集》，郑冰梅译，三联书店上海分店 1989 年版，第 189 页。

② Italo Calvino, "Definitions of Territories: Comedy", *The Uses of Literature*, trans. Patrick Creagh, New York: Harcourt Brace Jovanovich, 1986, p. 67.

③ 陈众议：《博尔赫斯与幻想美学》，《博尔赫斯文集·小说卷（序）》，海南国际新闻出版中心 1996 年版，第 17 页。

④ ［意］伊塔洛·卡尔维诺：《为什么读经典》，黄灿然、李桂蜜译，译林出版社 2006 年版，第 78 页。

的艺术思维和创作方法一样，都要求透彻的人生体察、深刻的哲学思考、尖锐的批判精神和严肃的创作态度。他们与其他批判现实主义大师同样具有强烈的社会责任感和深远的民族忧患意识，只不过他们思考的方式和角度、自我所置的地位和所持的态度、运用的艺术手法、刻意追求的创作风貌等各方面呈现一些特殊的形态，是从自由、自在、自足的游戏精神中将主体的理论自觉意识在轻松的文本叙事形式中展开。总之，他们给予"艺术的娱乐性"以合法性，抗衡正统文论的迂腐，同时对将艺术文化与娱乐行业相提并论的观点嗤之以鼻。

三 探索文学技巧

游戏精神进入文学领域后，不仅意味着深层的艺术自由精神和喜剧性格，还发展到表层文本的形式技巧和"语言游戏"。

（一）显露虚构

游戏之为游戏首先体现为一种"装假"，即虚拟现实。游戏创造了一个世界，游戏者体验到一种类似于上帝创造世界般的乐趣，但是玩游戏的人从来不会把游戏当成真实，他们体味的就是这种虚构和想象的快乐。当代西方具有百科全书化趋向的作家喜爱"元小说"策略，常常有意凸显小说的虚构身份，充分展示小说的自我意识。在小说中，他们故意让文本留着虚构的痕迹，明确告诉读者，这是虚构的。他们把虚构的过程和盘托出，因为他们追求的真实不是客观存在的真实，而是形而上的真实。他们将形而下的物质世界击碎、解构，让读者先行放弃营构一个符合客观真实的阅读期待，也防止了读者固有的一种惯性，即急于用正常的方式把文本转换为熟知的事实，借助文本重温现实生活。在他们看来小说的目的并不是在于印证什么，而是在于发现什么；文学的目的不是记录已有的事，而是描述可能的事。

博尔赫斯是运用这一手法的元老级作家，他的《特隆、乌克巴尔、奥尔比斯·特蒂乌斯》《巴别图书馆》《阿莱夫》《布洛迪的报告》等作品都是这方面的杰作。他的技巧多样：有时一开始就告诉读者故事是"杜撰"的产物，如《特隆、乌克巴尔、奥尔比斯·特蒂乌斯》；有时会在讲述中途突然停下来向读者介绍他是如何组织和编撰故事情节的，甚至对所写内容表示怀疑和否定；有时以煞有介事的考据和论文式书评揭示其创作过程；有时则在引言、注释或后记等副文本中点破主文本的虚构性；等等。在他的作品中充满了诸如此类的语言："我想出了这个情节，有朝一日也许会写出来，不过最近下午闲来无事，我先记个梗概"①（《叛徒和英雄的主题》），"我叙说的故事看来不真实，原因在于……"②（《永生》）"我不敢肯定写的是否都是真事，我怀疑我的故事里有些虚假的回忆"③（《另一次死亡》）……他不断打破读者相信故事真实性的幻觉，提醒读者小说不过是语言制造的谎言，所谓真实无非叙述策略所形成的假象。

与博尔赫斯相对外露的自省性话语相比，纳博科夫显露虚构的方式要隐蔽得多，因为他喜欢视文学为猜谜游戏。他常常运用"不可靠叙述"，让叙述者在花言巧语为自己辩护时"露迹"而使读者意识到其不可信，如《绝望》中的赫尔曼、《洛丽塔》中的亨伯特、《微暗的火》中的金波特等。他还醉心于运用戏仿、双关语等方式来拆解虚构。如《绝望》对陀思妥耶夫斯基作品的戏仿，暗示了主人公自述背后"谋杀"和"双重人格"的真相；《洛丽塔》中，亨伯特称他记录自己与洛丽塔之间往事的日记本由"布兰克—布兰克"（Blank & Blank）公司生产，Blank 有"空白"的意思，暗示了这本日记的虚假性。类似的例子在纳博科夫的小说中比比皆是，这位"文学的魔术

---

① [阿根廷]豪尔赫·路易斯·博尔赫斯：《杜撰集》，王永年译，上海译文出版社 2015 年版，第 25 页。
② [阿根廷]豪尔赫·路易斯·博尔赫斯：《阿莱夫》，王永年译，上海译文出版社 2015 年版，第 20 页。
③ [阿根廷]豪尔赫·路易斯·博尔赫斯：《阿莱夫》，王永年译，上海译文出版社 2015 年版，第 89 页。

师"使用了大量"仿真"手段,目的却是让读者欣赏虚构的精彩。

卡尔维诺热衷于通过大胆的叙事实验不断冲击读者的期待视野,使语言言说的能力无限膨胀化为"游戏"小说的外在修辞形式,造成审美效果上的陌生化,从而把读者引入一个可能性的世界,更接近于世界的真实。在《如果在冬夜,一个旅人》中,他把作者、读者和文本自身都引入小说中,一起做着狂欢式的书写和思想的游戏,其中还设计了一位作家在日记中设想着写这样一本小说:

> 我产生了这样一个想法,即写一本仅有开头的小说。这本小说的主人公可以是位男读者,但对他的描写应不停地被打断。男读者去买作家Z写的新小说A,但这是个残本,刚念完开头就没有了……他找到书店去换书……
>
> 我可以用第二人称来写这本小说,如"读者你"……我也可以再写一位女读者,一位专门篡改他人小说的翻译家和一位年迈的作家。后者正在写一本日记,就像我这本日记……①

类似的"元叙事"在当代具有百科全书化趋向的小说作品中不胜枚举,可以说,作家们对这方面深有造诣,玩得得心应手、不亦乐乎。

(二)玩弄文字游戏和文体游戏

在一定意义上,当代西方具有百科全书化趋向的作家把文学创作看作一种语言游戏活动,一方面接受康德、伽达默尔等人从自由性与超越性上理解文学游戏性的观点;另一方面则受到后结构主义和解构主义美学的影响。在后者那里,文学更多被视为单纯的语言自指游戏,一种能指的狂欢。罗兰·巴特认为,"能指的无限性不是指某些观念失去效力(无法得到所指),而是指它的一种游戏性

---

① [意]伊塔洛·卡尔维诺:《如果在冬夜,一个旅人》,萧天佑译,译林出版社2007年版,第228—229页。

质"①。福柯说:"写作的展开就像一种游戏,它不可避免地遵循自己的规则,最后又把这些规则抛开。"② 德里达提出了文字的"延异"(différence)概念,"将每一赋意过程看作为一种差异的形式游戏,那也是一种踪迹的形式游戏",并且"肯定游戏并试图超越人与人文主义、超越那个叫做人的存在"③。可见,巴特、德里达等人完全将文学视为语言能指的自由游戏,而无视文学语言的社会价值负载和意义表达。与之相比,博尔赫斯等人游戏精神骨子里浸透着内在的人文情怀,所以,虽然注重文学语言自身美学功能,却没有完全局限在语言游戏的牢笼中。在这个意义上,博尔赫斯甚至说:"至于文字游戏,一般地说,纯粹是对于才智的愚蠢的炫耀。"④

纳博科夫自小就对文字十分敏锐,精通俄语、英语、法语三种语言,又一生从事文字工作,文字功底非凡,因此,喜欢在小说中不着痕迹地设置五花八门的字谜游戏。这些游戏大都独具匠心,包括谐音双关、字母变位等。如《普宁》中的主人公名字是 Pnin,读音类似 Pain(英语"痛苦"之意),暗示了他的命运;《洛丽塔》中,创作讲述少女被诱惑的剧作《小仙女》的作者名为 Vivian Darkbloom,是纳博科夫名字 Vidimir Nabokov 的变位组合;《微暗的火》中的"回文"⑤和"文字高尔夫"⑥游戏;《说吧,记忆》等作品中

---

① Roland Barthes, *Image-Music-Text*, New York: Hill and Wang, 1977, p. 158.
② Michel Foucault, *Language, Counter - Memory, Practice*, Ithaca: Cornell University Press, 1977, p. 116.
③ [法]德里达:《书写与差异》(下),张宁译,生活·读书·新知三联书店2001年版,第524页。
④ [阿根廷]豪尔赫·路易斯·博尔赫斯:《序言集以及序言之序言》,林一安、纪棠等译,上海译文出版社2015年版,第193页。
⑤ 回文,即倒写词语。如 pot/top, spider/redips, T. S. Eliot/toilest, 等等,《微暗的火》中希德的女儿海泽尔常玩这个游戏。
⑥ 文字高尔夫:将一个词向具有同样数量字母的另一个词发展,每次只变化一个字母,规定次数,每次变化都是一个词。如 hate-love in three,就是将 hate 通过三次改变其中一个字母变成 love,即 hate-late-lave-love。这是《微暗的火》中希德最爱玩的游戏。

对多国语言的任意摆弄……文字的魔幻力量在他手下呈现出绚烂的光彩,被精心编织在小说的每个角落中,共同构成一个美轮美奂的文字迷宫。此外,他儿时就博览群书,青少年时期又求学于剑桥大学等高等院校,积淀了厚重的文学素养,所以玩起戏仿和互文来游刃有余。对他来说,"戏仿是一场游戏"[1],互文同样如此,是他为读者设置的谜题、布下的陷阱,是他炫人眼目的高超文学技巧的体现,显示出既机智幽默又有点儿恶作剧的游戏心态。但是在《塞·奈特的真实生活》中,他又解释说,戏仿"作为一种跳板,向最高层次的严肃情感跃进"。所以,在机巧的背后往往有着严肃的目的指向,他以此来解构着什么,反叛着什么,抑或是致敬着什么,调侃着什么。他以喜剧处理的方式进行戏谑性模仿,将对世界或人物的臧否皆隐蕴于嬉笑怒骂、插科打诨、花式设局之中,远离了正襟危坐的说教,让思想以一种轻松自由的形态释放出来。很多国内外研究者都意识到了这一点,如著名的纳博科夫研究学家阿尔弗雷德·阿佩尔提到:"阅读和重读纳博科夫小说的过程就如同在做一个探寻真相的游戏。"[2]

卡尔维诺参加的乌力波(Oulipo)组织,其宗旨就和语言文字游戏有关。[3] 其成员经常当场命题,进行一些文字游戏竞赛,如把诗歌和小说特意按要求写成某种固定的版面形式,或是把正着写(按正常的字母顺序写)和倒着写的诗歌混在一起(类似中国的回文诗),甚至让某个字母在小说中消失(如乔治·佩雷克在小说《消失》中,没有使用一个字母"e"),等等。对形式探索的强烈兴趣使卡尔维诺一直与乌力波保持着紧密联系,虽然没有像他的伙伴们那样过度地

---

[1] [美] V. 纳博科夫:《固执己见:纳博科夫访谈录》,潘小松译,时代文艺出版社1998年版,第80页。

[2] Jr. Alfred Appel, *The Annotated Lolita*, New York: McGraw-Hill Book Company, 1970, p. XV.

[3] 余中先生曾提到Oulipo这个词本身就是一种文字游戏。见《读书》2001年第4期。

玩弄文字，却也常常忍不住小试身手，例如在《如果在冬夜，一个旅人》中，他描述一个读者不小心买了一本装订错误的书，恨不得把它扔掉的情绪：

> 你把书扔到地上；你真想把它扔到窗户外面去，甚至透过关闭的窗户把它扔出去。如果百叶窗帘放下了，那好，你把书扔向那刀片似的窗叶，把书叶切得粉碎，让书里面的词、词素、音素到处飞溅，不可能再组合成文章；如果窗户玻璃是不碎玻璃，那更好，你把书扔出去，让它变成光子，变成声波，变成光波；你真想把书透过墙壁扔出去，让它变成分子，变成原子，让它们穿过钢筋水泥的分子和原子，最后分解为电子、中子、中微子，越来越小的基本粒子；你真想通过电话线把它扔出去，让它变成电磁脉冲，变成信息流，被冗余的信息和噪音震动，让它退化为旋转的熵。你真想把这本书扔到房子外面去，扔到院子外面去，扔到街道外面去，扔到城市外面去，扔到县、市辖区之外去，扔到省、区之外去，扔到国家领土之外，扔到欧洲共同市场之外去，扔出西方文明，扔出欧洲大陆，扔出大气层，扔出生物圈，扔出同温层，扔出重力场，扔出太阳系，扔出银河系，扔出天河，扔到银河系能够扩张到的边沿之外去，扔到那时空不分的地方去，它会被那里的"不存在"所接受，即过去、现在和将来都不存在，让它消逝在绝对否定、不能再加以否定的否定之中。这才是这本书应有的下场。①

这样气势磅礴的大型排列句显然是精心构制的，在带给读者新鲜感觉的同时，也闪烁着智慧之光。不过，相比文字游戏而言，卡尔维诺更喜欢小说结构的排列组合游戏。他的小说晶体模式就是追

---

① ［意］伊塔洛·卡尔维诺：《如果在冬夜，一个旅人》，萧天佑译，译林出版社2007年版，第27—28页。

求一种机智活泼、复杂多变的美学模型，使那些已形成了阅读惯性和审美定势的读者感受到惊奇和游戏的独特快感。本书下编第二章会对此有具体论述，在此不再赘述。

歌德曾给爱好艺术者一个看似自相矛盾的告诫：要想逃避这个世界，没有比艺术更可靠的途径；要想同世界结合，也没有比艺术更可靠的途径。实际上，这句话的前半句指的是艺术游戏化的结果，后半句则体现了游戏精神的艺术。具有百科全书化趋向的西方小说家得益于对游戏的借用，成就于对游戏的超越。他们与那些学富五车、博古通今的大师一样，只不过是试图借助游戏的某些特征来凸显和把握艺术的独特品质和精神实质。我们也应从他们表面上机趣智性的（表层）叙述，走向游戏者背后人性的阐释和命运的凝眸（深层叙述），这才是真正的智性所在。

第五章　作者与读者的突围

　　一位伟大艺术家所创造的所有角色中，最棒的确实就是他的读者。①

——纳博科夫《俄罗斯文学讲稿》

　　当代西方具有百科全书化趋向的小说家的游戏精神也表现在他们对叙事游戏的热衷上。他们在叙事中可以随意改变自己的身份、角色，可以站在各种立场和角度，尝试各式各样的说话风格和说话方式。之所以可以实现身份的奇妙蜕变，与叙事者具有话语自由密不可分。而这种自由源于小说家的创作革新，即把小说创作从固化的单向输出和被动接收的过程，变为作者、读者、人物、文本几个层面动态的相互交流沟通，其基础是对传统作者观念和读者观念的突破。

第一节　作者观念

　　当代具有百科全书化趋向的西方小说突破过去一元的、等级的、

---

① [美] 弗拉基米尔·纳博科夫：《俄罗斯文学讲稿》，丁骏、王建开译，上海三联书店 2015 年版，第 12 页。

单线的联系，实现了多元叙述。在其中，作者只不过为各种文本的交互作用提供了场所，其写作是各种材料之间的连接过程。这种新型作者赋予所创造世界的是自由而非权威，作品里的一切，都保有各自的独立意识，自主地生活着，而文本也超脱出既定范围，实现了自由和开放。在小说中真正实现了作者、读者、人物、文本几个层面的互动、交融，以及平等对话。这种多元叙述活化了作者—文本—读者制式僵化的关系，使小说成为一部真正开放、多义的"超小说"。

一 作者观念的衍化

"作者"作为一个概念，它的出现与作品的出现并不同步。它并非一个无时间性的永恒观念，而是在历史中被逐步建构起来的。作者的形象及含义是随着时间、文化传统、话语形态等的改变而改变。

最早被称为"文学"（神话、史诗、圣典等）的文本，往往作者不明。它们被视为神启或神谕，自有权威性，其创作主体只不过是中介者、传播者、代言人，或记录者、抄写者而已。在中世纪，作为"作品"的羊皮书也不同于现代意义的书籍，而类似于现代的文集、汇编，往往收录许多不同作者的作品，它们之间的联系更多在于主题而非作者。印刷术普及后，出现了"单册"的书，"作者"与"作品"的关系才开始被规范。18世纪法国确定"著作权"，肯定了"作者"与"作品"的相互归属。而从15世纪一直到20世纪的前50年，随着"私人领域"的出现和人文主义、个体意识的发展，具有个体身份的"作者"的社会地位逐渐提高。尤其在浪漫主义时期，文学理论推崇天才和想象力，使得作者的个性、情感、创作意图被赋予了极其重要的位置。作者以自己的作品构筑起一个特殊的文化领域——艺术王国，他（或她）在其中担当了中心化和权威化的崇高角色，并且逐渐提升为整个文化的价值规范和源泉。这时人们认为，作者就是作品的创作者，他（或她）是一个真实存在的人、一个有血有肉的人,其存在决定了作品的权威性和真实性。每一部作品的署名都代表着这个特定的人。署名具有标志作用,代表作者对作品的所有权。

到了 20 世纪,挑战作者权威的观点开始流行。最早发出讨伐檄文的是精神分析学派创始人弗洛伊德,他宣布作品是由作者无法控制的潜意识书写的,初步卸掉了作者神圣的光环。1946 年,英美新批评理论家维姆萨特和比尔兹利发表里程碑式论文《意图谬误》①(Intentional Fallacy),进一步发展了 T.S. 艾略特的"非个人化"②理论,对作者是文本意义的起源和终结的观念提出了强有力的怀疑。他们反对将作品与作品产生的过程相混淆,否定从写作的心理原因中推衍批评标准的传记式批评和浪漫主义批评,认为"就衡量一部文学作品成功与否来说,作者的构思或意图既不是一个适用的标准,也不是一个理想的标准"③。他们主张,作者和作品应该分离,人们应该关注文本自身,而没有义务也没有必要去勘察作者意图。即使能够接近一位仍然健在的作者,去询问他(或她)的某个文本究竟表达的是什么意思,所得到的解答仍然是一个文本,仍然需要解释。而且即使这个解释言之凿凿,也并不意味着它就是真相:一者,这位作者出于某种原因,不愿意告诉我们真相;二者,这人也不知道真相(例如,《尤利西斯》中的雨衣人)。再者,即使他(或她)说出了真相,也不意味着他(或她)的看法就比别人针对文本想到的

---

① 威廉·K. 维姆萨特和 M.C. 比尔兹利继批评意图谬见后,对感受说和印象主义加以批评而提出了另一个术语:感受谬误 affective fallacy。批判混淆作品本身和作品所产生的效果,即根据某一时期读者受感染的程度来衡量作品的价值。

② 艾略特运用一化学试验来进行说明:氧气和二氧化硫混合在一起时,加上白金,就形成硫酸。白金是催化剂,这个化学反应没有它无法完成,但新形成物中并不含有白金,而白金自身也毫发未损。以此类推,文艺创作中,作者的心灵犹如白金,离开它,作品不能问世,而完成的作品中却并不包含其成分。在这里,艾略特把作者视为一种媒介或载体,从而把作者与作品剥离开来。换言之,作品本身就是一种有机构成,作者没有什么个性可以表现,只不过是一个特殊的工具。

③ 赵毅衡编选:《"新批评"文集》,百花文艺出版社 2001 年版,第 234 页。

东西或所抱的看法更有意思、更能启发人。此外，按精神分析学派的说法，"有意识的意图"可视为无意识的心理活动的内容，因此意图不能作为预先设定的严肃判断来对待。"作者意图"的权威失效了：没有被设想的也能够（在另一个意义上）被表达。"我原本不打算伤害你"总是意味着"我伤害了你"。

此外，20世纪语言学（索绪尔、乔姆斯基等）强调是"话在说我"，而不是"我在说话"，认为作者受制于他（或她）所使用的语言，甚至是语言控制了作者。语言是任何一个作家都必须运用的意指系统，它支配了言说的各种可能性。受其影响的俄国形式主义和结构主义等同样非常强调语言的自主性，视作者为文本的产物。

随后兴起的接受美学进而提出文本只有经过读者阅读，才算真正最后完成。接着，罗兰·巴特在《作者的死亡》一文中，响亮地喊出了"作者死亡，写作开始"的口号[1]，富有震撼力地提出了"作者之死"（death of the author）的观点。巴特将"上帝死了"的反神学活动移植到了"去作者"活动中，对作者之死表示欢迎，他认为，作者的存在只会框定文本，有害无益，于是写道：

> 我们现在知道文本不是一行释放单一的"神学"意义（从作者—上帝那里来的"信息"）的词，而是一个多维的空间，各种各样的写作在其中交织着、冲突着，没有一种是起源性的。文本是来自文化的无数中心的引语构成的交织物……作者一旦被驱逐，解释一个文本的主张就变得毫无益处。给文本一个作者，是给文本横加限制，是给文本以最后的所指，是封闭了写作。[2]

---

[1] Roland Barthes, *Image‑Music‑Text*, New York: Hill and Wang, 1977, p. 142.

[2] 参见林泰《作者之死》中译文，转引自赵毅衡编《符号学文学论文集》，百花文艺出版社2004年版，第510—511页。

"作者之死"是他的术语,是一种形象化或隐喻化的说法,并不是指某一或某些作者真实的死亡,而是指从某种极端意义上说,作者在文本中是缺席的。① 巴特把文学视为一种话语的游戏,视为来自文化的无数中心的引语构成的交织物,作者不过是当下的"书写者"(scriptor),只是一个主体(subject),而不是一个具体的人。因此,文本背后并没有一个最后的所指、单一的意义(或一个所谓作者的信息)。当然,作者不可能真正死亡,他既没有完全在场,也没有完全缺席,他是幽灵。所以死亡即使是隐喻意义,也只是作者观念的死亡。

紧接着福柯发表了《作者是什么》,认为作者并不是作品缘起的创造者,而仅仅是一种功能,被特殊的管理话语的社会机制控制。也就是说,他否认在作品中体现作者的理性和人格化,认为作者的实质是一种界定话语存在和运用话语传播的话语功能,而不是一个实体,不是一成不变的静止存在,而是一个不断变化的形式功能。② 福柯提供了一个让人称奇的历史中被建构的作者形象观念。像巴特一样,他质疑了作为上帝形象或者作为圣徒形象的作者观念,否认作者是理解一个文本的主导性权威或统一性原则。他首先考察了作者观念的历史的和意识形态的含义,指出:

> 有一段时间,我们现在称为"文学"(叙事、民间故事、史诗、悲剧、喜剧)的文本,不问其作者是谁就被接受、发行并评价。作者不明,这无关紧要,因为其真实或假定的年代,就足以保证其权威性。

---

① A. Bennett and N. Royle, "Introduction to Literature", *Criticism and Theory*, London: Longman, 2004, p. 20.
② [法]米歇尔·福柯:《作者是什么》,逢真译,载王潮选编《后现代主义的突破——外国后现代主义理论》,敦煌文艺出版社1996年版,第280页。

他强调，稍近一段时间以来，文学的权威已经和版权法及文本的所有权问题紧紧地联系在一起了。像巴特一样，福柯也对写作所具有的潜在的革命性影响非常感兴趣。《作者是什么》带来了语言的狂欢，因为人们认识到"作者"与"权威"密切相关，从而写作的能量或者话语获得了摆脱传统强制性权威的自由。福柯突出了这样一个悖论，即当我们以为作者"创造力持续爆发"时，实际上"我们使他（她）在赶无关的时髦"。换句话说，当我们认为作者具有无穷无尽的创造力时，我们的阅读与批评实践却使他（或她）进入了一个将意义和意味限制到单一的无歧义状态的语言泥沼。因此福柯总结说："作者是一个由于我们害怕意义增生而构想出来的意识形态形象。"① 也就是说，我们希望文本有一个统一的作者，因为统一的作者会以文本存在具体意义的观念来取悦我们。

正是在上述逐渐走下神坛的作者观点下，传统作者的理念逐渐被解构。前面我们提到过，当代西方具有百科全书化趋向的作家为了更充分、更真实地认知现实，他们拒绝一元论声调，自然也会拒绝传统那种在文本中担当中心化或权威化的作者观念，拒绝所谓"纯粹"的作者意图。所以，他们在理性上大都全力支持和赞同巴特等人消解作者权威、实现读者自由和文本多义的主张，但由于他们的作家身份，从实际创作体验出发，他们的作者观往往又要复杂得多。

二 博尔赫斯的作者观

博尔赫斯被誉为"作家中的作家"，又是世界上最渊博的读者之一，这双重身份使他始终关注作者问题以及作者和读者的关系问题，而且不认同"作者死亡，读者诞生"这种二选一式你死我活的状况。

---

① Michel Foucault, "What Is an Author?", *Textual Strategies*: *Perspectives in Post-Structuralist Criticism*, ed. Josue V. Harari, London: Methuen, 1979, p.159.

他想要以丰富的智性哲思和充沛的文学体悟为这个问题寻找一条出路，即一条双方和谐共存甚至共赢的道路。

与完全否认作者意图的理论家观点不同，博尔赫斯一开始就承认作者声音的重要性，认为作者和文本之间的联系无法割裂："一个作家与其作品不能没有联系，否则作品便成了词汇的集成，纯粹的游戏。"[①] 他的《〈吉诃德〉的作者皮埃尔·梅纳尔》在某种程度上是一部实验小说，探讨的正是这个问题。小说家梅纳尔力图通过写出与塞万提斯一模一样的篇章文字来抹去文本中的作者，最终以失败告终，似乎以一种吊诡的方式证明了作者不可能完全死去。

但是，博尔赫斯同时承认："每本书都必须超越其作者的意图。作者的意图往往是凡人浅见，并可能有错误的，而书里总应包含更多意义。"[②] 他在很多地方都表述过相同的意思，即作者意图不应该成为文本阐释的权威和中心，一本精彩作品的内涵必然要比作者想要表达的东西丰富得多。与"新批评派"的"意图谬误"略有不同的地方在于，"新批评派"和后来的结构主义、接受美学等主要针对读者，提出以文本取代作者的权威，不要让作者限制了文本的丰富价值。而博尔赫斯是从作者的角度，提出作者不应该拘泥于某种特定的意图去蓄意创作或精确写作，作者应该是梦想家和预言家，其个人思想虽然有局限，但其声音能够打动读者，其艺术创作能够进行一些神秘的预言，能够刺激读者的创造力。他说："人们在读我的小说时，读进去许多我不曾想到的东西，这意味着我是一个小说家。一个只能写他想写的东西的作家不是好作家。"[③]

博尔赫斯非常重视读者，但他不赞同"唯有作者死亡，读者才

---

① ［阿根廷］豪尔赫·路易斯·博尔赫斯：《博尔赫斯谈话录》，西川译，广西师范大学出版社2014年版，第200页。
② ［阿根廷］豪尔赫·路易斯·博尔赫斯：《博尔赫斯，口述》，黄志良译，上海译文出版社2015年版，第7页。
③ ［阿根廷］豪尔赫·路易斯·博尔赫斯：《博尔赫斯谈话录》，西川译，广西师范大学出版社2014年版，第191页。

能自由"的观点,而是主张二者共存,合作双赢。他说:"写作不过是一份分工合作的工作而已。也就是说,读者也要做好他份内的工作:他们要让作品更丰富。"① 那么作者呢?他认为,高明的作者应该自我隐匿,在隐秘处精心设计诱饵和陷阱,使读者进入文本,开始自由活动。读者可能自以为他们在自行完成或延伸文本的创造,但其实无所不在作者的掌控和指引下。在这个意义上,博尔赫斯肯定作者创造者的身份。事实上,他也始终如同造物主一样不断地在自己的小说中创造一个个精彩的世界,如特隆星球、图书馆、迷宫……每一个完整的世界都真实可信,自成一统。所以,他自信地宣称,"我并不虚构小说,我创造事实"②。然而,这个创造世界的过程常常是在梦中完成的,他说"作家就是一个不断做梦的人"③。他之所以如此重视梦,一方面因为梦是纯粹的,"梦是一种创造。梦中的一切都来自你自己,而说到醒时的经验,则许多与你有关的东西并非由你而产生"④;另一方面因为梦可以最好地模糊现实和虚构的界限,为天马行空的想象提供坚实的落足地,从而拓宽写作的域阈。

在晚年一篇讲演稿《我这样写我的短篇小说》中,博尔赫斯把作者定位为"某种不知道的东西的记录员……他接受了某种东西,并设法把它传达给别人"⑤。他说,作为记录员,作者只是"一个让事物出现的介质"⑥。他多次谈到,写作是一件神秘而漫长的事情,需要耐心和敏

---

① [阿根廷]豪尔赫·路易斯·博尔赫斯:《诗艺》,陈重仁译,上海译文出版社2015年版,第152页。
② [阿根廷]豪尔赫·路易斯·博尔赫斯:《博尔赫斯谈话录》,西川译,广西师范大学出版社2014年版,第245页。
③ [阿根廷]豪尔赫·路易斯·博尔赫斯:《博尔赫斯谈话录》,西川译,广西师范大学出版社2014年版,第331页。
④ [阿根廷]豪尔赫·路易斯·博尔赫斯:《博尔赫斯谈话录》,西川译,广西师范大学出版社2014年版,第71页。
⑤ [英]乔·艾略特等:《小说的艺术》,张玲等译,社会科学文献出版社1999年版,第243页。
⑥ [阿根廷]豪尔赫·路易斯·博尔赫斯、奥斯瓦尔多·费拉里:《最后的对话》(一),陈东飚译,新星出版社2018年版,第349页。

感,因此作家应该"以诗意之心感受生命的每一刻"①。如此,某种陌生的事物(人们称其为缪斯、灵感、潜意识等)会悄然而至,作者的工作就是把它记录下来而已。但他并不是完全无视作者的主观能动性,恰恰相反,他非常重视智力劳动和创造力,强调在这个记录和传达的过程中,要以作者自身的经验和智慧填补空白,否则就无法写出精彩的作品。

博尔赫斯虽然承认作者的创造者身份,但并没有保留其权威和中心地位;虽然承认作者的声音,但将其融合于众声喧哗之中;虽然视作者为记录员和传达者,却又强调其创造力和智力劳动。他视作者为文本的源头,却并不以其为唯一评判标准;他尊重并鼓励读者的自由,却并不因此一味拒绝作者。他并非理论家,也没有针对作者问题形成系统而充分的论述,但以自己丰富的阅读经验和创作经验,在作者被拉下神坛走向死亡的流行理论话语中,发出了独到的声音。

三 卡尔维诺的作者观

卡尔维诺在其自传《巴黎隐士》中多次提到"隐身"的愿望:"当我所在环境让我自以为是隐形人时,我觉得无比自在。……我觉得对一个作家而言理想境界应该是,接近无名,如此,作家的至高威信才得以远播。这个作家不露面、不现身,但他呈现的那个世界占满整个画面。"②他意识到了传统作者观念的局限性和虚幻性,意识到没有任何作者能够完全控制文本意义。他反对将作者视为文本意义的源泉或权威性"在场"的思维方式,试图矫正那种作者自我意识不断膨胀的趋势,对摆脱传统强制性权威的"写作"深感兴趣。

---

① [阿根廷]豪尔赫·路易斯·博尔赫斯、奥斯瓦尔多·费拉里:《最后的对话》(一),陈东飚译,新星出版社2018年版,第9页。
② [意]伊塔洛·卡尔维诺:《巴黎隐士》,倪安宇译,台北:时报文化出版企业有限公司1998年版,第217页。

在早年的演讲《控制论与幽灵》中,他用控制论[①]、系统论和信息论的成果来探讨写作,提出了"写作机器"的假想,用以代替作家。他将写作视为"将已知的元素排列组合的过程",认为在浪漫主义术语中被称作天才、天赋、灵感、直觉等的东西根本微不足道,只需遵循经验就可获得,虽然情况复杂,但是,只要照葫芦画瓢,机器完全可以迅速、负责地胜任。一台写作机器可以通过分析写作手段创造出某种精确的写作"个性",或者根据不同需要来发展或改变这种写作"个性"。他宣称:

> 作者这一身份将会消失,我们坚持赋予作者个人的职能不再属于他,作者展示的自我灵魂不过是长久以来展示过的灵魂,作者是感觉开发和进行解释的一种元件,只不过他接受的能力比一般元件强一些……作者是:过时的人物,信息的传递者,良心的指挥者,文化主体的宣讲者。我们应该举行仪式庆祝,并意识到这是作者跌入地狱的葬礼,以及文学工作持续复苏的庆典……因此作者消失了——那个无知的被宠坏的孩子——让位于更有思想的人,这样的人深知作者只是一台机器,并知道这台机器怎么工作。[②]

显然,他不认同那种具有强烈个性的唯我独尊的作者,乐于将其拉下特权地位,并为其消失而欢欣鼓舞,甚至支持用机器来代替作者。虽然意识到文学只是一种追求隐藏在它自身材料中的可能性组合游戏,写作仅仅是各种材料之间的一个连接过程,作者也只是为各种文本的交互作用提供场所的人,但是,这不意味着卡尔维诺

---

① 控制论是研究各类系统的调节和控制规律的科学。控制论的奠基人是诺伯特·维纳,他于1943年在《行为、目的和目的论》中,首先提出了"控制论"这个概念,第一次把只属于生物的有目的的行为赋予机器,阐明了控制论的基本思想。

② Italo Calvino, "Cybernetics and Ghosts", *The Uses of Literature*, translated by Patrick Creagh, New York: Harcourt Brace Jovanovich, 1986, p.16.

放弃了作者对真理的热爱和追求。恰恰相反,他认为,作者只有在抛弃了自我的成见之后,才能够更好地接近真理。所以他讲道:"每一次我得为待写的书捏造一个作家来写它,一个跟我,也跟其他我一眼就看出其局限性的作家不一样的作家……"① 因为,世界是多元化的,事物以非连续的、分散的、变化的状态存在着,从不同的角度看问题会得出不同的结论。一个固守原有身份和职能的作者面对纷繁复杂的各种可能性,必定会因困扰而眩晕,只有作为"写作机器"的作者,才不会俯就任何一种既定的价值和权威。他充分开放又极具包容性;他不判断,只是呈现,呈现各种声音、各种思想、各种观点、各种立场。只有这样的人,才能真正找到真理的实质——真理不产生和存在于某个人的头脑里,它在共同寻求真理的人们之间诞生。单一的声音,什么都解决不了,只有呈现对立或多角的各方,才能实现写作的目的和意义。卡尔维诺用悖论式的语言戏谑地说出了真实:"我完全相信写作绝对及必要的个人主义,但必须将它夹带进入那否定它或与之对立的环境中,此个人主义才能发挥作用。"② 他与自己的偶像博尔赫斯一样,把作者首先看作接收者,然后是传达者。认为在某种意义上,接收比表达更重要,而且作者接收的信息源并非单一的、确定的,而是无限宽泛的。所以,他在《如果在冬夜,一个旅人》中捧出了一盘各式作者观的荟萃大餐,任君选择,特别是通过老作家弗兰奈里的探索和追求反映了自己对于作者问题的多样化思考。

卡尔维诺与现代主义作家一样摒弃了以启蒙姿态为叙事策略、以宏大话语为叙事形式的作者理念,然而,与他们所提倡的"作者的消失"或"作者的隐退"又有所区别。后者主张作者隐藏在其作

---

① [意]伊塔洛·卡尔维诺:《巴黎隐士》,倪安宇译,台北:时报文化出版企业有限公司1998年版,第233页。
② [意]伊塔洛·卡尔维诺:《巴黎隐士》,倪安宇译,台北:时报文化出版企业有限公司1998年版,第239页。

品背后，只是将其存在的痕迹从文本的表面抹去，以形成表面上没有"叙事者"的文本，保持其客观性，其实作者还是像上帝一样的存在，只是隐身而已。而卡尔维诺毫不在意作者在文本表面出现，却从内部下手消解了作者的意义。他让作者在小说中以人物形象出现，使之蜕变为小说中的一个虚构"角色"，成为"纸上的作者"（paper author），其身份与其他虚构人物平等，不复是上帝式的主宰者。另外，他还以"元小说"的策略，时时让叙述者对小说的创作过程和技巧使用评头论足一番，以突出文本的虚构性。此时不但叙述者已经不再像在传统小说中那样仅来转述或见证其他人物的故事，或仅是单纯的作者代言人，而且人物也不再被置于作家意识的控制范围内，而是获得了自治权。在这样的创作过程中，作者的神力已流失殆尽。

尽管卡尔维诺赞同对作者的解构，但作为一个兼具作者身份的理论家，他对罗兰·巴特的"作者之死"表示怀疑，也不赞同其简单化地"驱逐"（remove）作者。他认为，即使作者以一种特别强烈的意愿和方式逃避在场的文本，在某种程度上，读者也不会在其中发现作者意识以外的东西，所以他承认作者即使失掉了自己的身份，他（或她）也仍然活着，并将继续在写作的奇妙空间里活下去，也就是说作者在某些方面或多或少地作为中心化和权威化的幽灵角色持续存在着（《文学的各个层面》和《控制论与幽灵》两文中对此有出色的分析）。卡尔维诺认为，死掉的是那种作为全知全能、支配一切的上帝形象的作者，但是，一种作为新的"造物者"形象的作者仍然在世，他更类似于古希腊神话中的普罗米修斯，创造了人，并赋予其智慧和话语权，与之进行平等对话。这样一个新型作者赋予其所创造世界的是自由而非权威，作品世界里的一切，都保有各自的独立意识，自主地生活着。

卡尔维诺在将传统的作者至上论视为偏狭的同时，也看到了巴特"作者之死"理论将作者与文本彻底对立的缺憾。在他看来，作者和文本、读者一样,是文学活动最基本的因素,有着不可取代的特殊作用和地位。他对作者的前途有忧虑,但是并不感到悲伤绝望。他意识到对于个体作者来说,写作似乎是有限的,只要选择了一种"可能性",就意味着失去更多种。创作一旦完成,就必然会被不断批评、补充、改写、吞没。但是写作本身是无止境的,写作的力量就在于渴望说出社会和个人潜意识中尚未表达出来的东西,作者写得越多,没写出来的东西也就越多。而这些东西,就像幽灵一样,机器捕捉不到,作者仍大有可为之处。另外,他一方面认为,文学有自己的逻辑和规范,是语言学上元素的排列组合,"写作机器"可以通过设定相应程序从容掌握;另一方面,又不禁自问:"文学的张力不是经常试图挣脱这些固定东西的束缚吗?不是尝试创作出没说过的,创作出不为人知的事物吗?"① 无论是语言学还是文学,都绝不是亦步亦趋地恪守法则的被动行为,而是创造性的活动,这种创造发展无不与文学主体——作者的主动性发挥联系在一起。他认为,当作者脱下了传道士外衣,就从种种价值规范和各种道德律令里面解放了出来;当作者再也不用承担沉重的"价值期待"时,就重新获得了新的生命活力。所以,走出樊篱后的作者必然会以更多元化的新视角进行思考,去发现新景致,开辟新天地。这种对个体叙述身份局限的超越,也就实现了对宽广、繁复的百科全书式叙述模式的自由运用,向以宇宙视野观照世界的目标迈进了一步。

总而言之,20世纪以后,对政治话语霸权的厌恶使得作者退出社会代言人的角色。但是"纯文学"的强调,又遮蔽了实际存在的文学和社会、政治的关系。随着后工业社会的来临,技术的进步和工具理性的发展,强大的经济话语霸权挤压着作者;同时,在传媒等技术性力量的控制下,作者的身份在对价值判断调整的过程中呈

---

① Italo Calvino, "Cybernetics and Ghosts", *The Uses of Literature*, translated by Patrick Creagh, New York: Harcourt Brace Jovanovich, 1986, p.18.

现不确定和模糊的状态,作者对自我身份确认并争得话语权无形中逐渐被大众的认可和消费指标取代。在这种严峻的形势下,当代西方具有百科全书化趋向的小说家对作者身份和作用的思考,为21世纪作者寻找自己的定位提供了方向。

第二节 读者观念

20世纪是批评的世纪,文学批评关注的焦点由作者转向读者。读者反应批评理论认为阅读是文本不可缺少的维度,重视阅读过程和读者的角色。当代西方具有百科全书化趋向的小说家大多受读者反应批评的影响,拒绝叔本华所谓的"单纯的阅读",而提倡思考型、批评型的阅读,即不只是被动地观看,而是要积极地参与。他们努力打破作者与读者的旧式契约,最大限度地实现二者的共谋。对他们来说,读者和作者的关系是一件事物的两个方面,作者熏陶、培养着读者,同时读者又反过来支配、左右着作者。他们为作者与读者之间的关系开辟出新的沟通和交流之路。读者的参与使文本变得鲜活起来,极大地丰富了文本的意义,扩充了文本的空间,由单一的文本成为复数的文本,由固化的文本成为变化的文本。

一 博尔赫斯的读者观念

博尔赫斯一生与书为伴,幼时就养成了徜徉于书海的习惯;成年后工作几乎离不开书本,做过图书管理员,担任过国家图书馆的馆长,被聘为布宜诺斯艾利斯大学的文学教授……他阅读过的书籍浩如烟海、不计其数。他不仅是杰出的作家,还是优秀的文学评论家,这使他阅读的观念和看法不同流俗,具有前瞻性。

博尔赫斯一直很重视自己的读者身份,他常说:"我相信我是一个极好的读者。"① "基本上,我是把自己设定为读者的角色的。"② "我觉得身为读者的喜悦是超乎作者之上的。"③ "有时候,我认为好读者是比好作者更隐秘、更独特的诗人。"④ 可以说,他对读者在文学活动中重要程度的关注非同一般。

首先,博尔赫斯以读者的阅读和感知来确认文本的存在。他说:"审美需要读者与作品两者相结合……书之存在是在读者开卷之时。"⑤ 认为,当一本书、一本小说摆在书架上时,只是寻常的物品,只有当读者发现了它,开始翻阅它,它才被赋予了生命。他曾借用美国作家爱默生的一个比喻:"图书馆是一个魔法洞窟,里面住满了死人。当你展开这些书页时,这些死人就能获得重生,就能够再度得到生命。"⑥ 并进一步阐释说:"书是一套死板符号的组合。一直要等到正确的人来阅读,书中的文字——或者是文字背后的诗意,因为文字本身也只不过是符号而已——这才会获得新生,而文字就在此刻获得了再生。"⑦ 也就是说,文学艺术作品只有在被阅读时才存在。

其次,博尔赫斯将读者视为文本意义的积极创造者,而非被动的接受者。他反对读者阅读仅仅是发掘作者潜在而恒定的意图的观点,认为由于读者的多样性,阅读也必然带来文本阐释的多元化。

---

① [阿根廷]豪尔赫·路易斯·博尔赫斯:《私人藏书:序言集》,盛力、崔鸿如译,上海译文出版社2015年版,第2页。
② [阿根廷]豪尔赫·路易斯·博尔赫斯:《诗艺》,陈重仁译,上海译文出版社2015年版,第127页。
③ [阿根廷]豪尔赫·路易斯·博尔赫斯:《诗艺》,陈重仁译,上海译文出版社2015年版,第130页。
④ [阿根廷]豪尔赫·路易斯·博尔赫斯:《恶棍列传》,王永年译,上海译文出版社2015年版,第1页。
⑤ [阿根廷]豪尔赫·路易斯·博尔赫斯:《博尔赫斯,口述》,黄志良译,上海译文出版社2015年版,第56页。
⑥ [阿根廷]豪尔赫·路易斯·博尔赫斯:《诗艺》,陈重仁译,上海译文出版社2015年版,第3页。
⑦ [阿根廷]豪尔赫·路易斯·博尔赫斯:《诗艺》,陈重仁译,上海译文出版社2015年版,第4页。

他多次有"读者已丰富了书的内容"①之类的表述。例如,在解读中世纪但丁的《神曲》时,宣称:"它将超出我们的生命,超出我们的不眠之夜,并将为一代又一代的读者所丰富。"②他认为,越是经典的作品,越能激发读者阅读的主动性和创造性,曾云:"一部不朽的著作总是有无穷的、生动的模糊性;它像使徒一样,完全是为所有人的,它是一面镜子,能照出读者的特征,还是一幅世界地图。"③他把阅读看作写作的后续部分,把读者视为作者的合作伙伴,认为文本只有在阅读过程中,在读者与作者的交流中才能焕发青春活力。他曾说,"一本书是与读者展开的对话,是赋与其话声的语调,也是留在其记忆里的多变恒久的形象。……一种文学区别于另一种文学,不管是以后的或者是先前的,主要不是因为文章内容,而是由于阅读方法"④。他赞赏罗兰·巴特的"可写文本",希望读者拥有更大的阐释空间和主导权,更积极地参与文学的生产活动。

再次,博尔赫斯强调阅读的历史性眼光。他认为,在不同的时代,读者具有不同的文化思想和审美标准,故而文本的意义和价值也会随之发生改变,具有新的解读,生成新的内涵。这一观点类似伽达默尔的"视域融合",核心是打破界限,融入更大的理解视域。由于读者随时代发生变化,阅读成为基于过去和现在的对话,每一次阅读也就形成一次"视域融合",而每一次融合都会改变对文本的理解,文本的意义也就越来越丰富。博尔赫斯在短篇小说《〈吉诃德〉的作者皮埃尔·梅纳尔》中反映了他的这一观点。小说中的主人公梅纳尔试图重写《堂吉诃德》,但其实他写出来的作品与原作一

---

① [阿根廷]豪尔赫·路易斯·博尔赫斯:《博尔赫斯,口述》,黄志良译,上海译文出版社2015年版,第14页。
② [阿根廷]豪尔赫·路易斯·博尔赫斯:《七夜》,陈泉译,上海译文出版社2015年版,第3页。
③ [阿根廷]豪尔赫·路易斯·博尔赫斯:《探讨别集》,王永年、黄锦炎等译,上海译文出版社2015年版,第126页。
④ [阿根廷]豪尔赫·路易斯·博尔赫斯:《探讨别集》,王永年、黄锦炎等译,上海译文出版社2015年版,第220页。

字不差,不过叙述者"我"阅读时却看到了梅纳尔的影子,在相同的文字中解读出不同的含义。所以,博尔赫斯重视读者对文本进行个性化阐释,赞赏读者在文学史意义上起到的重要作用。

最后,博尔赫斯召唤"理想读者"。每一位作家在写作时,心中都有他的理想读者,博尔赫斯也不例外。但是,尽管十分重视读者,他对大多数读者并不友好。他的小说并不易读,有很多佶屈聱牙、晦涩难明之处。这是因为,他心目中的"理想读者"是有较高智力的、有警惕心和想象力的、爱解谜的、能够与他达成心灵完美默契的读者。所以他的小说中充满隐喻、处处迷宫,就是为了找到能够满足理想期待的读者,完成与他的完美交流,从而充分体现出文本的价值。《小径分岔的花园》往往被看作他这一观念的典型隐喻,主人公余准的曾祖彭取设下谜局,等待后世解开,而主人公余准的举动同样是在召唤理想的阐释者。

二 卡尔维诺的读者观念

卡尔维诺在小说《如果在冬夜,一个旅人》中赋予读者主角的地位,并对各式各样的读者形象做了直观的演示。

(一)卡尔维诺对各种读者和阅读的考察

1."多变的读者"

女读者柳德米拉,小说的女主角,是热爱阅读并享受阅读的读者。她善于感受、敏于思考,同时又永不满足,她的阅读口味、审美趣味和欣赏标准总是在不断地改变。在小说中,她一开始说过:"我喜欢这样的小说,它能使我立即进入一种明确、具体而清晰的境界。我特别喜欢小说把事件写得要么这样,要么那样,即使是现实生活中那些模棱两可的事件也应该这么写。"① 但后来又有了另一种意见:"我觉得书中写的东西不应该就是一切,不应该实实在在,应

---

① [意]伊塔洛·卡尔维诺:《如果在冬夜,一个旅人》,萧天佑译,译林出版社2007年版,第32页。

该有点捉摸不定,字里行间还应有某种东西,我也说不清楚是什么东西……"① 有时候,她希望小说应具有社会历史功能:"它能让人感觉到即将到来的历史事件,有关人类命运的历史事件,就像隐隐听到远方的闷雷;它能使人的生活充满意义,使人能够经历这场尚无名称与形状的历史事件……"② 转眼间她又提倡自然地、纯洁地、原始地阅读:"我现在最想看的小说,是那种只管叙事的小说,一个故事接一个故事地讲,并不想强加给你某种世界观,仅仅让你看到故事展开的曲折过程,就像看到一棵树的生长,看到它的枝叶纵横交错……"③ 前一刻刚刚说道:"我最喜欢读那些一开始就令人感到焦虑的小说……"④ 下一刻又改变了要求:"我喜欢那种书,书中的秘密与焦虑都经过棋类运动员那种精确冷静的头脑筛选过。"⑤ 类似的兴趣变化有好几次。马拉纳在信件中转述她的意见:"今天我们只能要求小说唤醒我们内心的不安,这是认识真理的唯一条件,也是使小说摆脱模式化命运的唯一条件。"⑥ 而她自己对作家弗兰奈里说:"我最喜欢的小说,是这样的小说:它们在极其复杂、残酷与罪恶的人际关系周围蒙上一层似乎透明的外罩。"⑦ 她姐姐说:"她喜欢小说有一种原始的、本来的、由大地中喷射出来的力量。"⑧ 男读者在似

---

① [意] 伊塔洛·卡尔维诺:《如果在冬夜,一个旅人》,萧天佑译,译林出版社2007年版,第50页。
② [意] 伊塔洛·卡尔维诺:《如果在冬夜,一个旅人》,萧天佑译,译林出版社2007年版,第82页。
③ [意] 伊塔洛·卡尔维诺:《如果在冬夜,一个旅人》,萧天佑译,译林出版社2007年版,第104页。
④ [意] 伊塔洛·卡尔维诺:《如果在冬夜,一个旅人》,萧天佑译,译林出版社2007年版,第142页。
⑤ [意] 伊塔洛·卡尔维诺:《如果在冬夜,一个旅人》,萧天佑译,译林出版社2007年版,第180页。
⑥ [意] 伊塔洛·卡尔维诺:《如果在冬夜,一个旅人》,萧天佑译,译林出版社2007年版,第145页。
⑦ [意] 伊塔洛·卡尔维诺:《如果在冬夜,一个旅人》,萧天佑译,译林出版社2007年版,第222页。
⑧ [意] 伊塔洛·卡尔维诺:《如果在冬夜,一个旅人》,萧天佑译,译林出版社2007年版,第249页。

梦似醒间听到她说："我找的书，是这本书：它要在世界毁灭之后才赋予世界以意义；它赋予世界的意义是：世界即是世界上一切事物的毁灭，世界上唯一存在的事物就是世界的毁灭。"① 总之，柳德米拉兴趣广泛，是一个为读书而读书的人，她不会长时间地钟情于任何一位作家，而是寻求阅读各式各样的小说；无论面对怎样的小说，她都能立刻将自己投入其中，并自有一套主张去对待。同时她的不满足又使她不断地去寻找符合愿望的那本书，并深信只要她需要，那本书就一定存在。她是最令作者想要去征服同时又往往因其审美追求的变动不居而沮丧的读者，因为没有一个作者可以同时满足她所有的愿望。但是，"期待和寻求满足"本来就是读者在阅读中最常见的心理状态，也是作者与读者之间一种无形的契约，只要把握好由此产生的张力空间，作者就能用叙事技巧去吸引读者，或者实现期待，或者带来惊奇。因此，在这个意义上，柳德米拉可以说是作者心目中的理想读者。

卡尔维诺赞赏的读者就是处于这样一种矛盾状态和张力关系中：他（或她）既努力保持一种感性的、纯真的阅读状态进行体验，又时时让自己成熟的理性分析能力发挥作用；他（或她）既信赖作者，接受作者的修辞暗示和引导，又不是盲从者，而是经过自己的审慎思考和判断后，对作品进行理解和评价。

2. "专业"读者和"非读者"

小说中最让作者绝望的是以罗塔里娅为代表的一类读者。他们注重的是外在于小说的一些东西，如生产方式的影响、异化过程、压抑的升华、性行为的语义编码、人体的元语言、政治生活与私人生活中的越轨行为等。他们想知道的是，作者如何对待各种当代思想倾向和必须解决的问题，宣称要用"意识与无意识的编码"来分析文本，并把性爱、阶级与占统治地位的文化加诸人们的种种禁忌

---

① ［意］伊塔洛·卡尔维诺：《如果在冬夜，一个旅人》，萧天佑译，译林出版社2007年版，第281页。

统统置之脑后。小说中的各种事件、人物、环境和感觉都被他们一一摒弃，留下的仅是一些令人不知所云的概念，多态型邪恶愿望、市场经济法则、意谓结构的对等关系、偏差与规定、阉割等。他们甚至不去真正地读书，而是借助现代科技来"阅读"，按一定程序工作的计算机在几分钟内就能读完一本书，并把书中的全部词汇按照出现频率高低的顺序记录下来，做成一份"读后报告"。他们认为阅读一篇作品，就是要记录下它题材的重复、词汇形式与意义的重复，除此无他，而借助电子计算机阅读后打出的词汇频率表就能够准确地把握内容。他们甚至认为："如果一部小说在一定刺激频率下能使受试者的视觉注意力达到一定数值，那么这部小说便是部成功的小说。"① 因此，与其说他们在阅读小说，不如说他们在"处理"小说。卡尔维诺对这种通过将文本粗暴地割裂肢解、断章取义来进行阅读的独断的、专横的阅读方式耿耿于怀，他借作家弗兰奈里之口一针见血地指出："她（罗塔里娅）读那些小说的目的是为了找寻她阅读之前就存在于她脑子里的东西。"② 而对罗塔里娅反对只在作品中看到作者本人观点的意见，他回答说："不是这样。我期望读者能在我的作品中看到我不知道的东西，但是这只能在读者认为他们读的东西是他们不知道的东西时才会发生。"③ 罗塔里娅是作为柳德米拉的对立形象出现的，她反映了那些追随时代潮流、不遗余力地进行所谓后现代阅读的读者。

罗塔里娅的读者形象也包含了部分批评家的影子。20世纪被称为批评的世纪，批评获得了相对独立的地位，脱离了作为文学创作附属的尴尬，逐渐形成了自己的理论体系，以自己的视角来发现文

---

① ［意］伊塔洛·卡尔维诺：《如果在冬夜，一个旅人》，萧天佑译，译林出版社2007年版，第144页。
② ［意］伊塔洛·卡尔维诺：《如果在冬夜，一个旅人》，萧天佑译，译林出版社2007年版，第213页。
③ ［意］伊塔洛·卡尔维诺：《如果在冬夜，一个旅人》，萧天佑译，译林出版社2007年版，第213页。

本中的创见。但是，这些理论往往变成了一张张普罗克拉斯蒂之床①，在这张床上，许多资料被削足适履地塞进某一事先想好了的模式之中。卡尔维诺本身既是一位作家，也是一位杰出的批评家，他对当时文学批评与小说创作存在相脱离甚至相对立的现象感到无奈。他提醒人们，无论多么高明的批评，对作家都并非一件幸事："中学和大学都应加强这样一个理念，即任何一本讨论另一本书的书，所说的都永远比不上被讨论的书；然而学校却倾尽全力要让学生相信恰恰相反的事情。这里广泛存在着一种价值逆转，它意味着导言、批评资料和书目像烟幕那样，被用来遮蔽文本在没有中间人的情况下必须说和只能说的东西——而中间人总是宣称他们知道得比文本自身还多。"②

小说中还有一个真正的非读者形象——伊尔纳里奥，在这个充满了文字的世界里，他却行使了读者最大的自由——"拒绝阅读"。对于作为雕塑家的他来说，书在他眼中，和其他的普通物质一样，只是可用来进行雕刻的材料，是可以拿在手中任意拆卸的玩物，并没有什么特殊之处。相比于罗塔里娅，也许这个真正的"非读者"带给所有作者的冲击会更大吧。他的出现，是不是卡尔维诺对当今多媒体科技高度发展形成的"读图时代"和"听音时代"以及将文学挤向边缘的"大众传播文化"和"消费文化"的忧虑？是不是对"书已经死了"的观点的忧虑？

3. 男读者和其他读者

小说的主人公男读者追求传统式的阅读，他把书看作一种成品，一种终止的东西，无须再补充或删改什么，宣称："喜欢读书中写下来的东西；喜欢把个别与整体联系起来；喜欢把某些书看成是最终

---

① 普罗克拉斯蒂是希腊神话中的一个强盗，他捉到旅客后，便将旅客缚在一张铁床上，或砍其腿，或强行拉长，以适合这张床。
② ［意］伊塔洛·卡尔维诺：《为什么读经典》，黄灿然、李桂蜜译，译林出版社2006年版，第5页。

的结论;喜欢把每一本书都区别开来,看到它的独特之处与新颖之处;我最喜爱的是能从头看到尾的书。"① 换言之,他喜欢的是那种封闭式文本,这种文本的叙述呈线性运动。他乐于轻松、愉快地进行被动接受式阅读,只要跟着作者走就可以,无须多思,所有的期待都能被给予回答。

然而,卡尔维诺提供给男读者阅读的文本却不是他希求的那种。这些文本的叙述往往是共时、断裂、开放的,再加上失去了作者的明确引导,读者的期待得不到满足,被迫踏上寻找的旅程,迷失在中止、断裂、空白的扉页间,不得不重新省视自己的定位。最终他发现唯有抛却原有的那种将文本视为具有"封闭完整"结构性的迷思,了解能指和所指之间的固定指涉已经被打破,才能走出迷宫。在这些文本中,作者还时时用"元小说"的叙述方式提醒读者与文本保持距离。因此,男读者在阅读中不得不放弃他原来的那种阅读习惯,不得不采取一种积极的阅读态度,努力去发现甚至介入创作。在男读者身上最明显地体现了读者在阅读文本中的作用是由文本(或者说作者)设定的,因此,在不同的文本中起着不同的作用。尽管非男读者本意,但是,他被提高到了一个如此之高的地位,几乎与作者相等。

同时,男读者还是作者的眼线,在追求阅读的过程中,他遇见了包罗甚广的各种读者。除了上述已经提到的女读者柳德米拉、"专业"读者罗塔里娅、拒绝看书的"非读者"伊尔纳里奥之外,还有翻译并研究已失传文字的教授乌齐-图齐,他把阅读视为对未写出来的思考;从事职业性阅读的出版社老编辑卡维达尼亚博士,他希望回到真正的无功利的阅读;名满天下的畅销作家弗兰奈里,他认为阅读是作品价值的实现,是应该个别进行的活动;负责审核禁书的官员阿尔卡迪安·波尔菲里奇,他真正向往的是抛弃自己一切意图

---

① [意]伊塔洛·卡尔维诺:《如果在冬夜,一个旅人》,萧天佑译,译林出版社2007年版,第296页。

与偏见的阅读；等等。尤其在最后一章，男读者来到了图书馆，在这个读者的天堂当中，几个拥有不同阅读旨趣和见解的读者又为阅读这一主题提供了丰富的信息。读者一仅把书籍作为刺激物和引发物，一旦接受了其中的某个想法、某种感觉、某个问题或某个形象，就会展开丰富的联想而彻底脱离书本。对他来说，每本书只需看很少几页，而这几页已经包括了整个宇宙，使其无力探究了。读者二则要求对文本进行细读和重读，从而充分发掘和理解其文字当中每一个细节——最小的片段、词组、譬喻、句法联系、逻辑关系和具有丰富含义的词汇特点，并最终达到获得书中真义的目的。读者三是个为读书而读书的人，他也支持重温已经读过的书，并且感觉每次重读都仿佛在读一本新书。他认为，读书是无目的的行为，或者说读书的目的就是读书，书本身不过是个不重要的载体，是个借口。读者四关注书籍之间的互文性，并冀望通过一本一本地阅读积累来追寻那本所谓的"统一的书"。读者五也在寻找"统一的书"，但是认为它早就存在，是一切书的原型，因此通过阅读其他的书来回忆它。读者六重视开头的吸引力，而读者七注意结尾的闪光点，尤其欣赏带给人意犹未尽感觉的结局，他声称："古时候小说结尾只有两种：男女主人公经受磨难，要么结为夫妻，要么双双死去。一切小说最终的涵义都包括这两个方面：生命在继续，死亡不可避免。"①他们各自不同的阅读旨趣和见解有助于揭发小说阅读的现象和本质，同时也呼应了后结构批评流行的按语：一切阅读都是误读。

（二）卡尔维诺对读者的重视

卡尔维诺不仅是一位优秀的作家，还是一位博览群书的优秀读者，一位专业读书的编辑、评论家。他曾经对自己的读者身份进行过评价："就主观倾向而言我是个杂食性的读者，况且在我的专业工作之外，还有出版社审读工作。但我努力节省出尽可能多的时间，

---

① ［意］伊塔洛·卡尔维诺：《如果在冬夜，一个旅人》，萧天佑译，译林出版社2007年版，第299页。

用于毫无功利的阅读，用于我喜爱的作家，他们富于诗的本质，这是我所相信的真正食物。"①

《为什么读经典》是卡尔维诺阅读经典的指导教材，而《如果在冬夜，一个旅人》是一部在阅读中孕育培养出来的作品，"一部阅读艺术的百科全书"，其中"穷尽了阅读这个主题"。② 从这两部作品中，我们可以看到他作为优秀读者的表现。首先，他的阅读量不仅丰富而且广博，涉猎文学、哲学、数学、物理、天文、地理、历史、宗教等各个学科，知识谱系远远大于文学，成为创作"百科全书式小说"的基础。其次，他是一位善于思考和发现的读者，从人们耳熟能详的作品中发现了很多新思想，比如在《奥德赛》中看出了文本和叙述的"超级魔力"，在一些科学论断中看到了人类的"梦想字符和幻想密码"，在《疯狂的奥兰多》中发现了新的"宇宙范式"……正是从阅读出发，他形成了自己独特的文学理论和小说诗学。再次，他对读者和阅读进行了广泛而深入的思考，形成了自己特有的阅读观。

卡尔维诺的阅读生活不仅使他的小说获得了罕见的光辉，而且使他成为最尊重读者的作家。在过去，读者总是第二手地去参与或者被动地接受作家写出的小说，但卡尔维诺认为，小说是一种游戏，一种至少需要在两个人之间玩的游戏，一方是作者，另一方是读者，甚至声称"掌控故事的不是声音，而是耳朵"③。艾柯在他的《悠游小说林》中提到："今天的读者拿我的《读者的角色》和卡尔维诺的《寒冬夜行人》相比，可能会觉得我的书是对他的小说的一种回应。但事实上，这两本书几乎是在同一时间完成的，我们对彼此的工作

---

① ［意］伊塔洛·卡尔维诺：《为什么读经典》，黄灿然、李桂蜜译，译林出版社2006年版，第3页。
② 何帆、文祥编选：《现代小说题材与技巧——当代外国著名小说家访问记》，中国文联出版公司1989年版，第269页。
③ ［意］伊塔洛·卡尔维诺：《看不见的城市》，张宓译，译林出版社2006年版，第138页。

互不知情，虽然我们长久以来脑中都萦绕着同样的问题。当卡尔维诺把书寄给我的时候，他肯定也收到了我的，因为在献词页他写道：'给安贝托：读者在上游，伊塔诺·卡尔维诺在下游。'"卡尔维诺的献词引用的是《狼和小羊》的童话（大灰狼在上游，小羊在下游）。同时，"在下游"兼有"在河的下游"，和"卑微""渺小"两种含义。艾柯解释，如果卡尔维诺针对的是艾柯的书和"读者"，则他或是嘲讽地选择了谦卑的角色，或是骄傲地选择了正面的羊的角色，而把邪恶的大灰狼的位置留给理论家；如果"大灰狼"隐喻的是读者，则他是在郑重声明，向读者的角色致敬。①

可见，卡尔维诺非常重视阅读的作用。《控制论与幽灵》中，他在论证了文学创作可以在叙述操作的层面上被组合、分解、转换之后，提出"文学生命的决定性时刻是阅读"的观点："在这个意义上，尽管有很多任务被委托于机器，但文学仍然是人类意识中的一块特权'领域'，文学仍然是将属于所有时代所有社会的符号体系中的可能性付诸实践的一种方式。文学作品将继续产生、受审视、被淘汰或被翻新，这一切都与读者的眼睛联系在一起。"② 从这些论述和小说创作中我们都可以看出，卡尔维诺在力图培养他的读者拒绝叔本华所谓的"单纯的阅读"（即不动脑子，只图热闹或只为消磨时光的阅读。这种阅读缺乏独立精神，总是盲目地附和别人的观点，不加分析地接受作者所写的一切），而向往成为思考型和批评型的读者。这种读者从不把阅读当作被动的观看，而是把它当作积极的参与；他有与作者对话的勇气和自觉，并渴望成为一个与作者之间建立起真正合作关系和交流关系的参与者。卡尔维诺不断地挑逗他的读者超越"无知的消费者"的角色，呼唤读者的智慧，赞赏原文策

---

① [意]安贝托·艾柯：《悠游小说林》，俞冰夏译，生活·读书·新知三联书店2005年版，第2页。

② Italo Calvino, "Cybernetics and Ghosts", *The Uses of Literature*, translated by Patrick Creagh, New York: Harcourt Brace Jovanovich, 1986, p.16.

略。他在阅读狄德罗时,发现这位18世纪的法国百科全书派作者已经着手"把读者和书的关系,从消极接受变成持续争吵,或者说变成一而再的吃惊,而这吃惊使读者保持富有活力的批评精神"[①]。可见,他反对把文学家看作教育者的观点,而把读者视为与作者平等的对话者。他还提到:"文学必须在对着一个比他懂得的多的人讲话;他要创造出一个比他懂得更多的他自己,跟那个比这个他自己懂得更多的读者讲话。"[②] 读者的地位在他心目中显然高于传统。

(三)卡尔维诺对作者与读者关系的考察

对于作者与读者之间关系的考察一向是批评家、文学理论家长期关注的课题,更是小说家们普遍关注的对象。

卡尔维诺的《如果在冬夜,一个旅人》可以说是一部试图重新建构作者和读者之间联系的实验之作。它从核心症结——作者与读者的关系——入手,让作家和读者都形象化地出现在小说的叙述过程之中,从而对阅读这一主题进行了方方面面详尽而又深入的剖析,为解决创作与欣赏、作者与读者的问题做出积极的探索和努力。同时,该小说把十部小说的叙事过程与读者的阅读过程有机地融合为一体,突破了简单的因果关系,使叙事与阅读同步进行,消弭了叙述与阅读之间的界限,为二者之间相互延伸、相互位移、相互转换提供了可能,打破了作者与读者的旧式契约,最大限度地实现了二者的共谋。在这个意义上,卡尔维诺比接受美学和结构主义叙事学都要高明,因为后两者虽然能够强调读者阅读的再创造或读者的参与和发现,但仍是把读者置于文本之外或文本之后,向里张望和窥探,当然不及卡尔维诺的做法给予读者的自由度高。在他让作者"隐退"或"被解构"的表面之下,实际上掩盖着更大的野心,对读

---

① [意]伊塔洛·卡尔维诺:《为什么读经典》,黄灿然、李桂蜜译,译林出版社2006年版,第123页。

② Italo Calvino, "Whom Do We Write for? Or the Hypothetical Bookshelf", *The Uses of Literature*, translated by Patrick Creagh, New York: Harcourt Brace Jovanovich, 1986, p. 85.

者有更高的要求，不仅要求他们有更高的智力、感受力和想象力，还要求他们全身心地投入作品中去。因此，在他的小说里，作者与读者之间的合作更加密切，也更加复杂。

卡尔维诺在小说中通过作家弗兰奈里和女读者柳德米拉表达了关于作者与读者关系的观点。通过弗兰奈里在多产作家和苦闷作家之间的彷徨，表现了他在两极之间的游移。对于多产作家来说，要想使自己的书保持畅销，就必须善于迎合读者，必须尽量地满足广泛的普通读者的期望，而对苦闷作家来说，只需对一小部分具有学识、善于思考的读者负责，不用无节制地去迎合读者，而更愿意冲破读者的"期待视野"："读他的作品时仿佛眼看就要抓住关键的东西了却老是抓不住那关键的东西，让人老是放不下心。"①柳德米拉只追求阅读的快感，并不在意作家的态度，认为"做书的人与看书的人之间有一条界限"，她严守这条界限，为的是保持住无功利目的读书获得的愉悦。但她也发现，仅仅为了读书而读书、为了获得愉悦而读书的人越来越少了；由于当代小说创作中互文性的手法被广泛应用，有很多的作家读书是为了创作。这种有目的的读书，并不能说是错的，不过显而易见，它失去了原本书籍被写出来的意义。

可见，对卡尔维诺来说，读者和作者的关系是一件事物的两个方面，作者熏陶、培养着读者，同时读者又反过来支配、左右着作者。所以他在《如果在冬夜，一个旅人》中"试图不仅将自己同化于十部小说的每一个作者，还同化于读者：再现一种特定的阅读的乐趣"②，他为作者和读者之间的关系重辟新的沟通和交流之路。

三 艾柯的阅读观

20世纪50年代以降，艾柯几十年如一日地执着关注读者和阐释的

---

① ［意］伊塔洛·卡尔维诺：《如果在冬夜，一个旅人》，萧天佑译，译林出版社2007年版，第199页。

② ［意］伊塔洛·卡尔维诺：《如果在冬夜，一个旅人》，萧天佑译，译林出版社2007年版，第2页。

问题。《开放的作品》(1962年初出版,后多次修订)中,他在强调文本的多元和歧义的同时,始终在追问和探讨读者的作用和权利问题。他的《读者的作用》(1979)和卡尔维诺的《如果在冬夜,一个旅人》(1979)几乎同时出版,说明两位意大利最杰出的作家在关注读者方面不谋而合。此后,艾柯于《悠游小说林》(1994)、《一个青年小说家的自白:艾可的写作讲堂》(2011)等作品中持续在符号学和阐释学的框架下进行有关读者的一系列研究。

(一)模范读者与经验读者、模范作者的关系

艾柯在阐述他的阅读理论和读者范畴时,提出了一个"模范读者"的概念,这是一个能够充分发挥读者积极作用的理想的读者模型。

《悠游小说林》中,他首先对经验读者(Empirical Reader)和模范读者(Model Reader)进行了区分。"经验读者就是你、我,或者任何在读着小说的人。经验读者可以从任何角度去阅读,没有条例能规定他们怎么读,因为他们通常都拿文本作容器来贮藏自己来自文本以外的情感,而阅读中又经常会因势利导地产生脱离文本的内容。"[1] 也就是说,经验读者是日常生活中有血有肉的具象实体,他们是各式各样的,根据各自不同的经历、学识、身份、阅读习惯、情感体验等对文本产生不同的反应。他们几乎不受文本的束缚,往往会将自己的情感取向和价值判断带入阅读中去,所以,面对同一阅读对象,"一千个读者眼中有一千个哈姆莱特","经学家看到易,道学家看到淫,才子看到缠绵,革命家看到排满,流言家看到宫闱秘事"。而模范读者不同于经验读者,"所谓的'模范读者'——一种理想状态的读者,他既是文本希望得到的合作方,又是文本在试图创造的读者"[2]。具体来说,模范读者不是生活中活生生的人,而是一个

---

[1] [意]安贝托·艾柯:《悠游小说林》,俞冰夏译,生活·读书·新知三联书店2005年版,第10页。

[2] [意]安贝托·艾柯:《悠游小说林》,俞冰夏译,生活·读书·新知三联书店2005年版,第10—11页。

抽象概念。他的形象是被文本设定的，不能脱离文本存在。经验读者对文本的解读可以是天马行空的、完全偏离作者意图和文本意图的过度诠释。作者对经验读者无法把握，也没有期待。但模范读者是能够满足作者期望，能够领悟文本真正的内涵、为文本提供合理诠释的理想读者。

艾柯把文本比喻成丛林，按照穿越丛林的不同方法将模范读者分为两种。一种以最快的速度沿着大路直奔出口而去，丝毫没有关注沿途的风景，也没有探索小路的好奇心。这一层面的模范读者以寻找文本结局为终极目标，只是迫切地想知道结局，对过程漫不经心。另一种则不放过沿途的每一处美景，痴迷于探索每一条小路。这个层面的模范读者更注重过程，更想知道小说是如何实现了结局。因此，他们不愿错过文本中的每一处细节，热衷于抽丝剥茧般地发掘每一个线索并推论其后的结果，从而获得如同侦探破案一般的快感。艾柯显然更欣赏第二种模范读者。

与经验读者和模范读者相对应，还有一对经验作者（Empirical Author）和模范作者（Model Author）的概念。经验作者是实际生活中创造文本的人，他的创作意图与文本意图之间会有一定的差异。而模范作者的所有意图都与文本意图完美契合。他存在于文本之中，表现为一种叙事策略，"这个模范作者，是一个对我们或热心、或傲慢、或狡猾地说着话，并希望我们等在一边的声音。这个声音是一种叙事技巧的表现，像一套指令，一旦我们决定要当那个模范读者，就必须一步一步跟着照做"①。

模范读者与模范作者是相辅相成的一对范畴，在阅读的过程中充分交流、互相理解。模范作者像向导一样指引着模范读者去探索、理解文本，而模范读者在文本解读中逐渐建构出模范作者。模范读者受文本引导，接受模范作者的指令。经验读者可以转化成模范读

---

① ［意］安贝托·艾柯：《悠游小说林》，俞冰夏译，生活·读书·新知三联书店2005年版，第18页。

者，只要他能够在文本中找到模范作者，接受他对读者的要求。艾柯告诉我们，"只有当经验读者发现了模范作者，并且理解了他——或至少开始理解作者从读者身上需要的东西——他才可能成为一个羽翼丰满的模范读者"①。在这些要求中，首要一条就是摒弃自身偏见，因为经验读者常常混淆现实与虚构，把现实的信息和情绪带入文本世界。艾柯曾举例说明，经验读者在阅读喜剧时，如果他正处于悲伤当中，是无法感到喜悦的，而模范读者则不受主观情绪影响，完全投入文本中，只关注文本提供给他的东西。其次的要求，是不能天马行空、无拘无束，要按照文本的规则行事。用艾柯的话来说，就是"游戏是有某些规则的，所谓模范读者就是愿意依照规则行事的玩家"②。所以，模范读者是由文本或模范作者设计出来的，是作品和作者的知音。

（二）读者与文本的关系

模范读者对文本有一种特权，具有一定程度上决定文本意义的特权。也就是说，他在文本允许的情况下，具有很大的自主权，可以自由追问作者意图和文本意图。艾柯多次阐述，"文本的意图只是读者站在自己的位置上推测出来的。读者的积极作用主要就在于对文本的意图进行推测"③。模范读者还可以去揣测文本要求他成为什么样的读者，或是文本背后的模范作者下一步要做什么，等等。艾柯说："没有什么比发现自己没有想到而有读者提出的解读，更让一部小说的作者感到安慰的了。"④ 所以他"想要培养希望在小说里享受彻底自由的读者"⑤，并

---

① ［意］安贝托·艾柯：《悠游小说林》，俞冰夏译，生活·读书·新知三联书店2005年版，第30页。
② ［意］安伯托·艾可：《一个青年小说家的自白：艾可的写作讲堂》，颜慧仪译，台北：商周出版社2014年版，第53页。
③ ［意］艾柯等著，［英］柯里尼编：《诠释与过度诠释》，王宇根译，生活·读书·新知三联书店1997年版，第68页。
④ ［意］翁贝托·埃科：《玫瑰的名字注》，王东亮译，上海译文出版社2010年版，第9页。
⑤ ［意］安贝托·艾柯：《悠游小说林》，俞冰夏译，生活·读书·新知三联书店2005年版，第9—10页。

视模范读者为自己欣赏和期待的合作者："它们（写作）并不是独白，它们是对话。"①"我写作时的模范读者是什么样的呢？一个同谋，当然，一个进入我游戏的同谋。"②

艾柯在他的作品中反复阐述读者与文本之间的密切关系，例如，"小说正是生产阐释的绝妙机器"③"每一种文本都是一台需要读者手工操作的懒洋洋的机器"④"文本是一台需要读者大力合作的惰怠的机器"⑤。他反复强调读者在文本阐释过程中的重要作用，正是读者的解读才能使文本这部懒惰的机器运转起来。也就是说，只有读者进行阅读，小说才能真正存在。在他看来，"文本是一个被动的装置，应该期待由读者来代替它进行某些工作。也就是说，文本的构造原本就是设计来引发读者自己做出诠释的"⑥。这里的读者当然最好是模范读者，所以，他再一次强调，"文本是一种装置，被设计来制造出它的模范读者（Model Reader），这个读者并不会做出'唯一正确'的推测，文本可以预见一个有权试着做出无限多种推测的模范读者"⑦。

艾柯在《开放的文本》中提倡文本的开放性、不确定性和多义性，鼓励读者发挥想象参与到对作品的接受和演绎活动中去，给予读者充分的自由。他说，"一个创造性的文本的任务在于充分展示出其结论的多元性及复杂性，从而给予读者自由选择的空间——或者

---

① ［意］安伯托·艾可：《一个青年小说家的自白：艾可的写作讲堂》，颜慧仪译，台北：商周出版社 2014 年版，第 37 页。
② ［意］翁贝托·埃科：《玫瑰的名字注》，王东亮译，上海译文出版社 2010 年版，第 53 页。
③ ［意］翁贝托·埃科：《玫瑰的名字注》，王东亮译，上海译文出版社 2010 年版，第 2 页。
④ ［意］安贝托·艾柯：《悠游小说林》，俞冰夏译，生活·读书·新知三联书店 2005 年版，第 3 页。
⑤ ［意］安贝托·艾柯：《悠游小说林》，俞冰夏译，生活·读书·新知三联书店 2005 年版，第 31 页。
⑥ ［意］安伯托·艾可：《一个青年小说家的自白：艾可的写作讲堂》，颜慧仪译，台北：商周出版社 2014 年版，第 43—44 页。
⑦ ［意］安伯托·艾可：《一个青年小说家的自白：艾可的写作讲堂》，颜慧仪译，台北：商周出版社 2014 年版，第 50 页。

让读者自己去判断有没有可能的结论。在这种意义上说，一个创造性的文本总是一个开放的作品"①。他的小说都是这种开放的作品，其中设置了许多"双重符码"（或"双重译码"）来挑战读者。他告诉我们，"'双重符码'是同时使用互文性的讽刺跟隐匿的后设叙事（即我们通常所说的元叙事）"②，"文学并非仅只为了娱乐和抚慰大众而已。它也可能激发读者，让他们为了要更深入了解文本，而想再一次或多次重读同一个文本。因此我认为，双重符码并不是什么高高在上的睥睨，而是对读者的智慧和热情所表达的尊敬"③。经验读者面对这些双重符码的反应是各式各样的，有的视而不见，有的遇难则退，有的迎难而上，有的很享受解谜的快感……模范读者当然是后一种，他们愉快地接受了文本的邀请，以充沛的热情投入其中，开启一趟自由的航程。但是，文本给予读者的这种自由又是有限的自由，所以，艾柯在《诠释与过度诠释》中提醒读者，在对文本进行多层次阅读的同时，不要过度；可以发掘语言和文本的歧义性，但不能无限制，不能让它说本来没有的东西。

读者和文本是密切合作的关系，既要受限于读者的学识能力、自身意愿，也要受限于文本的潜在信息和整体统一。一方面，文本在筛选读者，它在容纳最广泛的经验读者的同时引导模范读者参与更深层的阅读。正如艾柯所说，"互文反讽有别于比较宽泛的双重译码的例子，因为前者引进双重阅读的可能性，却没有邀请所有的读者参加相同的派对。它会挑选读者，赋予那些对互文性较具知觉的读者较多特权，但也不排拒那些对互文性较无知觉的读者"④，或者

---

① ［意］艾柯等著，［英］柯里尼编：《诠释与过度诠释》，王宇根译，生活·读书·新知三联书店1997年版，第151页。
② ［意］安伯托·艾可：《一个青年小说家的自白：艾可的写作讲堂》，颜慧仪译，台北：商周出版社2014年版，第37页。
③ ［意］安伯托·艾可：《一个青年小说家的自白：艾可的写作讲堂》，颜慧仪译，台北：商周出版社2014年版，第39页。
④ ［意］翁贝托·埃科：《埃科谈文学》，翁德明译，上海译文出版社2016年版，第221页。

说，引导部分经验读者转变为模范读者，"互文反讽不仅不是一种排斥条款，而且还是一种刺激，邀请外行进入它的世界，逐渐改变外行读者，让他开始嗅到自己阅读的文本之前的文本所逸散出来的芬芳"①。另一方面，艾柯认为，"每一种阅读的行为都是一个复杂的执行过程，用以处理读者的能力（读者对世界的知识），以及特定文本所意图引发某种'经济性'阅读方式的能力——这种阅读方式能增进对文本的理解和愉悦感，且是能被文本的情境所支持的"②。也就是说，读者要与文本充分对话与交流，要在文本内部找到其阅读是否有效的证据，在作品的指引下去充分发掘和探讨作品的丰富性。任何牵强附会的任性解读、断章取义的片面解读都是无效的、不合法的解读，都是不合理的误读。

由上可见，在尊重所有读者的同时，艾柯所青睐的读者是"模范读者"，即具有百科全书式学识，能够在文本中勘破作者设置的重重陷阱，走出叙事迷宫的读者。他以"开放的文本"赋予读者最大的自由，充分发挥其主观能动性，引导他们积极地参与到"可写文本"的创作中。

总而言之，只有在宇宙视野和游戏精神下创造出的具有百科全书化趋向的小说中，上述作家独特的读者观念才可能最大限度地实现，也只有他们所提倡的新型作者，才能使读者获得前所未有的自由和权利。

---

① ［意］翁贝托·埃科：《埃科谈文学》，翁德明译，上海译文出版社2016年版，第236页。

② ［意］安伯托·艾可：《一个青年小说家的自白：艾可的写作讲堂》，颜慧仪译，台北：商周出版社2014年版，第52页。

下 编

引言　形式与结构

　　文学家对形式问题的重视有着悠久的文学历史根源。西方古希腊时期众多美学和诗学著作，就从形式、修辞或技巧等方面来谈论艺术。这一传统在中世纪受到冲击，思想、内容和主题的地位日益上升，结构模式等艺术形式逐渐沦为表现内容的附属之物。但从形式的角度阐发文学艺术的思维方式从未中断。20世纪之后，文学领域再次发生重大变革，由俄国形式主义开启先河，重新强调形式的重要作用，英美新批评、结构主义甚至把形式提到了文学艺术的本体高度。当然，有时矫枉难免过正，我们应该辩证地看待这个问题。无论如何，当代西方具有百科全书化趋向的小说家深受时代影响，非常重视小说的结构模式，有些甚至具有"形式至上"的思想。

　　18世纪以降，欧洲传统长篇小说的经典模式逐步定型为主线因果模式，往往由一个或多个（一般不会超过三个）主导性人物贯穿情节始终，有一主干事件作为中心，有发生、发展、高潮、结束等阶段。即使有派生情节旁逸斜出，也是作为衬托或对照紧紧围绕主干展开，且严密地聚集在因果序列之中。而当代西方百科全书式小说的结构却不是线性的，它彻底解构了长篇小说的这种主线霸权，既不追求对生活"纵断"式的反映，也不在意前因后果，更没有那种一手遮天独霸作者和读者视野的主导性人物和主导性情节。因为没有主线和中心，所以零散化、碎片化成为构建文本普遍的手法，不同时空中所发生的事件往往被拼贴在一起。其结构模式主要包括以下几种类型。一是小说同时包括几个层面的故事，就像百科全书中的词条，可以做出并列的不同层面的解释。例如，阿尔弗雷德·雅里（Alfred Jarry）①的《绝对的爱》（1899），由三个全然不同的故事交叉组成：死刑犯在被处决前夜的等待；失眠者在昏迷状态下梦见自己被判死刑而作出的独白；基督的故事。二是内容和思想多样的小说，这种复调的文本形式取法于米哈伊尔·巴赫金②的"对话"模式和"狂欢"理论，以众多的主体、众多的声音、众多的视角取代了原来唯我独尊的上帝般的独白。例如，帕维奇的《哈扎尔辞典》，以《红书》《绿书》《黄书》分别讲述三大宗教对哈扎尔历史的记载。三是文体多样的作品，包罗万象的野心使一些作家不能拘泥于某种特定的文体。如詹姆斯·乔伊斯的《尤利西斯》和卡尔维诺的《如果在冬夜，一个旅人》，每一章的文体都不一样。

总之，这些作家在小说的实践创作中，格外关注对形式结构的探索。其实，"百科全书"一词本身预示了一个理性的、明智的并企图一劳永逸地解决某种混乱局面的构想。文学的百科全书式野心的目标不只是指明作品生产的某种意义，而应探讨意义以何种逻辑和方式而生产出来。也就是说，它应该不再着意研究作品生产哪一种意义才是正确的，而是承认作品生产的多种意义都是适当的。任何一种意义硬性分派给小说并宣称是小说的唯一意义，无疑是对小说的粗暴宰割。模糊不清、摇摆不定、多元意义才是小说的美德和品性。而要承认小说有多种意义，就要归功于结构在场，当代西方具有百科全书化趋向的小说的任务就是寻求作品的合适结构。正是埋伏在作品深处的结构在处处支配、控制着作品的种种行为，而这一

---

① 阿尔弗雷德·雅里（Alfred Jarry，1873—1907），法国剧作家。
② 米哈伊尔·巴赫金（Mikhail Bakhtin，1895—1975），苏联文艺理论家、批评家。主要著作有《陀思妥耶夫斯基创作问题》《长篇小说中的语言》《拉伯雷创作及中世纪和文艺复兴时代的文化》等。

理性的结构存在，也使小说的百科全书化趋向有了合适的存在场域。米兰·昆德拉说过，"一部小说的美与它的结构是不可分的"①。他认为，小说结构并不是单纯的工具，"不应该将结构（作品整体的建筑构造）当作一种预先存在的模具借给作者，只为让他在其中填上自己的发明；结构本身应该是一种发明，一种使作者的整个特殊性都起作用的发明"②。也就是说，小说形式的独创性某种程度上是作家的标志。因此，当代西方百科全书化趋向的作家都同他一样热衷于探索小说形式"无人能够限定的自由性"，带给读者"一种永恒的惊奇"③。

---

① ［捷克］米兰·昆德拉：《帷幕》，董强译，上海译文出版社2006年版，第198页。
② ［捷克］米兰·昆德拉：《被背叛的遗嘱》，余中先译，上海译文出版社2003年版，第179页。
③ ［捷克］米兰·昆德拉：《帷幕》，董强译，上海译文出版社2006年版，第10页。

第一章　纳博科夫的"蝴蝶""象棋"和镜像模式

纳博科夫是一位高度重视小说结构模式等艺术形式的作家。他在接受访谈时声称："作品的形式先于作品出现。"①"作家的艺术是他真正的护照。他的身份应当以独特的形式或色彩为标志。"②也就是说，对一位作家来说，更重要的是形式，而非内容。他认为，艺术的感染力在于形式的多变，这种演变和更新能够超越日常生活的稳定与机械，从而带给读者审美感受和新鲜感。不过，他也说过，"我很反对将内容与形式区分对待"③，"既然艺术和思想，形式和内容是不可分割的，那么故事的结构也必然存在同样的情形"④。他给了我们一个公式："形式（结构＋风格）＝题材：为什么写＋怎样写＝写了什么。"⑤他强调，"强大艺术价值不在于说什么，而在于怎么说（所有杰作都如此）"⑥。在美国大学教授文学课程时，

---

① ［美］V. 纳博科夫：《固执己见：纳博科夫访谈录》，潘小松译，时代文艺出版社1998年版，第103页。
② ［美］V. 纳博科夫：《固执己见：纳博科夫访谈录》，潘小松译，时代文艺出版社1998年版，第68页。
③ ［美］弗拉基米尔·纳博科夫：《文学讲稿》，申慧辉等译，上海三联书店2005年版，第7页。
④ ［美］弗拉基米尔·纳博科夫：《文学讲稿》，申慧辉等译，上海三联书店2005年版，第218页。
⑤ ［美］弗拉基米尔·纳博科夫：《文学讲稿》，申慧辉等译，上海三联书店2005年版，第101页。
⑥ ［美］符拉基米尔·纳博科夫：《尼古拉·果戈理》，刘佳林译，广西师范大学出版社2010年版，第60页。

他用细读的方法介绍和分析一些经典作家，曾言他的课程就是对"神秘的文学结构的一种侦察"，并在整理出版的讲义《文学讲稿》中总结道："风格和结构是一部书的精华，伟大的思想不过是空洞的废话。"①

纳博科夫精通象棋，《防守》等作品以象棋为题材创作。他发现了象棋艺术与小说艺术之间的相关性，即相通的想象力与技巧，于是在作品中常常用布局精美的棋题来编织看似信手拈来实则精心设计的文本结构与肌理。他说："棋题是象征之诗。一切有价值的艺术所需要的品质，编写棋题的人同样需要：独特性、创造力、和谐、简洁、复杂以及极佳的骗局。"② 这也是他对小说艺术的要求，精心设计达到高标准的美和必要的惊奇的水平。象棋是具有高超智力的对弈游戏，其中棋题的设计"具有欺骗性的开步，错误的迹象，似是而非的着棋步骤，全都是狡猾地、煞费苦心地准备好了的，以便把未来的解题者引入歧途"③。文学创作对他来说，同样是高超的智力游戏。他喜欢像编制棋题一样在文本中构建看似偶然实则精确的布局。读者必须保持清醒的头脑才能识破伪装，避免掉入陷阱。

纳博科夫还喜爱蝴蝶，在鳞翅类昆虫学领域颇有建树。他爱蝴蝶的五彩斑斓、璀璨夺目，爱它们浪漫灵动的自由嬉戏，爱它们千变万化的拟态。他对蝴蝶的模仿能力赞叹不已："神秘的拟态对我有着特别的吸引力。这种现象显示出了一种通常和人造事物相关联的艺术上的完美……当一只蝴蝶不得不像一片树叶的时候，它不仅出色地表现了树叶的所有细节，而且一般还慷慨地送上斑痕以模仿被

---

① ［美］弗拉基米尔·纳博科夫：《文学讲稿》，申慧辉等译，上海三联书店2005年版，第22页。
② ［美］弗拉季米尔·纳博科夫：《独抒己见》，唐建清译，浙江文艺出版社2012年版，第165页。
③ ［美］弗拉基米尔·纳博科夫：《说吧，忆忆》，王家湘译，上海译文出版社2009年版，第346页。

蛆虫钻出的洞眼。达尔文意义上的'自然选择'无法解释模仿神态和模仿行为之间神奇的巧合,当一种保护措施在模仿上的微妙、极致和奢华达到了大大超过其捕食者的鉴别力的程度时,人们也无法求助于'生存竞争'的理论来加以解释。我在大自然中发现了自己在艺术中寻求的非实用主义的喜悦。两者都是一种形式的魅力,两者都是一场难以理解的令人陶醉和受到蒙蔽的游戏。"① 因此,他将对蝴蝶的热爱与小说创作结合在一起,使一种"蝴蝶美学"融入小说的表现形式中,小说从而具有了如蝶翼般变幻莫测、流光溢彩、轻盈灵动的美学效果。

纳博科夫认为,优秀的小说应该是作家充分展现艺术手段的天地,其中充斥着形式结构的完美变奏。他将这种艺术手段形象地比喻成"一个五光十色的过滤片,一副棱镜"②,它们色彩丰富、多面折射,从而可以变幻无穷,制造出多重艺术维度。他视作家为魔法师,提出"艺术的伟大之处就在于奇特的骗局和复杂"③,提倡小说家应该像魔术师一样精心设计、排列组合,他说:"我们这个世界上的材料当然是很真实的(只要现实还存在),但却根本不是一般所公认的整体,而是一摊杂乱无章的东西。作家对这摊杂乱无章的东西大喝一声:'开始!'霎时只见整个世界在开始发光、熔化,又重新组合,不仅仅是外表,就连每一粒原子都经过了重新组合。作家是第一个为这个奇妙的天地绘制地图的人……"④ 所以,他在小说中常常通过精心设计把这一幅幅"地图"绘制得美轮美奂、精妙绝伦。

---

① [美]弗拉基米尔·纳博科夫:《说吧,记忆》,王家湘译,上海译文出版社2009年版,第137—138页。
② [美]弗拉基米尔·纳博科夫:《文学讲稿》,申慧辉等译,上海三联书店2005年版,第4页。
③ [美]弗拉季米尔·纳博科夫:《独抒己见》,唐建清译,浙江文艺出版社2012年版,第33页。
④ [美]弗拉基米尔·纳博科夫:《文学讲稿》,申慧辉等译,上海三联书店2005年版,第2页。

下编　第一章　纳博科夫的"蝴蝶""象棋"和镜像模式

第一节　精心伪装　变幻多端

蝴蝶是一种特别擅长伪装的昆虫，它不仅可以用枯叶的拟态来隐藏自己，而且会以丰富的图案、缤纷的色彩来欺骗或吸引配偶。象棋是一种智力游戏，对弈双方步步为营，精心设计，将对手引入歧途。痴迷于蝴蝶和象棋的纳博科夫同样深谙伪装与欺骗之道，在小说创作中将之运用得十分得心应手，下面以他比较常用的两种技巧为例。

一　通过不可靠叙述进行伪装和变幻

纳博科夫笔下的叙述者都是经过精心挑选和设计的，往往具有复杂性和多面性，他们的可靠性更是扑朔迷离，带给读者无限的遐想和阐释空间。

可靠和不可靠叙述者（reliable and unreliable narrators）是叙事学术语，由韦恩·布斯在《小说修辞学》中首次提出。他以隐含作者的规范为依据评价叙述是否可靠："当叙述者为作品的思想规范（亦即隐含的作者的思想规范）辩护或接近这一准则行动时，我把这样的叙述者称之为可信的，反之，我称为不可信的。"[①] 布斯的"隐含作者"指作者在创作作品时的"第二自我"，即作者在作品中体现出来的人格和意志（包括意识形态、价值观、审美趣味等）。由于故事外的异故事叙述者往往是隐含作者的代言人，与隐含作者没有什么距离，因此是可靠的。但故事内的同故事叙述者作为人物，经常与隐含作者创造的作品规范有不同程度的距离，叙述经常呈现不可

---

① ［美］W. C. 布斯：《小说修辞学》，华明、胡苏晓、周宪译，北京大学出版社1987年版，第178页。

靠性。根据这一界定,纳博科夫笔下的叙述者大多都是不可靠的。这并非巧合,而是作家有意而为。

于1953—1955年在《纽约客》杂志连载的《普宁》,是纳博科夫小说中第一部广受欢迎的作品。这部小说和他后来的作品风格迥异,更近似19世纪现实主义的作品。小说描述了俄国流亡者普宁(Timofey Pnin)在美国的遭遇。他在一所学校中教授俄语,由于个性温厚老实、不擅交际,加上语言障碍,遇到了一系列尴尬与困境,闹出许多令人啼笑皆非的事情,从而作为笑柄式的滑稽人物被言说。

《普宁》前六章中叙述者一直隐匿不明、身份模糊,他似乎了解普宁的一切,像是可靠的全知全能式叙述者。不仅如此,纳博科夫还利用叙述者的姓名误导读者。这位叙述者的名字是弗拉基米尔·弗拉基米洛维奇·N.,或称V. N.,与作者的姓名完全一样。因此,读者一开始会认为小说采用的是故事外叙述方式,叙述者就是作者,从而无条件地相信他。但是细心的读者很快就会发现有些不对,因为叙述者"我"在故事中出现了。普宁的皮夹子里有一张"我在1945年协助他写给《纽约时报》社涉及雅尔塔会议的一封信的剪报"。既然"我"是故事中的人物,按理说只能作为旁观者或见证人来讲述普宁的故事,是有限视角叙述,本来应该不可能知悉普宁的心理,怎么会清楚坐在惠特彻公园长凳上的普宁的内心世界,说出他钱包里都有什么,明了他对初恋米拉的感情呢?不过,鉴于"我"在前六章中很少出现,所以读者虽然心存疑虑,却常常还是将小说当作故事外的全知叙述者讲述的作品来读,相信叙述者的可靠性。

但在第七章,叙述者"我"高调出场,清楚地说明了身份和过往,用看似冷静客观的语调讲述与普宁几次见面的情景。读者才猛然惊醒,发现叙述者V. N.是故事中的人物,1899年生于圣彼得堡,12岁时前往巴威尔·普宁处治疗眼疾,结识了医生的儿子,小说主人公铁莫菲·普宁。此后与普宁相交寥寥,在俄国时见过几面,后因普宁前妻丽莎与普宁成为情敌。到美国后,两人也曾经碰过面,

下编　第一章　纳博科夫的"蝴蝶""象棋"和镜像模式

但向来与人为善的普宁却对他不假颜色,当面指责他是"可怕的说谎家"。这时,读者也意识到,V. N. 就是小说第二章讲到的那个引诱了丽莎又无情地抛弃了她的伪君子,也是取代普宁并迫使他离开温代尔的那位"英俄双语专家",当然就不能相信他邀请普宁留任的"友好",也理解了在他前往温代尔学院任教时,普宁断然拒绝与他成为同事,甚至拒绝与他见面,并在他到达的第二天就开车离开了温代尔的举动。

这一叙述者的降格使读者疑窦丛生,颠覆了之前相信的一切,前六章的故事成为不可靠叙述的结果。读者不再相信叙述者的权威,开始意识到他不可能直接了解普宁这么多事,他所讲的故事应该是从温代尔的同事那里听来的。这些故事里的普宁是带有普宁同事第一层滤镜,又经过叙述者(普宁的情敌)第二层滤镜之后呈现出来的形象。真实的普宁、考克瑞尔一类人讲述的普宁、叙述者讲述的普宁形成了多重影像,组成迷宫,带给读者迷惑,也使他们由此产生阅读的警惕和快感,同时为将来面对《洛丽塔》和《微暗的火》中更狡猾的叙述者提供了经验。

《洛丽塔》又名《一个白人鳏夫的自白》,叙述者——主人公亨伯特·亨伯特(Humbert Humbert)是恋童癖、诱奸幼女的罪犯、精神病患者,因为童年时未能得到满足的恋爱经历而心理扭曲,终其一生唯爱幼女。37岁时,他偶遇并爱上了12岁的洛丽塔(多洛雷斯·黑兹 Dolores Haze),为了接近她而租了她家的房子,后来又与她的母亲——房东黑兹太太结了婚。在黑兹太太因得知真相冲出家门遭遇车祸而意外死亡后,亨伯特得到了洛丽塔的监护权,不久就如愿占有了她。之后洛丽塔借助剧作家奎尔蒂的帮助逃走。几年后亨伯特重遇洛丽塔,并杀死了情敌奎尔蒂。被逮捕入狱后,他写了一部回忆录,在其中伪装成深情的忏悔者。

在小说的序文中,纳博科夫托名小约翰·雷博士,声称自己是亨伯特自白手稿的编订者。叙述者雷博士告诉读者,自白书的作者真有其人，但已经病死狱中，而这部书稿的内容未做修改，"完整无损地呈现在读者的面前"①，只是里面的人名（包括亨伯特和洛丽塔）都是化名。他还告诉读者，为了满足老派读者追踪真人真事的要求，他会把从"温德马勒"先生那里得到的几个细节叙述出来。但是他同时又说，这位先生不愿意暴露真实身份，所以读者发现这一佐证其实也死无对证。最后，他宣称"作为一份病历，《洛丽塔》无疑会成为精神病学界的一本经典之作"②，并强调了这本书的道德作用，实际却恰恰实现了自我颠覆，使读者意识到亨伯特的不可靠性，从而开始对小说真实性及道德性产生疑虑。

在正文中，亨伯特以第一人称自述，他声称自己在忏悔，实际上却是为了开脱自己的罪行。例如，他讲述少年时代初恋安娜贝尔死亡的故事，其实是借助弗洛伊德精神分析理论为自己的变态行为进行辩护；他极力强化自己的深情人设，滔滔不绝地描述自己的痴情蜜意来博取同情；他将自己因忌妒而杀死奎尔蒂的举动美其名曰成为洛丽塔报仇，因为后者玷污并抛弃了她，以三寸不烂之舌竭力推诿自己的罪责，从而干扰读者的判断。同时，他所讲述的有关女主人公洛丽塔的故事中充斥着虚报谎报、隐瞒或扭曲事实，而且在价值判断层面不断进行误导。他笔下的洛丽塔是沉默的、失语的，只能被迫接受伪造，其一生是被叙述的一生。亨伯特从未客观公正，他在巧舌如簧地伪装、粉饰自己的同时，也不断地歪曲洛丽塔的形象来为自己辩解。他在第一部第 20 章声称洛丽塔勾引他（It was she who seduced me）；他详细地描述洛丽塔的生活，认为美国的流行文化和学校教育（强调四个"D"，即戏剧 Dramatics、舞蹈 Dance、辩论 Debating 和约会 Dating）导致她堕落，说她早就不纯

---

① [美] 弗拉基米尔·纳博科夫：《洛丽塔》，主万译，上海译文出版社 2005 年版，第 1 页。
② [美] 弗拉基米尔·纳博科夫：《洛丽塔》，主万译，上海译文出版社 2005 年版，第 4 页。

洁了……

与《普宁》不同，叙述者亨伯特始终高调在线，以第一人称"我"自述，这显然是纳博科夫有意识的技巧性处理。因为，第一人称不仅充分给予了亨伯特自辩的机会和空间，而且显得亲切，可以让读者和人物迅速熟悉起来，容易使读者产生信任感和介入感，这也是读者不由自主为亨伯特的伪装所欺骗的原因。当然，一旦这种信任被打破，会产生震撼性效果。所以聪明的读者在阅读时需要进行"双重解码（double-decoding）：其一是解读叙述者的话语，其二是脱开或超越叙述者的话语来推断事情的本来面目，或推断什么才构成正确的判断"。① 而当读者成功解码，撕除了亨伯特的伪装之后，所获得的阅读愉悦也是双倍的。《洛丽塔》获得盛誉，不可靠叙述的巧妙运用在其中功不可没。

纳博科夫将这一技巧运用到登峰造极的作品是《微暗的火》（*Pale Fire*）。这部小说于1962年甫一出版，便以其诡谲的形式获得"奇书"的称号。它由序言、长诗、注释和索引组成，看上去似乎是一种诗歌笺注文本形式。然而本应是主体的长诗，只不过是整部小说中的一部分，虽然必不可少，却并没有那么重要。这首同名长诗是由小说中虚构的美国著名诗人约翰·谢德（John Shade）创作的近自传体诗歌，以英雄双韵体写成，结构完美匀称。诗歌有4章，如果确如金波特所说，最后一行与第一行雷同，则第一章和第四章各166行，第二章和第三章各334行，全诗正好1000行。长诗风格朴实、哲理丰富，探讨了生命、死亡、爱情、艺术等内容。

小说中对这首长诗进行诠释的人名为查尔斯·金波特（Charles Kinbote），是作品真正的主人公，诗人谢德的同事和朋友，序言、注释和索引的写作者。对照长诗认真阅读，读者会发现他的叙述是不可靠的。他的诠释完全是一种充满主观臆想的漫谈式写作，有明显

---

① 申丹：《叙事、文体与潜文本——重读英美经典短篇小说》，北京大学出版社2009年版，第59—60页。

的校对错误和很多不相关的感叹,其中还生发出一个位于俄罗斯以北的神秘国度赞巴拉及其逃亡国王的故事。从他的诠释中,读者可以慢慢拼凑出一个故事:金波特很可能是一个臆想症患者,他认为自己是赞巴拉的国王,被革命者废黜后逃亡至美国,化名在诗人谢德所在的学校阿巴拉契亚州纽威伊学院担任赞巴拉语教授。他租住了外出学术休假的法学教授戈德华斯的房间,从而与谢德成为邻居、朋友,不断向谢德讲述自己的生平事迹,一厢情愿地认为谢德会把它写进诗作中。后来谢德被一个凶徒误杀(误把谢德认作判其入狱的法官),而金波特却认为枪手是赞巴拉国的刺客,刺杀目标本来是他。他费尽心机征得谢德夫人同意,代为编订和出版谢德的遗作诗歌《微暗的火》。然而他气急败坏地发现,诗作中并没有写到他的传奇经历,于是他断章取义、借题发挥、牵强附会,在注释中用近乎学术性的散文形式把一个有关赞巴拉国的故事生搬硬造地放入诗人的世界。

《微暗的火》书名出自莎士比亚悲剧《雅典的泰门》第四幕第三场,原句为:

> 太阳是个贼,他以伟大的吸力
> 偷取大海的潮水;月亮是个十足的贼,
> 她那微暗的火窃自太阳;
> 大海是个贼,它汹涌潮汐偷自月华,
> 把月亮化为咸咸的眼泪;大地是个贼,
> 它偷来万物的粪便做肥料,
> 使自己肥沃——什么都是贼。①
> The sun's a thief, and with his great attraction
> Robs the vast sea; the moon's an arrant thief,

---

① 笔者参考朱生豪先生的《莎士比亚全集》译,有改动。

下编 第一章 纳博科夫的"蝴蝶""象棋"和镜像模式

And her pale fire she snatches from the sun;
The sea's a thief, whose liquid surge resolves
The moon into salt tears; the earth's a thief,
That feeds and breeds by a composture stol'n
From gen'ral excrement – each thing's a thief.

小说题目主要借鉴了前两句，意思是说，太阳虽然是吸取大海水分的窃贼，却还大地以果实；月亮才是真正的窃贼，因为她并没有真正属于自己的光芒，只是反射太阳光而形成了微弱的光。诗人谢德是太阳式的人物，从现实中汲取经验，创造出真正的艺术以回馈人生，而金波特是一个月亮似的窃贼，只能从谢德的作品中偷取光芒。有意思的是，长诗第961—962行，谢德提到自己应该为诗作取个名，他说："帮助我，威尔！《微暗的火》。"① 威尔是威廉的昵称，这里谢德是在呼唤威廉·莎士比亚。金波特在注释这一行时，显然理解了这一点。但是他只有赞巴拉语《雅典的泰门》的袖珍版本，他没有从中找到"可以作为与'微暗的火'相等的词汇"②。在这之前，金波特在注释谢德诗作第39—40行"便是阖目复印再现那些叶片，/室内的景象，屋檐上那战利品装饰"③ 时提到，在草稿上这两行原是"……我那些窃贼会匆匆忙忙往家奔跑/太阳带着偷来的冰，月亮携着树叶儿"④，意思由原来的再现变成了偷窃。金波特由草稿上的诗联想到了《雅典的泰门》中的句子，他提到自己只有赞巴拉语版本，于是把赞巴拉语转译回英语，给出了一个自以为忠实

---

① ［美］弗拉基米尔·纳博科夫：《微暗的火》，梅绍武译，上海译文出版社2011年版，第73页。
② ［美］弗拉基米尔·纳博科夫：《微暗的火》，梅绍武译，上海译文出版社2011年版，第323页。
③ ［美］弗拉基米尔·纳博科夫：《微暗的火》，梅绍武译，上海译文出版社2011年版，第25页。
④ ［美］弗拉基米尔·纳博科夫：《微暗的火》，梅绍武译，上海译文出版社2011年版，第87页。

的英文译文：

> The sun is a thief: she lures the sea
> And robs it. The moon is a thief:
> He steals his silvery light from the sun.
> The sea is a thief: it dissolves the moon.
> 太阳是个窃贼：她引诱大海
> 并窃夺它。月亮是个窃贼：
> 他从太阳那里偷来他那银色的光。
> 大海是个窃贼：它导致月亮溶解。①

且不说读者阅读了这两处之后对照莎士比亚作品原文会对金波特的注释权威性产生多么严重的怀疑，我们重点来看一下金波特有意的颠倒：在莎士比亚原文中，太阳是阳性，月亮是阴性，而金波特的译文中，太阳是阴性，月亮反而变成了阳性。这更加证实了作为注释者的金波特颠倒黑白、混淆是非的恶劣行径，暗示了他就是月亮式的窃贼，他的创作是"微暗的火"，是隐晦不明的、寄生的、虚假的、欺骗性的。实际上，金波特确是一个名副其实的窃贼，在谢德被枪击后乘乱偷偷拿走并藏起了装诗稿的袋子。纳博科夫天才的构思，利用叙述者的不可靠叙述，生发出一个引人入胜的阴谋故事，却又虚实难辨、似真似幻、变化多端，带来令人耳目一新的阅读效果。

二 通过"戏仿"实现伪装和变幻

在纳博科夫的小说中，读者可以发现对俄国文学、欧洲文学甚至是一些经典文化现象的直接或间接的戏仿。戏仿是纳博科夫得心

---

① ［美］弗拉基米尔·纳博科夫：《微暗的火》，梅绍武译，上海译文出版社2011年版，第87页。

应手的一种伪装方式和变幻游戏。戏仿（Parody），也称滑稽模仿。原指"文学中一种讽刺批评或滑稽嘲弄的形式，它摹仿一个特定的作家或流派的文体和手法，以突出该作家的瑕疵，或该流派所滥用的俗套"。后来经过乔伊斯等人的化用，它的含义逐渐扩大，成为一种特殊的文学生产，不仅是规避陈腐和俗套的一种写作方式，是对已有文本或话语形式的改造，而且是作者有意而为之的语言杂耍，往往具有致敬、调侃、讽刺、伪装、增值等多种功能，影射出作者的态度和追求。

纳博科夫曾说，"讽刺是一堂课，戏仿是一场游戏"[①]。他否认道德的倾向，而强调审美功能，主要运用这种手法以在传统中创新，展示更多可能性，使惯例变得自由活跃，同时衍生文本的意义，增加文本的不确定性。所以，他的戏仿涉及文学的各个方面。

在文体方面，《洛丽塔》可以说是一本戏仿的百科全书。它既戏仿了回忆录和忏悔录，又戏仿了侦探小说和色情文学，还戏仿了童话和传奇戏剧。美国小太妹洛丽塔被伪装成美丽高贵的公主或陷入美好爱情的纯洁少女，恋童癖罪犯亨伯特被伪装成不顾一切守护自己爱人的王子或骑士。而实际上洛丽塔低俗、没有同情心，完全不爱亨伯特，亨伯特以"守护"为名行诱拐、囚禁之实。浪漫的爱情故事装点了犯罪的事实，美丽的外衣遮掩了残酷的龌龊。此外，《阿达》通过戏仿伪装成百科全书，《普宁》戏仿了学院派小说，《黑暗中的笑声》戏仿了浪漫爱情小说，《塞巴斯蒂安·奈特的真实生活》《礼物》则戏仿了传统人物传记……纳博科夫最成功的伪装是《微暗的火》。它是对学术编辑的戏仿，完美伪装成了诗歌评注，恰恰给文中所说的"人类生活是深奥而未完成的诗歌注释"[②] 作了一个有趣的注脚。

[①] ［美］弗拉季米尔·纳博科夫：《独抒己见》，唐建清译，浙江文艺出版社2012年版，第80页。

[②] ［美］弗拉基米尔·纳博科夫：《微暗的火》，梅绍武译，上海译文出版社2011年版，第72页。

纳博科夫饱览群书，对经典作家作品如数家珍，他常常在自己的小说中戏仿这些作家作品，有时是致敬，有时是调侃，隐蔽地反映出他的文学见解与审美情趣。例如，《玛丽》对普鲁斯特的戏仿，《王，后，杰克》对《包法利夫人》的戏仿，《绝望》对陀思妥耶夫斯基及其《罪与罚》的戏仿，《天赋》对车尔尼雪夫斯基的戏仿，等等。仅在《洛丽塔》一书中，纳博科夫就戏仿了几十位作家，其中对爱伦·坡、弗洛伊德等人的戏仿最为突出。小说一开始就向爱伦·坡的《安娜贝尔·李》致敬，行文中亨伯特还多次将他对洛丽塔的爱恋同但丁与贝阿特丽斯、爱伦·坡与安娜贝尔的关系相提并论。如果说，纳博科夫对爱伦·坡的戏仿是因为志趣相投，那他对弗洛伊德的戏仿，则充满了揶揄与讽刺。在小说的前五章，他让亨伯特用似乎真诚忏悔的语气追溯自己童年因爱恋对象夭折而被迫中断的恋爱以及被压抑的性经验，用精神分析法为自己恋童癖的变态行为找到了根源和动机。而且亨伯特一生之中多次出入精神病院，对精神病理学有过研究，所以在他的自白书中字里行间常常出现精神病理学式的分析和内心"反省"。这些描写显然充满了反讽的意味，暗示着弗洛伊德精神分析法的欺骗性。正是通过这些戏仿，纳博科夫宣泄了对弗洛伊德的蔑视和拒绝。

有意思的是，《劳拉的原型》中还有一个隐形的文本，是对《洛丽塔》的戏仿，内容是女主人公弗洛拉少女时代和母亲兰斯卡雅的情人休伯特·休伯特（Hubert Hubert）之间的故事。从相似的人物关系，以及与亨伯特·亨伯特（Humbert Humbert）一字之差的名字，可以轻易发现它对《洛丽塔》的影射，甚至有不少读者认为这个故事是"洛丽塔"式恋童情节的重现。细读这段文字，可以发现小说叙述虽然是第三人称，但运用的是弗洛拉的有限视角，所以具有不可靠性。12岁的弗洛拉是一位性早熟的少女，而且受过弗洛伊德式心理学家的影响，难免会用过分警惕和带有偏见的眼光看待与自己亲近的男性举动。因此，完全不懂得爱的弗洛拉误会休伯特对自己的亲近是亨伯特对洛丽塔式的欲念。而细心的读者发现休伯特曾经有个像弗洛拉一样漂亮的女儿黛西,被一辆倒车的卡车碾死了,他的妻子因此伤心而亡。饱受创伤的休伯特对弗洛拉的关照和爱抚更像是父爱的移情,而非畸恋的体现,他爱兰斯卡雅也是因为她酷似自己妻子年轻时的模样,而不是如亨伯特那样为了亲近女孩。在这里,纳博科夫通过戏仿《洛丽塔》来进行伪装,迫使读者只有认真阅读才能体悟其真意。

纳博科夫热衷于让自己的作品像高明的棋题一样具有迷惑性,像蝴蝶一样实现完美的伪装,但同时又盼望着棋逢对手的读者出现,像捕蝶者一样识破所有骗局和诡计,找到谜题的答案和事情的真相。

第二节　精致对称　多重镜像

无论是象棋的两军对垒,还是蝴蝶美丽的双翼,都呈现出均衡对称的形态。纳博科夫在小说创作中一向注重小说结构的匀称,小说内容往往两两相对,互为镜像。只是如果用照镜子来比喻的话,这面镜子不是一般的镜子,而是哈哈镜、变形镜,镜外的实体和镜内的虚像同中有异,需要读者认真观察才能求同存异。甚至小说中可能不仅有一面镜子,而是有两面或多面镜子形成一个诡谲变幻的迷宫,使读者迷失在真真假假、虚虚实实之中,云遮雾绕,晕头涨脑。

《普宁》最初发表时,很多评论家认为它结构松散,甚至将之看作只是"一组人物特写"。但随后不少评论者反对这种质疑,如纳博科夫研究专家杰纳迪·巴拉塔罗就断定,"《普宁》的结构非常严密,各个部分以一种十分精巧、准确的范式连为一体"①。那么实际究竟如何呢?

---

① Gennady Barabtarlo, *Aerial Views: Essays on Nabokov's Art and Metaphysics*, New York: Peter Lang Publishing, Inc., 1993, p.147.

整部小说一共有7章。第一章以1950年10月普宁准备去克莱蒙纳妇女俱乐部作报告开始。为了节省时间,他准备乘火车前往,结果用了过时的列车时刻表,不但浪费了时间,还差点没能准时到达目的地。第二章以普宁找到新租房,并满怀期待地准备招待突然来访的前妻丽莎开始。然而,他满心热恋的丽莎之前就是一个自私冷酷的女人,多次欺骗他,至今仍然想继续利用依旧善良天真的前夫,来访只是为了要钱给儿子维克多上学。第三章写普宁准备在让他第一次有安稳感觉的新租房常住,但房主的女儿突然离婚归来,他的打算落空,只好另找住处。第四章写普宁想要和前妻的儿子维克多像亲父子一样相处,为两人的会面准备了礼物,但最终结果仍然事与愿违。第五章写普宁在库克城堡度假的经历。一开始他在同胞中间潇洒自如、如鱼得水,一扫之前的滑稽尴尬,十分开心活跃,但是友人不经意的寒暄使他想起了不堪的过去,重新意识到自己在异国他乡形单影只的处境,于是心情陡转,一落千丈,陷入悲伤惆怅的泥沼中难以自拔。第六章写新学期伊始,普宁乔迁新居,兴致勃勃地宴请亲朋、组织聚会,构想着买房、晋职、开设新课等计划,却在聚会中得知自己即将失业,一切愿景化为泡影。

前六章中悲与喜、希望与失望的对称结构明显,叙事模式、情感基调也如出一辙,都是以某种意义上的希望和喜悦开头,随着故事情节发展,希望变为失望,喜悦转为悲伤,原本明朗的轻喜剧衍化为沉郁灰暗的悲剧。每一章中喜剧性的核心行动在白天,悲剧性的结局在黄昏或夜晚,光明、希望、喜悦和黑暗、绝望、悲伤互为镜像,形成鲜明的对比,而且每一章都是前一章的延续推进。这六章的叙事结构看似随意凌乱,实则极具匠心。

至于第七章,以普宁继任者(即在前六章中隐匿不明的叙事者"我"——弗拉基米尔·弗拉基米洛维奇·N.,或称V.N.)的视角和似乎冷静客观的语调讲述他与普宁之前的几次交集和普宁离去的情形,看似与前六章不同,但如果仔细推敲,可以发现,前面几章

下编 第一章 纳博科夫的"蝴蝶""象棋"和镜像模式

的主要内容都在这一章中得到呼应,如演讲(普宁性格中糊涂的一面,以及总是事与愿违的喜剧性)、丽莎(善良的普宁被利用和欺骗)、维克多(父子主题)、流亡同胞(普宁充满智慧和才干的一面)、今日同事(普宁被嘲笑、被同情)等。这一章最后一节写普宁开车离开了温代尔,似乎故事已经完全结束了,但在小说最后又很自然地加了几句话,写温代尔学院英语系主任杰克·考克瑞尔款待新同事(即叙述者V.N.)吃早餐,考克瑞尔一贯热衷于模仿嘲笑普宁,以此取乐,这一次他正要向V.N.讲述普宁登上克莱蒙纳妇女俱乐部讲台时发现自己带错了讲稿的故事。这与小说的开头相合,使小说从终点回到起点,形成首尾相扣的一个回环,所以这一章是前面六章集中的一个镜像展现。可以说,如果"普宁"是一个词条,小说中的各个章节就是对它的注释,分别从不同角度、不同方位展现了普宁的百味人生。

由此可见,即使在纳博科夫这种看似漫不经心的作品中也隐藏着精心的设计。纳博科夫说过,"一个读者若能了解一本书的设计构造,若能把它拆开,他就能更深地体味到该书的美"[①] 这种对模式美的探索和追求在他后来的作品中愈演愈烈。

《普宁》中,无论是普宁和叙述者之间的镜像,还是章节之间的镜像,都还是比较清晰的,读者只要细心就能看出端倪,但后面的作品对读者就不那么友善了。《微暗的火》从结构布局上,是作者对他翻译普希金诗体小说《叶甫盖尼·奥涅金》的有意模仿,读者只有细心研读,才能发现谢德的长诗和金波特的注释互为镜像。谢德反映的是现实的生活,包括对过去日子的回忆,对逝去的亲人(尤其是女儿)的思念,对结缡四十余载妻子的爱,对死亡的探讨,等等,充满温柔、希望与分享,而金波特讲述的是幻想的传奇,是臆想中的赞巴拉王国的浪漫故事,充满恐惧、冷漠、绝望与偏

---

① [美]弗拉基米尔·纳博科夫:。《文学讲稿》,申慧辉等译,上海三联书店2005年版,第9页。

执。这两个本来毫不相干的内容被精心编织在一起。例如，金波特在注释长诗第一行"我是那惨遭杀害的连雀的阴影"① 时，谈到自己对鸟类的识别来自一位纽卫镇年轻花匠，后跟一个括号，括号中写着"参见第 998 行注释"②。如果读者去翻看第 998 行注释，就会发现他的自白——"如果我是个北方国王——要么毋宁说如果我仍然是个国王（流亡真成了一种糟透了的习惯）"③。在这个注释中，金波特由连雀联想到了与它酷似的"丝尾鸟"——赞巴拉国王查尔斯（其实就是金波特）盾徽纹饰上三种动物之一的原型，并引出他经常给谢德讲述这位王的"壮丽厄运"④。读者稍加留心，会发现这种编织如同回环针一样精密复杂。前言中，金波特讲述长诗的构成和谢德的创作过程时，提到谢德在他遇害的那个晚上宣称自己的创作已经接近尾声了，下面插入一个括号，里面写着"参见我对第 991 行的注释"⑤。而在金波特对第 991 行的注释中提到了谢德正坐在他在"第 47—48 行的注释里提到过的那个棚架似的门廊或走廊里"⑥。当我们翻看第 47—48 行的注释时，又会发现里面插入的一个括号，写着"参见第 691 行注释"⑦，在同一条注释中，再往后看还有一处括号，写着"参见第 62 行注释"⑧，在第 62 行注释中，这种回环终

---

① ［美］弗拉基米尔·纳博科夫：《微暗的火》，梅绍武译，上海译文出版社 2011 年版，第 23 页。

② ［美］弗拉基米尔·纳博科夫：《微暗的火》，梅绍武译，上海译文出版社 2011 年版，第 79 页。

③ ［美］弗拉基米尔·纳博科夫：《微暗的火》，梅绍武译，上海译文出版社 2011 年版，第 330 页。

④ ［美］弗拉基米尔·纳博科夫：《微暗的火》，梅绍武译，上海译文出版社 2011 年版，第 80 页。

⑤ ［美］弗拉基米尔·纳博科夫：《微暗的火》，梅绍武译，上海译文出版社 2011 年版，第 5 页。

⑥ ［美］弗拉基米尔·纳博科夫：《微暗的火》，梅绍武译，上海译文出版社 2011 年版，第 325 页。

⑦ ［美］弗拉基米尔·纳博科夫：《微暗的火》，梅绍武译，上海译文出版社 2011 年版，第 90 页。

⑧ ［美］弗拉基米尔·纳博科夫：《微暗的火》，梅绍武译，上海译文出版社 2011 年版，第 96 页。

于告一段落，里面有两处括号，回到了"参见第47—48行注释"和"参见第691行注释"①。类似的回环在作品中比比皆是，将看似风马牛不相及的长诗和注释交织在一起。

此外，诗人谢德和注释者金波特也互为镜像。谢德为人宽厚，仁慈善良。金波特在学院里声名狼藉，人们认为他"非常难以相处"，是个"疯子"、同性恋，对他避之不及。唯有谢德同情他孤苦伶仃，接纳了这个自诩朋友的邻居，而且不顾自己的跛脚，常常陪他外出散步，不嫌弃他的狂想，耐心听他讲那些无中生有的故事。而金波特卑鄙无耻、自私自利、冷酷无情，为了接近谢德，不顾谢德有心肝病，常常邀其喝酒，时时偷窥谢德家中情形，甚至盼着对方犯病，好寻机接近讨好以取得看诗稿的机会。在谢德被枪击之后，他首先做的是乘乱偷走了诗稿藏好。两人一善一恶，一高大一矮小，一敏捷一迟缓，一个左撇子一个右撇子，一个基督徒一个无神论者……他们之间的差异显而易见。

如果仅仅理解到上述层面，读者还是比较清晰的，足可为自己的智力沾沾自喜。但总有极少一部分读者不肯罢休，非要寻根究底，甚至脑洞大开，结果就不那么美妙了。比如，有的评论者认为谢德不但写了诗，也写了评论，金波特是他创造出来的人物；有一些评论者认为，金波特才是所有这一切的创造者，谢德、查尔斯国王和赞巴拉都是他的虚构之物。他们的观点一方面建立在诗歌和评论相辅相成的关系上面，另一方面建立在谢德和金波特身上的共同点（早年丧父、热爱艺术、好酒多情、智力超群、骄傲固执等，这些共同点也指向了作家纳博科夫自己的特性）上面。按照他们的观点，谢德和金波特其实都是作者纳博科夫的镜像，这位作者通过多面镜子把自我分裂成了不同人格，走向不同人生道路，这也是谢德的诗歌和金波特的评论之间的分裂。纳博科夫曾经将艺术描述为"好奇、

---

① ［美］弗拉基米尔·纳博科夫：《微暗的火》，梅绍武译，上海译文出版社2011年版，第106页。

敦厚、善良、陶醉"①，在诗歌中，谢德展示了他面对生活的敦厚和善良，而金波特的评论里给予读者的是立足于想象的好奇和陶醉。但是，上述这两种假设都并非毫无漏洞：我们知道，在序言部分，谢德已经死了，所以不可能是他创作了序言、注释和评论，而金波特不仅是自我中心主义者，而且承认过自己不通韵律，所以无法想象这首优美而温暖的诗歌是他的作品。

总而言之，这正是纳博科夫的高妙之处，镜与灯、明与暗、虚与实纠缠在一起，引领读者进入了一个无限丰富又亦真亦幻的世界。玛丽·麦卡锡认为它"完美对称、神性新颖、道德真实"，将其誉为20世纪"最伟大的艺术品之一"。②《纳博科夫传》的作者博伊德认为，就形式而言，《微暗的火》是有史以来"最完美"的小说。③

纳博科夫很喜欢在他的文本中设置互为镜像的人物，他们之间的对应和联系往往呈现某种主题的隐喻或暗示。《洛丽塔》中，奎尔蒂可以说是亨伯特的镜像人。如同《微暗的火》之中谢德与金波特之间的对峙，奎尔蒂和亨伯特之间的对抗与搏斗同样是争夺话语权的隐喻表达。实际上，奎尔蒂的戏剧《着魔的猎人》与《洛丽塔》形成镜像，是其主要情节带有讽刺意味的扭曲再现。纳博科夫从俄国来到美国后的第一部英语小说《塞巴斯蒂安·奈特的真实生活》(1941) 中的镜像同样精致迷人。小说的主人公 V 与古德曼先生(Mr. Goodman) 互为镜像，他们都为刚刚去世的英国作家塞巴斯蒂安·奈特写过传记，这两部传记呈现出的传主形象都是奈特的镜像。V 是奈特同父异母的弟弟，古德曼曾任奈特的秘书，他们都熟悉传主。但 V 认为古德曼所写的《塞巴斯蒂安·奈特的悲剧》是主观肤

---

① [美] 弗拉基米尔·纳博科夫：《洛丽塔》，主万译，上海译文出版社 2005 年版，第 500 页。

② Norman Page, ed., *Vladimir Nabokov: The Critical Heritage*, Routledge, 2013, p. 136.

③ Brian Boyd, *Vladimir Nabokov: The American Years*, Trafalgar Square, 1993, p. 425.

浅、充满偏见的，所以他以《塞巴斯蒂安·奈特的真实生活》予以反驳，以正视听。在这里，古德曼代表的是那种先入为主地把个体生命变成某种标签或思想模型的传记方法，而V则让传主通过文字重新鲜活起来，重新焕发生命。当然，两部传记都离真正的奈特有一定的距离，因为过去的真相是永远不可能被真正把握的，镜像只能是镜像。

第三节 精确描写 碎片拼贴

　　蝴蝶美丽的花色由一个个绚丽而细微的花斑拼接而成，棋盘上一个个格子组成厮杀双方精妙的战局，镜子的有限体积造成其镜像的有限。纳博科夫关注细节的精确，他说"细节胜过概括"[1]，他总是精心描绘一个个凝练的细节，制造出一个个碎片，同时以精妙戏法将它们编织在一起，经由破碎以触摸完整，通过迷乱来寻求和谐，从而形成丰盈的艺术世界。

　　《微暗的火》碎片化特征非常明显，小说前言指出长诗是"由八十张中号索引卡片构成的手稿"[2]，小说中的评论者说它是"由一部支离破碎的草稿拼凑起来的，没有哪个篇章够得上称为定稿"[3]。由于叙述者的不可靠性，读者并不知真相如何，它究竟是80张卡片随意的拼贴，还是诗人谢德精心排序后的结果呢？仅仅通过阅读长诗难以知道，因为长诗的80个部分并没有按明确的时间或逻辑顺序排

---

[1] ［美］弗拉季米尔·纳博科夫：《独抒己见》，唐建清译，浙江文艺出版社2012年版，第7页。
[2] ［美］弗拉基米尔·纳博科夫：《微暗的火》，梅绍武译，上海译文出版社2011年版，第3页。
[3] ［美］弗拉基米尔·纳博科夫：《微暗的火》，梅绍武译，上海译文出版社2011年版，第4页。

列,相互之间没有明显的关联或承接。至于注释部分,因体裁所限,也必然是零散的碎片。一条条注释除了属于同一首诗之外,相互之间并没有紧密关联。由于金波特的穿凿附会,这些注释中包含了许多故事,如:赞巴拉的革命,诗人谢德和妻子希碧尔的恋爱,谢德女儿的成长及自杀,谢德的被误杀,国王的流亡,刺客的追杀,等等。这些故事许多远离被注释的长诗本义,像漂浮的碎片一样若隐若现、虚实难辨。每一个故事情节都没有完整地按时间顺序讲述,而是散落于一条条注释中,需要读者反复对比阅读,进行细致辨别,以经验或想象填补空白,才能把它们拼凑起来。而这样的拼凑有无数排列组合的可能,从而带来了读者理解的多重性,文本也就成为一个开放的系统。

其实,纳博科夫本人也喜欢把创作的内容分别写在零零散散的卡片上,再根据需要拼贴起来。他的未竟遗著《劳拉的原型》就是由138张卡片组成的小说。小说讲的是菲利普·王尔德和弗洛拉这一对老夫少妻各自的情况和他们之间的婚姻悲剧。王尔德是一位出色的神经病学家和演说家,虽然长相不佳,极为肥胖,但十分富有、机智风趣,而且颇负盛名。他娶了年轻貌美的弗洛拉,而风流成性的弗洛拉只是为了他的声名和财产而嫁给他,其实并不爱他,因此婚后屡屡红杏出墙。这个故事中还包含着两部作品,第一个是小说开篇就提到的男主人公王尔德正在创作的作品——"那份书稿可不是为了挣钱草率写就的小说,而是一位疯狂的神经病学家的遗作"[①]。他在其中讲述了自己饱受妻子不忠和身体病痛的双重折磨,因此试图以意念消解自我的过程。第二个作品是波兰艺术家伊凡·沃恩(又名"诺维奇",弗洛拉的众多情人之一,后被甩,其后用一年时间写作)的畅销小说《我的劳拉》。沃恩在小说中自称"神经过敏、优柔寡断",并强调自己的刻画是"忠实可靠的","绝对

---

① [美]弗拉基米尔·纳博科夫:《劳拉的原型》,谭惠娟译,人民文学出版社2011年版,第5页。

下编　第一章　纳博科夫的"蝴蝶""象棋"和镜像模式

忠实于原型"。① 书封的简介将这部小说描述为"一本永远丢失了人名表的真人真事小说"。其中女主人公是作家的情人弗洛拉，而沃恩"对他的情人的刻画足以毁灭她"②。弗洛拉的朋友劝其读这本小说时说："它是虚构的，基本上纯属虚构，你会在每一个转角处直面你自己，还有你精彩的死亡。"③ 王尔德则被沃恩描写为一个传统型的"伟大科学家"。王尔德阅读后，认为它是一本"该死的书"，"一本让人气得发疯的杰作"。④ 无论是这场婚恋悲剧，还是两个男性各自所写的作品，小说中都没有从头到尾地全面陈述。小说第一章写的基本都是女主人公弗洛拉婚后出轨的情形。根据第一句话，"她回答说，她的丈夫也是一位作家"（Her husband, she answered, was a writer, too），可以推知这是女主人公的情人之一沃恩所写。第二章写弗洛拉的家史，从她的祖父、父母写起，其中有很大一部分写的是母亲的情人休伯特。第三章和几张零散的卡片讲述了弗洛拉的成长和学习经历。第四章仅有 4 张卡片，提到弗洛拉母亲的死和《我的劳拉》。第五章写弗洛拉的婚姻，并对《我的劳拉》进行介绍。第六章和第七章是王尔德以第一人称写他的意念消除自我实验。一张张卡片上的细节展现的吉光片羽组成一个个片段，而一个个片段又组成一个人生或一段关系……

此外，《普宁》《洛丽塔》都是由主人公生活中一个个碎片化的侧面组成的，《说吧，记忆》同样是记忆碎片组成的人生拼贴画。纳博科夫在这些人物传记或自传式小说中放弃了传统那种平铺直叙的创作方式，不再采用对个人生活经历流水账式的线性回顾，而是以独

---

① ［美］弗拉基米尔·纳博科夫：《劳拉的原型》，谭惠娟译，人民文学出版社 2011 年版，第 123 页。
② ［美］弗拉基米尔·纳博科夫：《劳拉的原型》，谭惠娟译，人民文学出版社 2011 年版，第 123 页。
③ ［美］弗拉基米尔·纳博科夫：《劳拉的原型》，谭惠娟译，人民文学出版社 2011 年版，第 227 页。
④ ［美］弗拉基米尔·纳博科夫：《劳拉的原型》，谭惠娟译，人民文学出版社 2011 年版，第 223 页。

树一帜的内在逻辑，将生活细节碎片进行改造和重组后，聚集在不同的"板块"上，摆脱了时空的桎梏，充分发挥艺术创造能动性，娴熟自如地玩起了拼图游戏。这些作品围绕一个人的一生展开，涉及大量的信息和丰富的内容，但并不显得凌乱或臃肿。因为作家把生活中的那些细节绘成了一个个精致美丽的艺术碎片，汇集编织成五彩斑斓的壮丽图案。《说吧，记忆》是一本回忆录式小说，内容包罗万象，可以说是有关作家和记忆的百科全书，涵盖了作者纳博科夫从1903年到1940年的人生经历。小说没有面面俱到，分成了15章，每一章自成一个板块，每个板块上承载的内容各不相同，如父亲、母亲、家庭教师、蝴蝶、剑桥生活、流亡等。它们彼此独立，又丝丝相连，由回忆串联在一起。这些回忆往往都是充斥着许多不断重复出现的事物细节，这些细节形成碎片化的生命图案，将线性的时间变幻为空间的景象。例如，小说中写道：纳博科夫年轻时第一次去老师家不小心打翻了茶壶。17年后，他造访英国再次去探望已经年迈的老师，进门不久又碰翻了茶壶，却唤起了老师对他的记忆。类似的例子比比皆是，有火柴、秋千、陶瓷片、飞蛾、象棋、小胸甲兵等。由此可见，纳博科夫没有严格地按照纵向的时间序列来排列他的回忆，而是将处于不同时空但相关联的事与人并置在一起。看似跳跃、零散，实则有一种更高层次的整体美。

　　纳博科夫对鲜活细节格外生动的描述，与他认为细节与真理相通的思想一脉相承。他钟情于细节构成的碎片，因为他相信这些碎片帮助我们接近事物的本质，接近真理。作为教授，他在学校里讲授文学作品时，提倡细读的方式，带领学生绘制《尤利西斯》中都柏林的地图、《变形记》中公寓的平面图等，从这些细节中揣摩主题。作为作家，他在自己的小说中常常采用这种碎片化的结构形式，以充满了空白、断裂的零散化叙事，使故事远离线性常规，造成了意义的歧义性和不确定性，留给了读者充分想象的广阔空间和自由解释的灵活余地。当细心的读者将这些飘忽不定和错综复杂的碎片汇聚在一起时，往往会豁然开朗，发现其中隐藏的真相，从而体味到一种特殊的理性愉悦和审美狂喜。

综上所述，无论是对象棋艺术的借鉴，还是对蝴蝶美学的追求，都反映了纳博科夫对小说形式的不懈探索和对小说结构的精心编织，反映了他逐渐形成的既具有和谐对称而富有创造力的精美图案，又具有引诱性、迷惑性的幻觉和骗局的独特创作模式。

第二章　卡尔维诺的"晶体模式"

卡尔维诺自称"一个工匠型的作家，喜欢创造一些完整的建筑"①。他把小说形式视为作家为了表现世界而选择的方法，而他眼中的世界像迷宫一样错综复杂，如网络一样纵横交织，所以他喜欢复杂的结构，曾借小说人物之口说，"文学作品的价值在于它的结构与手法是否复杂，即由欺骗、圈套等齿轮构成的整个机器是否复杂"②。由此，他不仅在理论上重视对形式结构的分析，在创作中也格外关注对形式结构的探索。他参加"OULIPO"文学实验团体，就是因为他热爱几何形式、对称、排列与组合、数的比例等，与该团体试图使文字获得一种视觉上的魅力的宗旨深度契合。在与这个以形式为游戏的团体的广泛交流中，他不断地进行着小说形式探索的有益尝试，并构架出完美的模型——晶体模式，将感性的认识、理性的思考都编织进这个立体网络中，像玩魔方一样使其变幻出令人眼花缭乱的各种形式。

早在 20 世纪 60 年代，卡尔维诺就对结构主义和文体批评产生兴趣，并认为，"写作这一事实即表现手段本身就是举足轻重的"③。

---

① ［意］伊塔洛·卡尔维诺：《文字世界和非文字世界》，王建全译，译林出版社 2018 年版，第 63 页。
② ［意］伊塔洛·卡尔维诺：《如果在冬夜，一个旅人》，萧天佑译，译林出版社 2007 年版，第 219 页。
③ 何帆、文祥编选：《现代小说题材与技巧——当代外国著名小说家访问记》，中国文联出版公司 1989 年版，第 265 页。

从那时起,他就不喜欢采用已经长期使用过的形式或大众文学的某一流行形式,而是致力于对文本的革命性创造。他盛赞博尔赫斯,因为他认为博尔赫斯最完美地体现了关于想象力和语言的精确性这一美学理想,并写出了足以和晶体严格的几何结构与演绎推理的抽象思维相比拟的作品,不仅编织出了由各种可能性构成的网,而且将之压缩到只有几页的故事里。卡尔维诺将博尔赫斯式的小说称为"超小说"(hyper-novel),或"开放型百科全书式小说"。这种小说热衷于编织一张相互分离、相互交叉又相互平行的网。从这张多向度的、盘根错节的网出发,文本拥有了极为广阔的阐释空间,为人们提供了多方位、多层次的解读空间。

要拥有这样一张百科全书式的关系之网,听起来很美,但要实践起来却绝非易事。卡尔维诺找到了"晶体"这个完美的叙事模式。"晶体"本属自然科学范畴,指的是由原子、离子或分子有规律地在三维空间成周期性重复排列、无限延展而成的天然固体或合成固体,外形为规则的几何多面体,组成多面体的平面称为晶面。晶体结构,指的就是晶体这种具有规则的周期性、对称性排列形式。卡尔维诺用晶体的结构模式来建构自己的小说,以平等的晶面取代了线性情节的发展,彻底解构了长篇小说主线因果的经典模式,大大拓展了小说叙述艺术的无限可能,而且最大限度地实现了其创作百科全书式小说的创作追求。它既能充分展现丰富性、复杂性、多义性,折射出创作主体深邃的思考和独特的艺术想象,同时又能将这种审美文化上的"繁复"性有效地控制在特定的简洁有序的时空维度之中,不可不谓一个创举。这一创举来源于他对科学著作的阅读,在这个过程中,他发现了生物形成进程中的两种模式:"一边是晶体(象征表面结构稳定而规则),一边是火焰(虽然它的内部在不停地激荡,但外部形式不变)。"他将之称为"两种百看不厌的完美形式,是时间的两种增长方式,是对四周其他物质的两种消耗方式,是两种道德象征,是两个绝对,是区分事件、思想、风格与感情的两个范畴"①，并进而别出心裁地将这两种模式运用在文学中，列出了 20 世纪作家"晶体派"和"火焰派"的名单。他强调不能忽视火焰的作用，同时希望火焰派的人，也"不要看不到晶体可能给人带来的宁静感和教训"。②在这两者之中，卡尔维诺尤其喜爱晶体模式。

第一节　精致的晶面组合

小说晶体模式最重要的特点是，由许多片段化的小文本组成，这些小文本就如同一个个小晶面，它们各自独立，彼此平等，不分主次，但具有内在的一致性和逻辑性，按一定规则集合在一起，成为浑然有序的整体。

1952 年，卡尔维诺写《马科瓦尔多》时，第一次尝试运用这一小说结构形态。他以狄更斯式幽默夸张的笔法写了小人物马科瓦尔多一家五年的城市生活，按照春、夏、秋、冬四季的顺序，每一个季节讲述一则故事，五年的四季变换，串起 20 则故事。每一则小故事都可以独立成篇，但相互之间又有着前因后果的连贯性，放在一起时就成为一个有机整体。《宇宙奇趣》和《时间零》中，每个小故事开头都用亲切而又令人信服的授课式语言介绍关于宇宙的某种科学论断，随后是主人公 Qfwfq 以过来人的身份肯定上述论断，然后开始讲述他纵横四海、捭阖古今的爱情经历、生活故事和游戏思考。通过主人公的讲述，宇宙演化的重要转变阶段一幕幕在我们眼前演绎着，诸如银河系的形成、软体动物爬出海底、恐龙与两栖动物的

---

① [意] 伊塔洛·卡尔维诺：《美国讲稿》，萧天佑译，译林出版社 2008 年版，第 70 页。
② [意] 伊塔洛·卡尔维诺：《美国讲稿》，萧天佑译，译林出版社 2008 年版，第 70 页。

进化、人类被遭到破坏的大自然报复等。每个小故事都是一个完整的独立个体，而当它们联合在一起时，就成了一部井然有序的宇宙演化连续剧。

上述作品被称为短篇小说集，因为每个小单元相对独立，彼此之间的联系和逻辑关系相对松散，还没形成浑然无隙的整体。尔后，卡尔维诺对小说晶体模式的探索又有了进一步的发展。1972年出版的《看不见的城市》，由马可·波罗和蒙古大汗忽必烈之间的对话以及马可·波罗对他旅途上所经城市的描述构成。全书共9章，每一章的开始和结束由两人间的对话（共18次）和思考构成，头尾两章各叙述10个城市，其余7章每章叙述5个城市，共55个城市涉及11个主题：城市与记忆（A）、城市与欲望（B）、城市与符号（C）、轻盈的城市（D）、城市与贸易（E）、城市与眼睛（F）、城市与名字（G）、城市与死者（H）、城市与天空（I）、连绵的城市（J）、隐蔽的城市（K）。每个主题包含5个城市，描写简练，长短相近，没有轻重之别、主次之分，不存在主人公，也几乎没有情节；18次对话和思考同样随意，既不是时间序列关系，也不是因果逻辑关系。整部小说就由这55+18个相对独立的小文本组成，但是并不散乱，而是精致的排列组合，体现了作家的整体考量和智性思索。当每一个主题写到第二个城市时，就引入新的主题，然后再按顺序每个主题写一个城市，依次类推。例如，第一章的小节题目（后面笔者以英语字母和数字表示）是：

城市与记忆 之一 A1
城市与记忆 之二 A2
城市与欲望 之一 B1
城市与记忆 之三 A3
城市与欲望 之二 B2
城市与符号 之一 C1

城市与记忆 之四 A4
城市与欲望 之三 B3
城市与符号 之二 C2
轻盈的城市 之一 D1

后面的 7 章每章的开头完成上个主题的最后一个城市，结尾开始新主题的第一个城市，按五四三二一的次序排列，例如，第二章的小节题目是：

城市与记忆 之五 A5
城市与欲望 之四 B4
城市与符号 之三 C3
轻盈的城市 之二 D2
城市与贸易 之一 E1

后面 6 章为：B5 C4 D3 E2 F1, C5 D4 E3 F2 G1, D5 E4 F3 G2 H1, E5 F4 G3 H2 I1, F5 G4 H3 I2 J1, G5 H4 I3 J2 K1。最后一章收尾，依然井然有序，次序依次递减：H5 I4 J3 K2 I5 J4 K3 J5 K4 K5。从中可见作家谋篇布局的自觉意识和近乎完美的美学追求。

1968 年卡尔维诺受到叙事学和符号学的影响，以及保罗·法布里等人的启发，开始试探着用塔罗牌的编排组合来创作文学作品，完成了《命运交叉的城堡》和《命运交叉的饭馆》。主线是一伙互不相识的旅行者邂逅在神秘的城堡/饭馆中，莫名其妙地失去了语言能力，他们聚集在一起无事可做又渴望交流，于是各自选取塔罗牌中的某一人物图案代表自己，通过变换组合这 78 张塔罗牌讲述自我经历。随着故事的不断衍生，每张塔罗牌都被不同故事重复使用，被赋予不同的意义。横着读是一个人的故事，竖着读是另一个人的故事，逆着读又是一个故事……卡尔维诺不仅将塔罗牌编排出方阵，用垂直、水平、双行、交叉的排列方式来讲述故事，而且企图编排出斜方形、星形等上百种框架，甚至进入三维空间的立方体、多面体的组合。① 他着迷于设置种种游戏规则、总体结构和叙述方案。

至此，卡尔维诺的晶体小说结构建构越来越精致，也越来越复杂，逐渐发展为一座座文学迷宫，他对"在迷宫中狩猎，被迷宫吞噬"② 乐此不疲，创作了更为成熟而独特的《如果在冬夜，一个旅人》，通过一对男女读者寻书读书的故事，将 10 个表面看来毫不相干的故事串连起来，在形式上可以说是 1+10＞11。其中的 1 指的是框架故事（frame-story），即男女读者寻书的过程，10 指的则是 10 篇互异其趣的小说开头，即所谓的"嵌入小说"（embedded novels）。这 10 篇嵌入小说，每一篇都来自不同的国家，有着不同的主题、不同的故事情节、不同的人物和不同的背景，属于不同的文学流派，每一篇都是一个全新的故事。卡尔维诺还打破了小说类型之间的界限，呈现给人们各种小说类型和风格的杂糅与拼贴。这 10 篇只有开头的小说，第一篇写一个神秘的旅人在一个小火车站欲将一个重要的箱子交给另一个神秘接头人，处处玄机，类似"间谍小说"；第二篇隐含着有关两家世代有仇的年轻人情怨纠葛的"世仇小说"情节；第三篇像是神秘的年轻女子帮助犯人越狱的"阴谋小说"；第四篇讲的是在特殊的革命年代里身处怀疑、背叛、阴谋之中的一女二男的故事，近似"革命小说"；第五篇是记述一对杀人者毁尸灭迹过程的"凶杀小说"；第六篇讲述了一位具有电话恐惧症的大学教授因接了一个神秘电话而卷入危险的故事，类似"心理小说"；第七篇仿佛是一篇以镜子为主题的"哲理小说"；第八篇有颇具日本风情的"新感觉小说"的痕迹；第九篇叙述的是一个年轻人前往一个充满魔幻色

---

① ［意］伊塔洛·卡尔维诺：《命运交叉的城堡》，张宓译，译林出版社 2008 年版，第 5 页。
② ［意］伊塔洛·卡尔维诺：《命运交叉的城堡》，张宓译，译林出版社 2008 年版，第 6 页。

彩的小村子寻亲的故事，具有拉美"魔幻小说"的特点；第十篇讲述了一个厌倦世界者用自己的意念取消了一切（人、建筑物、自然界），却发现自己被政治势力利用的故事，应属"幻想小说"。此外，在每个单篇小说中各种类型因素也交混杂糅。如《在线条交叉的网中》虽是以主人公的镜子哲学贯穿始终，通过人物的活动来证明世界就像一个万花筒的哲理小说，但其中又充满了挟持/反挟持，绑架/反绑架，伏击/逃跑等黑帮小说内容。其余九篇也是如此，读者难以确定小说的类型，每一部小说都处于含混的状态。因此，我们可以把《如果在冬夜，一个旅人》当作一场聚集了各种类型小说的盛宴。

百科全书式的写作方式，可以说是至今为止世界上最自由、最多样的写作形式的组合体。比如《圣经》，就是由创世神话、编年史、列王记、圣徒传、家谱、箴言、律法、寓言、哀歌、情歌、颂诗、预言、启示录、书信集和神学论文等汇编而成，而卡尔维诺小说的晶体模式由许多各自独立、彼此平等的片段化的小文本（晶面）自由组合而成，最为适合这种百科全书式的写作形式。它不仅可以随心所欲地把玩各种文体，实现文类形式的多元融合，而且可以随意尝试各种叙述模式，如现代主义、意识流、魔幻写实、心理分析等。

卡尔维诺最后一部完整的小说《帕洛马尔》作为一部散文式的哲学默思小说，由主人公的 27 个思考片段组成。一共有三大主题，每个大主题下有三个小主题，每个小主题下又有三个层次。目录中标题前标有数字 1、2、3，分别代表着从感性到理性的三种层次，卡尔维诺自己在目录中有介绍：

> 标明为"1"的部分，相对应的一般是视觉经验，以自然界的各种形状为题材，文字以描写为主。
>
> 标明为"2"的部分，包含了人类学或广义的文化方面的元素，涉及视觉、语言、意义、符号等方面的经验，文字偏重叙述。
>
> 标明为"3"的部分，讲述的是更为思辨的经验，涉及宇

宙、时间、无限、自我与世界的关系及思想的纬度，内容也由描写、叙述转为默思。①

小说各小节标题前的数字排列为"1，1.1，1.1.1，1.1.2，1.1.3，1.2，1.2.1，1.2.2，1.2.3，1.3，1.3.1，1.3.2，1.3.3，2，2.1，2.1.1，2.1.2，2.1.3，2.2，2.2.1，2.2.2，2.2.3，2.3，2.3.1，2.3.2，2.3.3，3，3.1，3.1.1，3.1.2，3.1.3，3.2，3.2.1，3.2.2，3.2.3，3.3，3.3.1，3.3.2，3.3.3"呈现出井然有序的形式，原本好似杂乱无序的思绪，被卡尔维诺严谨地进行了分类，编织进立体的网络中，构建起一个结构周密、和谐匀称的晶体。这种本身亦被赋予深刻内涵的数字组成的立体网络或数字迷宫代表着卡尔维诺具有数字美学的晶体结构已臻至境。

卡尔维诺厌恶僵化和停滞不前，喜欢创新，他说："一般地说，跟前一部作品比较，我的每一部新作都要有不小的变化。始终用一种方式写作，会使我感到厌倦。"② 这种变化首当其冲是结构的创新，表现为文本内部具有美学追求的精致排列组合的运用。如果说《马科瓦尔多》中春夏秋冬的循环往复和《看不见的城市》中递增与递减的数列组合尚属牛刀小试，那么《命运交叉的城堡》中令人眼花缭乱的组合、拆解、重新组合已是得心应手，而《如果在冬夜，一个旅人》和《帕洛马尔》中对形式和内容的完美结合已如庖丁解牛般游刃有余了。

卡尔维诺小说独到的晶体模式并非无本之木，它脱胎于民间文学中惯用的套盒结构（也称连环套结构，或连锁式框架结构，或连串插入式结构）。套盒结构，即指大文本（框架文本）套小文本（嵌入文本），整部书是一个大的整体，其中各个小故事又各自独立、自

---

① ［意］伊塔洛·卡尔维诺：《帕洛马尔》，萧天佑译，译林出版社2006年版，第1页。

② ［意］伊塔洛·卡尔维诺：《文学——向迷宫宣战》，引自崔道怡等编《"冰山"理论：对话与潜对话》（下册），工人出版社1987年版，第845页。

成一体。深受民间文学影响的卡尔维诺对这一结构形式的优缺点了如指掌，因此他进行了化腐朽为神奇的创造性丰富和发展，形成其晶体模式来适应他特定的目的。

首先，丰富和强化了框架文本的功能性作用。传统套盒结构的结构形式相对简单，如a-A-B-C式（篇首楔子加故事，如《一千零一夜》），或a{A}-a{B}-a{C}式（章节引子加故事，如《十日谈》和《坎特伯雷故事集》）。卡尔维诺对此进行了多种实验，采用了多种改造。在《宇宙奇趣》和《时间零》中，他采用的结构是aA-bB-cC；在《看不见的城市》和《如果在冬夜，一个旅人》中，他采用的结构又变为AB-AC-AD-A。

在传统作品中，框架文本只是一个楔子或引子（即a），只是提供一个场景或原因，与所套的嵌入文本是不平等的，二者之间的联系也谈不上密不可分。如果读者感兴趣的是后者，将前者替换掉也并非绝不可行。而在卡尔维诺的作品中，框架文本的地位大为提高，在《宇宙奇趣》和《时间零》中，嵌入文本（A）是对前者（a）的解释和应答，两者是对话关系；在《看不见的城市》和《如果在冬夜，一个旅人》中，这个框架文本（A）本身就是一个引人入胜的整体故事，和嵌入文本一样，完全可以独立存在，独自被阅读。如此一来，小说就尽量避免了原本套盒结构所具有的生硬、松散的毛病，向"多元整一"靠拢。

其次，在叙事结构内部采用简化的原则。卡尔维诺的气质和性格决定了他不喜欢夸夸其谈的长篇大论，或浅尝辄止地浮光掠影式的描写，他曾提到："从开始创作生涯的那一天起，我就把写作看成是紧张地跟随大脑那闪电般的动作，在相距遥远的时间和地点之间捕捉并建立联系。"[①] 他提倡"长文短写"，即使对于那些"嵌入文本"，他也并不像传统作家那样不厌其烦地按照事件的来龙去脉、因

---

① ［意］伊塔洛·卡尔维诺：《美国讲稿》，萧天佑译，译林出版社2008年版，第48页。

果关系讲述一个完整的故事。《马科瓦尔多》算是个例外，但即使在这一本书中，他也更关注心灵和头脑中的活动，而非外在情节发展。在《宇宙奇趣》和《时间零》中，他更多关注具有无限阐发性的时间与空间的概念。《如果在冬夜，一个旅人》最有讲故事的架势，但十个故事都在最紧张、最精彩的地方戛然而止，给人留下想象和回味的空间，这种只有开头的小说越发呈现出其开放性。至于《看不见的城市》和《帕洛马尔》，故事的篇幅更为短小，与其说它是小说，不如说它介于寓言故事和短小的散文诗之间。

卡尔维诺曾言："不管写什么都应找到那惟一的、既富于含义又简明扼要的、令人难以忘怀的表达方式。"① 而写长篇时很难保持这种紧张的工作状态，故而他爱写些短篇小说；即使写长篇，他也要追求一种高度浓缩。他提出："我认为'长文短写'今天也被长篇小说视为自己的规则。今天的长篇，其结构是累积式的、模数式的、组合式的。"② 俗话说："浓缩的都是精华。"他认为"长文短写"使作者可以在其中表达自己最核心的思想，而对读者来说，在这个快节奏的、忙碌的时代中，人们只能见缝插针地挤时间来读书。因此，阅读一个简短但相对完整的文本，远比阅读鸿篇巨制的长篇累牍，可行性要大得多。此外，言简而意赅，有限的篇幅却含蓄着无限的意蕴，更能够激发读者的思考和参与，也更加令人难以忘怀。

第二节　奇妙的自我生成

晶体除了具有精致确切的晶面和稳定有序的结构之外，还可以

---

① ［意］伊塔洛·卡尔维诺：《美国讲稿》，萧天佑译，译林出版社2008年版，第49页。
② ［意］伊塔洛·卡尔维诺：《美国讲稿》，萧天佑译，译林出版社2008年版，第115页。

通过自身元素的再结合而生成崭新的结构，这种自我生成的晶体结构有自身内在的规律性，其自我生成的结果，往往是按规则的几何图形成周期性重复排列、无限延展而成，与原结构相似，甚至可以说是对原结构的复制和增殖。晶体的这种自我生成特性，使它有别于僵化的矿物质，而更接近有活力的生命体。这也是卡尔维诺如此喜爱晶体模式的一个重要原因，他曾经如此表述他的文学理想："我认为，即使是不公开宣称自己是作家的人，在选择文学作品的形式时，也需要一种宇宙模式（即通用的神话图）。世界各国的文学在马拉美之后都追求这种几何形图案。这个图案以现代科学的主调有序与无序为背景。在整个图案中宇宙变成了一团热云，不可挽回地陷入熵的旋涡之中。但是在这个不可逆转的过程内部，却存在一些有序的区域。在这些区域里趋向出现一种形式，似乎能够看出一种图案，一种透视图。文学创作即是这些区域之一，在其内部生命呈现出某种形式，具有某种不固定、不明确的意义。这个意义不像僵化的岩石，而是一个有生命的机体。"[①] 正是在这个意义上，他将文学和晶体联系在一起。同时，百科全书最基本的特点是其词目增删的自由，所有词目或小文本的收集和编排都是围绕着某一个或多个主题进行的，任何插曲都不影响百科全书式作品的完整性，晶体模式的自我生成特性显然与之相适应，使小说成为一部随时可以修订或扩展的书，拓宽了叙述空间。卡尔维诺看重的就是晶体模式的这种生命力，或者说自我生成性、多元变化和不确定性。他的晶体模式小说主要通过三个途径使其文本自我生成。

一　由晶核向外衍生

这种方法典型地应用于《看不见的城市》中。该作品讲到了55

[①] ［意］伊塔洛·卡尔维诺：《美国讲稿》，萧天佑译，译林出版社2008年版，第68页。

个城市，其中每5个城市隶属于某一类城市特征，或是记忆中的城市，或是欲望中的城市，或是有标志的城市，或是轻盈的城市，或是贸易城市，或是眼中的城市，或是有名字的城市，或是死者的城市，或是空中的城市，或是连绵的城市，或是隐蔽的城市，一共有11类。然而这种区分并非清晰绝对的，或者说，读者并不能根据马可·波罗的描述真切地认出某个城市。著名的游记《马可波罗行纪》中，一个个异国城市的描写，已是亦真亦幻，引起后人的众多猜测，但毕竟还有实际存在的时空参照系统。而在卡尔维诺笔下，马可·波罗没有告诉我们他的旅行路线，只是在想象中、在回忆中，甚至在梦幻中叙述一个又一个像是童话里的城市，它们似空中楼阁，虚无缥缈，是名副其实的"看不见的城市"，但同时，它们又充斥着现代大都市的各种符号，显露出当今社会的特征。在小说中，"忽必烈发现马可·波罗的城市几乎都是一个模样，仿佛完成那些城市之间的过渡并不需要旅行，而只需改变一下她们的组合元素。现在，每当马可·波罗描绘了一座城市，可汗就会自行从脑海出发，把城市一块块拆开，再将碎块调换、移动、倒置，以另一种方式重新组合"①。因此，忽必烈声称"我在头脑里建造一座样板城市，可以按照她来演变出所有可能的城市来"②，其实，对于马可·波罗来讲，他头脑里的那座模板城市就是威尼斯。在作品中，忽必烈曾经要求马可·波罗讲一下威尼斯，因为他从未提及这个城市的名字。马可·波罗却说，"每次描述一座城市时，我都讲点威尼斯。……为了区分其他城市的特点，我必须总是从一座含蓄的城市出发。对于我，那座城市就是威尼斯"③。由此可见，这众多的城市实为一个城市，

---

① ［意］伊塔洛·卡尔维诺：《看不见的城市》，张宓译，译林出版社2006年版，第167页。

② ［意］伊塔洛·卡尔维诺：《看不见的城市》，张宓译，译林出版社2006年版，第188页。

③ ［意］伊塔洛·卡尔维诺：《看不见的城市》，张宓译，译林出版社2006年版，第204页。

它们有着共同的范本，它们都是由威尼斯这座心中的模板城市衍生而出的，威尼斯即为《看不见的城市》这个精美的晶体的核心。然而即使这个范本——威尼斯——也并不是一个真实具体的所指，并不是现实世界中历史上、地理上真正存在的那个城市，它也是隐形的、看不见的，或者说它只是一个语意漂浮的象征符号，批评家和读者完全可以根据自己的理解将其锚泊在任何一种稳定而清晰的意义上。

整部作品由威尼斯这个晶核衍生出11类城市，每类城市又生成5个城市，这种布局系统看来简单明了，但由于卡尔维诺采用了富有独创性的等差数列结构，使之成为一种可以无限衍生的自我生成系统。若是他愿意，还能再写出55个，甚至555个"看不见的城市"。

二　通过不断调整元素的排列规则，重新组合

卡尔维诺可以把《命运交叉的城堡》无休止地写下去，因为每一张塔罗牌（例如世界、恋人、恶魔、死神、愚人、倒吊者、力量、审判、命运或者正义）都至少代表着一个叙述元素或者一个文学母题（"原型"），78张牌的排列组合几乎是无限的，故事也就能无限倍增下去。卡尔维诺在这部作品的前言中谈道：这种把塔罗牌当作组合叙事机器的构思，是受到保罗·法布里的《纸牌占卜术的叙事与纹章图案的语言》、M. I. 列科姆切娃和 B. A. 乌孜潘斯基的《作为符号系统的纸牌占卜术》和 B. F. 叶戈洛夫的《最简单的符号系统与交叉的类型学》等的启发，尤其是接受了每张牌的意味取决于它在前后牌中的位置这一观念。[①] 卡尔维诺声称自己写《命运交叉的城堡》的目的是"描写一部对小说进行大量翻版的机器"[②]，断言"文学本

[①] ［意］伊塔洛·卡尔维诺：《命运交叉的城堡》，张宓译，译林出版社2008年版，第3页。

[②] ［意］伊塔洛·卡尔维诺：《美国讲稿》，萧天佑译，译林出版社2008年版，第115页。

身只不过是一组数量有限的成分和功能的反复转换变化而已",是一种"利用文学自身的素材所固有的可能性的组合游戏"。① 可见,卡尔维诺注意到并重视运用这种元素(在《命运交叉的城堡中》指塔罗牌)在反复组合、重复叙事中所营造出的自我生成现象。他曾提到:

> 世界根本就不存在,没有一个一下子就成为全部的全部:元素是有限的,它们的组合却可以成千上万地倍增,其中只有一小部分找到了一种形式和意义,在一团无形式无意义的尘埃中受到了重视;就像七十八张一副的塔罗牌,只凭其摆放顺序就可以出现一个故事的线索,将顺序变化后,就能够组成新的故事。②

三 互文性

在卡尔维诺具有晶体模式的小说中,这种自我生成还体现于互文性的运用。"互文性"这一术语最早由朱丽娅·克里斯特娃在1966年发表的《词、对话、小说》中提出,第二年又在《封闭的文本》(1967)中进一步将其定义为"一篇文本中交叉出现的其他文本的表述……"③ 后继者从各自的理论立场出发,对之做过不同的论述,但其核心都离不开文本之间联系的不可抹杀性。互文性的具体方式包括引用(citation)、暗示(allusion)、参考(reference)、仿拟(pastiche)、戏仿(parodie)、剽窃(plagiat)、各式各样的照搬照用等,④ 卡尔维诺大都运用娴熟。其中最得心应手的是仿拟,即不是单纯的使原文本出现在自己的文本中,而是对原文本的一种派生式的重构,一种转换或模

---

① Italo Calvino, "Cybernetics and Ghosts", *The Uses of Literature*, translated by Patrick Creagh, New York: Harcourt Brace Jovanovich, 1986, p. 22.
② [意]伊塔洛·卡尔维诺:《命运交叉的城堡》,张宓译,译林出版社2008年版,第127页。
③ [法]蒂费纳·萨莫瓦约:《互文性研究》,邵炜译,天津人民出版社2003年版,第3页。
④ [法]蒂费纳·萨莫瓦约:《互文性研究》,邵炜译,天津人民出版社2003年版,第2页。

仿式复制。

百科全书具有一种学术性的或学究式的写作方法,喜欢"无一字无来处"的引经据典式"严谨"风格,即以大量地转述或引用已经存在的原始文本(尤其是经典文本)为基础。但是在当代,由于对历史破碎性的体验、对经典的失效感,引文再不复过去的权威性和可靠性了,它以前所未有的方式和意义出现在写作的中心,过去时代的真理与经验变成了语言现象。卡尔维诺曾说道:"今天该用另一种方式写作。我与过去的作家之间的关系更自由,我让自己一头栽进去毫无保留;我十八、十九世纪的老师及朋友不计其数,跟他们的友谊是天长地久的。"① 吉拉尔·热奈特认为用"超文性"来称呼这些手法更为合适,他用超文性来指所有把一篇乙文(称为超文 hypertexte)和一篇已有的甲文(称为底文 hypotexte)联系起来的关系。在他看来,"互文"是一种"再现"和"共生"的关系,"超文"则是一种"引出"和"派生"的关系。

卡尔维诺仿拟的对象往往是经典文本,因为经典本身就有无限的意义蕴含。他认为,只有经典才有重写的价值、增殖的可能。《命运交叉的城堡》仿拟了古希腊神话、中世纪童话、浮士德的故事和骑士传奇,《命运交叉的饭馆》除了仿拟古希腊的作品和莎士比亚的四大悲剧之外,还有对作者自己作品的仿拟,包括《不存在的骑士》、《树上的男爵》和《看不见的城市》,甚至《命运交叉的城堡》。

卡尔维诺的仿拟不仅是对情节或主题的改写,还包括对形式的改写。例如,在《如果在冬夜,一个旅人》中对当代的以及经典的通俗形式和作品(如爱情故事、间谍小说、科幻小说和推理小说等)进行了改写。这种改写实际是一种文学转换,在改写的过程中,作家已使原来的形式大部分被与它相反的形式代替。这些形式被天衣无缝地融入文本,从而弥合了精英文化与大众文化之间的鸿沟。这

---

① [意]伊塔洛·卡尔维诺:《巴黎隐士》,倪安宇译,台北:时报文化出版企业有限公司1998年版,第31页。

些仿作与原有的文本之间形成张力，摆脱了"影响的焦虑"①，卸载了原作的重压，产生了新的意义空间。二者既相似，又不同，彼此相映，相互影响，恰似晶体的各个晶面。

晶体模式小说的这种自我生成的特性使其具有开放性、未完成性，也就拥有无限的生命力。卡尔维诺像玩魔方一样使他的晶体模式变幻出令人眼花缭乱的各种形式。形式因素是他追求小说晶体模式的自我生成性的一个重要原因，但并非全部。随着全球化时代的来临，城市带来的类型化、同质化体验也日益严重。卡尔维诺对此深有体会："今天城市与城市正合而为一，原来用以分示彼此的歧异消失不见，成为绵亘一片的城市。"② 正是这种对当今世界多元、无序、破碎、同质的理解，以及对其充满多样性、偶然性、非连续性而又无差异性的认识，他不再相信任何静止的单一原则或等级制度，小说也随之走向片段化、多元化和复调，不再只有一个主要的意识中心、一种主要的聚集手段和一个主要的叙述者了。对于一件事情从更多的角度去描写，有多少角度，就会有多少故事形成，不管这些故事之间是不是重复的。因此，仿拟、复制、改写、增殖等技巧成为他的主要手段。

第三节　绚丽的多重折射

晶体模式具有多重折射的特点，具有"融整体于万象，融万象于文学"的效果。卡尔维诺追求"百科全书式小说"的目的，就是

---

① 哈罗德·布鲁姆命名的一种心态，即作家面对经典时，感到先辈们已经穷尽了能写的一切，认为任何所谓的创作都不过是对传统的重复。
② ［意］伊塔洛·卡尔维诺：《巴黎隐士》，倪安宇译，台北：时报文化出版企业有限公司1998年版，第216页。

要实现小说的认知需求，力图反映大千世界。而晶体的特点之一就是能够折射，当纯粹的白光穿过晶体的时候，晶体会折射出绚丽多彩的光谱。卡尔维诺欣赏这种繁杂和多元化，希望他的作品被审视时能像晶体那样折射出多重意义，也希望读者能带来理解的多元化。他的晶体模式小说不是自成一统、不问世事的象牙塔，不是禁锢自我意识的牢笼，而是通向大千世界的众多窗口，是与外界交互的塔楼。在每一个简约的小晶面里都承载着高度想象的模棱内容，整个晶体空间绝不是只填充着文字的二维平面世界，而是处处都能窥探到现实影像的多维空间，蕴含着极其丰厚的历史时代内涵和深沉而又冷静的对现实关系的明智洞见。他曾在给评论家戈尔·维达的信中说道："（你）成功地为我的全部作品提炼出一个更像是哲理的观念——即'整体和万象'等——我为此非常高兴。"[①] 他以下述三种途径实现了"整体和万象"之间的折射。

一 以有限见无限

当今世界不同于以往历史上任何一个时期，整个社会呈现出一种极度纷繁混乱的状态。面对这个不确定、无中心、多元化的世界，想要把全部知识和内容纳入掌中，完全是妄想。卡尔维诺也曾陷入被无限琐碎知识包围的窘境。引发他思考和顿悟的是保罗·泽利尼在《无限简史》中的做法，即"把无限大翻转过来并将它融化于无限小之中"。他豁然开朗，并在晶体结构中找到了解决的办法。他精心设计晶体结构中的每一个小文本，声称"这些小故事的结构使我能够把思维与表达上的浓缩与客观存在的无限可能性联系起来"。[②] 通过对一个又一个有限的具体细节的穷追不舍，可以达到对无限的

---

① Gore Vidal, "Calvino's Death", *The New York Review of Books*, Nov., 1985, p. 21.

② ［意］伊塔洛·卡尔维诺：《美国讲稿》，萧天佑译，译林出版社 2008 年版，第 115 页。

普遍性和完整性的趋近。因此，他在创作中尽最大可能地缩小要讲述的范围，使无限大一下子跌向无限小，然后再从每一条线索出发来不断接近中心。这实际上就是晶体模式小说折射的主要形式：以有限见无限。然而，无限毕竟是可望而不可即的，接近无限的努力从来不会达到令人绝对满意的程度。那么，如何才能尽量地接近无限呢？卡尔维诺提出了追求精确性的要求。他赞同穆西尔的观点："数学题不承认普遍适用的解，只承认单一的解；这些单一的解加在一起，便接近普遍适用的解。"① 也就是说，精确与模糊相联，无限在有限中呈现，只有实现部分中的精确，才能达到整体的无限。只有追求精确的文字语言、精确的形象，构成晶体的各个确切的晶面，才有可能实现事物的无限可能性。反过来说，从这些精确的小晶面中，我们也就找到了得窥无限的希望之门。所谓"窥一斑而知全豹""一叶知秋"，就是这个意思。这里体现了卡尔维诺的一种整体有机论，即认为所有原初的个体都是有机体，都是主体，彼此都有内在的联系；所有的生物都是生命的核心，都有其自身的利益；整体包含于每一部分之中，部分被展开成为整体。

《帕洛马尔》集中体现了这种万象与整体、有限与无限的关系，在对有限的"万象"进行描写的同时，始终保持着对无限的"整体"的思考。作品的主人公在观察自然时总是试图先把观察的视点缩小到每个很难再细分的单位，如具体到每一个浪头、每一根草，然后再往更大的集合单位来推，靠点来构成面以至空间。例如，在海滩上，帕洛马尔通过观察海浪，试图借领悟波浪的本质，来破解人"存在"本质的迷惑：我们是宇宙的一部分吗？还是宇宙只是我们想象的存在；在庭院里，他从观察草坪的数目繁多、组合复杂和良莠之分，联想到宇宙的繁杂、混乱和不可知；在动物园里，他从长颈鹿的观察中反思自己在不和谐的世界中寻求某种不变模式的局限，

---

① ［意］伊塔洛·卡尔维诺：《美国讲稿》，萧天佑译，译林出版社 2008 年版，第 64 页。

也从大猩猩将轮胎当作有形支柱来支撑无言宣泄的行动中，归结人们想借语词本身表达意义的企图；等等。更耐人寻味的是，为了找出自我与外在于我的世界的联系，避免局限于一个领域来描绘世界，卡尔维诺还让帕洛马尔试着学习死亡，用一个终结来定义人与世界的关系。不管怎样，精确的文字和语言构成了晶体的各个面，每一个面映射出世界的一个细节，追求着事物的无限可能性。以形式构建的规则有序凸显现实世界的复杂无序，二者形成一种极富意蕴的张力。

二　以理性现感性

卡尔维诺还注意到晶体模式小说中的另一种折射：以理性现感性。他通过《看不见的城市》中的两个人物给予了我们隐喻式的阐释。作品中，忽必烈的思维方式是追求精确的分类，体现在作品中就是均衡精密的结构组合，是晶体的精巧外形，而马可·波罗充满诗意的叙述，则是晶体各个小晶面反射出的感性之光。对于每一座城市，忽必烈用黑白棋格上城堡、王、后和卒的种种排列组合来代表，体现出走向理性化、几何和代数的智慧的趋势，他把对帝国的知识降格为棋盘上棋子的行走规则。忽必烈观察棋盘上的局势变化，看形式系统怎样将无数形式组合在一起形成一种形式，再破坏掉它。他全心沉浸于棋盘，以至于忘掉了最初为什么下棋。每一局无论胜负结局都是一种，胜方拿掉了国王，棋盘上余下的只是黑白两色的方格子，再无其他。通过把自己的胜利进行肢解，使之还原为本质，他得出最极端的运算：帝国的胜利不过是虚幻的表现，是一个个棋盘上的小方格，最终的胜利不过是一方刨平了的木头，是虚无。但这时，在马可的脑海中呈现出的却是迥然相异的感性画面，他用大量的细节进行描述：

"陛下，你的棋盘是两种木头镶嵌的：乌木和枫木。你现在注视的方格子,是一个干旱年份里生长的树干上的一段:你看到它的纤维纹理了吗?这里是勉强可见的一个结节:早春萌生的树芽被夜间一场霜给打坏了。……这是一个较深的孔。也许曾经是一个幼虫的洞穴,不过肯定不是蛀虫,因为蛀虫一生下来就不停的挖洞,这应该是一只毛毛虫,这家伙吃树叶,所以这棵树被砍了……这个边上木匠用半圆凿刻过,好让它跟邻近比较突出的木块更合拢……"在一块光滑的空木头上能看出如此之多的事物,这使忽必烈大为震惊;波罗已经开始谈论乌木林,顺流而下的运木材的木排,码头和窗口的女人……①

理性的极致体现是哲学,哲学以从纷杂多样中抽出一般规律的方式洞悉世界,并制定规则,穷尽无限。而文学却是感性的显现,它颠转规则,还世界以血肉。晶体秩序的外形与其折射,恰似哲学与文学之间的关系。因此卡尔维诺常常在两条道路之间不停地摇摆:"一是大脑里的智力活动,亦即在各种点之间划上直线或曲线,绘出抽象的图形与各种矢量;一是在各种物体之间活动,力求造出相应的表达式来填满一页页稿纸,尽量使写出来的与未写出来的相对应,使写出来的东西与能讲出来的话及不能讲出来的话相对应。"② 这种以有限见无限、以理性现感性的折射为我们打开了观察世界无限可能性之门。

三 读者的作用

卡尔维诺还非常重视在每一个小晶面中凝聚着巨大能量释放中读者的作用。为了追求阅读中的"增殖",他在小说文本生成的过程中

---

① [意]伊塔洛·卡尔维诺:《看不见的城市》,张宓译,译林出版社2006年版,第133—134页。
② [意]伊塔洛·卡尔维诺:《美国讲稿》,萧天佑译,译林出版社2008年版,第72页。

向读者开放、向阅读开放,让读者和作者共同写作。他断言:"一部经典作品是一本从不会耗尽它要向读者说的一切东西的书。……一部经典作品是这样一部作品,它不断在它周围制造批评话语的尘云,却也总是把那些微粒抖掉。……经典作品是这样一些书,我们越是道听途说,以为我们懂了,当我们实际读它们,我们就越是觉得它们独特、意想不到和新颖。"①

卡尔维诺和巴黎学派中很多人(尤其是罗兰·巴特)交往甚密,深受影响。他认为,小说的结构形式能够创造它的内容,它的每一个词、每一个元素的意义都是通过与小说中其他要素的相互关系和作用而产生的;只有通过读者的阅读,寻找其在上下文中的位置和相互关系,整个小说结构才能产生能量,获得意义。《如果在冬夜,一个旅人》充满了大量留白,作家期待读者去发现小说中比言明的东西更加丰富的未言明的东西。小说中的每一个小故事都是一个精确的小晶面,它邀请读者一起参与新鲜而富有挑战的文学迷宫之旅,体味解谜的快感和无解的焦虑,其后续发展召唤着读者用自己的想象力去填补,有无限的可能性。卡尔维诺营造出精巧的晶体模式,读者可以从中摸索出繁复的阐释网络,使一线光变成一束光,甚至一片散射的光晕。

卡尔维诺晶体模式小说远观玲珑精致、和谐有序,近睹却眼花缭乱、无迹可寻。越是玲珑精致的晶体,在光线下,越会折射出炫目的艳色。但是面对着世界所拥有的色彩,有几个人能够看透晶体本来的无色与沉默?谁又能说,无色与沉默就是苍白与单调?面对着一切金碧琉璃、喜怒哀乐,又有几个人能够看到心中永远清澈剔透的晶体对其的大度包涵?能拥有这样一双慧眼,是一种何等的气度和智慧?人类长久以来形成了一种基本的思维模式,即二元对立式的思维模式。其主要表现就是,把事物或现象划分为彼此对立、

---

① [意]伊塔洛·卡尔维诺:《为什么读经典》,黄灿然、李桂蜜译,译林出版社2006年版,第4—5页。

壁垒分明的两极，两极中间不存在任何缓冲地带，是一种非此即彼的决绝状态。传统作家往往以导师自居，在其作品中惩恶扬善、臧否分明。卡尔维诺认识到，这种截然对立的逻辑并不是世界存在的实际状态，世界是多元的，各元之间也是纷繁复杂、交互渗透的。因此，要想真正认识世界，就要避免先验主义和二元对立的僵化思维，用一种全面客观的方式审视，悬置价值纷争，宽和地包容一切。换而言之，就是用一种多元中和的思维模式去对待复杂现象。因此，在他的创作理念中，有限中蕴含着无限，理性背后隐藏着感性。

总而言之，卡尔维诺小说的晶体模式具有叙事和知识上的巴洛克式的复杂风格，这种叙事形式不仅可以充分反映现实经验，还可以让过去的文学幻影再次粉墨登场，以新的方式一一重现。它是在传统现实主义叙事衰落之后，对叙事的多种可能性进行实验的一种方法，也是小说在各种各样的现代知识体系和现代传媒手段中寻找自身新的独立价值的尝试。小说的晶体模式，并不是一种确定的方法，而是文学叙事在更新自身时所表现出来的一种探索性、包容态度，和对叙事传统的反省所带来的特有的复杂性的体现。

第三章　艾柯的清单和迷宫

安贝托·艾柯（Umberto Eco，1932—2016）是意大利当代著名小说家，同时还是符号学家、中世纪研究专家、文学批评家、美学家、哲学家、文化史学家和公共知识分子。他被誉为当代欧洲读书最多的人，在哲学、神学、美学、符号学、历史学、宗教学、大众文化研究等多方面都颇有建树。

艾柯多次在访谈或论文中提到对小说百科全书化趋向的追求，以及为此而进行的形式探索。例如，他在《悠游小说林》中曾经言及："任何叙事性的小说都命中注定必须简练敏捷，因为，塑造一个包含万物的世界的同时，小说并不可能面面俱到。"① 在《开放的作品》中说："文学以其开放的、不确定的形式表现科学设想所反映的令人晕眩的大胆假设的世间万物。"② 可见，艾柯心目中的小说要展现世界万物，是具有百科全书化趋向的小说，而创作这样的小说，必须要有合适的写作形式。作为一位先锋作家，艾柯拒绝任何既定的规则和形式，但是作为一位追求百科全书式小说的作家，他注意到了内容和形式之间悖论式的张力：要更好地呈现小说的包罗万象，就不能不受结构规律的约束。他多次提醒："'限制'在每一种艺

---

① ［意］安贝托·艾柯：《悠游小说林》，俞冰夏译，生活·读书·新知三联书店 2005 年版，第 3 页。
② ［意］安伯托·艾柯：《开放的作品》，刘儒庭译，新星出版社 2005 年版，第 241 页。

创作过程中都是最基本的部分。"①"故事的美在于你为自己创造限制。"②"对于任何艺术创造，制约都是不可或缺的。"③"为了能够自由地创作，应该给自己设定一些限制。"④ 在他年逾古稀时出版的《一个青年小说家的自白：艾可的写作讲堂》（2011）中，有一节专门以"限制"为题。他高度重视小说的形式，即结构模式，或材料的组织方式，非常赞赏帕斯卡的名言："将资料加以处理便是新意。"⑤ 而他最喜欢的资料处理方式是运用清单和迷宫。清单和迷宫是他所热衷的形式制约，是其小说诗学特征的一部分，也代表了他在文学中对秩序与混乱之间张力的不断探讨。

《玫瑰的名字》（The Name of the Rose，1980）是艾柯的小说处女作和代表作，曾荣获意大利的维阿雷乔文学奖、法国的美第奇文学奖等，一出版就畅销全世界，本章主要以这部小说为例分析艾柯的创作形式。小说以作家熟悉的中世纪为背景，主人公是年轻的修士阿德索和他的导师威廉。他们于1327年来到了一座修道院，被卷入一系列谋杀案件中，目睹了多起死亡事件并承担起侦破案件的任务。这座修道院的主体是一座名为"楼堡"的八角形建筑物（有四个七角形的角楼），楼堡顶层是像迷宫一样的藏书馆，唯有馆长有权进入。主人公师徒二人为了破案，多次秘密深入其中，终于觅得真凶。

艾柯明确提及在创作《玫瑰的名字》时，他使用了中世纪编

---

① ［意］翁贝托·埃科：《埃科谈文学》，翁德明译，上海译文出版社2016年版，第326页。
② ［意］翁贝托·埃科：《埃科谈文学》，翁德明译，上海译文出版社2016年版，第327页。
③ ［意］安贝托·艾柯：《一位年轻小说家的自白：艾柯现代文学演讲集》，李灵译，广西师范大学出版社2014年版，第31页。
④ ［意］翁贝托·埃科：《玫瑰的名字注》，王东亮译，上海译文出版社2010年版，第25页。
⑤ ［意］翁贝托·埃科：《埃科谈文学》，翁德明译，上海译文出版社2016年版，第122页。

年史家的风格,"他们热衷于每次指称某物时都要引进百科全书式的概念"①。因此,小说中各式各样的清单和神秘玄奥的迷宫构成了别致的景观,成为小说艺术魅力不可或缺的重要因素。

第一节 艾柯的清单

艾柯从不讳言他对清单的喜爱。在《一个青年小说家的自白:艾可的写作讲堂》中,他用了近二分之一的篇幅来论述"我的名单"一章,并总结说,"名单,是我阅读和写作的喜悦来源"②。他意犹未尽,后来将这些内容扩写,出版了一本美学著作,名字就叫《无限的清单》。其中声称,"在我所有小说里,我都是个清单迷"③。他不无自豪地指出:"读过我小说的人都会发觉,那些作品里有很多清单。"他说自己对清单的爱好可以追溯到年轻时所做的研究:中世纪文本和詹姆斯·乔伊斯。他认为,古今清单的开山原型是"荷马史诗"中的船名表和阿喀琉斯之盾上的画面,并由此发现了清单"无所不包"和"不及备载"(暗示它可能往它的实体极限以外延伸)的特点。

一 两种清单的转化

艾柯将清单分为实用清单和诗性清单(或称文学清单、美学名单)两种。实用清单的目的是实用性的,具有非常纯粹的指示功能,

---

① [意]翁贝托·埃科:《玫瑰的名字注》,王东亮译,上海译文出版社2010年版,第41页。
② [意]安伯托·艾可:《一个青年小说家的自白:艾可的写作讲堂》,颜慧仪译,台北:商周出版社2014年版,第234页。
③ [意]翁贝托·艾柯:《无限的清单》,彭淮栋译,中央编译出版社2013年版,第287页。

其条目所指明确具体，所以是有限的。例如，购物单、图书目录、物品存货单、餐厅菜单、具有词条的字典等。诗性清单则是"开放"的，它往往指涉我们没有能力真正去一一枚举的事物，因为其数量过于庞大，甚至是无限或接近无限。作者往往从这种清单中感受到某种愉悦，有时仅仅是欣赏那些词语连缀在一起的音韵，有时则是迷恋在有限中对无限可能性的表现形式。但艾柯特别指出，只要有艺术性的目的，无论以什么艺术形式表现，都属于诗性清单。① 也就是说有限的实用清单只要创造出更丰富的意义，它就是诗性的。所以，在这个意义上，艾柯作品中的清单哪怕本来是一份有明确指示功能的实用清单也可以具有诗学的价值。

例如，小说的目录，本来是数目有限、指示清楚的实用清单，但因为隐含了深远意蕴，也就转化为诗性清单，成为艺术表现的重要组成部分。《玫瑰的名字》共有7章，每一章按时间顺序讲述一天之内发生的事情，章名即"第一天""第二天"……"第七天"，其中小节则按祈祷时间命名，如"晨祷""辰时经""午时经""午后经""夕祷""晚祷"等，明显与教士生活相关。"七"这个数字在这部以中世纪修道院为背景的小说中，会让人联想起七日创世、七宗罪、七封印、七声号角等宗教意义。果然，读者在阅读的过程中逐渐发现，凶手的杀人手法暗合了《启示录》"最后的审判"中七声号角的描述：第一位天使吹响了第一声号角，冰雹、烈火夹带着鲜血从天而降；第二位天使吹响了第二声号角，海的三分之一变成血；第三位天使吹响号角时，死亡来自水；第四位天使吹响号角，太阳的三分之一遭受重击，还有月亮的三分之一、星辰的三分之一；第五声号角吹响，蝗虫爬出，用像蝎子那样的毒刺蜇人；第六声号角吹响，马的口中喷火，尾如毒蛇，三分之一的人死于火与烟；第七声号角吹响，天使赐书，你便肚中发苦，而口中甜如蜜，最终天国

---

① ［意］翁贝托·艾柯：《无限的清单》，彭淮栋译，中央编译出版社2013年版，第113页。

传出声音,天主将永治世间。与之相对,第一个死者死于冰雪中;第二个死者死在血海里;第三个死者死在浴缸中;第四个死者被浑天仪击中头部而亡,而击打死者的部位是浑天仪所示天体的三分之一处;第五个死者死于中毒;第六个死者被困在密道中烧死;第七个死者就是凶手自己,吞毒而亡。然而,正当读者欣喜于自己的发现,赋予"七天"以特殊内涵时,却在小说的最后突然被告知,这些案件与七声号角的顺序相合最初是纯属巧合,后来是凶手为了误导威廉而刻意模仿,"七天"实际上只不过是七天而已。所以,简洁的目录、峰回路转的意味深长,自有其诗性策略。

这种将实用清单转化为诗性清单的做法还是《傅科摆》(*Foucault's Pendulum*,1988)一书的主题支撑。小说的主人公卡索邦偶然得到一份材料,认定这是一份秘密文件,解读其中的密码就能解开圣殿骑士的秘密,于是和两个博学的伙伴贝尔勃和迪奥塔莱维开始了波澜壮阔的解谜之旅。在这一过程中,他们旁征博引,将历史中众多神秘事件、组织、社团等都编织到"圣殿骑士阴谋论"中,几乎"圆满"地重新解释了历史。主人公的女友莉娅为了解救走火入魔的男友,也对这份材料展开了研究,最后发现它不过是一张普通的送货清单。将实用清单阐释为诗性清单,并由此生发出一部鸿篇巨制,蔚为奇观。

二 清单的形式和功能

一般而言,清单大多由累积构成,即将语言学上属于相同概念领域的项目依序排列、并列。累积式清单一般有两种形式,一种是枚举,这是艾柯所钟爱的中世纪文学中经常运用的,这种方式的清单有时其内容之间几乎没有关联,仅仅是处于同一空间,或属于同一人,缺乏一致性和同质性。另一种形式是堆聚,即列出一连串有相同意思的文字或句子,并用各种不同的方式来重复传达同一种观念。不管哪种形式,小说中的清单都具有不可忽视的重要功能,艾柯运用得出神入化、得心应手。

　　首先,清单具有记录功能,呈现琐碎而丰富的信息和知识,是对场景的博学式还原,不仅能够帮助读者认知相关内容,而且能够营造一种在场观赏的感觉。艾柯在论述清单时专门介绍了博物馆具有档案记录功能的清单。他认为,小说能够记录人类的历史,包括生活方式、风俗习惯和情感认识等,在某种意义上也有档案功能。而运用清单,能够更清晰明确地体现这一功能。例如,《玫瑰的名字》中藏书室中的图书目录、医务所中的实验器皿和药物目录、教士餐厅的食物名单、食品总管的征收目录等。还有,阿德索第一次观赏教堂的大门时,对门上雕刻的圣人、动物和花草的枚举,其中最精彩的是拱门下方的地狱景象:

　　　　我看见一个全身赤裸的淫荡女人,丑陋的癞蛤蟆啃食着她身上的肌肤,蛇蝎吮吸着她的血液,与她交欢的是一个半人半兽的怪物。那怪物大腹便便,长着粗硬茸毛的脚爪,扯着喉咙发出猥亵的狂吼;我看见一个吝啬鬼,直挺挺僵死般地躺在一张饰有边柱的奢华的大床上,已懦弱地成为一群魔鬼的猎物,其中一个魔鬼从他奄奄一息的嘴里扯出婴儿形状的灵魂(哎呀,他再也不能投胎永生了);我看见一个骄傲自负的人,一个魔鬼趴在他肩上用利爪挖他的眼睛;另外我还看见两个饱食者彼此撕扯着,令人作呕地扭打成一团。此外,还有其他的造化物,羊头、狮身、豹嘴,以及被囚禁在一片烈焰之中的囚犯,你几乎能感觉到他们灼热的气息。在他们的周围,在他们的上方和下方,有各种各样的脸颊和肢体与他们混杂在一起。一对相互揪着头发的男女,两条毒蛇吮吸着一个打入地狱者的眼珠,一个狞笑着的男子在用钩状的手撕开一条龙的咽喉。还有撒旦动物寓言集里所有的动物,半人半羊的农牧之神、雌雄一体的动物、六指的怪兽、鳗鱼、马头鱼尾怪兽、用蛇盘成发髻的女妖、鸟身女妖、人身牛头怪、猞猁、豹子、狮头羊身蛇尾的怪兽、长着狗嘴从鼻孔喷火的怪物、多毛的蟒蛇、蝾螈、眼睛长角刺的毒蛇、齿龟、游蛇、背上长利齿的双头怪物、鬣狗、水獭、乌鸦、鳄鱼、头上长着锯形角的狂犬、青蛙、兀鹰、猴子、犬面狒狒、秃鹫、银鼠、龙、戴胜鸟、猫头鹰、蜥蜴、蝎子、鲸鱼、双头蛇、短印鱼、绿蜥蜴、珊瑚虫、海鳝和乌龟。①

类似的罗列还有对参事厅里面老教堂大门拱形嵌板上方图案的记录，以及阿德索在幻觉中看到的景象。它们都展现了中世纪教会宣传的教义，尤其是行使惩罚权的地狱情形。在中世纪，基督教一统天下，主宰人们精神和物质生活的所有细节，一切的善恶黑白都要以教义为标准来判断和理解，否则就要受到严厉的惩罚。宗教的影响使当时的人们产生盲目的迷信，相信上帝和地狱的存在，而这种恐怖的专制，使被压制的人很容易产生近乎疯狂的幻觉。所以这些清单，呈现的是中世纪的宗教权威，是中世纪人眼中和心中的真实世界图景。

除此之外，一切的书籍、食物、器皿、药品、建筑、家具等目录，都将我们带到中世纪的真实场景中，地下珍宝库的圣物和珠宝目录，展现了教会的奢靡；辩论双方口中的圣人名单和敌基督罪行罗列，展示了笃信《圣经》的修道院学者的渊博和狂热……总之，这些清单提供的是中世纪人们思想和文化生活的概要，它们既帮助读者更为真切地了解中世纪，也令读者能够以回味和超越的双重态度去认识这段西方历史。

其次，清单具有审美功能。自古以来，修辞就包括以充满节奏韵律的方式列举清单。清单天然具有的铺排的特征，使其在容纳大量知识和信息、细腻描绘琐碎现象的同时，以绵延不绝、浩浩荡荡之词句，形成令人炫目的博大气势，造成一种审美冲击。例如：

---

① ［意］翁贝托·埃科：《玫瑰的名字》，沈萼梅、刘锡荣译，上海译文出版社2009年版，第51页。

萨尔瓦多雷浪迹天涯。他沿街乞讨,偷窃,装病,在某个财主那里临时干些杂活,后又重操旧业,干起绿林强盗的勾当。从他对我讲述的经历中,我看到了一个跟流浪汉为伍的浪人,而在随后的年月里,他更多的是在欧洲流浪,结交的人多半是:假僧侣、江湖骗子、诈骗犯、乞丐、麻风病人、跛子,还有卖货郎、流浪汉、说书人、无国籍的神职人员、巡游的大学生、魔术师、残废的雇佣军人、流浪的犹太人、精神崩溃的流亡者、疯子、被判流放的逃犯、被割去耳朵的罪犯、鸡奸犯。他们之中还有流动手工匠、纺织工人、锅炉工人、桌椅修理工、磨刀人、箍匠、泥瓦匠以及各类恶棍、拐骗犯、地痞流氓、无赖、赌棍、拉皮条的、造假者、犯买卖圣职罪的神职人员和神父、盗用公款者、贪污犯。另外,还有人以行骗为生,有人假造教皇的玉玺和印章,有人吹嘘大赦,有人假装瘫痪躺在教堂门口,有人从修道院逃出来到处流浪,有人兜售圣物,有人出售可赦免罪孽的符咒;有替人看手相的占卜者,有替人招魂的巫师,有江湖郎中、假警察、犯私通罪者,还有用欺骗和暴力的手段诱骗修女和少女者,假装患有脑积水、羊痫风、痔疮、痛风病、伤口溃烂或患抑郁症或疯狂症的病人。有人在自己身上涂胶泥,假装患上了不治的溃疡病;有人嘴里含着血红色的液体,假装泄出体内毒汁;还有人装模作样地拄着拐棍,装做是局部肢体残疾的弱者;有人模仿患有癫痫病、疥癣、淋巴炎或腮肿病,他们缠上纱布,涂上藏红花,手持铁器,头上缠着绷带,浑身散发出恶臭,溜进教堂里,或者突然倒在广场上,口吐白沫,翻动着白眼,鼻子里流淌着用黑莓汁或朱砂制成的假鼻血,以骗取人们同情,讨得食物和金钱。①

---

① [意]翁贝托·埃科:《玫瑰的名字》,沈萼梅、刘锡荣译,上海译文出版社2009年版,第213—214页。

针对这种气势如虹的清单，艾柯自己说，这是出于他"对'空言'的爱好——纯粹欣赏音韵的乐趣"①。实际上，在这里他所追求的就是美学功能。堆聚式清单最能充分地体现这一功能，它与或松散或条理的枚举式清单不同，往往由意思相近的词语组成，从不同层面来重复聚焦同一观念，效果自然也就会增加。而且，有时作家还会有意识地让这些堆聚的词语层层递进，一步一步增加含义或加大力度，逐渐形成高潮，反之亦然。在辩论或演讲中运用这一清单式书写模式，其造成的煽动效果往往是惊人的。艾柯笔下，笃信宗教到走火入魔的老修士豪尔赫在教训年青一代时常常运用这一形式，例如他描绘敌基督到来的这一段话：

"到那时，"豪尔赫接着说道，"一切都将陷入无序的状态：儿女举手殴打父母，妻子设计陷害丈夫，丈夫将妻子送上法庭，主人肆意虐待仆人，仆人违抗主人，年长者不再受到尊敬，年轻人索要主宰权；劳动变为无用之苦，到处都会唱起崇尚放纵、恶习、伤风败俗的赞歌。随之像潮水般涌来的就是强奸、通奸、伪誓、违反本性的罪孽，还有占卜、魔法等各种罪恶；空中将出现飞行物体，在善良的基督徒中将出现假先知、假使徒、行贿者、骗子、巫医、强奸犯、贪得无厌者、发伪誓者以及造假者；牧羊人将变成狼，神父会撒谎，僧侣会渴求世俗事物，穷人不再救助他们的领主，有权势者没有慈悲之心，正义之士将为不公作证。所有的城市将发生地震，所有的地区将有瘟疫流行，风暴将掀起土地，田野将受到污染，大海将分泌出黑色的液体，月亮上将出现新的不为人知的奇迹，星辰将偏离正常运行的轨道，其他的——不为人知的——星星将划过天空，夏天会降大雪，冬天会出现酷热……第一天的第三个时辰，天际将

---

① [意] 安伯托·艾可：《一个青年小说家的自白：艾可的写作讲堂》，颜慧仪译，台北：商周出版社2014年版，第155页。

传来强有力的声音,北方将飘来一片紫云,带来闪电和雷鸣,随之大地降下一阵血雨。第二天,大地将会从它所在之地翻起,烈火浓烟将穿越天门。第三天,大地的深渊将从宇宙的四角发出巨响,苍穹的尖峰将会打开,即刻烟柱冲天,硫黄的恶臭弥漫,直到第十个时辰渐散。第四天清晨,深渊将被融化,并发出轰鸣声,建筑物将会坍塌。第五天第六个时辰,光的能量和太阳的火轮将被毁,白天将笼罩黑暗,夜晚星星和月亮将停止闪亮发光。第六天的第四个时辰,苍穹将由东至西断裂,天使可从苍穹的裂缝处俯视地球,地球上的人也可看到天使从天上望着他们。于是人们将躲到山上,以躲避天使正义的目光。第七天,基督将会在圣父的光环中出现。那时才会有对善良之人的公正裁决,让他们的躯体和灵魂带着福祉升天。但这不是你们今晚要思索的事情,傲慢的修士兄弟们!有罪之人是看不到第八天黎明曙光的!那时,东方的天空将会升起一个温柔而亲切的声音,一个指挥着所有圣洁天使的大天使将会出现,所有的天使都将驾坐云雾之车欢快地跟随他朝前驰骋,去解救虔诚的子民。他们欣喜若狂,因为世界的毁灭业已完成!然而我们今晚不能为此而感到自豪和欢欣!相反,我们倒是应该思索一下,上帝为从他身边驱逐不配得到拯救的人将会说的圣言:该诅咒的人,你们远离我吧,让你们烧死在魔鬼和他的使者为你们准备的永恒不灭的烈火中!这是你们罪有应得,现在你们就去领受吧!离开我,堕入那无尽的黑暗和不灭的火焰之中!我造就了你们,你们却跟随了别人!你们做了另一个主人的奴仆,你们随他到黑暗的深渊寻找归宿吧,去跟着他那条牙齿咬得咯咯作响永不安宁的毒蛇吧!我赐给你们耳朵,是让你们聆听《圣经》的教诲,而你们却听命于异教徒的邪说!我赐给你们嘴巴,是让你们颂扬上帝,你们却用来宣扬诗人的假话和小丑的谜语!我赐给你们眼睛,是让你们看到我对你们的告诫之光,你们却用来在黑暗中窥视!我是一个慈悲的审判官,但我是公正的。我会给每个人所应得的。我想对你们发慈悲,但我在你们的坛罐里找不到圣油。我可以被迫同情你们,但你们的灯已被烟熏黑。离开我……上帝将会这样说。而他们那些人……也许我们,将陷入无尽的磨难之中。以圣父、圣子和圣灵的名义。"①

再次,清单还有一种功能,与审美功能有一定联系,但又有所游离。在上述列举的清单(主要是堆聚式清单)中,我们可以发现它所呈现的往往是属于同一脉络或从同一观点所见的系列事物(即使这些事物可能本身之间并不相似),但其实还有不少枚举式名单所罗列的事物漫无秩序,彼此之间几乎没有任何关系,这时清单的功能往往就是赋予混乱以秩序(或者起码是暗示其中有个形式)。

艾柯认为,在整个古典时代和中世纪时代,清单下面隐藏着某种可能的秩序的轮廓,或者说是一股想给事物一个形式的欲望。他指出,在荷马那里,清单是有限的形式。《伊利亚特》中,荷马详尽地描述了火神赫淮斯托斯为希腊英雄阿喀琉斯铸造的盾牌,内含图像中丰富的细节,以及这些图像细节所表现的事件(包括混乱的特洛伊战争),信息量非常大,但都在盾牌的边界之内,所以它是一个有限的形式。至于荷马在这部史诗第二章中罗列的希腊军队的船名表,从另一个角度表现了他力图以有限表现无限的努力。既然荷马无法说出参战的每一艘船的名字、领军人和士兵数目,那么他录下这一名单就不是为了提供史料记载。敏锐的读者可以意识到,他的目的是展现希腊联军集结的人数多么可观,让读者理解特洛伊人面对敌人时所感受到的震撼。所以船名表是有限的,但其暗示的内容却是无限的。同样,在中世纪文学中,经常会出现有关天使、圣人

---

① [意]翁贝托·埃科:《玫瑰的名字》,沈萼梅、刘锡荣译,上海译文出版社2009年版,第453—454页。

或魔鬼名字的清单,作者实际上无法一一说出他们中每一个的名字,因为这个数量太庞大了,但丁在《神曲》中就提到过天使的数量超越人智所能理解的极限。故而,艾柯提到艺术史上有一种"不可言说的文学传统",即用有限的清单来暗示无限,因为有些东西事实上没有止境,而且不完结于形式。他说:"当面临某个数量极为庞大或是未知,且我们尚未完全理解,或可能永远也无法完全理解的东西时,作者会提出一份名单作为样本、范例、指示,并让读者自行想象其他未说出的部分。"① 他提到自己的小说《昨日之岛》(*The Island of the Day Before*,1994)中的珊瑚礁(和鱼)的名单就属于此类。

艾柯还以字(词)典和百科全书的异同区分了本质清单和属性清单。他认为,随着社会发展,人类越来越能够精确地掌握对事物的认识,开始以本质来了解和定义所有事物,于是有了作为工具书的字(词)典的出现。但是,人的认识是有限的,而事物可能具有无限属性,以本质来定义可能是武断的、局限的,或者至少是不充分的。在这个意义上,百科全书指涉了另一种知道事物和界定事物的方式,即尽可能地分条列举所知属性。文学家的特性就在于,他们有认识事物的野望,但知道这只不过是一种奢望,于是只是借由属性去描述事物,或者试图借由发现新的属性,来增加知识量,而且往往喜欢去质疑以本质定义事物。艾柯说,"事实是,我们很少以本质来定义事物,我们更常做的是列出一份属性名单。这也是为什么,一份以无限多的属性来定义事物的名单,即使多么令人眼花缭乱,还是较为接近我们日常生活中(不过并不是学术性科学部门的日常生活)用来定义和辨认事物的方式。累积名单和属性名单所呈现出来的是,它们并非企图做一部字典,而是一种百科全书——这部百科全书永远也不会结束,而该特定文化内成员的常识能力所能

---

① [意]安伯托·艾可:《一个青年小说家的自白:艾可的写作讲堂》,颜慧仪译,台北:商周出版社2014年版,第163页。

理解和掌握的内容，仅是百科全书上的一部分而已"①。到了当代文学中，清单的构想发生了改变。作家们特意以一种冗长的方式显示事物的属性，不再仅是为了暗示数量的不可穷竭，以有限暗示无限，而常常是出于对绵延铺陈的偏好，对反复重申的贪求，或以此来表达某种情绪。艾柯提到，除了赋予混乱以秩序的努力之外，在当代还有很多作家认为世界是混乱的，而文学要真实表现世界，也只能是混乱的。所以那些由"写什么"走向了"怎么写"和"写自身"的作家，他们更多关注世界的多元和无限，以及文字的无穷可能性。正如艾柯所说，"我们只要看看乔伊斯或波赫士②所列出的名单就可以发现，他们之所以会列名单，并不是因为他们不知道该说些什么，而是出于对过度的热爱，一种近乎傲慢的冲动，以及对文字，对多元和无尽的欢快（近乎执着）科学的贪得无厌。名单变成一种让世界重新洗牌的方式，也几乎实践了特沙乌罗的方法，那就是借由累聚各种属性，自各种不同事物中找出新的连结关系，并且对视为常识的旧连结关系提出质疑。如此一来，混乱名单就成为打破既定形式的新意识形态的模式，例如未来主义、立体主义、达达主义、超现实主义，和新写实主义"③。他指出，自己在《罗安娜女王的神秘火焰》一书中有一段各种不同诗词文句的拼贴名单，它十分混乱，正是为了呈现出主人公心灵的紊乱和心力交瘁的精神状态。

艾柯认为，当代作家这种对混乱而冗长的清单的偏好和贪求与商品社会、大众文化等都是息息相关的。商品社会热衷于以庞大的商品堆积来呈现财富，大众文化对海量信息的短平快式传播，刺激并助长了人们对于清单的爱好，而清单的集大成者——全球资讯网（万维网）——应运而生。"全球资讯网（World Wile Web）可以说

---

① ［意］安伯托·艾可：《一个青年小说家的自白：艾可的写作讲堂》，颜慧仪译，台北：商周出版社 2014 年版，第 195 页。
② 波赫士：博尔赫斯的另一种译名。
③ ［意］安伯托·艾可：《一个青年小说家的自白：艾可的写作讲堂》，颜慧仪译，台北：商周出版社 2014 年版，第 213 页。

是所有名单之母，之所以说是无尽，是因为它时时刻刻都在进化中，既如蛛网也似迷宫。全球资讯网是最炫目的名单，它承诺要给使用者的一切是非常神秘难解的，全球资讯网的资讯几乎都是虚拟的，也确实提供一份让我们觉得非常丰盛且近乎无敌的资讯名单。唯一的缺陷是，我们并不知道这些资讯当中有哪些确实与真实世界相关，又有哪些不相关。我们再也无法分辨什么是真实的，什么是错误的。"①

艾柯了解清单的各种类型和功能，了解小说中使用清单的优点和缺陷，也了解清单的文学传统和当代作家的偏好，他的清单诗学阐释为小说中的清单书写确定了合法性。在创作实践中，他对清单使用得心应手、娴熟自如，形成了一道独特的风景。《玫瑰的名字》旁征博引各种清单，将神学、哲学、历史、文学、医学、数学等知识包容其中，不仅还原了中世纪的氛围与环境，而且建构起对中世纪百科全书式的解读。其实，创作这部小说时艾柯还是比较节制收敛的，在后面《傅科摆》《波多里诺》等作品中，他对清单的应用才真是一发不可收。

第二节 艾柯的迷宫

艾柯对迷宫的兴趣一方面与他对清单的迷恋分不开，他认为"迷宫是一种非线性的清单"②；另一方面，也与他对世界的认识相关，他发现"这世界到处都有各式各样的迷宫，而且后现代主义的理论家将迷宫视为在当代文学作品中不停重复的意象"③。作为一位

---

① ［意］安伯托·艾可：《一个青年小说家的自白：艾可的写作讲堂》，颜慧仪译，台北：商周出版社2014年版，第230页。
② ［意］翁贝托·艾柯：《无限的清单》，彭淮栋译，中央编译出版社2013年版，第241页。
③ ［意］翁贝托·埃科：《埃科谈文学》，翁德明译，上海译文出版社2016年版，第127页。

同时具有理论家身份的作家,他没有仅仅停留于在自己的作品中运用迷宫,而是理性地区分了迷宫的各种类型和特性:

> 有三种类型的迷宫。第一种是希腊式的,忒修斯的迷宫。它不会让任何人迷路:一个人进来,来到中央,然后从中央走向出口。正是为此,在迷宫中央才有怪物弥诺陶洛斯,否则这故事将失去它的意趣,而只是一次健康的漫步。是的,但是你不知道你要到达什么地方,也不知道弥诺陶洛斯会做什么。恐惧也许就诞生了。然而,如果你像退卷线一样把古典的迷宫摊开,你会发现自己手里就拿着一根线,"阿里阿德涅之线"。古典的迷宫,正是阿里阿德涅之线本身。
>
> 第二种是矫饰主义的迷宫:如果你把它平摊开来,在你手里的是某种树,某种树根形状的结构,有众多的死胡同。只有一个出口,但你会走错路。为了不迷失方向,你需要一根"阿里阿德涅之线"。这种迷宫是典型的不断摸索反复试验程序(trial-and-error process)。
>
> 最后,还有网络式迷宫,或德勒兹(Gilles Deleuze)和瓜塔利(Felix Guattari)称作"根状茎"式的迷宫。在"根状茎"结构中,每一条路都可与任何其他一条相联结,它没有中央,没有四周,没有出口,因为从可能性上讲它是无限的。推理的空间就是"根状茎"形式的空间。我小说中那错综复杂的图书馆还是一个矫饰主义的迷宫,但威廉意识到的自己所生活的世界已经是"根状茎"结构的了:它是可以结构化的,但它还从来未被彻底结构出来。①

这是《玫瑰的名字注》中的一段话,可见他对各种迷宫的情况

---

① [意]翁贝托·埃科:《玫瑰的名字注》,王东亮译,上海译文出版社 2010 年版,第 56—57 页。

成竹在胸。综上所述，简言之，第一种迷宫只有一条路可达中心、可供出入，但中心有致命的可怕怪兽；第二种迷宫有许多岔路，像树枝一样，但只有一条可达出口，其余都是死路；第三种迷宫所有的岔路彼此相连，可以分离，可以逆转，而且没有中心，没有尽头，也就是说，很难确定它哪里开始，哪里结束，因此可以说它没有明确出口，也可以说它有许多出口。

在《玫瑰的名字》中，上述三种类型的迷宫都可以看到。对于小说中的七位死者而言，他们所面对的就是第一种迷宫，即希腊式迷宫。这些死者各有所求，所以身陷迷宫：图书插图绘者和装帧员阿德尔摩为了能够阅读禁书而与贝伦加私通，却经受不住良心的折磨；希腊文译者韦南齐奥同样对禁书朝思暮想，却在得偿所愿之时死于书页上的剧毒；助理藏书管理员贝伦加为了隐藏自己与阿德尔摩的不伦交往而伪造韦南齐奥的死亡现场，又因好奇翻看禁书而中毒，在沐浴时毒发溺毙；药剂师塞维里诺被藏书馆馆长马拉希亚谋杀，馆长受豪尔赫挑拨以为药剂师与自己的情人贝伦加有私情；马拉希亚同样死于阅读禁书；院长阿博内为了维护特权而掩盖部分真相，最终被豪尔赫诱入迷宫密道，在藏书馆着火后被烧死；豪尔赫为了不让禁书面世而将其撕毁吞食，中毒身亡。无论是贪财、追求知识、争权夺利、维护秘密，还是其他任何原因，他们的行动都围绕着一本神秘的禁书（亚里士多德《诗学》下卷，一部写喜剧的书）。可以说，这本禁书就是迷宫的中心，而贪婪、内疚、恐惧、执念等则是弥诺陶洛斯，吞噬了他们的生命。当然，对其中几位死者来说，豪尔赫更像弥诺陶洛斯的化身，盘踞在迷宫的中心，不惜一切代价守护着那本书。

修道院的藏书馆是小说中最明显的迷宫，它非常的复杂，但如同艾柯本人所说，只能算是第二种迷宫，即矫饰主义迷宫。我们知道，图书馆本来是储存知识的地方，也是秩序井然的场所，不同书籍按一定次序被存放在固定的位置上。但是，这部小说中的藏书馆是教会控制知识秘密、压制自由思想的堡垒，因此被人为地设置成迷宫。小说中多处直接以迷宫来描述它。当它第一次出现在修道院院长的介绍中时，即是如此：

> 多少世纪以来，藏书馆的设计蓝图一直不为众人所知，也没有指派哪个僧侣去了解它。唯有藏书馆馆长从他的前任那里得悉这个秘密，并在自己尚在人世时，告知他的助理以免自己因突然死亡而使那个秘密失传。然而对这个秘密，他们两个人都要守口如瓶。除了知道这个秘密外，唯有藏书馆馆长还有权利在迷宫般的藏书馆中走动，唯有他知道怎么找到书，再把它们放回原处，唯有他负责保存藏书。其他的僧侣全在缮写室工作，他们可以了解藏书馆藏书的目录。但是一个书目往往说明不了什么，唯有藏书馆馆长能从书卷的位置，以及从找到书籍的难易程度知道书中蕴藏着什么样的秘密、真相和谎言。唯有他能决定以什么样的方式，在什么时候，以及能不能把此书提供给前来借阅的僧侣，有时候他还得先跟我商量一番。因为不是所有的人都能够聆听真理，就像不是所有的谎言都能够被一个善良的灵魂所识破一样。最后僧侣们在缮写室里开始一项精确无误的工作，为了完成那项工作他们必须读某些书卷，而不是去读另一些书卷，以满足会令他们鬼迷心窍的好奇心，不管是由于思想上的弱点，还是由于自负，抑或是由于魔力的引诱……
>
> ……任何人都不该进去。任何人都进不去。即便有人想这么做，也不会成功。藏书馆设有自我保护系统，如同它所珍藏的真相一样秘不可测，也如同它所包容的谎言一样难辨真假。那是神灵的迷宫，也是凡人的迷宫。您或许可以进去，可是您可能出不来。①

---

① [意] 翁贝托·埃科：《玫瑰的名字》，沈萼梅、刘锡荣译，上海译文出版社2009年版，第44—45页。

艾柯花费十余年来构思和写作这部小说，精心设计小说世界的图纸，画了几百个迷宫和修道院平面图，所以今天，我们可以从小说的插图上看到这个藏书馆的平面图。藏书馆的中心是一个七边形的过厅，没有窗户，有七面墙壁，其中只有四面墙壁上有门。穿过门可以进入两个对称的房间，穿过这两个房间又是两个对称的房间，再穿过这两个房间会进入一个七边形的房间，它的每面墙壁上都有门通往一个房间，其中五个房间格局一样且有窗户，组成角楼的五个外立面，四座角楼之间各有四个房间相连。整个藏书馆一共五十六个房间，四间是七边形的，五十二间是梯形或长方形的。如果不知道其布局规律，进入一个房间，就会发现这一个房间又会有一道门或两道门通往另外的房间。身在其中根本摸不清方位，幸好每个房间都有不同的字幅可供辨识，然而这也只能让你知道是否经过这个房间。更何况，在小说中，有人还故意在房间中布下镜子和迷药，进一步迷惑那些胆大妄为敢于闯入禁区的觊觎者。小说中的威廉修士机智过人，不仅推断出房间布局，而且发现了房间铭文首字母的秘密，从而掌握了阿里阿德涅之线，可以在图书馆迷宫中自由穿梭，去寻找真相。

艾柯提到，当他在《玫瑰的名字》中建构这座藏书馆的过程时，想到的是他的偶像博尔赫斯。他承认，"或许博尔赫斯的迷宫促使我将先前在其他地方找到的迷宫主题全部串联起来"[1]。所以，在这个空间的藏书馆迷宫之外，小说中还存在着许多其他的迷宫主题和迷宫叙事。

想到博尔赫斯的图书馆，进入我们脑海中的第一个印象大概都是《巴别图书馆》吧，而在这个图书馆中，博尔赫斯谈到了"全书"——"某个书架上肯定有一本书是所有书籍的总和：有一个图书馆员翻阅过，说它简直像神道"[2]。这里所谓的"全书"其实就是

---

[1] ［意］翁贝托·埃科：《埃科谈文学》，翁德明译，上海译文出版社2016年版，第129页。

[2] ［阿根廷］博尔赫斯：《博尔赫斯小说集》，王永年、陈泉译，浙江文艺出版社2005年版，第67页。

他所追求的包罗万象的百科全书式作品。艾柯也有同样的追求。《玫瑰的名字》中提到,"要让明镜照出这个世界来,世界需要有一种形状"①。那么,世界是什么形状呢? 小说里可以找到答案,如"世界就像一本博大精深的书"②,"世上的天地万物,犹如一本书或一部手稿"③,"迷宫是这个世界的象征"④。所以,可以认为,世界是一本像迷宫一样的书,也就是百科全书。百科全书本来是正典式的存在,但西方这些百科全书式作家的怀疑精神使他们质疑正典权威,也拓展了百科全书的疆域。艾柯也是如此,他提出,"以怀疑精神和反事实的视角重读整部百科全书,在边缘寻找极具启发意义的字眼,以颠倒现实状况,让百科全书实现自我反对"⑤。因此,他将百科全书式的小说设置成充满相互冲突的模块的迷宫,它没有中心,没有出口,或者说有多个出口。这正是他在《符号学和语言哲学》(*Semiotics and the Philosophy of Language*, 1984)中提出的"作为迷宫的百科全书"(the encyclopedia as labyrinth)概念,即百科全书构成迷宫。这就是第三种迷宫,即网络式迷宫。

首先,小说是考据的网络式迷宫。小说一上来就号称"一部手稿",编者(或意大利版本译者)声称自己于1968年得到了一版法译本,名为《梅尔克的修士阿德索的手稿》,译者是瓦莱神父,其拉丁文原稿的作者是修士让·马比荣。编者将它译为意大利文,就是我们目前看到的这个版本(小说)。书中虽然声称它忠实地脱胎于14

---

① [意]翁贝托·埃科:《玫瑰的名字》,沈萼梅、刘锡荣译,上海译文出版社2009年版,第136页。
② [意]翁贝托·埃科:《玫瑰的名字》,沈萼梅、刘锡荣译,上海译文出版社2009年版,第28页。
③ [意]翁贝托·埃科:《玫瑰的名字》,沈萼梅、刘锡荣译,上海译文出版社2009年版,第121页。
④ [意]翁贝托·埃科:《玫瑰的名字》,沈萼梅、刘锡荣译,上海译文出版社2009年版,第178页。
⑤ [意]翁贝托·埃科:《埃科谈文学》,翁德明译,上海译文出版社2016年版,第135页。

世纪所著的一份手稿，但是编者在拜访梅尔克修道院时并没有发现阿德索手稿的任何踪迹。后来编者丢失了那版法译本，他只是根据自己的意大利译本中翻译过来的有限的参考书目进行考证研究。其中提到的有关故事出处有《古书集锦》，编者找到了这本书，却发现出版社不符，日期也不对（晚了两年），而且其中完全没有有关阿德索的内容。眼看山穷水尽之时却又峰回路转，编者偶然间发现一本名为《观镜下棋》的小书，作者是米洛·汤斯华，里面有关于阿德索手稿的丰富引证，内容与前书高度一致，不过其原始资料不是来自马比荣，而是一名叫阿塔纳斯·珂雪的神父，只是有相关学者说这位神父从未提到过梅尔克的阿德索修士。以上可知，呈现在读者面前的这部小说虽然自命真实可信，但实际上是第三手译稿（该意大利版本译自法文版，法文版又译自拉丁文版）。如此，对原始文本阿德索手稿的追寻枝蔓横生，由一个文本追查到另一个文本，每一个文本都涉及一些相关人物，由这些人物又生发出更多文本……考据追寻进入了迷宫，岔路越来越多，彼此相连，但最终也无法确定迷宫的中心——阿德索手稿——的存在。

其次，小说是解谜的网络式迷宫。《玫瑰的名字》看似是一部侦探小说，艾柯曾调侃说，"它愚弄着幼稚的读者，以致他无法意识到这是一部几乎什么都没有被发现而侦探也遭遇了失败的侦探小说"[①]。他之所以这么说，是因为小说的重点不在于找到凶手，而在于解谜，或是寻找真理。威廉带着弟子阿德索来到修道院七日适逢七桩命案发生，不得不承担起侦探的责任。而他在侦查命案的过程中，每当有一条比较清晰的线索时，总会出于这样或那样的原因被迫中断，只好回头去追查另一条线索。尤其是当他以为命案是按"七声号角"的顺序和模式发生时，却发现是自作聪明赋予了偶然以意义，而造成凶手为了误导他，从而在后几桩命案中模仿作案；当他发现命案

[①] ［意］翁贝托·埃科：《玫瑰的名字注》，王东亮译，上海译文出版社2010年版，第55页。

都与那本神秘的禁书——亚里士多德《诗学》第二卷——有关时，运用全部智慧和勇气寻找此书，最后却在与豪尔赫抢夺此书时意外引发大火，一切化为灰烬……如福尔摩斯般神机妙算的威廉虽然解开了藏书馆迷宫的所有密码，但在探索真理的迷宫中却远不能说料事如神、一帆风顺。他发现自己不断陷入修道院众人复杂的关系网和多重观点的交锋中，修士之间、教派之间，时时有激情的辩论，威廉自己也多次参与关于耶稣是否贫穷、耶稣是否会笑、喜剧和笑是否应该存在、宗教狂热和异端等问题的争论，而这些冲突交锋在小说中如同没有中心、没有终点的迷宫，歧路横生，找不到真理通途。例如，豪尔赫不择手段地禁止任何人阅读《诗学》第二卷，在威廉问他为什么这么做时，他表达了自己对笑所具有的对抗性和颠覆性的极大恐惧，他说：

> "笑"是我们血肉之躯的弱点，是堕落和愚钝之举。"笑"是乡下人的消遣，是醉汉的放纵……"笑"使愚民摆脱对魔鬼的惧怕，因为在愚人的狂欢节，连魔鬼也显得可怜和愚蠢，因而可以控制它……当愚民一笑，葡萄酒在喉咙里汩汩作响时，他就感觉自己成了主人，因为"笑"颠覆了自己与僭主之间的关系……"笑"是人的终极！"笑"能在瞬间消除愚民的恐惧心理。但是治人的法规的基点是惧怕，其实就是对上帝的惧怕。这本书可以迸发出魔王撒旦的火星，引燃焚烧整个世界的新的火灾："笑"被描绘成连普罗米修斯都不甚知晓的一种消除恐惧的新法术。愚民在发笑的那一时刻，连死也不在乎了，但在开怀笑过之后，按照神祇的安排他们又会感到恐惧。这本书可以衍生出新的摧毁性的祈望，即通过释放恐惧来消除死亡。恐惧也许是神祇馈赠于人的最有益、最富情感的天赋，没有恐惧，我们这些有罪之人将会变成什么样呢？多少世纪以来，学者和神父们以神圣的学识精华掩饰自己，借助那至高无上的思想，

来救赎人类免受贫困和卑贱之物的诱惑。而这本书把喜剧,还有讽刺剧和滑稽剧说成灵丹妙药,说通过演示弊病、陋习和弱点能产生净化情绪的作用,会引导伪学者竭力用接受低俗来赎回(用魔鬼式的颠覆)高尚的心灵。这本书还会让人以为人类可以在尘世间找到尽享荣华富贵的极乐世界,然而我们不应该也不许可有这样的想法……我们的神父谨慎地做了选择:如果"笑"是平民的乐趣,平民的纵欲则应该用"严肃"来控制和打击,而且应该受到"严肃"的威慑。而平民没有手段来完善"笑"以使它变成对抗牧师们的"严肃"的工具。牧师们把"严肃"注入永恒不息的生命中去,会使其免受食、色、情、欲的诱惑。然而如果有一天,某人引用哲人的言论,俨然以哲人口吻说话,把"笑"的艺术提升为一种微妙的武器,如果戏谑取代了信仰,如果至高无上的最神圣形象被颠覆了,取代了悉心拯救人类的救赎形象,啊,到了那天,威廉,就连你和你的学识也会被颠覆的。①

豪尔赫认为笑会使人摆脱对魔鬼和上帝的恐惧,使人纵欲和堕落;笑会颠覆上帝的秩序,并使这种颠覆合法化。威廉驳斥他的观点,认为他自诩上帝之手,实为魔鬼化身,要把他的罪行公之于众,让《诗学》第二卷重见天日。然而,威廉终究没有真正阅读此书,他只是推算出了其内容,最后它随整个藏书馆烧毁了。威廉意识到了自己的失败根源,是因为他没有意识到自己身处的世界是网络式迷宫,他对弟子阿德索说:

> 我从未怀疑过符号的真,阿德索,这是人在世上用来引导自己的唯一可靠的工具。我所不明白的是这些符号之间的关系。

---

① [意]翁贝托·埃科:《玫瑰的名字》,沈萼梅、刘锡荣译,上海译文出版社 2009 年版,第 531—533 页。

我通过《启示录》的模式，追寻到了豪尔赫，那模式仿佛主宰着所有的命案，然而那却是偶然的巧合。我在寻找所有凶杀案主犯的过程中追寻到豪尔赫，然而，我们发现每一起凶杀案实际上都不是同一个人所为，或者根本没有人。我按一个心灵邪恶却具有推理能力的人所设计的方案追寻到豪尔赫，事实上却没有任何方案，或者说豪尔赫是被自己当初的方案所击败，于是产生了一连串相互矛盾和制约的因果效应，事情按照各自的规律进展，并不产生于任何方案。我的智慧又在哪里呢？我表现得很固执，追寻着表面的秩序而其实我该明白，宇宙本无秩序。①

若干年后，阿德索重回修道院，在废墟中收集残章碎片，其后终身修复解读这些支离破碎的残篇，并写成手稿，可见它是碎片化知识构成的百科全书。从另一个角度来看，威廉和豪尔赫的交锋，也象征着开放的、多元的、自由的人文主义世界与封闭教条、专制僵化的神学中心世界的交锋，豪尔赫的死伴随着堡垒式的藏书馆迷宫轰然倒塌，阿德索手稿的问世意味着百科全书式世界缓缓出现⋯⋯

再次，小说是阐释的网络式迷宫。《玫瑰的名字》自出版后，就有大量读者和评论者从各种角度进行解读。普遍读者视其为侦探小说，中世纪历史爱好者把它看作一部有关中世纪的百科全书，神学家着迷于其中的神学论辩，符号学家对其中编码和解码津津乐道，后现代学者关注它的多元和互文⋯⋯小说以其丰富的内涵使其具有无限的阐释空间，往往在原有的阐释上又生发出新的阐释，没有任何一种阐释成为阐释的终点。举个简单的例子，人们对小说名字的由来众说纷纭，出现"玫瑰战争"② 的盛况。除了以玫瑰命名之外，

---

① ［意］翁贝托·埃科：《玫瑰的名字》，沈萼梅、刘锡荣译，上海译文出版社2009年版，第549页。
② 出自马凌《玫瑰就是玫瑰》，《读书》2003年第2期。广义上是对小说《玫瑰的名字》的阐释之战，狭义上也可理解为对"玫瑰"的阐释之战。

小说中玫瑰仅出现了两次。一次是阿德索无法忘怀与自己有一夜情的村中少女时提到，"当时整个世界仿佛是上帝用手指写成的一本书，那里的一切都在讲述造物主无穷的善德，那里的一切造化物是讲述生和死的著作和明镜，在那里，最卑微的玫瑰都成了我们人生道路的评注。总而言之，整个世界都在对我谈论那香味扑鼻的厨房的阴影里隐约可辨的面容"①。另一次是小说的最后，阿德索引用的拉丁语箴言 stat rosa pristina nomine，nomina nuda tenemus（昔日玫瑰以其名流芳，今人所持唯玫瑰之名）。所以除了大多数读者能够想到的玫瑰喻指阿德索遇到的那个女孩（或是爱情）之外，还有不少从神话学、神学、文学、历史学、社会学、符号学等各方面去阐释它。由于玫瑰这一象征系统的多义性和丰富性，所以相关阐释五花八门，不乏出现了一些天马行空、匪夷所思之解，以至于艾柯忍无可忍，在《玫瑰的名字注》中第一章就写了《书名与含义》，一面说作者不应该提供阐释，说自己之所以选择这一题目就是为了给读者以诠释的自由，一面却又忍不住强调"玫瑰就是玫瑰是玫瑰是玫瑰"，它的意义如此丰富，以至于现在已经毫无意义或者几乎毫无意义了。

除了读者对小说文本的阐释之外，小说内部也处处充斥着他种阐释。读者追随着威廉按图索骥，解读案件的一个个蛛丝马迹，就是对小说事件的阐释。读者大多和威廉一样认同"《启示录》的七声号角"与案件的关系，但也不是没有别的可能性阐释。例如，阿德尔摩的死亡源于教士之间不正当的情欲；韦南齐奥的死亡源于修道院的权力斗争；贝伦加的死亡则涉及对即将召开的会议的破坏……而且小说中的人物也都在对这些事件进行众声喧哗式的阐释，这些在他们与威廉和阿德索的对话中表达自己对案件的看法时可以看到。而其中有些人为了自己的私心，并不在意真相，只是要一个合理的解释，如院长阿博内，为了维护修道院的声誉和自己的权力，只想

---

① ［意］翁贝托·埃科：《玫瑰的名字》，沈萼梅、刘锡荣译，上海译文出版社 2009 年版，第 316 页。

把一切推给"魔鬼和诱惑"或"异端"。除此之外，阿德索对威廉言行的记录，是一种对威廉的阐释；辩论多方的教士们，都以自己的方式坚持着对《圣经》的阐释；威廉与豪尔斯最后在藏书馆中的决战，其实是对《诗学》第二卷的不同阐释……这些阐释交织在一起，似乎指引着中心和出口，又似乎没有。

小　结

清单和迷宫反映了艾柯的开放性文本理论："作品的开放性和能动性在于，它能让人给予补充，能让人给予有效果的具体的补充，它能够以自己的结构的生命力来指引这些演绎活动，这种结构的生命力包含在作品当中，尽管作品并不是已经完结的，尽管作品的结局也是不同的、多样的，但这种生命力是有效的。"[①] 清单和迷宫里都充斥着碎片，每一个碎片都演绎了某一种可能性，而作品就是这些各式各样的不确定的可能性的集成。它们是不连贯的，是互为补充或相互对立的，这种对立或统一可以产生新的前景或更广泛的信息。清单或迷宫在某种程度上就是相互间存在不同关系的多重可能性因素的罗列。因此，艾柯认为："开放的艺术的职责就是一种认识论的隐喻：在现象的不连续性使统一的、确定的形象的可能性处于危机之中的世界中，开放的艺术启示一种看待生存的世界的方式，在看待它的同时接受它，将它同自己的感觉结合起来。一部开放的作品敢于直面这样的职责：给我们以不连续的形象，不是在叙述它，而是它就在那里。在将科学方法的抽象性同我们感觉的材料的生动性进行协调时，它显现出的是一种超凡的模式，这种模式使我能够了解世界的新面貌。"[②] 他认为作品的形式和内容是辩证统一的，所

[①] ［意］安伯托·艾柯：《开放的作品》，刘儒庭译，新星出版社2005年版，第25页。

[②] ［意］安伯托·艾柯：《开放的作品》，刘儒庭译，新星出版社2005年版，第123页。

以"每一种艺术形式如果说不是被看作科学认知的替代物的话,都可以很好地被看作认识论的隐喻,也就是说,在每一个世纪,艺术形式构成的方式都反映了——以明喻和隐喻的方式对形象这一概念进行解读——当时的科学或者文化看待现实的方式"[①]。也就是说,清单和迷宫其实某种程度上都是他看待现实、反映现实的方式。

[①] [意]安伯托·艾柯:《开放的作品》,刘儒庭译,新星出版社2005年版,第18页。

第四章 帕维奇的"辞典体小说"

塞尔维亚作家米洛拉德·帕维奇（Milorad Pavic，1929—2009）是贝尔格莱德大学教授、哲学博士、翻译家、塞尔维亚科学和艺术院院士、全欧文化学会和全欧科学与艺术家协会成员，曾被提名为诺贝尔文学奖候选人，被视为与博尔赫斯、科塔萨尔、卡尔维诺和艾柯等相提并论也毫不逊色的后现代主义大师。《哈扎尔辞典》是他的小说处女作，也是其成名作和代表作，于1984年出版，同年获南斯拉夫最佳小说奖，被誉为"21世纪的第一部小说"。

这部小说之所以有如此盛誉，是因为它开创了辞典小说的先河，颠覆了传统小说的范式。实际上，对小说结构形式的重视和创新，是帕维奇自开始创作以来，一直非常关注的方向。他不仅在《哈扎尔辞典》中采用了新颖的辞典体形式，而且设置了带金锁（上了金锁的版本是用毒墨写成的）或银锁的两个版本，增加了神秘感。现实中，这部小说出版时也有阴阳两版，虽然差异只有17行（汉译本相差11行），但是作家有意而为之的形式创新之举。他的第二部小说《茶绘风景画》（1988）同样形式别致，如同一个纵横格拼字游戏，横章（按时间叙述）与竖章（断篇旁枝）纵横交错，读者可以自行选择纵向阅读，或横向阅读，选择不同的方式会得到不一样的结尾。还有一部小说《君士坦丁堡最后之恋：一部算命用的塔罗牌小说》（1994），共22章，每一章都对应着塔罗牌的图案和寓意，整部小说由塔罗牌不同的排列组合编织出一幕幕爱恨情仇的精彩故事，和卡尔维诺的《命运交叉的城堡》有异曲同工之妙。此外，取材于希腊神话海洛和利安德故事的《风之内侧》（1991）是一部沙漏型的小说，有两个开头（分别由两位恋人中的一个开始），结尾在小说的正中间。正是这些非传统的文学体裁和结构，以及帕维奇对小说语言潜力的挖掘和小说新形式的探索，使他的作品成为后现代派文学的经典之作。

《哈扎尔辞典》在我国被熟知是从作家韩少功和评论家张颐武等人之间的一场著名笔墨官司开始的。韩少功的作品《马桥词典》在1996年出版后，被后者认为是对《哈扎尔辞典》的抄袭，于是韩少功起诉后者侵犯了其名誉权，虽然最终胜诉，但争议仍然存在。不管怎么说，其后国内又有张绍民的《村庄疾病史》、萧相风的《词典：南方工业生活》、贾勤的《现代派文学辞典》等辞典体小说的出现，都与这部作品的影响是分不开的。

《哈扎尔辞典》最直观的文本特色是词条的并置罗列。从它的副标题"一部十万个词语的辞典小说"我们就可以知道这部小说是由十万个词条（实际只有几十个词条）建构起的小说。辞典作为工具书，对我们每个人来说都非常熟悉，它由一个个词条组成，词条下是对本条目的详细解释。这些词条按一定次序排列，供人查阅。辞典必然是客观真实的，它与充满想象与虚构的小说看上去似乎风马牛不相及，但帕维奇将这两者巧妙地缝合在一起，用辞典的形式写了一个有关梦幻般的民族哈扎尔的历史谜案，带给读者全新的体验和审美感受。使用辞典式编撰方式创作小说，不仅是一种外部结构形式的创新或游戏之举，帕维奇还使它成了一种"有意味的形式"，天衣无缝地将自己对宗教冲突、文化交流、语言与书写、梦幻与现实等的深刻观察和探讨融入其中，使读者也在斗转星移的时空和似真似幻的内容中思考良多、受益匪浅。

小说一开始就声称，它基于1691年由约翰涅斯·达乌勃马奴斯编纂出版的《哈扎尔辞典》展开。这部17世纪出版的书来源于同时代教士杰奥克季斯特·尼科尔斯基的口述资料,这位教士在奥地利与土耳其两军作战的疆场上曾遍览了哈扎尔历史的三位研究者已存的所有历史文献(包括古伊斯兰教词源、译成希伯来文的原稿文本索引和源自基督教的识字读本),并记在脑中,后记录下来由编注者编纂而成。它是有关哈扎尔问题的史料汇编,内容包含哈扎尔王国的民族构成、风俗习惯、语言、历史、哲学、宗教等文化知识。但这一版本在历史长河中饱受摧残,已经残缺不全。小说自称1691年版辞典的第二版,是20世纪对它的修订,当代哈扎尔专家的相关研究和认知探讨等作为附加材料包含其中。

小说中提到,哈扎尔在历史上是真实存在的一个国家,但史料上的相关记载很少。据说,哈扎尔人与突厥人有着血缘关系,原是剽悍的游牧民族,在公元7世纪到10世纪时定居于今天的高加索地区,毗邻黑海和里河,在8世纪或9世纪一度是横跨亚欧大陆的强国,在公元10世纪被俄国统帅斯维亚托斯拉夫公爵打败,不久就湮没于历史的迷雾中,只在多瑙河岸留下一片坟地,所以留存下来的相关史料极少。

哈扎尔王国历史转折的中心事件是发生在8世纪或9世纪的所谓"哈扎尔大论辩"。哈扎尔人原本信仰某种今天已经无人知晓的原始宗教(从小说中可得知人们以"捕梦者"或"拜梦者"来称呼这个教派)。一天,哈扎尔的可汗做了一个难以参透的梦,梦中天使对他说:"创世主看重的是你的意愿,而不是你的举止。"他找来最出色的捕梦者为他详释此梦,而捕梦者的回答触怒了可汗。于是他下令邀请三位外国使者来为他解梦,这三国使者分别信奉基督教、伊斯兰教和犹太教。可汗宣布从中选出最令人折服的解析,并将由此决定哈扎尔整个国家未来的信仰归属。后来,三大宗教都有编年史作者记载了这次论辩,但他们各执一词,皆言自己一方获得了最终胜利。不管结果究竟如何,我们可以知道的是,这次大论辩改变了哈扎尔人的信仰,也改变了哈扎尔王国的命运,使它不久后就走向灭亡，消失于历史长河之中。

17世纪，有三位分属三大宗教的后人分别搜集有关哈扎尔的资料，他们虽然受到了三教各自的魔鬼化身的阻挠，但都完成了自己的工作。不过，他们几乎在同一时间（相邻两天之内）死在了奥土战争中，其手稿也被烧毁或散落遗失。幸运的是，教士尼科尔斯基见过他们三人的所有手稿，这就是1691年出版的第一版辞典的来源。但这本命运多舛的书出版后不久就散佚了，只余下一些断篇残句。

20世纪，又有三位分别信仰三大宗教的学者从不同领域研究哈扎尔，他们在1982年于伊斯坦布尔召开的一次会议上相遇了。而三位魔鬼再次化身前来破坏，最终杀死了其中两位学者，成功嫁祸给了另一位学者。

以上只是对小说粗略的介绍，不能涵盖小说内容之万一。大家知道，后现代小说是无法用讲故事的方式来详述其情节的，它的迷人之处在别的地方，而在这部小说中，最吸引人之处首先就是其精致而饱含巧思的结构。

第一节　辞典体的真实与虚构

《哈扎尔辞典》最鲜明的特征就是由词条构成，是"辞典体"小说。小说中的词条包括"主词条"和"次生词条"。"主词条"是同普通辞典一样被标黑进行详细阐释的条目，如"阿捷赫""捕梦者""库""哈扎尔陶罐"等。"次生词条"是指像套盒一样套在"主辞条"之下的条目，如《红书》中"阿捷赫"下面的"快镜和慢镜"，《黄书》中"哈扎尔人"下面的"哈扎尔语""哈扎尔辞典"，等等。另外，《黄书》中"多罗塔·舒利茨博士"词条下有11封她写给自己（相当于她的日记）的信，也可以归于"次生词条"。按此划分，《红书》中有14个"主词条"和3个"次生词条"，《绿书》中有16个"主词条"和3个"次生词条"，《黄书》中有15个"主词条"和20个"次生词条"。整部小说是一个资料合集式的文本世界，含有巨大的信息容量，以及客观理性和知识性特征。

"辞典体"本身所固有的正典性，使小说呈现出一种客观真实的拟像，而小说自称"史料汇编"，由一系列案卷、圣徒方言行录、传记、清单、报告等史料组成，其中充斥的"史学家认为""据某某考证""据古代文献记载"等引经据典式的用语，更加深了严肃性和权威性。为了更像辞典，作者一本正经地解释了这部辞典没能按一定顺序排列，是因为它由红、绿、黄三书共同组成，而这三本书分别用希腊文、阿拉伯文和希伯来文三种不同文字写成，所以无法按字母顺序编排。同时，作者还在卷首导语中故弄玄虚地加上了"第二版，亦即补遗、修订版说明"的字样，并煞有其事地设置了编纂始末、版本溯源和使用说明等，炮制一种权威的假象。

然而，当小说在出版说明中提到编纂者时却又语焉不详。其中写到，《哈扎尔辞典》于1691年在普鲁士出版，出版者是波兰出版家约翰涅斯·达乌勃马奴斯或某一托名者，这位出版者又是听教士杰奥克季斯特·尼科尔斯基的口述后进行编纂的。这位教士声称，自己机缘巧合成了阿勃拉姆·勃朗科维奇的第二文书（是第一文书魔鬼化身尼康·谢瓦斯特的助手，他们曾在同一修道院工作，彼时尼科尔斯基的工作是帮助谢瓦斯特抄经书），见证了红、绿、黄三书作者的相遇和死亡，并记下了阿勃拉姆·勃朗科维奇吩咐收集的希腊辞典（《红书》）、捕梦者马苏迪（勃朗科维奇的亲随）带来的阿拉伯辞典（《绿书》）和在奥地利与土耳其两军作战的战场上找到的合罕的犹太辞典（《黄书》）。但是，这些内容的真实性却要打个折扣。因为，他在临终前一封忏悔书（附在小说最后的"补编一"中）写道："渐渐地，我意识到，我在墨水瓶里拥有可怕的权力，我可以随心所欲地在世界上留下我想留下的东西。"① 显然,他发现了掌握话语权的快感,于是开始肆意篡改经文。此外,这三书的编辑也颇多存疑。姑且不说《红书》的创作很大程度上有魔鬼化身尼康的参与,只说它的重要史料来源中"盐罐说"(一个布满图案和文字的盐罐)和"文身说"(一个刺有哈扎尔王国地形和说明等文身的使者)就构成矛盾(见上海译文出版社1998年版《哈扎尔辞典》的第52页,以下省略书名,随文标明页码)。《绿书》中马苏迪的辞典来源于一位无名老人,而老人告诉他阿捷赫公主参与编成的最早版本没有保存下来,他手里的只是阿拉伯文译本。《黄书》中提到最早的辞典是由阿捷赫公主的诗集《字欲论》发展而成的,她在被魔鬼施法忘记自己的诗篇和语言之前征集了许多鹦鹉,让每只鹦鹉学会一个词条,然后放生。后人正是通过搜集这些会说话的鹦鹉世代相传的"鹦鹉诗"来编成了辞典(第179页),又说,公主有一个名叫莫加达萨·阿勒·萨费尔的情人,和她同属哈扎克教派(一般称为"捕梦者"或"拜梦者"),并在大论辩后替她受罚,这个人构思编纂了阳性部分,而公主完成的只是辞典的阴性部分(第234页)……

总之,到处是语焉不详和混乱的碎片。作者在"版本溯源"中直言:"《哈扎尔辞典》第二版的出版人深知达乌勃马奴斯在17世纪使用的资料并不确凿,所以《哈扎尔辞典》第二版大部分内容更像一部传奇,它所表现的内容有如梦中的晚餐,由不同年代的梦幻之网编织而成。"②

可见,这个作品不仅资料来源模糊不清,而且词条的内容如天马行空般飞扬跳脱。这种充满恣意想象的内容与作为载体的辞典这一客观理性的形式之间形成张力,裹挟着读者在虚实之间撕扯,使其陷入半真半幻的迷网之中。

---

① [塞尔维亚]帕维奇:《哈扎尔辞典》,南山、戴骢、石枕川译,上海译文出版社1998年版,第281页。
② [塞尔维亚]帕维奇:《哈扎尔辞典》,南山、戴骢、石枕川译,上海译文出版社1998年版,第11页。

第二节　辞典体的稳定与混乱

《哈扎尔辞典》由隶属于不同宗教的红、绿、黄三本关于哈扎尔王国的辞典组成，看似稳定和谐，但其中同一本书的不同词条之间、不同书的相同词条之间、不同书的不同词条之间形成众多相关、相似或相异的解释，组成复杂而混乱的网络迷宫。

一　稳定的三角结构

《哈扎尔辞典》中的《红书》、《绿书》和《黄书》三部分，分别为基督徒、穆斯林和犹太教徒所撰写，其中又用十字架（代表基督教）、新月（代表伊斯兰教）和大卫星（代表犹太教）作为标注符号来相互引用其余教派的言论，从而相互证实或证伪。小说的三部分主体相同，体量基本相当，内容相互对照，形式上看似是稳定、和谐的三角结构，显然是精心设计的结果。由于分属三个不同宗教，所以红、绿、黄三部分中，虽然辞典的阐释主体都是哈扎尔，有很多词条是一样的，但解释的内容却不尽相同，甚至截然相反。就是这样，帕维奇巧妙地把复杂的宗教冲突在看似稳定的结构中表现了出来。

红、绿、黄三书中皆有词条"阿捷赫""可汗""哈扎尔（人）""哈扎尔大论辩"。其中，"哈扎尔（人）"是辞典的主体，三书分别从不同角度汇集了对它的印象，《红书》主要记载了哈扎尔文字的消失，和文在使者身上的哈扎尔史料的保存与流传；《绿书》则关注其时空观、王国结构等；《黄书》中最详细，下面有7个小词条，从称呼、文字、司法、盐和梦、迁徙、宗教习惯、哈扎尔辞典等方面进行介绍。

"哈扎尔大论辩"是小说的中心事件，而三书在这一共同词条下对它的起因、过程、结果等记录都不同。仅以论辩发生的时间为例，《红书》认为发生在861年（基督教史料认为这一年可汗派人去希腊邀请使者前往哈扎尔参加大论辩），或之后一两年内。《绿书》认为发生在737年（穆斯林认为这一年哈扎尔人选择了伊斯兰教），或之前几年内。《黄书》根据犹太人的三份史料，分别认为它发生在约731年，或717—740年，或740年。

"阿捷赫"和"可汗"是大论辩的中心人物，而三书对他们的姓名、外貌、关系等记录也互有冲突、语焉不详。仅以阿捷赫公主为例，三书中她都被视为在哈扎尔大论辩中起到决定性作用，帮助本教获胜的人。《红书》中，阿捷赫公主容貌不定，生死成谜，但笃信上帝。《绿书》中，她生活在9世纪初，不仅以美艳著称，而且擅长作诗，因支持可汗皈依伊斯兰教而得到伊斯兰教的冥王易卜劣斯的庇护，被赐予永生。但是，易卜劣斯无法彻底推翻犹太教掌管地狱的黑暗和罪恶天使彼列和基督教魔王撒旦的判决，而不得不褫夺了她的性别，并使她忘却了除"库"字之外的自己所有的诗作和语言。《黄书》中同样提到她工于作诗，但认为她生活在8世纪，并因说服可汗接受了犹太教，而被伊斯兰教恶魔惩罚忘掉了哈扎尔语和她所写的诗篇。

帕维奇在红、绿、黄三书中将小说中最关键的事件和人物设置为共有词条，一方面让它们相互补充或证实，形成对事物比较充分全面的认识；另一方面让它们形成对照甚至是冲突，相互证伪，从不同角度形成对事物立体的认识。帕维奇似乎在告诉我们，你所看到的只是视角不是真相，你所听到的只是观点不是事实。而且，他在小说中设置了几组对照词条来进一步阐释这一思想，表格如下。

	17世纪作者	17世纪魔鬼化身	哈扎尔大论辩参与者	哈扎尔大论辩编年史作者	20世纪哈扎尔研究者
《红书》基督教	阿勃拉姆·勃朗科维奇（1651—1689.9.24）	尼康·谢瓦斯特（17世纪）	基里尔（康斯坦丁，826年或827—869年），修士	梅福季（约815—885年）	以撒洛·苏克博士（1930.3.15—1982.10.2）

续表

	17世纪作者	17世纪魔鬼化身	哈扎尔大论辩参与者	哈扎尔大论辩编年史作者	20世纪哈扎尔研究者
《绿书》伊斯兰教	尤素福·马苏迪（17世纪中叶至1689.9.25）	贾比尔·伊本·阿克萨尼（17世纪）	法拉比·伊本·可拉（8—9世纪），托钵僧	阿勒·拜克里·斯巴尼亚德（11世纪）	阿布·卡比尔·穆阿维亚（1930—1980）
《黄书》犹太教	撒母耳·合罕（1660—1689.9.24）	叶芙洛茜妮娅·卢卡列维奇（17世纪）	依萨克·桑加里（8世纪），拉比	犹太·哈列维（1075—1141）	多罗塔·舒利茨博士（1944—）

这五组人物每一组都生活在同一时期，彼此关联，从不同角度共同书写着同一主题。以17世纪《哈扎尔辞典》的作者这一组人物为例，可以看到帕维尔的精心构思。

《红书》中17世纪希腊辞典的作者阿勒拉姆·勃朗科维奇是塞尔维亚人，塞尔维亚当时被土耳其统治，所以他为土耳其政府工作，曾任驻君士坦丁堡的外交官，在奥土战争时担任土耳其的军事首长。他发现自己时常会在梦中变成另一个人——库洛斯（希腊语"小伙""小年轻"的意思，从后文中我们可以知道，这个人实际上是撒母耳·合罕），而这个人与哈扎尔有着千丝万缕的联系。同时，他在梦中与妹妹相会，而妹妹变成了双手各长着两根大拇指的陌生女人，是魔鬼的化身。为了解决梦的困扰，他开始收集编撰哈扎尔的历史，并因此与另一个哈扎尔历史研究者马苏迪相遇，后者成了他的随从，而他请的秘书尼康·谢瓦斯特是魔鬼的化身。最后，在奥土战争时，他与合罕相遇，两人同时死掉。

《绿书》中阿拉伯辞典的作者马苏迪是一名捕梦者，在梦中追逐撒母耳·合罕，他把合罕视为"钻研哈扎尔历史和故事的另一个他"[①]。马苏迪从一个老人那里偶然得到一部据说最早是阿捷赫公主

---

① ［塞尔维亚］帕维奇：《哈扎尔辞典》，南山、戴骢、石枕川译，上海译文出版社1998年版，第146页。

创作的，后译为阿拉伯文的《哈扎尔辞典》。他一边从中学习捕梦术，一边把自己的见闻补充进去，其中包括他在梦中遇到相见不相识的公主阿捷赫，遇见魔鬼亚比·伊本·阿加尼。在追逐合罕的过程中，他发现了阿勃拉姆·勃朗科维奇是研究哈扎尔的第三个人，于是做了后者的随从，并在见证了后者与合罕的相遇及死亡之后的第二天死去。

《黄书》中犹太辞典的作者撒母耳·合罕在探索哈扎尔的过程中也历经挫折，他曾因走访耶稣会修士寻找里基尔而被逮捕入狱，他交往的对象叶芙洛茜妮娅·卢卡列维奇夫人是魔鬼的化身。最终，他自愿被驱逐，走上战场，前往君士坦丁堡，从而实现了命运般的与梦中另一个自己（阿勃拉姆·勃朗科维奇）相会，同时走向了死亡。他认为自己一体三魂，阿勃拉姆·勃朗科维奇和马苏迪就是他的另外两个灵魂。

作者帕维奇有意使这三人的命运彼此纠缠。他们都是哈扎尔历史的记录者和书写者，虽然分属不同阵营，各有立场和视角，但魂魄相连，气运相牵，在某种程度上是一个人的三个分身。他们共同的命运轨迹是为了更好地认识自我、突破自我，执着地追寻探索，他们都遇到魔鬼的阻挠，虽然完成了写作工作，但最终都命殒沙场。

红、绿、黄三书的主要内容由上述四组共同词条和五组对照词条支撑起三角结构，或者更像是三棱锥结构。底部是由共同词条组成一个稳固的基部，上面的不同词条则好像是由同一个点出发的三条线各自走向不同的方向，但形成的三个面又相互支撑、相互映照，共同组成这个乍一看好似十分平衡匀称的整体。

二　混乱的网络式迷宫

在上述看似稳定和谐的三角结构下面，每一个词条都有无数个信息点可以通往其他词条，形成一个复杂的网络，组成让人目眩神迷的迷宫。

传统的小说往往遵循线性叙述方式，因而脉络清晰，小说开头即入口，从这里抓住阿里阿德涅的线头，顺着往后捋，线也许不只一条，也许中间会有纠缠交叉，但一般不会断开，它们会将读者带到小说的结尾（也就是出口）。其间，或许有倒叙、插叙等，但整体是历时性线性叙事。

但在《哈扎尔辞典》中，每一个词条都自成体系，有其独立性，呈现共时性平行排列的结构。小说开始就是非常重要的两个词条"阿捷赫"和"勃朗科维奇，阿勃拉姆"，这两个词条下信息点最多，重要人物和事件都在这里第一次出现，引出多个线头，而这些线大多没有延续到书的最后。实际上，小说中很多词条之间都丝丝相连，但是这些线若隐若现，若是读者不够仔细，也许就会忽略过去。例如，小说"卷首导语"中提到了钥匙，指出它们是哈扎尔人制造的。但直到《红书》中"以撒洛·苏克博士"词条下它才突然又出现了：一把钥匙莫名其妙地出现在早晨醒来的博士口中，博士通过研究发现它属于哈扎尔人的遗物，而钥匙柄的金币上有犹太字母"赫"字的会带来死亡，然后，要到《绿书》中"阿捷赫"词条下读者才能得知，钥匙属于这位公主，她施"易物法术"用其来作为换取博士本应听到的话语的报酬。书中，年轻姑娘杰尔索明娜对苏克博士说了一句话，"在人的生活中，行为就像菜肴，思维和感情则像调料，谁要是在甜樱桃上撒盐或者在奶油蛋糕上浇醋，那么这人就要倒霉……"（第92页、第108页）公主截走了这句话，博士没能听见，故而得到了公主寝宫的钥匙作为补偿。《红书》中，只描绘了两人谈话而博士走神未能听到对方所言的情形；《绿书》中只有公主施法的说明，而未写出谈话者的姓名、身份等。如果读者未能注意到两处都出现了同一句话，就无法把两个线头联系在一起，自然也就找不到"博士口中为什么会出现钥匙？"和"公主听见说话的两个人到底是谁？"两个谜的谜底。小说结尾处苏克博士被杀，从他的遗物中再次出现了这把钥匙，并指出它可以打开女招待维吉妮娅·阿捷赫的房间，从而一方面对应了前面的预言，另一方面确认了这个女招待是公主的转世。小说中，这样的线条随处可见，如果你不能把它们厘清，就会像走一个没有出口的迷宫一样，转得头昏脑涨，最后却毫无所得。

小说中的人物关系同样如草蛇灰线，往往伏脉千里，全凭读者火眼金睛去把蛛丝马迹寻找出来。例如，谁是魔鬼化身？小说中只有17世纪的魔鬼化身是被明示的，其中尼康和贾比尔的词条下，直接指出它们是魔鬼的化名，叶芙洛茜妮娅夫人的词条下也有"她未出阁前即会巫术，出阁后成了巫婆"（第231页）之类的表述。然而，到了20世纪（准确说是1982年），17世纪的三大魔鬼化身转世为斯巴克一家三口现身，则只有暗示。其中，父亲范登·斯巴克是《绿书》中伊斯兰教魔鬼贾比尔的转世。从《绿书》中"贾比尔·伊本·阿克萨尼"词条下可知，他是"一名技艺高超的乐师"，"携带着一只用白乌龟壳做成的乐器"，还有一把"只有两根叉齿的餐叉"。相对照的，20世纪"金斯敦"宾馆餐厅妇女招待维吉妮娅·阿捷赫眼中，那位斯巴克家的父亲"善于弹奏一种不知其名的乐器，是用白乌龟壳做的……用餐时只用自备的两个刺的叉子"（第99页和第302页）。不过，《绿书》关于贾比尔的词条下还写着，"据另一个传说称，贾比尔·伊本·阿克萨尼并没有死。1699年的一天早晨，他在君士坦丁堡把一张月桂叶放进盛满浴水的澡盆，然后把头伸进水里，想洗洗他的额发。他在水里浸了没几秒钟，当他把头从水中抬起，吸了一口气，站直身子时，他发现君士坦丁堡已影踪全无，他在其间洗发的那个世界也已影踪全无，他正置身在伊斯坦布尔的一家名叫'金斯敦'的高级宾馆内，时间是耶稣诞生后的第1982年，他有一个妻子，一个孩子……"（第103页）这差不多是明晃晃的暗示了。

另外两位魔鬼化身与他们转世之间的联系也不是很难发现。斯巴克三口之家中的母亲是《红书》中基督教魔鬼化身尼康的转世。

在《红书》"勃朗科维奇,阿勃拉姆"词条下,我们可知,尼康的"鼻孔是一个黑咕隆咚的洞眼,没有鼻中膈"(第31页),"谢瓦斯特,尼康"词条下,他"画得一手好画,尤擅画教堂壁画"(第69页)。对照来看20世纪的斯巴克夫人,舒利茨博士提到,她"从事绘画,而且画得惟妙惟肖"(第261页),"每天都去圣索菲亚大堂,出色地临摹那里的壁画","她只有一个鼻孔"(第302页)。此外,还有一个细节,尼康被揭发了魔鬼身份之后,曾与阿勃拉姆约定"二百九十三年后我们将再次见面"(第35页),而小说的结尾,在斯巴克一家坐的餐桌上,人们发现了一份材料,材料上贴着一张宾馆专用的公文纸,公文纸的背面有几个数字。这几个数字是:1689+293=1982。前者是17世纪定下约定的年份,后者则是20世纪事件发生的年份,中间正好隔了293年。

此外,四岁的小男孩马努伊尔·斯巴克是《黄书》中犹太教魔鬼化身叶芙洛茜妮娅夫人的转世。这位曾与合罕交往的夫人"每只手上都长有两个大拇指","爱食红、蓝、黄三种颜色的菜肴,她所穿的衣服也是这三种颜色的……"(第262页)相对照的,在20世纪,舒利茨博士发现小斯巴克"喜欢一切红、蓝、黄颜色的东西。他爱吃这三种颜色的一切东西……他的两只手上都有两个大拇指。怎么也闹不清他哪只手是右手,哪只是左手"(第262页)。

相对于线索比较明显的魔鬼化身来说,三位哈扎尔研究者的转世就要隐秘得多。例如,20世纪的女博士多罗塔·舒利茨是17世纪的男性合罕的转世,从魔鬼三口之家中的小男孩马努伊尔多次问她"你认出我来了吗?"(第262页)可以推断得知。因为在17世纪魔鬼化身的叶芙洛茜妮娅夫人与合罕分离时,她曾经说"我们在来世或来世的来世必将重逢",而且为了应对在未来世界相互不认识的问题,她教给合罕"我告诉你怎么来辨认我。那时我将是个男性,可我的手依旧故我,每只手有两个大拇指,因此我的双手都可以是左手,也可以是右手……"(第200页)至于看出以撒洛·苏克博士是阿勃拉姆·勃朗科维奇转世的线索是那枚神奇的蛋。苏克博士词条下的次生词条"关于蛋和弓的故事"里提到博士买下了这枚据说可以使他死里逃生的鸡蛋①（一个细节，保质期是1982年10月2日）。然后，在"合罕，撒母耳"词条下，合罕在梦中看到了勃朗科维奇的第三次死亡，他被一个男人用枕头闷死时做的最后一件事是压碎了那只搁在床头柜上的蛋。②这枚蛋第三次出现是在小说的结尾，谋杀案刑侦在查看被害人苏克博士房间时找到了一枚已经破碎的鸡蛋，而被害人的手指上沾有蛋黄，说明这枚蛋是被他打碎的。最后，马苏迪和穆阿维亚博士之间的联系似乎最薄弱，但也不是无迹可寻。他们都曾三次改变职业，都曾在梦中追寻，更重要的是穆阿维亚博士最终死于叶芙洛茜妮娅的转世小斯巴克之手③，恰好应验了阿捷赫公主曾经的预言，即马苏迪未来将被合罕的情人报复（第144页）。

　　小说中有关三位20世纪专家的一些错位的设定很有意思。基督教的《红书》中苏克博士与勃朗科维奇一样是塞尔维亚人，但专业却是阿拉伯语文，最终为伊斯兰教的魔鬼化身斯巴克先生所杀；伊斯兰教的《绿书》中穆阿维亚博士与马苏迪一样是阿拉伯人，却是希伯来语专家，研究古犹太哲学，最终为犹太教的魔鬼化身小男孩马努伊尔所杀；《黄书》中的舒利茨博士和合罕一样是犹太人，她是斯拉夫学家，专攻斯拉夫人的早期基督教史，被基督教的魔鬼化身斯巴克夫人陷害为杀人犯。读者也许可以这样理解，其中专业的错位反映了人类的思想进步，几个世纪过去之后，不同宗教不再壁垒丛立，相互之间开始互通有无、学习交流，而魔鬼的错位似乎印证

---

　　① ［塞尔维亚］帕维奇：《哈扎尔辞典》，南山、戴骢、石枕川译，上海译文出版社1998年版，第89页。
　　② ［塞尔维亚］帕维奇：《哈扎尔辞典》，南山、戴骢、石枕川译，上海译文出版社1998年版，第207页。
　　③ 小说中原话为："你要当心：追踪你梦见的那个人的女人也会来收拾你的。"20世纪，阿布·卡比尔·穆阿维亚博士被四岁幼童马努伊尔·斯巴克枪杀，而这个小男孩是合罕的情人犹太教魔鬼化身叶芙洛茜妮娅夫人的转世。

了马苏迪的话:"在人间,三个世界各行其道,互不相涉,伊斯兰是伊斯兰,基督教是基督教,犹太人信他的犹太教。但三个世界的阴间却互不宽恕!"(第34页)每个教派的地狱中都是其余两教的人在受苦。至于作者究竟是怎么想的,为什么这样设置?我们不得而知。

在一次访谈中,当被问到作家是"给世界的混乱带来秩序吗"时,帕维奇回答说:"我从来不想给某件我认为是上帝之作的东西带来秩序。事实上,我想通过我的书来表现这种混乱,别无它物,对我来说这就够了。"① 辞典式的结构方式所带来的碎片化叙事可以说是表现这种混乱的最好承载。

第三节　辞典体的多元与开放

《哈扎尔辞典》采用词条式的编撰方式,词目能够自由增删,也能够采用图、文、诗等多种释义方式进行写作,形成了后现代文学家所谓的"超文本"。这种碎片化、镶嵌式写作,使得文本内容自由多元,形成百科全书式阐释,既可以包含地域性知识的书写、民族志书写、学者型书写等,也可以包含民间传说、志怪传奇、乡村俚语等。而在这部小说中最主体、最内核的部分却是最非理性、最天马行空的关于梦的故事。由此,辞典式的严谨外衣和梦幻的内核之间形成了独特的艺术张力。同时,这部内容丰富的百科全书式小说充满了思考,有对语言不确定性的思考、对宗教的偏执的思考,以及其他许许多多的思考。这些思考往往是站在不同立场的多方位思考,因此并没有也不会提供最终的答案,而是留下了许多谜团,也就造成了小说的多元与开放。

---

① [塞尔维亚] 塔纳西斯·拉莱斯:《书就是上帝:米洛拉德·帕维奇访谈录(续)》,周汶译,《书城》1999年第5期。

一　碎片化写作

碎片化写作一方面意味着割裂，另一方面也意味着多元和开放。

首先，碎片化写作造成非线性的叙述方式，使小说实现共时叙事的可能，同时拓展出广阔的叙事空间。在《哈扎尔辞典》中，每一个词条可以独立存在，自成一体。众多词条呈现一种平行排列的结构，消解了传统的历时叙事。这种辞典体的结构方式使作者可以自如地将同一时间发生的不同事件，或不同视角所看到的同一事件平行地展示在读者面前。

小说中，关于哈扎尔、大论辩等的相关词条建立在一个纵横交错的国际性不同宗教文化的坐标上，看似重复，实则更加突出了相异之处。以哈扎尔王国最重要的人物阿捷赫公主为例，她的形象和故事被打散分布在红、绿、黄三本书中，是零散的信息板块，没有清晰的中心逻辑，被不同的语言割裂和异化为不一样的面貌。在《红书》"阿捷赫公主"词条里，她与可汗的关系究竟是父女、夫妻或手足不得而知；在"可汗"词条里，她是可汗的宠妃；在"哈扎尔大论辩"词条里，她是可汗的表妹。在《黄书》"可汗"词条里，她是可汗的女儿或妹妹。对中心事件哈扎尔大论辩起到关键作用的可汗梦的解释同样有不同说法。《红书》中捕梦者对可汗说，创世者并不认识他，而入梦的天神只不过是偶然进入，且觉得他的梦很臭。《绿书》中的捕梦者称有伟人要光临，并以此解释哈扎尔人的时光放慢速度的现象。但可汗认为这是灾祸来临的标志，从此疏远了捕梦者。

类似的例子在小说中不胜枚举。每一个词条都是某一个体视角的呈现，由于不同视角的立场不同、态度相异，所以它们在叙述同一事件时会具有不同的阐释，展露出完全不同的结果，也就实现了文本的语言增殖，开拓出更广博的叙事疆域。

其次，每个碎片都是一个私人化书写，众多的私人化形成了多元化，也就形成了整体的去私人化，即最大限度的公共化。

《哈扎尔辞典》中充满了引经据典，是一种煞有介事的学究式叙述，仿佛是去私人化的集体叙述，是在历史层面的话语表述。在小说中，大量运用了历史文献、民族志、宗教经文、民间传说等资料，这些资料本应具有权威化和真实性的品格，但帕维奇强化它们本质上的私人叙述，来自不同宗教、不同文化体系中的记载必然是不同观念下的具有巨大差异的表达，体现了宗教信仰所固有的唯一性和排他性，由此产生了反讽的意味。

在小说最初的词条中，帕维奇以阿捷赫公主的话语阐明了一元化思想的桎梏，她说："我习惯于自己的思想一如习惯于自己的衣裳，那些衣裳的腰围总是一个尺寸。我上哪儿都只看见这些衣裳，甚至走在十字路口也这样。这是最糟糕的，由于只看见衣裳，在十字路口就看不清东南西北了。"（第 6 页）她还说过这样一句格言："两个'是'之间的差别也许大于'是'与'非'之间的差别。"（第 106 页）为了怕这样的表述太隐晦，读者不能领会，作者接下来还通过 17 世纪辞典的三位作者的反思进一步解释。《红书》中勃朗科维奇认为，"有关哈扎尔这个部族及其改奉信仰的历史，不仅基督教拥有史料，阿拉伯人和犹太人也拥有同样丰富的史料，然而有某种东西阻挠那些知道这类史料的人互通声气，集思广益，可是不互通声气，集思广益，哈扎尔问题的真相就不可能大白于天下"①。《绿书》中马苏迪偶然从一个老人手中得到了阿拉伯译文的《哈扎尔辞典》，在阅读的过程中，他发现，"伊斯兰史籍几乎没有提及参加大论辩的另两名捕梦者的名字，即一名基督教使者和一名犹太教使者。论及他俩的内容要比叙述阿拉伯使者法拉比·伊本·可拉的文字简单扼要得多"。所以，他提出疑问："另外两个人到底是谁？有没有基督徒知道希腊使者的名字呢，希腊使者在由四方人士出席的哈扎尔宫

---

① ［塞尔维亚］帕维奇：《哈扎尔辞典》，南山、戴骢、石枕川译，上海译文出版社 1998 年版，第 29 页。

下编　第四章　帕维奇的"辞典体小说"

廷论辩中为基督教奋力辩争。他叫什么名字呢？犹太教拉比中间是否有人知道参加哈扎尔宫廷论辩的犹太教代表的名字呢？……法拉比·伊本·可拉的话果真比那些外国人的话更具说服力吗？在论及哈扎尔人问题的犹太教或基督教的史籍中——如果这些史籍确实存在——难道真有阿拉伯人的论据要比那些外国人的论据高出一等的记载吗？他们会不会对我们闭口不谈，一如我们对他们所做的那样？有朝一日，有没有可能编纂一部有关哈扎尔问题的辞典或一部百科辞典，将三个捕梦者的故事全部收入，这样的话，情况不就真实了吗？"①　同时，《黄书》中提到合罕"试图深入问题的本质，弄清哈列维在其著作中隐去姓名的参与大论辩的基督教和伊斯兰教的使者究竟是谁。合罕竭力想考证出这两个人的姓名，论据，以及生平，将其写入他的辞典，他认为他的辞典应兼收并蓄，凡关于哈扎尔的事，即使犹太史学家忽视的问题都应收入"②。

这种思想体现在整部小说中，每一个词条都是某一视角的个体阐释，是整体历史事件的局部现象或体验。一个个词条看似一个个孤立的"意义岛"，叙述者可以在其中任意解读和想象，将其信息空间和虚构维度发挥到极致。同时它们又位于同一片汪洋大海中，相互之间丝丝相连，共同为同一主题服务，构建出一片瑰丽的新天地。整部小说就是由这些碎片化的词条组成的多方位、高维度的复杂文本，是众多个体记忆聚合而成的集体记忆，历史的恢宏面貌就这样实现了模糊的去中心化，也实现了多元化喧嚣的复原。

再次，碎片化的结构形式具有充分的开放性，也造成了文本的开放式阅读。《哈扎尔辞典》以煞有介事的史料收集、考据和论证，以辞典式的客观形式，实现了对多元视角的呈现，对语言和叙事权

---

① ［塞尔维亚］帕维奇：《哈扎尔辞典》，南山、戴骢、石枕川译，上海译文出版社1998年版，第137页。
② ［塞尔维亚］帕维奇：《哈扎尔辞典》，南山、戴骢、石枕川译，上海译文出版社1998年版，第196页。

威性的解构，同时也打破文学与非文学的阈限。这种开放性的文本形式也给予了读者充分自由阅读的体验和权力。

帕维奇本人在一次访谈中讲道："我想让读者随心所欲，随时随地自由进出。"他运用了一个形象的比喻："《哈扎尔辞典》也是一座巨大的房子，它令人震惊是因为它有如此多的入口和出口。到处都是门。进屋出屋完全随你心愿。""你想从哪儿开始阅读都可以。"① 也就是说，读者可以任选一个词条进行阅读。所以，小说甫一出版，就有人说它有 250 万种读法。帕维奇在"卷首导语"中曾经给出一些建议："阅读本辞典黄、红、绿三卷的顺序，纯按读者意愿，你可以任意翻开一页，便从那儿读起……也可专挑各卷中的相同辞条……也可在阅读时将本辞典三卷中涉及哈扎尔大辩论的参与人，论辩的编年史作者，以及哈扎尔问题研究专家的条目荟萃成一篇完整的文章。……每个读者可以像玩骨牌或纸牌那样自己动手来编辑一本属于他自己的完整的书……"②

卡尔维诺曾说，"经典作品是那些你经常听人家说'我正在重读……'而不是'我正在读……'的书"③。笔者认为，《哈扎尔辞典》毫无疑问是一部经典作品，这部小说最少应该读三遍。建议的阅读方式：第一遍从头到尾通读；第二遍，先把红绿黄三部分中相同的词条对照着阅读，再按同类项的五组人物对照阅读，如 17 世纪的三位作者、哈扎尔大论辩的三位参与者、三位魔鬼的化身、三位当代的研究者等，然后再查漏补缺；第三遍，按任何你乐意的顺序再次通读。而运用不同的阅读方式，你会得到不同的结局。从这个意义上说，小说的结局是开放的，因为红、绿、黄三本书给予了三种不同的结局，当

---

① ［塞尔维亚］塔纳西斯·拉莱斯：《作为一名作家，我出生于二百年前：米洛拉德·帕维奇访谈录》，周纹译，《书城》1999 年第 4 期。
② ［塞尔维亚］帕维奇：《哈扎尔辞典》，南山、戴骢、石枕川译，上海译文出版社 1998 年版，第 14 页。
③ ［意大利］伊塔洛·卡尔维诺：《为什么读经典》，黄灿然、李桂蜜译，译林出版社 2006 年版，第 1 页。

代谋杀案的真相同样扑朔迷离，需要读者自己抽丝剥茧去寻找方向。

阅读的开放性必然导致阅读的随意性，而阅读的随意性也就产生了趣味性。开放式的阅读挑战了读者的智力，却也赋予了读者自由的权力。

二 梦的内核

《哈扎尔辞典》以其独特的辞典式结构将自己伪装成一本工具书，但在这看似理性的外壳之下，它讲述的主体却是最非理性的梦的故事，梦幻式的王国、梦幻式的教派、梦中的人物纠缠、梦中的时空穿越……梦的重要性无可置疑。

中心事件哈扎尔大论辩围绕着可汗的一个梦展开。当时哈扎尔王国所信奉的原始宗教是以阿捷赫公主为首的捕梦者教派的宗教，这些捕梦者能够释读别人的梦，能在梦里日行千里，在梦里捕获指定的猎物（人、物、兽皆可），最优秀的捕梦者甚至能够在他释读的梦的最深处见到天主。某种程度上说，他们所拥有的捕梦术，使他们能够比你自己更了解你，也比任何人都见多识广，从而能够作出预言，占卜吉凶。但是，当可汗找来捕梦者为其释梦时，却没有得到满意的答案，这导致了后来三教使者论辩，整个王国改变信仰乃至亡国。捕梦者和王国一样湮没在历史长河中，仅余下不知真假的只言片语。哈扎尔的历史与捕梦者的历史是分不开的，所以这部关于哈扎尔的百科全书式小说同时也是关于捕梦者和梦的作品。

同时，梦将不同时空的人或事联系了起来。小说中的众多词条内容往往是分布在不同的时间和空间中，彼此并置且割裂，然而梦的超越性却在这些词条之间建立起了一个时空网络，将它们相互联系在一起。17世纪的三位编撰者——《红书》的阿勃拉姆·勃朗科维奇、《绿书》的尤素福·马苏迪和《黄书》的撒母耳·合罕——完全是因梦结缘。他们三人都在梦中生活在异国他乡，过着他人的生活，看着别处的风景。阿勃拉姆·勃朗科维奇和撒母耳·合罕在梦中互为彼此,就像一个硬币的正反两面,或是照镜子的人和镜中的镜像,这也许是象征了同源而异向的基督教和犹太教。尤素福·马苏迪则是捕梦者,在梦中追逐合罕,发现了他与阿勃拉姆的关系,为了守株待兔而做了阿勃拉姆的随从,最终见证了两人的相遇和死亡。他们三人之所以莫名其妙地开始追查和编撰早已不复存在的哈扎尔历史,没有任何现实的原因,全然是因为对梦的追寻。这种追寻一直持续到他们生命的最后(在战场上命运般的邂逅):在阿勃拉姆被长矛刺穿生命弥留之际,合罕也随之倒下陷入沉睡,他在梦境中看见了阿勃拉姆的三次死亡,并在醒来的一瞬间随之而亡。马苏迪通过捕梦术进入了合罕的梦境,目睹了两人之死后而被杀身亡。此外,阿捷赫公主是生活在公元8世纪或9世纪哈扎尔的人,但作为一位捕梦者,她能够穿越时空,正如小说中所说:"阿捷赫公主能进入比她年轻一千岁的人的梦中,把任何东西送到在梦中同她相会的人手里"(第107页),她在梦中与17世纪的马苏迪相会,指引后者去追踪合罕,并预言了马苏迪将死于合罕的情人之手(第144页)。她还在梦中用自己寝宫的钥匙交换了20世纪苏克博士应该听到的一句话。

可见,《哈扎尔辞典》在某种程度上实际上是捕梦者和梦的历史,是历代捕梦者的传记合集。梦不受现实的约束,可以天马行空、任意驰骋。以梦境扩展现实,可以说是文学幻想最古老的手法之一。另一位同样十分重视梦的作家博尔赫斯认为,作家"就是一个不断作梦的人"①,他说,"梦是一种创造"②,"梦乃美学作品,也许是最古老的美学表现"③,"文学无非是有引导的梦罢了"④。帕维奇的

---

① [美]威利斯·巴恩斯通编:《博尔赫斯八十忆旧》,西川译,作家出版社2004年版,第203页。
② [美]威利斯·巴恩斯通编:《博尔赫斯八十忆旧》,西川译,作家出版社2004年版,第39页。
③ [阿根廷]博尔赫斯:《博尔赫斯全集》(散文卷),王永年、林之木等译,浙江文艺出版社2006年版,第89页。
④ [阿根廷]博尔赫斯:《博尔赫斯全集》(散文卷),王永年、林之木等译,浙江文艺出版社2006年版,第316页。

《哈扎尔的辞典》在某种程度上可以说是博尔赫斯这些话语的最好例证。而且，辞典式结构所给予的小说严谨外衣和梦幻这个它真正的内核所在之间形成的张力，使读者在真实和虚幻之间的撕扯中感受更为强烈和震撼。

三 语言与谜团

《哈扎尔辞典》内容丰富繁杂、多元开放，作家帕维奇在其中寄寓了自己的许多思考，这些思考深邃驳杂，其中很多并没有固定答案。

小说以辞典的形式存在，决定了它也是一本关于语言的百科全书，其中充满了对语言和文字的思考。作品中很多人物都是文字工作者，包括口述者、书写者、抄写者、译者、编撰者等，他们往往通晓不止一种语言，一生命运都与语言文字缠绕在一起。通过他们，我们可以看到对语言和文字不同层面的探索和分析。基里尔（哈扎尔大论辩希腊方面的参与者，斯拉夫字母的创造者）一生痴迷于各种不同的语言，他认为"语言和风一样，是永恒永存的"（第42页），但他最安宁的时刻是生病时，这时他把除母语之外的其他语言统统忘记了。他的兄长梅福季，同样通晓多种语言，是基督教方面对哈扎尔大论辩的记录者，也是基里尔传经讲道内容的编纂者。梅福季的导师对他说："阅读时，我们接受不了文字所表达的全部含义。我们的思想嫉妒他人的思想。我们的思想每时每刻在歪曲他人的思想……"这段话和他胞弟基里尔给予他的"读者要比他正在阅读的那本书的作者更聪明"的提醒都让他获益匪浅（第57页）。这种关于语言文字多义性和复杂性的思想在小说中曾多处论及。《绿书》多次表达经书有多个层面的含义，其中一位穆斯林领袖认为，圣书中"每句话都有八种不同的领悟方法：字面含义和心理含义，前一句可改变后一句的含义，后一句又可改变再后一句的含义，还有秘密含义、双重含义、特殊含义和一般含义"。据说，创作了辞典阳本的斯巴尼亚德认为可将伊斯兰教、基督教和犹太教视为《圣书》

三个层面的含义（第 105 页）。

那么，语言文字究竟能不能触及真理呢？在《绿书》"巴索拉残篇"（第 110 页）和"阿丹·鲁阿尼"（第 134 页）两个词条中提到，天神阿丹·鲁阿尼将宇宙万物深藏于他的灵魂之中，捕梦者们欲用书籍的形式再造他的肉身，但是目前只有零星片段，而魔鬼的任务就是阻止对天神身躯的组合。《黄书》"亚当·喀德蒙注"词条提到每个人都有一个与之对应的字母，每个字母都代表了人类始祖亚当·喀德蒙肉身的一部分（第 194 页）。合罕认为，当他把所有的字母都收集起来写成《哈扎尔辞典》就能重塑始祖肉身，创造一个世界（第 198 页）。"残篇一"中有一段阿勃拉姆·勃朗科维奇的手书，讲到耶稣之兄亚当的故事，认为哈扎尔人的辞典是由一系列不知其名的人的生平组成的，那些人在获得启示的刹那间，成为亚当之躯的一部分。只要把所有获得启示的刹那间收集起来，便可得到人世间的亚当之躯，只有那时，才能看清未来（第 293 页）。显而易见，天神阿丹·鲁阿尼、人类始祖亚当·喀德蒙、耶稣之兄亚当分别是伊斯兰教、犹太教和基督教对哈扎尔人神灵的翻译。这个神可以说就是哈扎尔辞典本身，目前只是作为吉光片羽而存在着，只有把其散失的部分寻找回来，神灵才会再现。这个神代表了整个宇宙，他集男人、女人于一身，即阴阳相和；他同时存在于梦和现实之中；可以通过语言文字去重塑他的肉身。所以，书中的历任作者从不同角度收集捕梦术，收集哈扎尔人的百科全书，收集与此有关的词语、人和事，目的就是通过重建《哈扎尔辞典》的完整性去修复神灵的肉身，从而认识世界和真理。而魔鬼的工作就是阻止他们，尤其要阻止他们会合。所以 17 世纪魔鬼的化身尼康烧掉了马苏迪的阿拉伯文《哈扎尔辞典》（第 289 页），割断了会背诵阿捷赫公主诗歌的鹦鹉的舌头，将阿勃拉姆的希腊部分的《哈扎尔辞典》付之一炬（第 291 页）。另一个魔鬼化身的叶芙洛茜妮娅夫人企图以情爱阻止哈罕与马苏迪、阿勃拉姆相会。而 20 世纪的魔鬼化身则直接策划进行了一场谋杀和嫁祸。至于1691年版本《哈扎尔辞典》的口述者说"尼康·谢瓦斯特的脸——使我想起过去曾见过的一张脸——和我的脸几乎是一模一样的。我们曾形同孪生一块穿越世界,一块用魔鬼的眼泪揉捏出上帝的面包"(第289页)。可以理解为如《浮士德》中上帝所说,魔鬼的阻挠从反面起到促进作用,也可以理解为任何私人化的书写本身就有对思想的扭曲和误释,全凭个人判断了。

小说留给读者思考的谜团还有很多,例如,阿捷赫公主究竟支持了哪一个教派呢?作为哈扎尔教派捕梦者的中心人物,阿捷赫公主并不认可唯一真理,这一点在她关于思想和衣裳、是与非等的话语中就可以看出。所以,当她发现事情的发展不可控时,预见了未来的宗教必将毁灭和压制捕梦者,这才有了利用鹦鹉延续历史记载的举动。17世纪捕梦者老人在教导马苏迪时提到,"猎梦者的目标就是意识到每天的觉醒不过是摆脱梦的过程中的一个阶段。一个人要是领悟到他的每一个白昼不过是另一个夜晚,领悟到他的两只眼睛等于别人的一只眼睛,那么他就会奋力去求索真正的白昼,这种白昼将会带给他彻底的觉醒,从醒态中彻底觉醒过来,那时的一切就远要比醒时清晰得多。到那时他终于会发觉:同有两只眼睛的人相比,他是独眼,同明眼人相比他是盲人"(第134页)。老人关于阿丹·鲁阿尼的故事同样是追求多元化而接近真谛的思想表达。可见,捕梦者教派是一个追求全面认识事物的组织。所以合理推论,阿捷赫公主和她的教派不会支持大论辩中三教中的任何一方。这也许才是历史没有留下明确的记载,三教史料都说她帮助自己一方获胜的原因。《哈扎尔辞典》对史学和知识文本的戏仿,看似对历史的重构,实际上是对所谓"历史真实"的消解,代表了作者新历史主义或怀疑论的立场。

事实上,整部小说处处都有作者故意留下的谜面:三大教派究竟谁是胜利者?哈扎尔怎么灭亡的?哈扎尔陶罐是怎么回事?名为维吉妮娅·阿捷赫的女招待和公主是什么关系?她作为证人的话未被采信意味着什么？阴本和阳本的区别在哪里？正如耿占春先生所说，《哈扎尔辞典》"是一部人类智慧的集大成，这是一种暧昧的、异教的、快乐的智慧，一种对历史的多义的记录，对世界的多元的解释，对人类视为真理和信仰之物的考古学旅行，对人类梦想史的叙事性考察"①。所以，读者猜谜的过程就是思考的过程，就是智慧所在、乐趣所在。

《哈扎尔辞典》是辞典体小说的滥觞，它的成功不仅在于其巧妙的形式设计，还在于其蕴含的巨大艺术生产力。无论在结构还是在内容上，它都由静态单一走向动态开放，既充分调动了读者的主观能动性，也为文学的不断更新和持续发展开辟了一条新途径。其后，文坛上相继出现了波兰作家切斯瓦夫·米沃什的《米沃什词典——一部20世纪的回忆录》、以色列作家大卫·格罗斯曼的《证之于：爱》、墨西哥作家卡洛斯·富恩特斯的《我相信》、中国作家韩少功的《马桥词典》等辞典体小说杰作，说明这一形式极具生命力。因此，研究其发轫之始的《哈扎尔辞典》自然也就是必要且重要的了。

---

① 耿占春：《叙事美学——探索一种百科全书式的小说》，郑州大学出版社2002年版，第99页。

第五章　鲍尔斯《树语》的"树状结构"

《树语》（*The Overstory*，2018）是当代美国作家理查德·鲍尔斯（Richard Powers，1957—）的一部力作，于2019年荣获普利策奖，还入围了布克奖短名单、福克纳奖短名单，并获得意大利雷佐里外国小说奖、美国艺术文学院豪威尔斯奖、美国国际笔会奥克兰—约瑟芬·迈尔斯卓越文学奖，被《纽约时报》《华盛顿邮报》《时代》《新闻周刊》《柯克斯书评》等报刊评为"年度图书"。鲍尔斯一向是各大文学奖项的宠儿，从第一部小说《三个农民去舞会》（*Three Farmers on Their Way to a Dance*，1985）开始，他陆续创作了十余部作品，赢得美国文艺学会奖、麦克阿瑟基金奖、詹姆斯·库柏历史小说奖、美国国家图书奖等著名奖项，这大概与他广博的知识结构是分不开的。他大学本科念的是物理系，后来转攻文学，获得文学硕士学位，并留校当了英文系教授，于1998年当选美国艺术与科学院院士。他兴趣广泛，涉猎生物学、化学、社会学、遗传学、医学、美学、音乐、历史、人工智能等多个领域，被誉为美国当代"最后的通才"。他在小说中常常用文学的形式探讨现代科学（技术）与人类的关系，关注最前沿的社会问题。《树语》是他的第十二部小说，是表现生态学和环境保护问题的杰作。他在《卫报》的访谈中提到，为创作这部作品，阅读了120本关于树的书，并深入观察和研究了当代美国社会环境保护立法和环保运动等问题。小说甫一发表就广受关注和赞誉，《毒木圣经》的作者芭芭拉·金索沃

(Barbara Kingsolver，1955—）称其"达到了在世作家少有人能企及的高度"，"完成了一项艺术与科学两个专业领域里极少有作家能够完成的任务"。① 比尔·盖茨在他的博客里表示自己虽然不完全同意作者的观点，但必须承认这确实是一部"技艺高超""刺激人们思考"② 的好书。普利策文学奖的颁奖词称赞这本书"叙述结构之巧妙，如故事核心的树木那样开枝散叶、伸展出天篷般的冠顶，其中呈现的奇妙与相互关联的世界，映现了森林中人类的生活"③。可见，《树语》是一部无论在技巧结构方面还是在主题立意方面都有不凡成就的作品。这部作品成功的很大一部分原因在于，作家运用了最合适的形式，充分表达出了他想要表现的内容。

《柯林斯词典》对 overstory 给予的解释是"the uppermost layer of foliage in a forest, forming the canopy"，意为"森林中最上层的树叶，形成树冠"。《韦氏词典》的解释也差不多，只是细化了一下，有两层意思：一是"the layer of foliage in a forest canopy"，意为"森林树冠的那层叶子"；二是"the trees contributing to an overstory"，意为"贡献了覆盖层的树木"。总而言之，它指的是森林中郁郁葱葱、遮天蔽地的上层林冠部分，而这也是小说真正的主角。中文译本将其译为《树语》，是总结全文后的一种曲译，笔者认为译得非常出色，作家本人应该也会认同，因为在某种意义上说，小说内容就是树木呼唤人类聆听的话语。正是为了表现将树木作为主体的立场，所以小说分为 4 章，以树结构命名，分别是树根（Roots）、树干（Trunk）、树冠（Crown）和种子（Seeds）。小说以 20 世纪 90 年代

---

① Barbara Kingsolver, "The Heroes of This Novel Are Centuries Old and 300 Feet Tall", in *The New York Times*, 19 Apr., 2018, https://www.nytimes.com/2018/04/09/books/review/overstory-richard-powers.html, 2022 年 2 月 28 日。

② Bill Gates, "This Novel Changed How I Look at Trees", in *The Blog of Bill Gates*, 14 June 2021, https://www.gatesnotes.com/Books/The-Overstory, 2022 年 2 月 28 日。

③ ［美］理查德·鲍尔斯：《树语》，陈磊译，江苏凤凰文艺出版社 2021 年版，封底。

美国西海岸植物维权运动为背景，讲述了9个主人公与树的纠葛故事，探讨人类与树木的关系及未来。可以说，在这本小说中，树的地位前所未有地得到重视。

第一节　"树根"

"树根"这一章下面，有8个小标题，由9个人名组成（其中有一个标题包括两个人名），每个标题都讲述相应人物的家世、成长过程等，这些是构成小说主干故事的缘起。这9人都生活在美国，来自不同民族、不同家庭，拥有不同性别、不同性格、不同职业，但他们的生活多多少少都和树密切相关。

尼古拉斯·赫尔（Nicholas Hoel，昵称：尼克，代号：守护者）是艺术家，来自挪威裔家族，祖上有好几代人持续为家族的栗子树拍照片。第一代，乔根·赫尔千里迢迢、饥肠辘辘地来到美国艾奥瓦州，欣喜若狂于栗子树免费的馈赠，他亲手栽下多棵栗子树，在经历了一系列事故之后，最终只有一棵犹存；第二代，乔根的长子约翰·赫尔喜爱机器，买了柯达相机，开始为栗子树拍照；第三代，约翰的次子弗兰克·赫尔接过了拍照的任务，后来参加战争，亡于沙场，将自己继承下来的仪式交代给了儿子小弗兰克；第四代，小弗兰克·赫尔在父祖留下的160张照片之后，又增加了755张，这时由于枯萎病，美国的栗树已经几乎灭绝，赫尔家的这一棵因为孤悬一方而幸存；第五代，埃里克·赫尔为临终的父亲拍下了这孤独的巨树最后一张照片。到了小说的主人公之一尼克这一代，整个家族在节日聚会时因为煤气中毒过世，只有尼克因外出幸免于难，他继承了家族树和它的近千张照片。这棵栗树的生长与赫尔家族的悲欢离合交织在一起，像快镜头背后坚实的背景，同时也在家族最后一个成员尼克心灵中埋下了敬畏树木的种子。

咪咪·马（Mimi Ma，代号：桑树）是工程师，在波特兰一家模塑公司做铸造监督。她的父亲来自中国，家里因经营纺织业致富，所以在伊利诺伊州的家中后院种了一棵代表财富来源的桑树。在这棵桑树因生虫逐渐死去的同时，面对妻子失智症越发严重、丝绸农场失败的现状，他选择了在树下开枪自杀。咪咪继承了一幅画有中国神树扶桑的古画和雕有桑树的玉石戒指。她虽然不理解父亲，但一直思念父亲，她对树的热爱有部分移情作用和父亲思想的传承。

亚当·阿皮亚（Adam Appich，代号：枫树）是心理学家。童年时代，他的成绩并不出色，还有些社交障碍症，但擅长观察和分析，富有同情心，高中时接触了心理学，开始展现出在这一领域的才华。他的父亲曾把种在后院的树当作礼物送给子女，属于亚当的是枫树。亚当很珍视这些树，因为他相信与树之间存在某种神奇的联系。

雷·布林克曼（Ray Brinkman）和多萝西·卡扎里（Dorothy Cazaly）是一对情侣（后来结为夫妻），雷是知识产权领域的律师，多萝西是速记员，雷的性格像橡树一样坚实可靠，多萝西则像椴树一样极端却独特。两人多次分手又和好，最后终成眷属，为了解决婚姻中存在的一些问题，他们决定一起在花园里种些植物。

道格拉斯·帕弗利切克（Douglas Pavlicek，昵称：道基，代号：道格杉）是退伍老兵，曾参与过臭名昭著的斯坦福大学心理实验，饱受折磨，留下了不可磨灭的心理创伤。后来参加越战，成为一名空军技术军士，在战火中所乘飞机被击中，跳伞逃生时降落伞出了问题，幸好被一棵巨大的当地神树接住从而获救。回国后，他找了一份种树的工作，几年时间内种了5万多棵树。

尼莱·梅达（Neelay Mehta）是天才的游戏制作人，来自印度裔家庭，少时从树上跌下而残疾。他像大树一样，虽然被禁锢在一个地方，但喜欢分享，总是馈赠四方。树木给了他灵感，他准备设计一个物种丰富、万物有灵的游戏世界，而玩家进行游戏的目标就是弄清楚这个世界的渴求。

帕特丽夏·韦斯特福德（Patricia Westerford，昵称：植物帕蒂）是植物学家，由于天生内耳变形，有听力和语言障碍。她自小跟着出差的父亲四处奔波，认识和熟悉大量植物，大学时选择了植物学，后获得了博士学位并进入研究所工作。她通过实验得出"树木能够彼此交流"的结论并发表了论文，结果被学界批判并失去了工作。她四处旅行，然后做了野外护林员。中年时，她的观点被重新研究，名声得到了恢复，遇到并加入了一批志同道合者组成的科研站，并与科研站的主任丹尼斯·沃德恋爱结合。

这一章最后一部分的主人公叫奥莉薇亚·范德格里夫（Olivia Vandergrife，代号：银杏），是大学四年级女生，学业失败，吸食毒品，刚刚离婚时，在洗完澡后因用湿手摸了廉价插座上的开关而触电濒死。

阅读这部小说要有些许耐心，因为乍看上去"树根"的这8部分内容互不相干，读者会感觉自己阅读了8个独立的短篇小说。但是，细心的读者会在第7部分"帕特丽夏·韦斯特福德"下面发现一些蛛丝马迹。在写到帕蒂被迫离职之后驱车旅行时，小说以她观赏的白杨树为线索，串起了华人工程师的大女儿（咪咪）、出身于艾奥瓦州农民家族的雕塑系学生（尼克）、退伍的飞行员（道基）、知识产权律师和他放浪不羁的女朋友（雷和多萝西）、生活在硅谷的古吉拉特裔移民男孩（尼莱）。后面有一段小小的总结："这些人对植物帕蒂来说都无关紧要。但是他们的生命从很久以前就被连接在一起了，在深深的地下。他们的亲族关系作用起来就像一本翻开的书。过去往往在将来才看得更加清晰。"[1] 作者鲍尔斯大概害怕读者仍然不能够理解，接下来用了预叙的手法，告诉读者，许多年后，帕蒂写了一本名为《秘密森林》的书，开篇是这样写的：

---

[1] ［美］理查德·鲍尔斯：《树语》，陈磊译，江苏凤凰文艺出版社2021年版，第103页。

> 你与你家后院里的那棵树拥有同一个祖先。你们两个在十五亿年以前分道扬镳。但直到现在,往各自不同的方向走了这么久,树和你依然共享着四分之一的基因……①

第二节 "树干"

"树干"一章是小说的高潮,篇幅最大,由树干的横截面图形(带有年轮的树桩)分割成 37 个小部分。每一小部分有时候写 9 个主人公中某一个的故事,有时候写其中某几个的故事,因为他们的生活开始产生交织。但小说没有面面俱到,而是有详有略。其中提到最多的是奥莉薇亚,有 12 部分有她的故事;其次是尼克、咪咪和道基,各有 10 部分提到;再次是亚当,他在这一章的中间部分第一次出现,但后面 6 个部分的故事有他的参与;最后是尼莱、帕蒂博士和布林克曼夫妇(雷和多萝西)的故事,各 5 部分。

可见,这一章中最重要的人物是上一章最后一部分中触电濒死的女大学生奥莉薇亚,实际上,她是这一章的灵魂人物,"树干"的整体建构以她从触电中复生开始,到她在这一章的高潮事件"爆炸案"中受伤死亡结束。奥莉薇亚触电后死了一分零十秒,随后心跳重启复生。新生的她获得了一项特殊的能力——能够听到树木的话语,从此走上了用生命保护树木的道路。在这条路上,她遇到了很多人,首先是尼克。

尼克在这章第 3 部分首次出现。他在家人意外去世之后卖掉了故居,包括那棵家族树,只保留了它的照片。这时,他与奥莉薇亚相遇,被她吸引,开始与她结伴而行,追随她走上为植物维权的斗

---

① [美] 理查德·鲍尔斯:《树语》,陈磊译,江苏凤凰文艺出版社 2021 年版,第 103 页。

争之路。他们为了阻止工人砍树,曾在一棵被奥莉薇亚称为米玛斯的巨型红杉树上生活了好几个月(第22部分上树,第33部分被迫下树),但最后还是以失败告终。

与他们一样走上保护树木的道路却不断受挫的还有咪咪和道基。本章的第3—8部分交叉介绍了这两个人环保意识的觉醒:咪咪受从中国移民美国的父亲的影响,一直喜爱树木,所以无法接受工作地点附近的树木被砍掉;道基在越战中为树木所救,从此一直从事植树工作,因此也不能容忍随意砍伐树木。在第11部分他们相遇之后,就共同加入了植物维权组织通过游行集会抗议的活动当中,但是不断被警察侮辱、殴打、拘捕,后来咪咪被强行解雇,道基被木业公司派人袭击,险些丧命。但他们没有屈服,而是会集到更多人的抗争活动中,从而与尼克、奥莉薇亚和亚当相遇。

亚当在这一章出场比较晚,在中间第17部分才露面。他是心理学的博士研究生,正在为论文选题发愁,一次通过与导师谈话受到启发,决定以植物维权人士的心理分析为题。为了得到坚实可信的分析问卷数据,完成论文,他一路采访了250名维权积极分子,并在第33部分进行树上采访,与尼克和奥莉薇亚相遇,恰逢伐木公司以暴力行动胁迫他们下树,甚至完全不顾及树上人的生命直接开始伐树。亚当与他们被迫下树,一起被捕,也因此加入了维权行动,后又与咪咪两人相遇,5人行动小组就此会合。

这一章中的主干虽然是以上5人的故事,但其余4人也被巧妙而匀称地穿插其中。布林克曼夫妇的故事出现在本章的第2、12、19、30部分,主要写了雷和多萝西因无法生育而产生的痛苦与夫妻隔阂,以及雷的中风。乍看起来,它们与中心主题似乎无关,其实不然。一方面,生命无法延续的主题和树木被大量砍伐造成的后果隐隐相对应;另一方面,通过这对作为旁观者的夫妇展现了植物维权者的行动。如:第19部分,雷阅读了一篇论述植物维权思想的文章;第30部分,雷在中风的瞬间,电视里正在播放警察逮捕维权人士。细致阅读这一瞬间雷的心路历程，会发现一切不是偶然，而是作家的精心设计。雷这时意识到了自己和妻子的矛盾在于他的自大和占有欲，他内心没有给予妻子应有的平等地位，而同时电视里正在播放警察为了维护木业公司的财产权而逮捕植物维权人士，实际上是人类将树木视为可任意处置的私有物与将树木视为平等的、拥有自身存在权力的主体之间的斗争。雷的中风，恰恰隐喻了他的职业生涯——保护私有财产和所有权——所依靠的思想支柱的崩溃。

尼莱出现在第9、15、24、29部分。他成为加州红杉公司总裁、首席执行官兼控股人，设计的游戏《命运》大获成功。尼莱的野心是创造这样一个虚拟的世界，所有的玩家共同参与去发展它，在那里，"世界将变成一个游戏，得分就写在屏幕上。……所谓的现实生活呢？很快我们甚至不会记得那些东西曾经的模样"①。他在游戏中带人们回到最初的年代，那时世界上充满绿色，人们只能适应环境，生命拥有无限的可能性。

帕蒂博士出现在第14、21、25、28部分。她开始写书，写森林和树木的故事，写它们的生长、奉献和呼唤。这本书定名为《森林的救赎》，获得了巨大的成功，也使得帕蒂被视为森林的代言人。在丈夫的鼓励下，她勇敢地承担起自己的责任，将一生事业的目标由"倾听树的声音"转变为"将树的声音传达给人类"②。她在法庭上作证，为禁止伐木提供科学观点，然而最终失败了。于是，她决定成立一个种子银行，为保留物种做最后的努力。

除此之外，这4人在这一章中最后都出现在第34部分，这一部分是共时性蒙太奇镜头式描写，帕蒂的种子公司成立了，尼莱的游戏已经发行到了《命运7》，雷正在被抢救，多萝西做出了对丈夫不

---

① ［美］理查德·鲍尔斯：《树语》，陈磊译，江苏凤凰文艺出版社2021年版，第179—180页。
② ［美］理查德·鲍尔斯：《树语》，陈磊译，江苏凤凰文艺出版社2021年版，第218页。

离不弃的抉择……同一时间,其余5人正在为树木坐牢。

在这一章的最后三部分(第35、36、37部分)中,事件失控了,情节发展到了最高潮。尼克、奥莉薇亚、咪咪和道基虽然是植物维权行动的积极分子,但他们一直进行的是非暴力抗议活动,其中亚当甚至没参与活动,只是恰逢其会。但暴力激发了暴戾,不断的失败、被伤害、被残忍对待,点燃了他们心中暴戾的火种,5人小组开始了激进抵抗运动。他们先是烧毁了一座停满了伐木车的仓库,又策划要炸毁一家加利福尼亚索雷斯附近的锯木厂,这家工厂明明已经被收回了许可证,却仍然在持续伐木。结果,爆炸行动发生了意外,炸弹提前爆炸,奥莉薇亚受了重伤,最终死去。

"树干"一章主要描写了9个人维护树木权利的思想和行动是如何像树干一样由细到粗蓬勃生长的,他们的力量或隐或显,和千万维权者的力量汇聚在一起。

第三节 "树冠"

"树冠"一章中原来汇聚在一起的力量分开了,向四面八方各自发展,但他们又有部分是分不开的。这章仍然是一个个生活横截面,交叉进行叙述。按时间的顺序大致分为四个大部分。

第一部分写20年前悲剧的"爆炸案"事件刚刚发生后,5人小组中剩余4人如何抚慰伤口,寻求新生。亚当在生活中抹去了这段经历,又遁回到了他的研究生活中去;尼克在失去了奥莉薇亚后真正认识到了为树木维权的重要性,坚定地以自己的方式走了下去;道基在与咪咪分手后,不知该何去何从,只能开车向人迹稀少处进发;咪咪卖掉了父亲留下的中国古画作为资金,重新开始生活。这一部分最后以布林克曼夫妇查字谜的谜底作为象征性的总结,这个谜底是"releaf"——树叶的重生，芽苞的回归。

第二部分是对除了死去的奥莉薇亚外其余8人在20年后生活的简单交代。亚当在心理学领域功成名就，成为大学副教授；尼克明面上做理货勤杂工，暗地里进行植物维权的艺术活动；道基找了一份土地管理局辖下的冬季看守员工作，独自住在山上，闲暇时通过写作回忆并思考之前的经历；咪咪在大学攻读了康复与心理健康咨询专业的硕士学位，成了一名心理咨询师，但仍然生活在即将被逮捕的恐惧当中；尼莱仍然在虚拟的游戏世界中探索；布林克曼夫妇在艰难地维系雷中风后的婚姻生活；帕蒂博士在全世界收集种子……

第三部分，一系列具有象征意义的标志性事件发生。尼克从已经卖出的家族土地里挖出了他藏在那里的家族树照片；尼莱阅读了帕蒂博士的《秘密森林》，想要给他的游戏加上限制、短缺和永久死亡，让玩家从中学习世界能够承受什么、生命如何运转，但遭到了团队成员的拒绝；道基被告发、被逮捕，而他所写的类似回忆录的东西使整个5人小组处于危险之中；布林克曼夫妇通过阅读有关树的书籍开始关心和解读树木。

第四部分，事件以旋风般不可阻挡之势向前发展。道基为了保护咪咪出卖了亚当，亚当被捕；尼莱通过尼克的艺术作品进一步坚定了自己改变游戏的信念；布林克曼夫妇阅读了帕蒂博士的《秘密森林》，决定把后院种植的树木当作女儿；帕蒂博士在丈夫死后，决定以生命为代价声援他们共同的主张，咪咪和尼莱都参加了博士的演讲会，目睹了她自杀；亚当为了保护伙伴，拒绝了司法交易，最后被判决连续两段70年（共140年）的刑期。

第四节 "种子"

"种子"一章篇幅最短小，但意蕴悠长。这一章分为24个小片段，每个片段都很短，但与之前的叙述方式比起来，很容易看出这一章中每个片段之间的联系，像网络一样四通八达、丝丝相连。

尼克在这一章中出场并不是最多的，只有4次，但最早和最后出场的都是他。作为一个坚定的植物维权人士，他从未逃避过去，始终在努力，在通过艺术为树木呐喊。小说的最后，他在印第安人的帮助下，完成了一件大型作品，将倒地的粗重枯木排成字母，字母组成从太空也可以清晰辨认的单词：静止（STILL）。在劳作休息时，他指着树林对自己的印第安搭档说："我惊讶极了，当你让它们说话时，它们竟然能吐露那么多东西。要听到它们的声音，并不是很难。"搭档回答他："我们从一四九二年开始，就一直试图告诉你们。"①

亚当和道基各出场了3次。他们虽然都在监狱中，但心态颇为不同。亚当类似殉道者，他的未来可能是漫长的苦难，但他知道自己应该做些什么。道基却生活在过去，心里充满愧疚，小说中暗示他长了肿瘤，只怕命不久矣，不过他仍然在学习帕蒂博士的课程。

咪咪在这一章中出场最多。她曾经逃避，如今却再次回归。在这一章中，咪咪的作用举足轻重，她联系起了所有的主人公：当她直面自我时，成为新的聆听者，延续了已故的帕蒂博士和奥莉薇亚的生命；她始终关注着案件判决的新闻，关注着亚当和道基的命运；她观看尼克的作品（其中有一件借鉴了她父亲的古画），参与尼莱的设计……

尼莱的出场次数仅次于咪咪。他代表着新生力量，拥有着影响世界的新技术，他的游戏世界可以将植物维权者的思想像撒种一样散播到全世界。

布林克曼夫妇在这一章中只出现了一次，出现在小说快结尾的地方，在第22部分。他们在阅读报纸，读到了对亚当的判决。雷反对这个判决，他突然意识到亚当的行为是"正当防卫"，是当我们的

---

① ［美］理查德·鲍尔斯：《树语》，陈磊译，江苏凤凰文艺出版社2021年版，第383页。

家园被破坏、性命遭受威胁时的自我救助。然而，这个念头使他第二次中风，要了他的命。多萝西知道自己有一天会追随丈夫而去，但现在她还有事要做，有书要读，而她正在阅读的书是已故的帕蒂博士的又一部关于森林的力作《新变形记》。

　　这一章是小说的结局，但事情的发展远未结束，未来是开放的，仍有无限的可能。9位主人公虽然有3人已经死亡，2人被关进监狱，但无论是生是死，还是被逮捕，他们的命运都有其典型的象征意义。活着且自由的4人中，尼克和尼莱已经学会了倾听树木的话，成为播撒种子的主力军，以各自不同的方式在传播树木的话语；咪咪的斗争、受挫、激进、逃避和回归代表着植物维权运动十分困难和曲折的一面，可以预见她最终的选择是更加坚定地支持和参与运动；多萝西则是正在走向维权运动道路的代表，她的阅读和对树木正在觉醒的爱，必将引导她成为新的树木话语的倾听者。最早死去的奥莉薇亚是先驱者、启明者，尼克和亚当的参与都离不开她的引导，同时她的死从隐喻意义上也意味着神秘主义色彩的影响力逐渐消亡，人们走向更理性、更科学的生态维权道路；雷的死亡则象征着他原本职业所代表的维护私有权法律在这场有关植物维权战争中正义性的破产；帕蒂博士虽已过世，但她的读者越来越多，尼莱和多萝西就是其中的典型，可以说她用生命催发了种子的生长。至于监狱中的2人，代表了斗争过程中不可避免的牺牲，但他们的未来也并非已成定局。总而言之，种子已经遍及四方，等待发芽生长，生命仍然有向各个方面发展的可能。

第五节　引文

　　小说的四个部分构成了一棵大树，除此之外，每一章都有一段引文。"树根"这一章的引文写的是一位不知名的女人,"她"倚坐在一棵松树下,正在聆听树木告诉她的事情。"她"是谁?从"公园""松树"等细节可以知道"她"是咪咪。当读者阅读到小说最后的"种子"一章时,在临近结局时会看到这一场景。但是笔者认为,在这部小说中"她"可以是从死亡中回归后获得听懂植物语言能力的奥莉薇亚,可以是通过科学认为树木可以交流的帕特丽夏博士,也可以是把树木当作女儿的多萝西和曾经为保护树木艰苦战斗的咪咪。"她"可以指文中所有的女主人公,只要有一颗沉静和爱的心,就可以听懂树木的话语。同时,正如小说里所写的那样,更具攻击性的男性也能在女性的引导下学会聆听。这是全书的立意,所以应当视这段引文为整部小说的引文。

"树干"一章的引文描述了一个男人,"他"在监狱中。"他"因树木入狱,不知道自己的所作所为是对是错,"他"试图通过阅读木头桌面的纹路破译树木想要诉说的一切。读者很容易通过"监狱"猜到,"他"是亚当或道基。通过"选择"等细节,可以将"他"具体到亚当。虽然这一场景并没有发生在这一章,但它是亚当入狱的因,亚当因此在"树冠"一章中被捕,在"种子"一章中被定刑坐牢。这一小段文字,阐述了对激进的环保运动的反思,在小说的后三章都有表现。

"树冠"一章的引文讲述了一个男人,"他"在观察树木,阅读树木发出的信号,并回应这些信号。"他"在工作,在警醒人们注意到树木的求救和示警信号。读者可以猜出,"他"是尼克。这段引文的重点是男人学会了聆听树木话语,并从事传播这些话语的工作,对应了第一章的引文,涵盖了小说后两章的部分内容。

"种子"一章的引文意味深长,从树的时间尺度来表现世界。树木在漫长的时间中改造世界,为动物的发展提供了条件;动物与植物和谐共处一段时间;这时在生物系统进化树高处的某个地方诞生了人类,须臾之间,人类用自己的意志全面塑造世界,而参天大树开始倾覆。这是对全书的总结。

四段引文像纽扣一样将各章节盘结在一起，联系起整部小说。

《树语》被誉为一部生态小说，因为它以宏大叙事书写了一部人类与树木的史诗。如果地球上的树木能够说话，它们会告诉我们什么？这是作家首先提出的问题。

生活中有很多动物保护主义者，他们的工作比较容易得到大众的认可。因为"会哭的孩子有糖吃"，动物会哭会叫，会跑会跳，会撒娇会求助，有血有肉有温度。而植物呢？它们默默无闻，无法动弹，要如何做才能获得关注呢？意识到这一点的环境保护者究竟应该怎么做？他们搜集整理公布了物种灭绝的数据、雨林消失的数据、森林面积急剧缩减的数据。这些数据是如此的触目惊心，与我们息息相关，但是不易被生活在城市中的我们看到，而且"眼不见心不烦"，即使看到也往往会被视而不见，更何况还有资本从中作梗。就像小说中作为背景（历史上确实存在）的"木材斗争"中，财大气粗的林业公司不仅有资本的后盾，还有维护私有权的法律的支持，植物维权者与他们的斗争艰苦卓绝，几乎可以说是屡战屡败，溃不成军。那么，他们的声音如何才能传到大众耳朵里呢？如果不激进，如何让大众注意？如果激进，又如何才能不过线过火呢？这都是小说中要探讨和反思的问题。

这些问题和反思如何在小说中更好地表现出来，能够让读者接受并思考呢？鲍尔斯将故事作为工具，插入科学数据、论文写作和演讲等形式，运用树的结构，让树成为主体，让树木说话。他让树木告诉读者：它们的寿命远超人类，它们对地球的作用远超人类所知道和估计的，人类应该认真聆听它们的话语。人类为了短期利益而进行的举动会破坏共同的家园，现在是亡羊补牢最后的机会了。然而，正如在大自然中树木的话语无人听得见，小说只用树木的口吻来说话，只怕也会如过耳清风，风过无痕。所以，作家选择了一些树木话语的聆听者作为主角，将他们的不同命运交叉在一起。他们都是普通人，出于不同的原因，以不同的方式走上了植物维权运动的道路，却都经受了不同程度的受挫、被伤害和被侮辱。咪咪参加"抱树"运动，被拘捕，被迫当众失禁，而且被殴打，受伤毁容；道基则被执行驱散任务的警察脱光衣服，用辣椒水刺激眼睛和下体，后被关进监狱判刑；奥莉薇亚和尼克为了保护树住在树上，被直升机刻意掀风冲击，还差点因为伐木机器不管不顾地工作而摔死，下树后也被拘捕；亚当最终被判了140年刑期；帕蒂博士因为她那"植物会交流"的科学结论而很长一段时间失去了名誉和工作，还一直因为自己的理念不能被接受而十分困扰，最后在志同道合的丈夫去世后自杀；尼莱因为要在游戏中表现帕蒂博士的理念而被合作团队中所有成员反对；布林克曼夫妻也因把树当成女儿而遭遇一些麻烦。这9个主人公都是和读者一样的普通人，他们所遭受的暴力对待，格外能激发读者的同情。同时，他们作为树的代言者，尚且会有如此不公正且可怕的际遇，那么树作为沉默者、失语者、被残暴对待的客体，它们的境况就可想而知了。

综上可见，理查德·鲍尔斯的《树语》是关于树木的百科全书，也是有关人类与自然的史诗，是讲述人与树关系的寓言。它以巧妙的叙述结构，呈现出我们往往熟视无睹的世界真相，迫使我们重新反思这些我们习以为常、置若罔闻的现象，不再闭目塞听、自欺欺人，从此开始去学习聆听树木的话语，一起为我们星球的未来努力！

结　语

如门德尔松教授所说，百科全书式小说作为一种文学类型还难以具备被绝大多数人认可的明确定义，但是在众多文学评论者的关注和探讨下，尤其是众多具有理论自觉性的小说家的热情探索和实践中，当代西方小说呈现出百科全书化趋向这一事实毋庸置疑。它是文学家在传统经典小说没落后另辟蹊径的成果，是对小说无限可能性的执着追求，它为小说创作在当代文化体系中厘清自身价值作出了有效尝试，也为小说更好地面对当前的美学困境和文化契机提供了可贵的丰富经验。那么，这种在当今受到推崇的百科全书化趋向确实能为人类文学事业的发展指出一条明路吗？应该如何评价它所带来的经验和教训、成就和问题呢？这就是本章力图回答的问题。

一

对一种文学趋向的研究，最终必将回到它对当代小说创作的启示上来。具有百科全书化趋向的小说家在实践与理论两个方面对当代小说将往何处去的问题做出了探索和应答。实践上，他们以一系列形式实验拓展了小说文体革新的道路，从内容体式、思想深度、个性风范等方面开辟了一个相当另类的艺术空间，将坚强的理性内核和丰富的阐释隐匿于游戏化的充满想象的文本形态之内；理论上，他们从小说的价值、性质和特性着手，进行反思和扬弃，分析小说的当下处境，前瞻小说的发展趋向。在 20 世纪全球性的关于"小说

结　语

是否死了"的大讨论中,他们大多立场鲜明地站在乐观主义一边。如卡尔维诺声称:"我对文学的未来是有信心的,因为我知道有些东西只能靠文学及其特殊的手段提供给我们。"① 他们相信,只要发扬小说所特有的智慧,小说的未来充满着诸多发展机遇,小说的可能性将永无止境。他们创作的一部又一部精美的小说,为小说发展不断找寻新的形式、新的疆界。他们的成就与他们的创作追求和创作策略密不可分。

第一,对小说"认识价值"的强调,无形中冲破了当今文坛"审美价值"几乎一手遮天的格局,为小说的发展赢得了更广阔的天地。百科全书式小说最重要的特点之一,就是对知识谱系的有意展示。知识成为小说的重要组成部分,而不再是可有可无的陪衬性元素。

虽然文学与生俱来就承担着认知的重任,但是自20世纪中叶开始,整个西方文学界高扬起求索文学内部规律的旌旗,以审美的神圣、文学本体的神圣取代了载道和教化的神圣,神气十足地开启了对文学审美性的潮流式追求,以一种自信已经领悟了文学真谛的姿态力图造就一段新的文学黄金岁月。这种将审美价值视为文学艺术的根本价值或最高价值的观点,是文学艺术对传统文学观中强加外界标准(如政治、道德等)于其上的一种拨反,是对被迫成为他律工具的一种矫枉。但过分推重审美的向度,会使文学评判尺度和公正性匮乏,拘囿文学的健康发展;其他价值向度的缺失或被忽视,会造成文学发展方向的迷失,形成文学踌躇难进的苦况。事实上,在当代文学界,这种情况并不乏见,一味地追求美感,使文学底气极度不足,"失语"的尴尬日益严重。海德格尔说,"认识是此在植根于在世的一种样式"②,人活于世离不开认知的要求。但人生苦短,

---

① [意]伊塔洛·卡尔维诺:《美国讲稿》,萧天佑译,译林出版社2008年版,第1页。
② [德]海德格尔:《存在与时间》,陈嘉映等译,生活·读书·新知三联书店2000年版,第73页。

人的经验阅历极为有限，要了解无限广阔的大千世界，勘破无穷可能的变幻人生，文学艺术不可或缺。韦勒克通过对康德的研究，得出："诗人描写与表征客体世界以使我们认识它。诗人在一部作品中使这种知识明晰化，指明了那些可能已经存在而又缄默不语的东西。诗人让我们认识世界，领我们进入我们朦胧地、粗略地感受到的家园。诗人并不把陌生的、优越的心灵强加给内在世界，而是发现并释放隐藏在客体中的东西。诗人所提示的这种知识显然暗含了对诗歌真理的追求。"① 这种真理就是关于世界的知识。其中，小说以其独特的文体形式难辞重任。因为一部好小说其广度就像是我们生活的整个世界，而其深邃又往往穿越了有限的时空。它能开启我们的智慧，沟通我们与他人、与世界之间密切的联系，既让我们走出自我、理解他人、认识世界，也让我们走入自我，真正地认识自己。所以，法国作家杜亚美认为："只有那种不单是供我们消遣，而更主要的是能帮助我们认识生活，解释世界的长篇小说，才真正值得我们感兴趣。"② 正是在这个意义上，当代具有百科全书化趋向的作家强调小说的认知功能，主张在小说中从不同的角度以不同的逻辑来认识人生和世界，这在今天有振聋发聩之功效。小说当然离不开对语言技巧、形式结构等的追求，但如果其中没有注入哲学的、科学的、政治的、道德的、经济的等各种复杂的内涵，绝非成功之作。

当今社会前所未有的复杂多元，即使再天才的作家也难以实现以小说来全面认知世界的文学野心。面对于此，具有百科全书化趋向的小说家并没有像传统的百科全书式作家（如但丁、狄德罗、歌德等）那样用权威或导师的姿态呈现大量相关知识以启迪或引导读者，而是用复调和狂欢的方式展示了不同知识体系、不同价值体系

---

① R. Wellek, *A History of Modern Criticism*: 1750—1950, Vol. 6, New Haven: Yele University Press, 1986, p. 163.
② ［法］罗曼·罗兰等：《法国作家论文学》，王忠琪等译，生活·读书·新知三联书店1984年版，第103页。

之间的激烈辩驳与冲突，甚或由此带来的混乱与绝望。这些正是他们对知识过剩、信息爆炸、社会趋向碎片化等现状的认识和反映。而他们对知识谱系的建构和展示，则体现了他们对秩序和理性的向往与追求，体现了在驳杂混乱中寻求秩序的努力。

总之，当代具有百科全书化趋向的小说对认知功能的强调，在回避了文学语言自足性与"教化""功利"等敏感性社会价值之间关系的同时，毫不犹豫地将文学摇摇欲坠、几近失落的精神使命重新背负起来。使之以另类的思考方式、轻捷的语言、美丽的意象、智慧的幻想为翅膀，飞得更高更快。换而言之，它找到了审美价值、认识价值以及其他价值形成合力的平衡点，也就拥有了无限的提升空间。

第二，开放性、多元性、对话性等特质为小说谋求了更为宽广的发展空间，跨学科书写为小说打开了众多未知领域。

当今已有的许多小说诗学往往存在着某种方法与立场的缺失，甚至有的以抒情诗学和戏剧诗学的创建方式和标准来考察和衡量小说诗学，将其对各种创作形式的汲取苛责为"文体不纯"，这存在着明显的"文体纯粹性"立场，或是"诗歌中心论"的传统文体学偏见。针对这一局面，伊格尔顿（Terry Eagleton，1943—）在《二十世纪西方文学理论》的导言中发表了对保守封闭的传统文学观进行挑战的檄文：

> 任何东西都能够成为文学，而任何一种被视为不可改变的和毫无疑问的文学——例如莎士比亚——又都能够不再成为文学。以为文学研究就是研究一个稳定、明确的实体，一如昆虫学是研究各种昆虫，任何一种这样的信念都可以作为妄想而加以抛弃，一些虚构是文学，而另一些却不是；一些文学是虚构的，而另一些则不是；一些文学在语言上是关注自身的，而有些极度精致的修辞却不是文学。如果说，文学是一种具有确定

不变之价值的作品，以某些共同的内在特性为其标志，那么，这种意义上的文学并不存在。①

当代西方具有百科全书化趋向的作家将小说文体的开放性、未完成性视为与其生成动因和发展过程相一致的必然性本体特征，将其不拘一格地择取多种文体为己用视为优势特性，从而使其小说具有开放、对话、多元、复调、杂语及未完成性。这是小说谋求发展的一种基本生存策略，是以文学完成哲学和科学任务之宏愿的期许，以及在社会学层面对自由、宽容思想的认同和尊重。这些作家还以其艺术实践提供了诸多这方面的例证：在文体和技术方面的革新，如文类的杂糅、文体边界的模糊、时间的多元化和空间性等；对小说本身的反思，如对作者权威的质疑、对过度阐释的限制、对叙述和阅读多维互动的实验等；小说自由开放精神的张扬，不同的学科、知识、话语、精神等在小说中自由的交往和对话……世界在走向信息化、多元化，当代具有百科全书化趋向的小说适应了这一发展，也就为谋求更为宽广的发展空间提供了可能。

第三，对作家和读者的探讨，为小说的发展提供了坚实的基石。当代西方具有百科全书化趋向的小说家都高度强调读者的作用，不仅重新反思作者与读者的关系，赋予了读者最大的自由，而且以独特的文本策略引导读者，在创作中以其开放、多元和具有充分阐释空间的叙事，使读者从文本的被动接受者变成积极的主动参与者，甚至是具有权威的创造者。

同时，在20世纪对作者的一片喊打喊杀声中，他们没有简单地随波逐流，而是以审慎的态度考察作者观念的流变，并在小说中对之加以探讨、审视和反思。他们认为小说是一种追求隐藏在它自身材料中的可能性组合游戏，也是作者和读者共同参与的游戏，从而

---

① Terry Eagleton, *Literary Theory: An Introduction*, Minneapolis: University of Minnesota Press, 1983, pp. 10 - 11.

结　语

在作品中卸掉了作者的神圣光环，使小说不再俯就任何一种既定的价值和权威，而是自由开放地呈现各种声音、各种思想、各种观点、各种立场。但是，虽然发现了特权作者的局限性和虚幻性，赞同对其进行解构，他们却对罗兰·巴特的"作者之死"表示质疑，也不赞同简单化地"驱逐"（remove）作者，而是将作者和文本、读者一样，视为文学活动最基本的因素，认可其不可取代的特殊作用。认为，即使作者以一种特别强烈的意愿和方式逃避在场的文本，仍然会继续在文本空间中活下去。他们要求作者抛掉的只是上帝或传教士的身份，当其卸下"价值期待"的重担时，也重新获得了解放和生命。这些探讨为21世纪作者寻找自己的定位提供了指明灯，也为小说找回失落的文学精神提供了可能。

第四，对形式诗学的高度关注和对小说文体的不懈探索，以及将小说提升到本体论层面进行考察，既为小说发展提供了大量可供借鉴的技法和操作实践，又能把握小说的独特魅力和发展平台。

当代西方具有百科全书化趋向的小说家重视革新文体的形式诗学，主要表现在他们对叙事结构的经营上。他们热衷于对结构、文体等形式技巧进行实验与分析，对作者、叙事者、读者等进行辨析和梳理，让多元视点和语言多义性充分呈现。虽然受形式主义、结构主义和叙事学的影响。但他们在一定程度上注重小说与人、世界、历史之间的动态关系考察及审美形态营构，而不是埋头于叙事语式、语体或时态的话语分析等。实践层面，他们在小说艺术上进行多方面探索，以戏仿、复调、拼贴、隐喻等多种叙事方式从不同侧面推进主题的深化。这种思想性和现实性的负载，标示了小说在当代人文语境中的伟大使命，它与结构探索的融合，使小说不至陷入形式—内容割裂对立的窘境。

当代西方具有百科全书化趋向的小说家普遍认为，小说的本质是演绎无限可能性的虚构的艺术，并以自己的逻辑来构筑、表意和理解，自成一个世界。这个世界是诗意的世界，是充满瑰丽想象、饱含生命趣味、贯穿自由理性的艺术空间。小说世界有一套独立的逻辑、价值、源头和归宿，不同于我们熟悉的经验世界，它的一切虽然是非现实的，却又是合理的。它既是崭新的东西，与经验世界之间存在明显距离，但其筑造材料又来源于经验世界，其观照目标也离不开经验世界。具有百科全书化趋向的小说往往抛弃或暂时模糊了真实与虚构的二元对立，而将小说视为现实与虚构的二合一。我们知道，文学曾经担负了太多的功能：从文化娱乐到信息沟通，从政治宣传到社会教育，等等。但在今天，文学的这些功能已经被一些独立的部门接管，甚至原本垄断的娱乐休闲领域也被影视媒介夺去一半天地，所以找寻文学特有意义的任务迫在眉睫。具有百科全书化趋向的小说家对文学本体的考察，在某种程度上解决了这一问题。他们发现了虚构对现实的"越界"的意义，即能够避开人类认识能力的局限，充分调动人类独有的心灵功能——想象，加倍拓展供它参照的经验世界，实现任何疆域都无法囊括的可能性。如此，小说就能够超越凡尘琐事的困扰，摆脱束缚人类天性的种种机构樊篱，成为使人类自我本质无限提升、呈现事物无限可能性的百花园，甚至伸展到一个几乎没有边界的文化大背景中去，获得充分发展的自由。

二

事物都有两面性，当代西方小说百科全书化趋向必然也存在问题与局限。何况相关小说家成分驳杂、良莠不齐，其中最优秀的小说家固然可以扬长避短，最大限度地克服百科全书式小说的一些固有缺陷，发挥其优势，但最糟糕的一部分小说家却难免将其不足暴露殆尽，甚至陷入歧途，从而引起尖锐的批评和攻击。其中，它最受指责的有以下几个方面。

第一，对游戏思想的赞赏和对形式的强调和卖弄，使写作技巧被过于看重，以至于小说成为炫技的成果，缺乏应有的人文关怀和

结　语

思想深度。

尽管认知的要求使这些具有百科全书化趋向的小说家的文学内核从来没有真正离开对现实的观照，但是由于对游戏思想和形式的强调，往往会造成一种负面导向。例如，纳博科夫总是强调自己讨厌一切政治文学或具有社会意图的文学，声称自己的作品没有任何社会目的和道德因素，只是制作精良优雅的谜语和棋题，这使他被视为形式主义者和唯美主义者，甚至被称为"空心的天才舞者"。有评论者批评他，对形式的重视导致了对内容的疏忽和深度的匮乏，认为他的作品表面花哨内里空虚，责备他放弃责任，作品庸俗，只喜好无用的游戏，等等。虽然真正深入研究过纳博科夫作品的读者会发现这些批评有些是不公正的、偏颇的，但不得不说，它们与作家自己的言论导向密切相关。而这种导向被片面接受，造成后果当然是不妙的。更何况确实有一些作家在模仿前辈大师时，只追求形似，只为谋名谋利，而无视作家应有的使命感与责任感。他们片面地理解对于前辈大师们关于小说"娱乐化"的论述，以令人眼花缭乱的形式创新吸引眼球，其作品也就流于表面的感官刺激，而缺乏深入的思想。在这个"娱乐至死"的时代，这种倾向造成的后果必然是负面的，应该引起高度警惕。

第二，对虚构和想象的强调，在凸显文学审美性和独立性的同时，也会拉开文学与社会的距离。

强调文学本质是虚构的小说家有时为了"矫枉"不免"过正"，表述方式往往有些激进或夸张。例如，巴尔加斯·略萨（Mario Vargas Llosa, 1936—）说："任何小说都是伪装成真理的谎言，都是一种创造，它的说服力仅仅取决于小说家有效使用造成艺术错觉的技巧和类似马戏团或者剧场里魔法师的戏法。"[①] 奥尔罕·帕慕克（Ferit Orhan Pamuk, 1952—）说："我写作，不是为了讲述故事，

[①] ［秘鲁］马里奥·巴尔加斯·略萨：《给青年小说家的信》，赵德明译，上海译文出版社2004年版，第23页。

而是为了编造故事。"①

作家们常常蕴现实于虚构之中,有时会塑造出光怪陆离、异想天开的另类世界,优秀的作家在这些看似子虚乌有的虚幻空间中,反映的往往却是比现实更真实的东西,体现出他们犀燃烛照般的卓越洞察力。然而,不少当代西方具有百科全书化趋向的小说家为了将文学从社会政治、伦理道德、历史文化等樊篱中解放出来,矫枉过正地强调虚构和想象的作用,甚至以"撒谎""变戏法"来代指艺术。这造成了一些后学者只看到了编造的乐趣、飞翔的轻捷,而对其深邃的思想、大地的重力视而不见,从而使他们的创作与现实脱节,犹如空中楼阁,即使再精致美好,也无法长久。

第三,由于赞赏智性写作和可写文本,许多具有百科全书化趋向的小说对读者不太友好。这种不友好不是对读者的态度不好,而是追求深奥的内容和叙事陷阱的设置造成了读者的阅读困难。这种智力的傲慢使得小说失去了很多读者。

以博尔赫斯为代表的"智性"小说家一向曲高和寡,在评论界和知识分子圈内获得很高的赞誉,甚至有时会进入畅销书榜,但真正去通读其作品的普通读者其实并不多。一方面是因为他们的小说中充满了哲学的或科学的专业术语,造成读者理解障碍,甚至导致阅读间断,从而难以为继。例如,托马斯·品钦的《万有引力之虹》充斥着大量物理学、火箭技术、宗教教义、心理学和哲学的术语,以及晦涩的文学典故,令人难以卒读;艾柯后期的小说《布拉格公墓》和欧洲历史交织在一起,对此不熟悉的读者读起来会一头雾水。另一方面是因为作家们有意为之的形式实验。例如,纳博科夫的《微暗的火》和帕维奇的《哈扎尔辞典》固然使评论家们如获至宝、欣喜若狂,却极为考验读者的耐心、逻辑性和细心程度。即使对读者最为友善的卡尔维诺,晚期的《帕洛马尔》等作品也一定程度上

---

① [土耳其]奥尔罕·帕慕克:《别样的色彩——关于生活、艺术、书籍与城市》,宗笑飞、林边水译,上海人民出版社2011年版,第485页。

突破了一般读者的期待视野。

第四,追求多元和碎片导致小说整体驳杂混乱,缺乏主线,令人漫无头绪;过分关注知识介绍导致小说基调机械冰冷,缺乏情感,难以引起共鸣;等等。类似的问题还有不少,笔者就不一一赘述了。

总而言之,当代西方小说百科全书化趋向是一种不容忽视的文学现象,它的优点和缺点同样明显。一方面,它虽不能为小说的未来开辟一条康庄大道,但至少树立起了几个指路标;另一方面,它所带来的经验教训都应该引起我们的关注和警惕。本文择取了几位代表性的小说家研究这一现象,力图能够有所裨益,但因水平有限,仅仅是管中窥豹,抛砖引玉,只希望这一文学现象得到应有的重视。

参考文献

一　中译著作

［法］阿兰·罗伯—格里耶：《快照集·为了一种新小说》，余中先译，湖南美术出版社2001年版。

［意］艾柯等著，［英］柯里尼编：《诠释与过度诠释》，王宇根译，生活·读书·新知三联书店1997年版。

［意］安贝托·艾柯：《一位年轻小说家的自白：艾柯现代文学演讲集》，李灵译，广西师范大学出版社2014年版。

［意］安贝托·艾柯：《悠游小说林》，俞冰夏译，生活·读书·新知三联书店2005年版。

［意］安伯托·艾柯：《开放的作品》，刘儒庭译，新星出版社2005年版。

［意］安伯托·艾柯：《误读》，吴燕莛译，新星出版社2006年版。

［英］安德鲁·本尼特、尼古拉·罗伊尔：《关键词：文学、批评与理论导论》，汪正龙、李永新译，广西师范大学出版社2007年版。

［美］安妮·普鲁：《树民》，陈恒译，人民文学出版社2020年版。

［土耳其］奥尔罕·帕慕克：《别样的色彩——关于生活、艺术、书籍与城市》，宗笑飞、林边水译，上海人民出版社2011年版。

［土耳其］奥尔罕·帕慕克：《天真的和感伤的小说家》，彭发胜译，上海人民出版社2012年版。

［英］奥斯卡·王尔德：《王尔德全集》，苏福忠、高兴等译，中国文学出版社 2000 年版。

［俄］巴赫金：《巴赫金全集》，白春仁、晓河译，河北教育出版社 1998 年版。

［新西兰］布赖恩·博伊德：《纳博科夫传：俄罗斯时期》，刘佳林译，广西师范大学出版社 2011 年版。

［新西兰］布赖恩·博伊德：《纳博科夫传：美国时期》，刘佳林译，广西师范大学出版社 2011 年版。

［英］戴维·洛奇：《二十世纪文学评论》，葛林等译，上海译文出版社 1987 年版。

［英］戴维·洛奇：《小说的艺术》，王峻岩译，作家出版社 1998 年版。

［美］戴卫·赫尔曼：《新叙事学》，马海良译，北京大学出版社 2002 年版。

［德］恩斯特·卡西尔：《人论》，甘阳译，上海译文出版社 1985 年版。

［美］弗拉季米尔·纳博科夫：《独抒己见》，唐建清译，浙江文艺出版社 2012 年版。

［美］弗拉基米尔·纳博科夫：《俄罗斯文学讲稿》，丁骏、王建开译，上海三联书店 2015 年版。

［美］弗拉基米尔·纳博科夫：《劳拉的原型》，谭惠娟译，人民文学出版社 2011 年版。

［美］弗拉基米尔·纳博科夫：《洛丽塔》，主万译，上海译文出版社 2005 年版。

［美］弗拉基米尔·纳博科夫：《纳博科夫精选集（第一辑）》，主万、梅绍武等译，上海译文出版社 2019 年版。

［美］弗拉基米尔·纳博科夫：《纳博科夫精选集（第二辑）》，王家湘等译，上海译文出版社 2020 年版。

［美］弗拉基米尔·纳博科夫：《纳博科夫精选集（第三辑）》，叶尊等译，上海译文出版社 2022 年版。

［美］弗拉基米尔·纳博科夫：《说吧，记忆》，王家湘译，上海译文出版社 2009 年版。

［美］弗拉基米尔·纳博科夫：《〈堂吉诃德〉讲稿》，金绍禹译，上海三联书店 2007 年版。

［美］弗拉迪米尔·纳博科夫：《天赋》，朱建迅、王骏译，译林出版社 2004 年版。

［美］弗拉基米尔·纳博科夫：《微暗的火》，梅绍武译，上海译文出版社 2011 年版。

［美］弗拉基米尔·纳博科夫：《文学讲稿》，申慧辉等译，上海三联书店 2005 年版。

［英］弗朗西斯·马尔赫恩：《当代马克思主义文学批评》，刘象愚、陈永国、马海良译，北京大学出版社 2002 年版。

［美］符拉基米尔·纳博科夫：《尼古拉·果戈理》，刘佳林译，广西师范大学出版社 2010 年版。

［法］格诺等：《乌力波 2》，乌力波中国译，新世界出版社 2014 年版。

［美］哈罗德·布鲁姆：《西方正典：伟大作家和不朽作品》，江宁康译，译林出版社 2005 年版。

［阿根廷］豪尔赫·路易斯·博尔赫斯：《博尔赫斯谈话录》，王永年译，上海译文出版社 2008 年版。

［阿根廷］豪尔赫·路易斯·博尔赫斯：《博尔赫斯全集Ⅰ（套装 16 册）》，王永年等译，上海译文出版社 2015 年版。

［阿根廷］豪尔赫·路易斯·博尔赫斯：《博尔赫斯全集Ⅱ（套装 12 册）》，王永年、林之木译，上海译文出版社 2016 年版。

［德］赫伯特·马尔库塞：《审美之维》，李小兵译，生活·读书·新知三联书店 1989 年版。

［美］华莱士·马丁：《当代叙事学》，伍晓明译，北京大学出版社 1990 年版。

［美］J.希利斯·米勒：《解读叙事》，申丹译，北京大学出版社 2002

年版。

［法］加斯东·巴什拉：《梦想的诗学》，刘自强译，生活·读书·新知三联书店1996年版。

［美］杰姆逊：《后现代主义与文化理论》，唐小兵译，陕西师范大学出版社1986年版。

［德］康德：《判断力批判》，邓晓芒译，人民出版社2002年版。

［美］理查德·鲍尔斯：《树语》，陈磊译，江苏凤凰文艺出版社2021年版。

［美］利昂·塞米利安：《现代小说美学》，宋协立译，陕西人民出版社1987年版。

［法］列维·布留尔：《原始思维》，丁由译，商务印书馆1981年版。

［法］罗兰·巴特：《罗兰·巴特随笔选》，怀宇译，百花文艺出版社1995年版。

［英］马克·柯里：《后现代叙事理论》，宁一中译，北京大学出版社2003年版。

［秘鲁］马里奥·巴尔加斯·略萨：《给青年小说家的信》，赵德明译，上海译文出版社2004年版。

［英］迈克尔·伍德：《沉默之子——论当代小说》，顾钧译，生活·读书·新知三联书店2003年版。

［瑞士］麦克斯·吕蒂：《童话的魅力》，张田英译，社会科学文献出版社1995年版。

美国《巴黎评论》编辑部编：《巴黎评论：作家访谈1》，黄昱宁等译，人民文学出版社2012年版。

美国《巴黎评论》编辑部编：《巴黎评论：作家访谈2》，仲召明等译，人民文学出版社2018年版。

美国《巴黎评论》编辑部编：《巴黎评论：作家访谈3》，杨向荣等译，人民文学出版社2018年版。

美国《巴黎评论》编辑部编：《巴黎评论：作家访谈4》，马鸣谦等译，人民文学出版社 2019 年版。

美国《巴黎评论》编辑部编：《巴黎评论：作家访谈 5》，王宏图等译，人民文学出版社 2020 年版。

［荷］米克·巴尔：《叙述学》，谭君强译，中国社会科学出版社 2003 年版。

［捷克］米兰·昆德拉：《被背叛的遗嘱》，余中先译，上海译文出版社 2003 年版。

［捷克］米兰·昆德拉：《小说的艺术》，董强译，上海译文出版社 2004 年版。

［美］苏珊·S. 兰瑟：《虚构的权威》，黄必康译，北京大学出版社 2002 年版。

［美］苏珊·朗格：《情感与形式》，刘大基等译，中国社会科学出版社 1986 年版。

［美］托马斯·品钦：《万有引力之虹》，张文宇译，译林出版社 2020 年版。

［德］瓦尔特·本雅明：《发达资本主义时代的抒情诗人》，王才勇译，江苏人民出版社 2005 年版。

［德］瓦尔特·本雅明：《技术复制时代的艺术作品》，胡不适译，浙江文艺出版社 2005 年版。

［美］威利斯·巴恩斯通编：《博尔赫斯八十忆旧》，西川译，作家出版社 2004 年版。

［意］翁贝托·埃科：《玫瑰的名字》，沈萼梅、刘锡荣译，上海译文出版社 2009 年版。

［意］翁贝托·埃科：《玫瑰的名字注》，王东亮译，上海译文出版社 2010 年版。

［意］翁贝托·埃科：《埃科谈文学》，翁德明译，上海译文出版社 2016 年版。

［意］翁贝托·埃科：《试刊号》，魏怡译，上海译文出版社 2017 年版。

［意］翁贝托·埃科：《波多里诺》，杨孟哲译，上海译文出版社 2007 年版。

［意］翁贝托·埃科：《布拉格公墓》，娄翼俊等译，上海译文出版社 2020 年版。

［意］翁贝托·埃科：《傅科摆》，郭世琮译，上海译文出版社 2020 年版。

［意］翁贝托·艾柯：《无限的清单》，彭淮栋译，中央编译出版社 2013 年版。

［意］翁贝托·埃科：《昨日之岛》，刘月樵译，上海译文出版社 2020 年版。

［德］沃尔夫冈·伊瑟尔：《虚构与想象——文学人类学疆界》，陈定家、汪正龙等译，吉林人民出版社 2003 年版。

［美］希利斯·米勒：《文学死了吗》，秦立彦译，广西师范大学出版社 2007 年版。

［法］雅克·德里达：《书写与差异》，张宁译，生活·读书·新知三联书店 2001 年版。

［美］伊恩·瓦特：《小说的兴起》，高原、董红钧译，生活·读书·新知三联书店 1992 年版。

［意］伊塔洛·卡尔维诺：《短篇小说集》，马小漠译，译林出版社 2019 年版。

［意］伊塔洛·卡尔维诺：《疯狂的奥兰多》，赵文伟译，译林出版社 2019 年版。

［意］伊塔洛·卡尔维诺：《观察者》，毕艳红译，译林出版社 2022 年版。

［意］伊塔洛·卡尔维诺：《卡尔维诺文集（1—5 卷）》，吕同六、张洁主编，译林出版社 2001 年版。

［意］伊塔洛·卡尔维诺：《困难的爱》，马小漠译，译林出版社 2018 年版。

［意］伊塔洛·卡尔维诺：《论童话》，黄丽媛译，译林出版社2018年版。

［意］伊塔洛·卡尔维诺：《美洲豹阳光下》，魏怡译，译林出版社2015年版。

［意］伊塔洛·卡尔维诺：《圣约翰之路》，杜颖译，译林出版社2015年版。

［意］伊塔洛·卡尔维诺：《收藏沙子的旅人》，王建全译，译林出版社2018年版。

［意］伊塔洛·卡尔维诺：《文学机器》，魏怡译，译林出版社2018年版。

［意］伊塔洛·卡尔维诺：《文字世界和非文字世界》，王建全译，译林出版社2018年版。

［意］伊塔洛·卡尔维诺：《我生于美洲》，毕艳红译，译林出版社2022年版。

［意］伊塔洛·卡尔维诺：《一个乐观主义者在美国》，孙超群译，译林出版社2018年版。

［意］伊塔洛·卡尔维诺：《在你说"喂"之前》，刘月樵译，译林出版社2015年版。

［意］伊塔洛·卡尔维诺：《最后来的是乌鸦》，马小漠译，译林出版社2021年版。

［美］詹姆斯·费伦：《作为修辞的叙事》，陈永国译，北京大学出版社2002年版。

［美］詹姆斯·伍德尔：《博尔赫斯·书镜中人》，王纯译，中央编译出版社1999年版。

二 中文著作

崔道怡等编：《"冰山"理论：对话与潜对话》，工人出版社1987年版。

参考文献

董衡巽：《美国现代小说风格》，中国社会科学出版社1997年版。

傅修延：《文本学》，北京大学出版社2004年版。

耿占春：《叙事美学——探索一种百科全书式的小说》，郑州大学出版社2002年版。

龚翰熊：《文学智慧——走近西方小说》，四川出版集团2005年版。

何帆、文祥编选：《现代小说题材与技巧——当代外国著名小说家访问记》，中国文联出版公司1989年版。

胡全生：《英美后现代主义小说叙述结构研究》，复旦大学出版社2002年版。

黄忠顺：《长篇小说的诗学观察》，华中师范大学出版社2004年版。

李建军：《小说修辞研究》，中国人民大学出版社2003年版。

刘象愚、杨恒达、曾艳兵主编：《从现代主义到后现代主义》，高等教育出版社2002年版。

龙协涛：《文学阅读学》，北京大学出版社2004年版。

马凌：《后现代主义中的学院派小说家》，天津人民出版社2004年版。

申丹：《叙述学与小说文体学研究》，北京大学出版社2004年版。

沈萼梅、刘锡荣编著：《意大利当代文学史》，外语教学与研究出版社1996年版。

盛宁：《人文困惑与反思——西方后现代思潮批判》，上海三联书店1997年版。

苏宏斌：《现代小说的伟大传统：从卡夫卡到卡尔维诺》，浙江文艺出版社2004年版。

唐建清：《国外后现代文学》，江苏美术出版社2003年版。

汪正龙：《西方形式美学问题研究》，黑龙江人民出版社2007年版。

王宁等主编：《诺贝尔文学奖获奖作家谈创作》，北京大学出版社1987年版。

吴晓东：《20世纪外国文学专题》，北京大学出版社2002年版。

曾艳兵:《西方后现代主义文学研究》,中国社会科学出版社 2006 年版。

中国乌力波编:《乌力波》,新世界出版社 2011 年版。

三 外文文献

Abrams, M. H., *A Glossary of Literary Terms*, Fortworth: Harcourt Brace College Press, 1993.

Bakhtin, Mikhail, *Problems of Dostoevsky's Poetics*, trans. Caryl Emerson, Minneapolis: Minnesota University Press, 1984.

Barthes, Roland, *Image-Music-Text*, trans. Stephen Heath, New York: Hill & Wang, 1961.

Bloom, Harold, *Italo Calvino*, Chelsea House Publishers (Library), 1992.

Brink, Andre, *The Novel Language and Narrative from Cervantes to Calvino*, London: Macmillan, 1998.

Calvino, Italo, *The Uses of Literature*, translated by Patrick Creagh, New York: Harcourt Brace Jovanovich, 1986.

Calvino, Italo, *Six Memos for the Next Millennium*, Cambridge: Harvard University Press, 1988.

Cannon, JoAnn, *Italo Calvino: Writer and Critic*, Ravenna: Longo Editore, 1981.

Coyle, Martin, Peter Garside, Malcolm Kelsall and John Peck, eds., *Encyclopaedia of Literature and Criticism*, London and New York: Routledge, 1990.

Eagleton, Terry, *Literary Theory: An Introduction*, Minneapolis: University of Minnesota Press, 1983.

Eco, Umberto, *The Role of the Reader: Explorations in the Semiotics of Texts*, Bloomington and London: University of Indiana Press,

1979.

Everman, Welch D., *The Literary Games of Italo Calvino*, Borgo Press, 1997.

Fleischman, Suzanne, *Tense and Narrativity: From Medieval Performance to Modern Fiction*, Austin: University of Texas Press, 1990.

Foucault, Michel, *Language, Counter-Memory, Practice*, Ithaca: Cornell University Press, 1977.

Gabriele, Tommasina, *Italo Calvino: Eros and Language*, Fairleigh Dickinson, 1994.

Hume, Kathryn, *Calvino's Fictions: Cogito and Cosmos*, Oxford: Oxford University Press, 1992.

Iris Murdoch, "Against Dryness", *The Novel Today*, Manchester University Press, 1977.

Lodeg, David, *The Novelist at the Crossroads and Other Essays on Fiction and Criticism*, London: Routldge & Kegan Paul, 1971.

Makaryk, Irena R., ed., *Encyclopaedia of Contemporary Literary Theory: Approaches, Scholars, Terms*, Toronto: University of Toronto Press, 1993.

Mendelson, Edward, "Encyclopedic Narrative: From Dante to Pynchon", *Modern Language Notes*, Vol. 91, No. 6, Dec., 1976.

Monegal, Emir Rodriguez, *Jorge Luis Borges: A Literary Biography*, New York: E. P. Dutton, 1978.

Re, Lucia, *Calvino and the Age of Neorealism: Fables of Estrangement*, Stanford: Stanford University Press, 1990.

Ricci, Franco, ed., *Calvino Revisited*, Ottawa: Dovehouse Editions Inc., 1989.

Todorov, Tzvetan, *The Fantastic: A Structural Approach to a Liter-

ary Gene, trans. Richard Howard, Cleveland: Case Western Reserve University Press, 1973.

Wright, Elizabeth, ed. , *The Edinburgh Encyclopaedia of Modern Criticism and Theory*, Edinburgh: Edinburgh University Press, 2002.

Wellek, R. , *A History of Modern Criticism: 1750 - 1950*, Vol. 6, New Haven: Yele University Press, 1986.